荊《いばら》の城　上

サラ・ウォーターズ

19世紀半ばのロンドン。17歳になる孤児スウは，下町の故買屋の家に暮らしていた。ある冬の晩，彼女のもとに顔見知りの詐欺師がやってくる。さる貴族の息子というふれこみで，〈紳士〉とあだ名されている，以前スウの掏摸の腕前を借りにきたこともあった男だ。彼はスウにある計画を持ちかける。とある令嬢をたぶらかして結婚し，その巨額の財産をそっくりいただこうというのだ。スウの役割は，令嬢の新しい侍女。スウはためらいながらも，話にのることにするのだが……。CWAのヒストリカル・ダガーを受賞した，ウォーターズ待望の第二弾。

登場人物

スーザン（スウ）・トリンダー……掏摸
サクスビー夫人……スウの育ての母
イッブズ親方……錠前屋
ジョン・ヴルーム……｝スウたちの同居人
ディーリア（ディンティ）・ウォレン……｝スウたちの同居人
リチャード・リヴァーズ……〈紳士〉。詐欺師
モード・リリー……ブライア城の娘
クリストファー・リリー……モードの伯父
マーティン・ウェイ……執事
スタイルズ夫人……家政婦
ウィリアム・インカー……厩番
マーガレット……女中
ケーキブレッド夫人……料理女
チャールズ……下働きの少年
アグネス・フィー……モードの前の侍女

荊《いばら》の城　上

サラ・ウォーターズ
中村有希訳

創元推理文庫

FINGERSMITH

by

Sarah Waters

荊《いばら》の城

上

サリー・O-Jに

第一部

1

あの頃、あたしの名はスーザン・トリンダーだった。呼び名はスウ。はっきりしていたのは生まれ年だけで、もう長いことクリスマスが誕生日だった。たぶん、孤児《みなしご》だ。産みの母は死んでいる。顔も知らない。赤の他人も同じだ。誰の子かと言われれば、あたしの母ちゃんはサクスビー夫人で、その伝でいけば、父ちゃんはイッブズ親方だ。テムズ河畔、サザークはラント街の錠前屋が我が家だった。

きっと、これが世間とあたしの居場所というものを考えた最初の日だと思う。

フローラという娘が物乞いをすると言って、母ちゃんにあたしを一ペニーで借りに来た。金髪のあたしはそういう連中に人気があった。フローラは透けるような金髪で、あたしの姉で通る。あの夜、連れていかれたのは、セント・ジョージ広場のサリー劇場だ。かかっていたのは『オリヴァー・トゥイスト』で、これが最悪だった。いまでもよく覚えている。急勾配の天井桟敷。はるか下に見える平土間。へべれけの女があたしの服からリボンをむしろうとする。松《たい》明《まつ》が舞台を不気味にゆらめかす。役者のおたけび、客の罵声《ばせい》。赤毛の鬘《かつら》とつけ髭の役者が、やたらと跳ね回っている。あいつはきっと衣装をつけた猿だ。もっとひどいのは、ただれた赤眼の唸りっぱなしの犬で、輪をかけてひどいのが飼い主だった——極道のビル・サイクス。この男が哀れなナンシーを棍棒で殴ると、あたしたちの列は総立ちになった。舞台に長靴が投げこまれ、隣の席の女が金切り声で叫ぶ。

「このけだもの！　クソ野郎！　その娘《こ》は、てめえのような下衆《げす》の四十倍も上等だよ！」

観客が立ち上がって天井桟敷が膨《ふく》れあがったように感じたせいか、絶叫する女のせいか、それとも、ビル・サイクスの足元に倒れてぴくりとも動かない真っ青な顔のナンシーを見たせいか、急に死ぬほどの恐怖にかられた——どうしよう、皆殺しにされる。泣き叫びだしたあたしを、フローラはどうすることもできなかった。怒鳴っていた隣の女が両手を差し出して笑いかけてくると、あたしはますます大声で泣きわめいた。ついにフローラもべそをかきだした——あの娘もたった十二かそこらだったはずだ。フローラはあたしを連れ帰った。母ちゃんはフローラの頬を張り飛ばした。

「なに考えてんだい、そんなとこにうちの子を連れてってって。階段にしゃがんで、おもらいするだけだって言ったろ。せっかく貸してやったのをこんなにして。泣いて泣いて、ひきつけ起こしそうじゃないか。どういう了見《りょうけん》だい、ええ？」

母ちゃんの膝に抱かれると、あたしはまた泣きだした。「ようしよし、いい子だ」フローラはその前に立ち、赤くなった頰にかかる髪の房を、黙って引っ張っていた。母ちゃんは癇癪《かんしゃく》を起こすと鬼になる。フローラを睨み、スリッパの足で敷物を踏んでは椅子を揺すり——きしんで音をたてるこの大きな木の椅子に、母ちゃんは絶対にほかの誰も坐らせない——分厚い、硬いてのひらで、あたしの震える背中を叩いていた。やにわに口を開いた。

「えものを持ってんのはわかってんだよ」静かに言った。母ちゃんは誰のえものも見逃さない。

「何？　ハンケチ？　ハンケチ二、三枚に、バッグ？」

フローラは口元に引っ張った髪を嚙んだ。「バッグ」ひとつ間を置いて、つけ足した。「あと、香水」

「見せな」母ちゃんは手を出した。フローラの顔が憤りに燃えた。やがて、腰のあたりにあるスカートの裂け目に、そろそろと指を差し入れた。それが裂け目でなく、服の内側に縫いこんだ絹の小袋の口だと知って、あたしは眼を見張った。中からは黒い布バッグと、栓に銀鎖のついた壜が現われた。バッグの中身は三ペンスと、ナツメグが半かけ。これはあたしの服につかみかかった酔っぱらい女から盗《と》ったらしい。壜の栓をはずすと薔薇《ばら》の香りが漂った。母ちゃんは匂いを嗅いだ。

「しけた仕事だね。ええ？」

フローラはふんと頭をそらした。「もっと盗れたんだよ」そう言ってあたしを見た。「このガキがヒス起こして、騒ぎださなきゃ」

母ちゃんは身を乗り出して、また殴った。

「おまえが何するつもりかあたしが知ってたら、何ひとつ盗れなかったさ。お聞き。今度、おもらいしにうちの子を連れてきたきゃ、ほかのちびを連れてきな。スウは貸さない。わかったかい」

フローラはむくれた顔で、わかったと答えた。「よし。なら、帰りな。ああ、そのバッグは置いてくんだ。でなきゃ、おっかさんにおまえが男と一緒だったって言うよ」

母ちゃんはあたしをベッドに連れていった――両手でシーツをこすってぽかぽかさせると、かがんで指に息を吹きかけて温めてくれた。子供たちのうちで、そうしてもらえるのはあたしだけだ。「もう怖くないだろ、スウ」

怖くて頷けなかった。あの恐ろしい男があたしを見つけ出して、棍棒で殴りに来るかもしれない。すると母ちゃんは、あんなのはただのこけおどし野郎だと言った。

「ビル・サイクスだろ。河向こうのクラーケンウェルの。このサザークで面倒起こすわけないさ。サザークの男はずっと荒くれだからね」

「でも、母ちゃん！　ナンシーを見てないから、そんなこと言うんだよ、あいつ、ナンシーを殴って、殺しちゃったもん！」

「殺した？」母ちゃんは鼻を鳴らした。「ナンシーを？　はっ、一時間前にうちに来たよ、ナンシーは。顔にちょっと傷がついてたけどね。いまは髪を違うふうに巻いてるから、あいつだってナンシーを見ても、誰だかわからないだろうさ」

「でも、またナンシーを殴らない？」

母ちゃんは首を振った。ナンシーもやっと目を覚まして、ビル・サイクスとはきっぱり切れた。ワッピングから来た気立てのいい男と、いまでは小さい店を持って、ねずみの形の砂糖菓子や煙草を売って暮らしていると。

そうして、あたしの首のまわりから髪をたくしあげ、枕の上に広げた。最初に言ったとおり、あの頃のあたしはきれいな金髪だった――歳ごとに、冴えない茶色になってきたけれど――母ちゃんはいつも酢で洗って、艶《つや》が出るまでブラシをかけてくれた。枕の上になでつけた髪をひと房、母ちゃんは手に取ってくちびるにあてた。「フローラの馬鹿がまたおまえをおもらいに連れてこうとしたら、母ちゃんに言いな――いいね？」

わかった、とあたしは答えた。「いい子だ」そう言い残して、母ちゃんはいなくなった。蠟《ろう》燭《そく》も持っていかれたが、ドアが半開きのうえ、窓のカーテンがわりの布がレースで、街灯の光がはいってくる。この部屋は真っ暗になることも、静まり返ることもない。上の階には二部屋あり、若い連中が出入りして泊まっていく。笑い声、足音、銭を落とす音。たまに、踊っている音まで降ってくる。壁の向こうでは、イッブズ親方の寝たきりの姉さんが、しょっちゅう悪夢に目を覚ましては、悲鳴をあげる。家中に――どの寝床にも横向きにぎっしり、塩の箱に詰めこんだ小魚のように――母ちゃんの赤んぼたちが寝かされていて、夜中でもおかまいなしに、ちょっとしたことですぐに、むずかって泣きだす。そのたびに、母ちゃんは赤んぼのところに行ってジンで眠らせた。酒壜と小さい銀のスプーンを、かちゃかちゃいわせながら。

ところが、この夜にかぎって上階《うえ》には誰もいないらしかった。イッブズ親方の姉さんも静かで、赤んぼたちもおとなしく眠っていた。うるさいのに慣れたあたしは寝つかれなかった。眠れずにいると、またもやもやと思い出した――残酷なビル・サイクスを、その足元で死んでいるナンシーを。近所のどこかの家から、男の怒鳴る声が聞こえてくる。教会の鐘が鳴った――風の吹く通りを抜けて、その音は異様に響いた。フローラのぶたれた頬はまだ痛むだろうか。サザークはクラーケンウェルのすぐ近くだ。あの棍棒の男にはこんな距離など、ひとまたぎも同然に違いない。

その頃から、あたしは想像力が豊かだった。ラント街を歩いてくる足音が窓の外で止まるのに続いて、犬が鼻を鳴らし、石畳にその爪が当たり、店の扉の把手がそっと回されるのを聞いたとたん、飛び起きて叫びだしそうになった――その瞬間、犬がひと声、吠えた。聞き覚えのある声。芝居小屋の赤眼の化け犬ではなかった。うちの犬のジャック。ジャックなら化け犬もやっつけられる。口笛が聞こえた。ビル・サイクスの口笛はこんなに優しくなかった。この吹き方はイッブズ親方だ。自分と母ちゃんの夕食に、熱々の肉入りプディングを買ってきたのだった。

「どうだ、うまそうだろ。この肉汁の匂い。こりゃあ、最高だ……」

やがて親方の声はくぐもって、あたしはまた横になった。五、六歳頃のことなのに、この夜のことは、いまもはっきりと覚えている――枕の上で聞いたナイフとフォークと皿の音、母ちゃんの吐息、椅子がきしり、スリッパが床を踏む音。いまも覚えている――あの日、生まれて初めて見た――世間というものの図を。この世にはビル・サイクスのような悪い人もいれば、イッブズ親方のようないい人もいて、どっちに転ぶかわからないナンシーのような人もいる。よかった、とあたしは思った。ナンシーがようやくたどり着いた側に、あたしは最初からいるのだから――いい人たちの側に。砂糖菓子のある側に。

何年もたって、二度目に『オリヴァー・トゥイスト』を見た時、結局、ナンシーは殺されたと知った。その頃には、フローラもいっぱしの職人だった。サリー劇場はあの娘《こ》の遊び場同然になり、ウェストエンド中の劇場やホールで指を使っていた――疾風《かぜ》のように人の間をすりぬけて。フローラは二度とあたしを連れていこうとはしなかった。みんなと同じように、母ちゃんを心《しん》から怖がっていた。

気の毒に、フローラは貴婦人の腕輪に手をかけたところを捕まった。そして、盗人《ぬすっと》の烙印を押されて、流罪になった。

ラント街の住人はみんな盗人のようなものだ。ただし、うちは泥棒ではなくて、盗人の手助けをするのが商売だった。フローラがスカートの裂け目に手を入れて、バッグと香水を取り出したのを見て、眼を見張ったあたしも、もう驚きはしない。イッブズ親方の店に、上着の裏や帽子や袖口や靴下に、袋やポケットをつけた連中が誰ひとり来ない日のほうが退屈で仕方がないくらいだった。

「よう、親方」客は言う。

「ああ」いつもの鼻にこもった声で、親方は答える。「情報《ネタ》か」

「いや」

「なんか持ってきたのか」

客はウィンクする。「まあ見てくれ。たまげるぜ……」

これは誰もが言う台詞だった。親方は頷いて、店の扉の日除けをおろし、鍵をかける——用心深い親方は、窓のそばでは絶対にえものを見ない。作業台のうしろに緑の羅紗《らしゃ》のカーテンがかかっている。その裏の通路が、まっすぐ台所に続いている。常連の客が来ると、親方はそこから台所に案内した。「来な。誰にでも、こうするわけじゃねえ。おめえは古馴染みだから——家族みてえなもんだから、特別な」そして、客の持ってきたものを広げさせる——カップやパンくずやスプーンの隙間に。

母ちゃんがそこで赤んぼにパンがゆをやっていることもあった。母ちゃんを見ると、客は帽子を取った。

「こんちは、サクスビー姐《ねえ》さん」

「ああ、ご苦労だね」

「よう、スウ。でっかくなったなあ！」

あたしの眼には、この連中が魔術師のように映った。上着の裏や袖口から、札入れや、絹のハンケチや、懐中時計や、宝石や、銀の皿や、真鍮《しんちゅう》の燭台や、ペティコートや——服がまるごとひと揃い出てくることもあった。「こいつは掘り出しもんだぜ」そう言いながら、ひとつひとつ広げていく。イッブズ親方は両手をこすりあわせて、期待の眼で見つめている。が、おみやげを検分するうちにうなだれてしまう。そんな親方はとても温厚で正直そうな顔に見えた――青白い顔で、ひきしまった口元に、頬髭を生やしていた。

「札《さつ》か」首を振って、紙幣を指差す。「使えねえな」そして、「燭台か。先週、ホワイトホールの淫売《いんばい》宿で盗ってきたってえらく上等な燭台を一ダース引き取ったばっかりだ。あれもどうにもなんねえのさ。いまもひとつも売れねえ」

　立ったまま、時間をかけて見積もりの勘定をする親方は、金額を言って客を侮辱したくないとでもいうように渋い顔をしている。やっと額を告げると、客は暗い顔になる。

「親方。そんなんじゃロンドン橋からこっち、歩いてきた駄賃にもなんねえ。頼むよ」

　その時にはもう、親方は箱を開けて、シリング銀貨（一シリングは十二ペンス）を数えている。一枚、二枚、三枚――四枚目をつまんだまま、手を止める。客は銀の輝きに眼を奪われる――親方はいつも銀貨をぴかぴかにみがいていた。このためだけに――猟犬に野兎を見せつけるような、罪な愉しみのために。

「五枚にしてもらえねえか」

　親方は正直そうな顔をあげて、肩をすくめる。

「すまねえ。これ以上はどうにもな。もうちっと変わったものを持ってきてくれりゃ、銭をもっと見せてやれるんだが。こいつは」――絹や紙幣や光っている真鍮の山を示し――「みんながらくただ。こっちも商売だからな。うちの母ちゃんの赤んぼの口から、おまんまを盗むわけにゃいかねえ」

そして、親方は客に銀貨を渡す。客は銀貨をポケットにしまいこみ、上着のボタンをかけると、咳をしたり洟《はな》を拭いたりする。

すると、親方は気が変わったように、もう一度、箱に近寄る。「今朝はなんか食ってきたか」客の答えはいつも同じだった。「何も」それを聞くと、絶対に馬には使わないで朝めしを食えと言って、六ペンス渡した。客はみんなこう答えた。

「あんたは宝石だよ、親方、本物の宝石だ」

こんな連中から、親方は実は十シリング以上も儲けていた――正直で公平な取引をしたような顔で。札や燭台のことであれこれ言ったのは、もちろん大げさなでたらめばかりだった。親方は真鍮についてとても詳しかった。客がいなくなると、あたしの眼を見てウィンクした。そしてまた両手をこすりあわせると、急に生き返ったように元気になった。

「おい、スウ、布を持ってきてな、こいつらをみがいて光らせてくれ。そいつがすんだら――母ちゃんの用がなけりゃ――こっちのハンケチも頼む。そうっとな、優しく、うんと小さい鋏《はさみ》か、いや、針でもいい。亜麻だから――な？――すぐに破けちまう、うんと引っ張ると……」

あたしはこうやって文字を勉強した。書き取りでなく、文字の刺繍《ししゅう》の抜き取りで。自分の名前の形は、ハンケチの Susan という縫い取りを見て覚えた。読み書きを習う気はなかった。いざとなれば母ちゃんが読めたし、イッブズ親方は読むだけでなく、書くこともできる。読み書きなんてあたしたちには用のない芸だ――たとえばヘブル語や、とんぼ返りのような。ユダヤ人や軽業師《かるわざし》なら役に立つことでも、あたしたちには必要ない。

すくなくともあの頃はそう思っていた。そんなあたしも計算は覚えた——銭勘定で。手元に置くのはいい銭だけだ。まじりの悪銭《あくぜに》は、きれいすぎたら靴墨や油で汚してから回す。そういう知恵も身につけた。絹やキャラコも新品に見せるための洗い方やアイロンのかけかたがあった。宝石は普通の酢でみがく。銀食器はみんなで食事に使った——ただし一回こっきり。そういうものには紋章や刻印があるから、食事がすむと、親方はカップも皿もみんな溶かして地金にする。金も真鍮も。親方はまったくぬかりなかった。だから、間違いなくやってこられたのだ。台所からはいってきたものは、まったく別の形に姿を変えて出ていった。正面のラント街に面した店の入り口からはいってきたものは、別の道から出ていった——裏口から。その先に通りはない。屋根つきの狭い路地から、薄暗い小さな袋小路にはいる。たいがいの人間はまごつくが、見るところさえ見れば抜け道があるのだ。裏の小路に出て、くねくねした暗い細道から鉄橋に抜けられる。鉄橋のひとつから——どれかは秘密だ——もっと暗い細道にはいると、人目につかずに河に出られる。ここに船を留めている男を、あたしたちは二、三人知っていた。曲がりくねったこの裏通りに、仲間が——あたしがいとこと呼んでいた、親方の甥も住んでいた。台所から出た品物は、連中を通してロンドンのどこにでも運べた。何でも、どんなものでも、びっくりするような速さで届いた。八月には氷柱を、それが四分の一も溶ける前に運んだ。きっと夏の陽射しさえ届けられる——買い手さえ見つかれば。

要するに、うちにはいってきたものはほとんどがあっという間に外に出ていった。たったひとつ、家にはいってきてそのまま居ついたものがある——えものが消える道に吸いこまれずにとどまったもの——親方と母ちゃんが値をつけることのできなかったもの。

　あたしだ。

　このことでは、産みの母に感謝していた。あたしの母は悲運の人だったらしい。一八四四年のある夜、母はラント街にやってきた。母ちゃんは、「ぱんぱんだったよ、腹におまえを入れてたからね」と言っていた——あたしはその言葉の意味をかなり長いこと、スカートのポケットに入れるか、コートの内張りの裏に縫いこむかして、運んできたという意味だと思っていた。産みの母も盗人だったと教えられたからだ——「たいした盗人だったよ！　大胆で！　器量もよくて！」

「ほんと、母ちゃん？　その人も金髪？」

「おまえよか、色が薄かったね。顔はおまえみたいにきりっとして、紙のように細くてさ。二階に匿《かくま》ってやったのさ。あたしと親方のほかは、おまえのおっかさんがここにいるって誰も知らなかったんだよ——四つの区域の警察に追われてて、見つかったら吊《つる》されるって言うから。何をしてたかって？　おもらいしかしてないって言ってたけどね。あたしゃ、もっとやばいことしてたと思うよ。肝っ玉は据わってたねえ、おまえを産んだ時だって、ひとことも声を出さなかった——ああ、いっぺんもだよ。おまえを見ると、ちっちゃい頭にキスして、この子を頼むってあたしに六ポンドくれた——全部、まじりっけのないソヴリン金貨さ。最後の仕事でひと財産作るって言ってねえ、ほとぼりがさめたらおまえを迎えに来るつもりで……」

　話してくれるたびにいつも、最初は落ち着いていた声が最後は震えて、眼には涙がいっぱいたまってきた。母ちゃんは待ったのだ。あたしの母は戻らなかった。かわりに来たのは恐ろしい報せだった。ひと財産作るはずの仕事が狂ったのだ。その男は皿を守ろうとして殺された。男を殺したのは、あたしの母のナイフだ。密告したのは母の友達だった。母はついに警察に捕らえられ、監獄でひと月過ごした。そして、吊された。

そのころ、殺人犯はホースマンガー・レイン監獄の屋上から吊された。母ちゃんは、あたしが生まれた部屋の窓辺に立って囚人が落とされるのを見ていた。

ここからはそれがとてもよく見える――南ロンドン一の特等席だと誰もが誉めた。吊す日は、この窓から眺めるために、皆こぞって気前よく見物料を払った。落とし戸がすさまじい音をたてて落ちると、女たちは悲鳴をあげたが、あたしは一度も悲鳴をあげなかった。眉ひとつ動かさず、まばたきひとつしなかった。

「スーザン・トリンダーが見てら」時々、囁《ささや》きが聞こえた。「あいつのおふくろも殺しで吊されてんのによ。勇気あるよな」

それを聞くのが嬉しかった。誰だって嬉しいはずだ。本当は――いまなら誰に知られてもかまわない――あたしに勇気なんてなかった。悲しんでもいないのに、勇気があると言われる資格はない。顔も知らない赤の他人のことで悲しめるはずもない。あたしの母が吊されて死んだのは残念だけど、すんだことだ。母が、皿を惜しんだしみったれを殺しただけで、たとえば子供の首を絞めて吊されたわけでなくて、本当によかった。孤児になったのも、残念なことには違いないが――あたしの知り合いには、母親が呑んだくれだったり、狂っていたりで、憎くて絶対に仲良くやれないという娘《こ》がいくらでもいる。そんな母親を持つくらいなら、死んだ母親のほうがずっとありがたい！

もっとありがたいのは母ちゃんだ。誰よりもありがたい恩人だ。ひと月分の世話代しかもらわなかったのに、十七年もあたしの世話をしてくれた。これが愛でなくてなんだろう。母ちゃんは、あたしを救貧院に放りこむこともできた。風の吹きこむ寝床に寝かせて、泣かせっぱなしにしておくこともできた。なのに、母ちゃんはあたしをおもらいしに行かせなかった。警察に捕まるのを心配してくれた。自分のベッドで隣に寝かせてくれた。髪を酢で艶出ししてくれた。まるで宝石のように。

だけど、あたしは宝石ではなかった。真珠でもなかった。髪は結局、平凡な色で、器量も並だった。やさしい錠前なら、単純な合鍵を作って開けられる。銭を硬い物にぶつけて、音で本物か偽物か見分けることもできる——だけど、この程度は教えられれば誰でもできることだ。ほかの赤んぼたちはどんどんうちに来て、しばらくとどまってから、実の母親に引き取られたり、新しい里親を見つけたり、死んだりしていたけれど、当然、あたしに引き取り手はいない。そのかわり、死なずに育って、揺りかごの間をジンの壜と銀のスプーンを持って歩き回るようになった。気のせいかもしれないが、親方は時々あたしを不思議に光る眼で見ていることがあった——こいつはえものなのに、なぜこんなに長い間ここにいるんだろうという眼で。けれども母ちゃんは、他人から——時々だが——血は水よりも濃い、ということを言われると、恐ろしい顔になった。

「おいで、スウ。よく顔を見せとくれ」あたしの頭を両手ではさみ、親指で頬をなでながら、じっと顔を覗きこむ。「おまえの中に見えるよ、あの顔が。いまもあたしを見てる。考えてる。おまえの母さんは戻ってきて、財産を持ってきてくれるんだったのに。こんなことになるなんて、わかんなかったんだねえ。かわいそうに、戻ってこらんないで！　でもね、財産はこれから手にはいるよ。スウ、おまえの財産と一緒に、あたしたちにも……」

そう何度も言った。母ちゃんは呻いたり、ため息をついたりしていても――かがんでいた揺りかごの上から身を起こして、痛む腰をさすっていても――あたしの姿を見つけると、曇っていた眼が晴れて、満足気な顔になった。

でも、スウがいるからね。まるでそう言っているような顔になる。いまはみんな辛抱していても、スウがいる。スウがきっと、なんとかしてくれる……

あたしは黙っていたが、本当のことを知っているつもりだった。母ちゃんは何年も前に自分の子供を産んでいた。死産だったらしい。あたしを見つめる時、母ちゃんはその顔を見ているのだろう。そう思うと、少しぞっとした。まったく知らない誰かの面影を重ねて、あたしは愛されている……

あの頃は愛について、何でも知っているつもりだった。この世で知らないことなんて何もないと思っていた。どうやって生活するつもりかと訊かれれば、赤んぼを預かる仕事をすると答えただろうし、将来は盗人か故買屋と結婚すると考えていた。あたしが十五歳の時に、ある男の子が盗ってきたブローチをくれてキスを迫ってきた。その少しあとに、別の子がうちの裏口で『錠前屋の娘』を思わせぶりに吹いて、あたしが赤くなるのを見に来た。母ちゃんはふたりとも追い払った。そういう点でもあたしに間違いがないように用心していた。

「サクスビーさんは誰のためにおめえを守ってんだ?」男の子たちは言う。「エディー皇太子のためかよ」

ラント街に来た人たちは、あたしをとろいと思っていただろう——おつむの中身のことではなく、のろまだという意味だ。たしかにサザークの基準では、あたしはのろまだったかもしれない。それでも、頭の回転は速かった。あの稼業の家に育ったら、何にどんな価値があるかを見る目が自然と身につく。どれがどう化けて、何を生み出すか。

ここまでのあたしの話——どうだろう。わかってもらえただろうか。

いいから早く物語を始めろ、という声が聞こえそうだ。でも、あの頃はあたしも待っていた。そう、物語はもう始まっているのだ。だけど、あの頃のあたしも気づいていなかった——すべてが始まっていたことに。

ここからが、あたしの思っていた物語の始まりになる。

冬の夜だった。十七回目のあたしの誕生日を祝うクリスマスから二週間が過ぎた暗い夜——それは雨のような霧がたちこめ、雪のような雨の舞う、底冷えのする夜だった。暗い夜は盗人や故買屋にはもってこいの時だった。中でも、冬の暗い夜は書入れ時だ。そんな時、たいていの連中は家の中にこもり、金持ちは田舎に行き、ロンドンの大きな屋敷は閉めきられ、無人になり、盗みにはいってくれと言わんばかりになる。こういう夜には、えものがどっさり持ちこまれ、イップズ親方の儲けもいつもより多くなった。寒いので、盗人たちは交渉をさっさと切り上げるのだ。

ラント街の我が家では、ほとんど寒さを感じなかった。台所の火のほかに、錠前作りの炉があって、親方は炉の火を絶やさなかった。いつ何を作ったり溶かしたりする必要が生じるかしれないからだ。この夜は三、四人の小僧が、ソヴリン金貨を溶かしていた。横で母ちゃんがあの大きな椅子に坐って、赤んぼを二、三人入れた揺りかごを脇に置いていた。そのころ同居していた小僧と娘——ジョン・ヴルームとデインティ・ウォレンもいた。

ジョンはがりがりに痩せこけた十四くらいの色黒の子供で、いつも何かを食べていた。腹に虫がいるに違いない。この夜もピーナツを割っては床に殻を撒き散らしていた。

見かねて母ちゃんが口を出した。「行儀よくできないかい。おまえが散らかすと、スウが掃除しなきゃならないんだよ」

「へん、かわいそうにな、スウ。同情すらあ」

ジョンはあたしを嫌っていた。嫉妬しているのだ。あたしと同じ身の上で、赤んぼの時にこの家に来たジョンは、母親に死なれて孤児になった。見てくれが悪く、欲しいという里親が現われなかったので、四、五歳になると、母ちゃんはジョンを教会に捨てた——その時さえ、この家から追い出すのは骨だった。ジョンはいつも救貧院から脱け出し、朝、うちが店を開けると、上がり段で寝ていた。とうとう母ちゃんは、ある船長にジョンを押しつけ、支那《シナ》の国まで追いやった。航海から戻ってきたジョンは、給金を博打《ばくち》にそっくりつぎこんだ。給金はひと月でなくなった。それからはラント街でイッブズ親方の使い走りをする一方、別の汚い仕事もしていた――デインティに手伝わせて。

デインティは二十三歳のきれいな赤毛娘で、少しおつむが弱い。それでも、真っ白い手は器用で、なんでも縫うことができた。ジョンはデインティに、盗んだ犬に別の犬の毛皮を縫いつけさせ、駄犬を高級な犬にしたてあげていた。

ジョンはある犬泥棒と取引をしていた。その男は雌犬を二匹、飼っていた。犬が発情すると連れ歩き、どこかの飼い犬が引き寄せられると、誘拐して十ポンドの身の代金をふっかけた。さらったのが愛玩犬で、特に涙もろい女主人が相手だと、てきめんだった。中には、身の代金を払わない飼い主もいる――切り取った犬の尾を送りつけても、一ペニーも払おうとしない冷酷な奴が――その場合、男は犬を絞め殺して格安でジョンに売った。ジョンが、犬の肉をどうしたのかは知らない――兎と言って売ったか、自分で食べたか――しかし、毛皮はさっきも言ったとおり、デインティに渡して、野良犬の体に縫いつけさせた。ジョンはその駄犬をホワイトチャペルの市に連れていき、血統書つきと偽って売っていた。

そうした毛皮のはぎれを、デインティは縫い合わせて、ジョンの上着を作った。この夜、デインティが縫っていたのはそれだった。襟と両肩と袖の半分までができあがったところで、もう四十匹以上の犬が使われていた。獣の皮は火の前で猛烈に臭い、うちの犬を――昔うちにいた番犬のジャックでなく、マザーグースの泥棒にちなんでチャーリー・ワグと名づけた茶色の犬を——狂わせた。

デインティは何度もあたしたちのほうにそれをかかげ、どんなにすてきな上着か見せた。「ありがたいこったね、デインティにとっちゃ。あんたの背が高くなくてさ、ジョン」何度目かに見せつけられた時、あたしは言った。

「おめえこそ、死んでなくてありがてえと思え」ジョンは背の低いことを気にしていた。「死んでてくれたほうが、みんなありがてえのによ。おめえの皮もはいで、おれの上着の袖にくっつけてもらうか——涙を拭く手首のとこにでも。ブルドッグかボクサーの隣が似合いだよ、おめえは」

そして肌身離さず持ち歩いているナイフを抜くと、親指で切れ味を確かめた。「そうだな、いつか夜中に寝てる間に、おめえの皮を少しはがせてもらおう。おい、デインティ、そいつも縫ってくれよ」

デインティは手で口をおおって悲鳴をあげた。ゆるすぎる指輪を留めた糸が真っ黒なのが見えた。

「いやだあ！」

ジョンはにやりとして、ナイフの先で欠けた歯をつついた。母ちゃんが口を開いた。

「いいかげんにしないと、そのろくでもない頭をぶっとばすよ。スウを怖がらせたら承知しないからね」

あたしはすぐに言い返した。ジョン・ヴルームみたいな小便たれの赤んぼを怖がったりしたら、自分で咽喉《のど》を切っちまうよ。ジョンは、おれに切らせな、と言い返した。すると、母ちゃんは椅子から身を乗り出して、ジョンを殴った——ずっと前のあの夜、哀れなフローラをぶった時のように——そのあと何度も、こうして椅子に坐ったまま、ほかの連中を殴ったように——あたしのために。

一瞬、ジョンは母ちゃんを殴り返したそうな顔になり、もっとひどく殴りたそうな形相であたしを見た。デインティが椅子の中で身じろぎしたとたん、ジョンは振り返って殴った。

「くそっ」ジョンは言い捨てた。「なんでおればっか」

デインティはべそをかいて、ジョンの袖にそっと手を伸ばした。「ほかの人たちが何言ってもいいだろ、ジョニー。あたしはあんたにずっとくっついてるもん」

「ああ、べったりな。シャベルについた糞だ、おめえは」乱暴に手を払われて、デインティは椅子をがたつかせて前にかがみ、犬の毛皮の上着に顔を埋め、涙を落とした。

「泣かないんだよ、デインティ」母ちゃんは言った。「せっかくうまくできてるのに、上着がだめになっちまう」

デインティはしばらく泣き続けた。急に、炉を囲んでいた小僧たちのひとりが熱い金貨に触って、大騒ぎをした。デインティはけらけら笑いだした。ジョンはもうひとつピーナツを口に放りこみ、殻を床に吐き出した。

それから十五分くらい、みんなは静かに坐っていた。チャーリー・ワグは火の前に横になって、二輪辻馬車《ハンサム》を追いかける夢でも見ているらしい——しっぽの瘤《こぶ》は、二輪辻馬車にひかれた時の古傷だ。あたしはカードを出し、ひとりトランプを始めた。デインティは針を動かしていた。母ちゃんはうとうとしていた。ジョンはただ坐っていた。そしてあたしが並べているカードを覗いては、いちいち口を出した。

「シャベルのジャックをハートの淫売の上に置きな」ジョンは言った。「ああ、ったく！　とろいな、てめえは！」

「うっさいよ、あんたは」あたしは指の先から眼を離さずに言い返した。このカードは古く、雑巾のようにくたくただった。昔、これを使っていかさまをした男が、その時の喧嘩で死んだらしい。あたしは最後のひとゲームをするつもりでカードを広げ、椅子の向きをずらして、ジョンに覗かれないようにした。

突然、眠りこけていた赤んぼのひとりが泣きだすと、チャーリー・ワグも起きてひと声吠えた。吹きこんできた風に、炎が煙突の中まで燃え上がり、雨が勢いよく石炭の上に落ちてきて、鋭い音をたてた。母ちゃんが眼を開けた。「ありゃ、なんだい」

「何がなんだって」ジョンは訊き返した。

その時、あたしたちにも聞こえた。家の裏に続く路地で、かすかな音がひとつした。もうひとつ。音は、足音に変わった。足音は台所の裏口で止まった——一瞬の沈黙——そして、ゆっくりと重たいノック。

だん——だん——だん。ちょうど芝居で、死人の亡霊が戻ってきてドアを叩くような音。盗人のノックではない。盗人は素早く軽く打つ。音を聞けば、何が舞いこんできたのかわかるものだ。だけど、この時やってきたのは何でもあり得た。何でもおかしくなかった。悪いことだとしても。

あたしたちは悪いことだと思った。いっせいに顔を見合わせ、母ちゃんは揺りかごに手を伸ばし、赤んぼを抱き上げ、胸に押しあてて泣き声をふさいだ。ジョンはチャーリー・ワグを捕まえて、口を押さえた。炉の前の小僧たちはねずみのように押し黙った。親方が静かに言った。「心当たりのある奴は？　おめえら、片づけな。火傷《やけど》は気にするな。来たのがサツなら、見られちゃおしめえだ」

小僧たちは金貨や、溶かした金塊をかき集めると、ハンケチに包んで、帽子の下やズボンのポケットに押しこんだ。小僧のひとりは――イップズ親方の最年長の甥のフィルは――素早くドアの脇に移動し、壁に背を当て、手をコートに入れた。二度も監獄にはいったフィルは、どんなことをしてでも三度目はごめんだと、いつも言っていた。

またノックの音がした。親方は言った。「しまったか。いいか、落ち着け、落ち着け。おい、スウ、ドアを開けてくれ」

あたしはまた母ちゃんを見た。母ちゃんが頷くと、あたしは歩いていって、閂《かんぬき》をはずした。ドアがいきなり開いて、ものすごい勢いであたしにぶつかったので、フィルは押し破られたと思ったらしい――壁から身を起こし、ナイフを抜いて構えた。けれども、ドアを開けたのはただの風だった。風はあっという間に台所を吹き抜け、蠟燭の半分を消し、炉の火を燃え立たせ、あたしのカードを全部飛ばした。路地には男が立っていた。黒ずくめで、全身濡れねずみで、水を滴《したた》らせ、足元には革の鞄を置いていた。弱々しい光に、男の青白い頰と口髭が見えたが、眼は帽子のつばに隠れていた。声を聞かなければ、誰かわからなかった。男は言った。

「スウ！　スウだろ？　よかった！　きみに会うのに四十マイルも旅したよ。なあ、ここに立たせておくつもりか。凍え死んじまう！」

それで誰だかわかった。一年以上も会っていなかったけれども。ラント街に来る人間でこんな喋り方をする男は、百人捕まえても見つからない。彼の名はリチャード・リヴァーズ、ディック・リヴァーズ、時にはリチャード・ウェルズと言った。あたしたちは別の名で呼んでいた。母ちゃんがあたしを見つめて「誰だい？」と訊いた時に、あたしが答えたのもその名だった。

「〈紳士《ジェントルマン》〉だよ」

もちろんあたしたちはジェントルマンとは発音しない。育ちのいい連中がひとつひとつの音を歯切れよく言うのと違って、短く刈りこんで言う——ジェマンと。

「〈紳士〉だよ」あたしの言葉に、フィルはすぐナイフをしまって唾《つば》を吐き、炉の前に戻った。母ちゃんは椅子に坐ったままで、向き直った。赤んぼの真っ赤な顔が胸から離れて口を開けた。

「〈紳士〉かい！」母ちゃんが叫ぶと、赤んぼは泣きわめきだし、チャーリー・ワグはジョンの手を離れ、吠えながら〈紳士〉に飛びかかり、コートに前脚をかけた。「びっくりさせてくれるね！　デインティ、蠟燭に火をつけな。それからお湯をわかしとくれ」

「青服《サツ》が来たと思ったよ」台所にはいってきた〈紳士〉に、あたしは言った。

「寒くて真っ青だよ」〈紳士〉は答えた。鞄を置いて身震いすると、ぐしょ濡れの帽子と手袋を取った。水の滴るコートを脱ぐと、湯気がたった。彼は両手をこすりあわせ、頭に手をやった。縮れた長い髪も、髭も、雨でぺったりして、いつもより長く、黒く、つやつやして見えた。指にいくつも指輪をはめ、チョッキには宝石つきの鎖で懐中時計を留めている。あたしはひと目で、指輪も時計もまがいもので、宝石はガラス玉だと見抜いていた。それでも偽物にしてはかなり出来のいいものだ。

デインティが灯をつけて回ると部屋は明るくなってきた。〈紳士〉はあたりを見回し、両手をこすりながら、ひょいと頭を下げた。

「ひさしぶりだね、イッブズさん」気安く呼びかけた。「みんなも元気かい」

イッブズ親方は答えた。「ああ元気だよ」小僧たちは答えなかった。フィルが誰にともなく言った。「やっぱりうしろからが好きなんだぜ」——小僧のひとりが笑った。

子供連中は〈紳士〉のような男をホモだと思っているのだ。

ジョンは誰より大声で笑った。〈紳士〉はそちらに顔を向けた。「やあ、ダニまみれくん。きみの猿は逃げちまったのか?」

ジョンは浅黒い顔をしていたので、誰もがイタリア人と見違える。〈紳士〉の言葉に、ジョンは鼻に指を当てた。「おれの尻の穴でも舐《な》めな」

「舐めさせてくれるの?」〈紳士〉はにこにこして言った。「こんばんは、美人さん」ウィンクされたデインティはうつむいた。彼はチャーリー・ワグの上にかがみこんで、耳を引っ張った。「やあ、ワグくん。おまわりはどこだ？　おい？　どこだ、どこだ？　追っ払ってこい！」チャーリー・ワグは暴れだした。「いい子だ」立ち上がって、犬の毛を払った。「よしよし。終わりだよ」

それから、歩いていって母ちゃんの椅子の前に立った。

「こんばんは、サクスビーさん」

赤んぼはジンを飲まされて、静かになっていた。母ちゃんは手を差し出した。〈紳士〉はその手を取ってキスをした——最初は手の甲に、そして指先に。母ちゃんは言った。

「その椅子からどきな、ジョン。〈紳士〉が坐るんだから」

ジョンは一瞬、悪魔のような顔になったが、立ち上がると、デインティの椅子に坐った。〈紳士〉は坐って、脚を火に向けて伸ばした。彼は背が高く、脚が長かった。二十七、八歳の彼の横で、ジョンは六つくらいに見えた。

母ちゃんは〈紳士〉があくびをして顔をこするのをじっと見ていた。やがて、その視線に気づいて、彼はにっこりした。

「やあ。景気は？」

「上々だね」赤んぼはぐったり寝ていた。母ちゃんは昔あたしにそうしてくれたように、優しくなでていた。〈紳士〉は顎の先で赤んぼをさした。

「そのちびさんはあずかりもの？　家族？」

「あずかりもんさ」

「男？　女？」

「男の子さ、まったくねえ！　これも母親がなくて、あたしが育ててやらなきゃなんない、かわいそうな赤んぼさ」

〈紳士〉は母ちゃんの上にかがみこんだ。

「羨ましい坊やだ！」そしてウィンクした。

母ちゃんは叫んだ。「これ！」そして薔薇のように真っ赤になった。「ナマ言うんじゃないよ！」

ホモでもなんでも、彼はたしかに女の顔を赤くすることができた。

〈紳士〉と呼ぶのは、彼が本物の紳士だからだ――昔は紳士だった、と本人が言っている。本物の紳士の学校に行って、父親と母親と妹がいて――家族全員、育ちがよくて――その家族の心を壊しかけた。唸るほど持っていた自分の金は全部博打でなくした。父親から、財産にはびた一文手をつけさせないと言い渡され、昔ながらの方法で金を作るしかなくなった。盗みと詐欺。その稼業にあまりに馴染んでいるので、あたしたちはみんな、家系に流れていた悪党の血がまとめて出たに違いない、と言い合ったものだ。

やる気を出すと〈紳士〉は腕のいい画家にもなれた。パリではしばらく贋作画家としてやっていた。それがだめになると、今度は一年ほど、フランス語の本を英語に――でなければ、英語の本をフランス語に訳して食べていた——どっちにしろ、訳すたびにもとの話を少しずつ変えて、全部、違う題名にしていたから、ひとつのタネ本から二十冊も新しい本を作ることができた。だけど本業は詐欺師で、大きなカジノに出入りするプロの賭博師だった——そんな真似ができるのも、社交界に自然にとけこむことができて、連中と同じくらい正直そうな顔をしていたからだ。貴婦人たちが特に彼に夢中になった。大金持ちの女相続人と三度も結婚しかけたが、そのたびにご令嬢の父親が疑いを抱き、全部、破談になっている。彼はまた偽造手形を売り、大勢の人生を破綻《はたん》させた。水も滴るいい男で、そんな〈紳士〉に母ちゃんは甘かった。彼はラント街にだいたい年に一度来ては、親方にえものを渡し、悪銭と、忠告と、情報《ネタ》を持ち帰った。

あたしは今度もえものを持ってきたのだと思った。母ちゃんも同じだったらしく、火の前で血の気を取り戻した彼に、デインティがラムをたらしたお茶を渡すと、赤んぼを揺りかごに戻して、スカートの膝の皺《しわ》を伸ばして言った。

「とにかく会えて嬉しいよ。次に来るのはあとひと月かふた月あとだと思ってた。何か持ってきたのかい、親方が喜びそうなもんを」

〈紳士〉は首を振った。「イッブズさんには何も」

「何も？　聞いたかい、親方」

「そいつは残念だ」親方は炉の前のいつもの場所から言った。

母ちゃんは内緒話をする顔になった。「それじゃ、ひょっとしてあたしにかい？」

けれども〈紳士〉は首を振った。

「何もない、サクスビーさんにも。この赤シャツくんにも（ジョンのことだ）。デインティにも。フィルにも。そっちの坊やたちにも。このチャーリー・ワグくんにも」

そう言いながら部屋中を見回した彼は、あたしの上で眼を止めて口をつぐんだ。その時、あたしは散らばったカードを集めて、順番を整えていた。視線を感じて――彼だけでなく、ジョンも、デインティも、母ちゃんもまだ赤い顔のままで、こっちを見ていた――あたしはカードを置いた。彼はすぐに手を伸ばしてカードをすくいあげ、切り始めた。いつも手を動かしていなければ落ち着かない男だった。

「さて、スウ」まだあたしを見つめていた。その眼は澄んだ空色だった。

「さて、なにさ」あたしは言い返した。

「きみはどう言うかな。ぼくはきみに話があって来たんだ」

「こいつに！」ジョンが吐き捨てるように言った。

〈紳士〉は頷いた。「そう、きみに。ぼくはきみに申しこみたい」

「申しこみだって！」フィルが言った。盗み聞きしていたのだ。「気をつけな、スウ、結婚してくれって言われるぞ！」

デインティが大声をあげ、小僧たちはいっせいににやにやした。〈紳士〉は眼をぱちくりさせていたが、あたしから視線をはずすと、母ちゃんの上にかがみこんで言った。「そこの炉の前の御一同に、席をはずしてもらえないか。ジョンとデインティはここにいてほしい。助けがいるからね」

母ちゃんは迷って、親方に眼をやった。親方はすぐに言った。「その金貨には十分汗をかかせたな。気の毒に、女王様も風邪をひいちまうだろう。これ以上、女王様に汗をかかせたらおれたちゃ、国賊だ」手桶を取り上げて、熱い金貨を水にぽちゃり、ぽちゃりと落としていった。「ほれ、黄色いぼうずたちがシーっと言ってるだろう！　金貨は何でも知ってる。金貨の言うことを聞こうや」

「わかったよ、ハンフリー伯父さん」フィルはコートの前をかき寄せて、襟を立てた。ほかの小僧たちも同じようにした。「じゃな」そう言って、あたしに、ジョンに、デインティに、母ちゃんに挨拶をした。〈紳士〉には何も言わなかった。彼は連中が出ていくのを見送った。

「うしろに気をつけなよ！」ドアが閉まりかけると、彼は呼びかけた。フィルが唾を吐くのが聞こえた。

親方は錠前に鍵をかけた。戻ってくると、自分のお茶をいれて――デインティが〈紳士〉のためにそうしたように、ラムをたらした。ラムの香りが湯気にのってたちのぼり、火と、溶かした金と、犬の毛皮と、濡れて乾いてきたコートの臭いとまざった。火床に落ちる雨の音はやわらかくなった。ジョンはピーナツをしゃぶりながら、舌についた殻を手で取っていた。親方はランプを動かした。テーブルもみんなの顔も手も明るく見えた。部屋のほかのものはみんな影に沈んだ。

しばらくは誰も口を開かなかった。〈紳士〉はまだカードをいじくっていて、あたしたちは坐ったまま彼を見ていた。親方がいちばん熱心に見つめていた。眼をすがめて、頭を少し傾けて——まるで銃を構えているかのように。

「で」親方は言った。「話ってのは」

〈紳士〉は顔をあげた。

「話というのは」彼は言った。「これだ」カードを一枚抜いて、表を上にテーブルに置いた。ダイヤのキング。「あるところにひとりの男がいる、と想像してくれ」そうしながら言った。

「老人だ——賢い男だよ、彼なりに——学者紳士だ。ただ、妙な習慣がある。えらく時代遅れな村の近くに、これまたえらく時代遅れな城館に住んでいる。ロンドンから何マイルか離れた場所——詳しい場所はいまはおいといてだ。城館には本や版画がびっしりで、老人がこの世で愛しているのはそれだけで、彼の仕事というのは——まあ、言ってみれば、事典の編集だ。すべての蔵書についてまとめている。だけど、版画も整理したがってるんだ——ばらばらのをまとめて本の形にしたてたいのさ。ところが、その作業は老人の手にあまる。で彼は新聞に広告を打った。手伝いが必要だと——」ここでもう一枚、さっきのカードの隣に置いた。スペードのジャックを。「装丁のできる賢い青年がひとり必要だとね。そして、とある賢い青年が——ちょうどその頃、ロンドンの賭場で顔が知れすぎて、ちょっとばかりほとぼりをさますのに、軽い仕事の住みこみの働き場所を切望してたので——その広告に応え、面接を受けて合格した」

「その賢い青年というのがおめえだな」親方は言った。

「その賢い青年というのはぼくなんだ。さすが親方、のみこみが早い！」

「で、その田舎のちんけなぼろ城は」ジョンはむくれつつも、〈紳士〉の話に引きこまれて言った。「おたからがぎっしりなんだろ。おめえは物入れって物入れの鍵を全部壊すってわけだな。親方にやっとこや道具を借りに来たんだろ。で、スウは――猫っかぶりの、おぼこい眼のこいつは、偵察役ってわけか」

〈紳士〉は頭をそびやかし、息をひとつ吸うと、からかうように指を一本立てた。

「えものは雪山並みにない！　この田舎の城館は最低だ。築二百年で、薄暗くて、隙間風が吹いて、屋根の先まで抵当にはいってる――しかもこの屋根の雨漏りがどんどんひどくなってきているていたらくだ。絨毯も花瓶も皿も、屁の価値もない。老人はぼくたちと同じで陶器の皿で食事をする」

「どけち爺いか！」ジョンは鼻先で笑った。「けどよ、そういうしみったれほど、銀行にしこたま貯めこんでるもんだろ。ああ、わかった、遺産は全部おめえに譲るって遺言を書かせたんだな。それで、毒をひと壜くれって来たん――」

〈紳士〉は首を振った。

「毒一オンスとか」ジョンは期待するような眼で見た。

「毒は一オンスも、ひとつまみもいらない。それから銀行にはまったく金がない――すくなくとも、老人の名義では。ひっそりと世捨て人のように暮らしていて、金に関してはとんと無知だ。ところで、老人はまったくのひとり暮らしじゃない。同居人がいる……」

ハートの女王。

「へっへっ」ジョンは卑しい笑顔になった。「女房か。いいえものだな」

紳士はまた首を振った。

「娘か」ジョンは訊いた。

「女房でもない。娘でもない」〈紳士〉はハートの女王の不幸せそうな顔に視線と指を当てたままで言った。「姪だよ。歳は」――あたしをちらっと見た――「だいたいスウと同じくらい。見た目は、なかなかってところだ。頭の回転の速さというか理解力というかそっちのほうは」――微笑した――「まあ、非常に控えめだと言っておこう」

「うすのろか！」ジョンは嬉しげに言った。「そいつが金持ちだと言ってくれよ」

「ああ、金持ちだ」〈紳士〉は頷いた。「だけど、芋虫が羽を持ってるとか、クローバーが蜂蜜を持ってるとか、そういう意味の金持ちさ。その娘は女相続人なんだ、ジョニー。その財産はたしかなものだが、伯父には手をつけることができない。ただし、妙な条件がついてる。結婚するまで、彼女は自分の財産に一ペニーも手をつけることができない。未婚のまま死ねば、財産は全部いとこのものになる。結婚すれば、彼女は――」白い指先でカードをなぞった。

「――女王のような大金持ちだ」

「どのぐれえだ」親方が言った。いままでひとことも口をはさまなかった親方が。〈紳士〉はその声に、顔をあげて正面から眼を合わせた。

「現金で一万ポンド」彼は静かに答えた。「株が五千」

火の中の石炭がはぜた。ジョンは欠けた歯の間から口笛を吹き、チャーリー・ワグは吠えた。母ちゃんを振り返ると、うつむいて陰気な顔をしていた。親方はお茶を飲みながら、考えこんでいた。

「その爺さんは姪とべったりなんだな」お茶を飲み干すと、親方は言った。

「かなりね」〈紳士〉は頷いて身を起こした。「もう何年も前から秘書にしてる——何時間もぶっとおしで朗読させる。姪が成長して女になったことに気づいてないんだ」そして意味ありげな笑みを浮かべた。「姪本人は気づいてるようだけどね。ぼくが絵を描き始めたとたん、急に絵に興味を持った。教えてほしいとさ、個人レッスンで。ぼくは絵に関しちゃ本職はだしで、むこうはパステルと豚の区別もできない無知だからね。ま、すなおな娘だ——こっちの言うなりさ。最初の週はまず描線を、そして陰影について手ほどきした。二週目には陰影からデッサンに進んだ。三週目は——水彩画に進んだ。その次の週には、油絵の具の混ぜ方を教えた。五週目は——」

「五週目は触りまくったんだ!」ジョンは言った。

〈紳士〉は眼を閉じた。

「五週目はレッスンが取りやめになった。きみはそんなご令嬢が男の個人教師と、部屋にふたりっきりになると思ってるのかい。レッスンの間中、アイルランド人の侍女が、そばにずっと坐ってるんだよ——真っ赤な顔で咳をするんだ、ぼくの指が女主人の指に近づきすぎたり、小さな白い頰にぼくの息がかかりそうになるたびに。いやに気取った侍女だと思ってたら、単に猩紅熱《しょうこうねつ》にかかってただけだった——このくそ肝心なときに困った女だよ。そういうわけで、我らがお嬢様は侍女を失ったが、城には家政婦しかいない——だが家政婦にはぼんやり坐ってレッスンの監視をしてる暇はない。絵の勉強は取り止めになって、絵の具はパレットの上で乾きっぱなしだ。いまじゃ、ぼくは令嬢が食事時に老人の隣に坐っているところしか見ることができない。部屋の前を通ると、時々、歌ってるのが聞こえるけどね」

「首尾よく運んでたのに、そんな具合か」親方は言った。

「ああ」〈紳士〉は言った。「そんな具合さ」

「かわいそうなお嬢さん！」デインティは眼に涙をためていた。この娘はなんでもすぐに泣くのだ。「すごくきれいな人なんだろ？　顔とかスタイルとか」

〈紳士〉は曖昧《あいまい》な表情になった。「そうだな、男が目に入れても損はないね、まあ」

ジョンは笑った。「そのアマの目におれを入れてえな」

「ぼくはきみの目に入れたいね」〈紳士〉は落ち着いて言った。そしてまばたきした。「ぼくのこぶしを」

ジョンは頬をどす黒く染めて、飛び上がった。「やるか！」

親方は両手をあげた。「ふたりとも！　やめねえか！　女子供の前でみっともねえ！　ジョン、いいから坐っておとなしくしてろ。〈紳士〉よ、おめえも話を持ってきたんだろ。いままでの話はパイ皮ばっかりじゃねえか。肉はどこだ、肉は。いちばん肝心な話を聞いてねえ。スージーがどうやって、おめえの料理を手伝うんだ？」

ジョンは椅子の脚を蹴りつけて、腰をおろした。〈紳士〉は紙巻きの箱を取り出した。マッチを見つけて擦る間、みんなは固唾《かたず》をのんで待ち、瞳に映る硫黄の炎を見つめていた。やがて、彼はまたテーブルの上に身を乗り出し、さっき置いた三枚のカードを、指先できれいにくっつけて並べた。

「肉か。よし、見せよう」ハートの女王を指で叩いた。「ぼくはこの娘と結婚して財産をいただくつもりだ。彼女を」――そのカードを横にすべらせて――「伯父の鼻先からかっさらう。いままで話したとおり、ぼくはこの計画をうまい具合に進めてきた。ところで、この令嬢は変わり者で、ひとりにしておけない――だから、賢い目付け役の侍女が必要なのは無理もないが、そんなものを雇われちゃ、こっちの計画は終わりだ。ぼくはロンドンに、装丁の材料を集めに来たんだが、戻る時にはスウに一緒に来てほしい。新しい侍女になって、令嬢を口説く手助けをしてもらいたいんだ」

彼はあたしの眼を見た。手なぐさみに白い片手でカードをいじり、声を落とした。

「もうひとつ、スウの助けが必要なことがある。結婚したあと、ぼくはこの娘をそばにおきたくない。幸い、厄介払いさせてくれる男を知ってる。ある建物に彼女を預かってくれるんだ。気狂い病院にね。しっかり閉じこめてくれる。だから……」言葉を切ると、そのカードを伏せて、手をのせた。「とにかく、ぼくは彼女と結婚しなけりゃならない。そして、金のために一度は――ジョニーが言ったように、触りまくる。そのあと、まったく疑っていない彼女を病院の門の前に連れていく。やばいことはない。もともと少し頭が弱いって言ったろ？　だけど、ぼくは確実にやりたい。疑いを持たれないようにスウに見張っててほしいんだよ。そして、こっちの計画に沿うように、白痴のお嬢さんを誘導してほしい」

彼がもう一度、煙草を口に持っていくと、みんなはさっきのようにあたしを振り返った。母ちゃん以外は。〈紳士〉が喋ってる間中、母ちゃんは黙って聞いていた。話の間に、茶碗から受皿にお茶を少し注いで、回すように動かしてから、ようやく口元に持っていくのを、あたしは見ていた。母ちゃんは熱いお茶が苦手で、そんなものを飲むとくちびるが硬くなると言っていた。母ちゃんほどくちびるがふっくらしてやわらかいおとなの女はいない。

無言で茶碗と受皿を置くと、母ちゃんはハンケチを取り出し、口を拭いた。そして〈紳士〉に向き直ると、やっと口を開いた。

「なんでまたスウを？　国中の娘の中から、なんであたしのスウを？」

「なぜならスウはあなたの秘蔵っ子だからだ。信用できる、まっとうな娘だ――ま、法を守るって点に関しちゃ話は別だが」

母ちゃんは頷いた。「で、この肉がどうして、あたしらの肉なんだい」

彼はもう一度あたしを見たが、母ちゃんに答えた。

「スウにはぼくから二千ポンド渡す」髭をなでながら言った。「そしてスウは、女主人の小物でも服でも宝石でもなんでも好きなものをくすねることができる」

これがその話だった。

あたしたちはじっくり考えた。

「どうだ」ついに彼は――今度はあたしに向かって言った。そして答える前に「悪かったな、突然こんな話をして。だけど、どれだけ時間がないかわかるだろう。とにかく女の子をひとり連れてかなきゃならないんだ。ぼくはきみに来てほしい、スウ。誰よりもきみに頼みたい。だけど、だめならすぐに言ってくれ――別の娘を見つけるから」

「デインティがかわりに行けるぜ」ジョンはそれを聞いて言った。「昔、小間使いをやったことがある――だろ、デイント？――ペッカムのでっかい屋敷の奥方んとこで」

「たしか」親方はお茶を飲んで言った。「デインティは帽子のピンを奥方の腕に突き刺して、馘《くび》になったんじゃねえか」

「意地悪女だったからだよ」デインティは言った。「だからむかついて、わざとやってやったんだ。でも、今度のお嬢さんは性悪《しょうわる》じゃなさそうだもん。頭が弱いだけだろ。馬鹿娘の侍女なら、あたし、やってもいいよ」

「これはスウの話だ」母ちゃんは静かに言った。「スウはまだ答えてないよ」

するとまたみんなの眼がいっせいにこっちを向いた。なんだか不安になったあたしは、首を振った。「わかんないよ。なんか、やばそうな話だし。あたしが貴婦人の侍女？　だってあたし、どうしていいかわかんないよ、そんなの」

「教えるさ」〈紳士〉は言った。「デインティは経験があるから教えられる。難しいことなんかない。ただ坐って、にこにこして、気つけ薬を差し出せば」

「でも、そのお嬢さんがあたしを雇いたくないって言ったら？　なんで、お嬢さんがあたしをそばに置きたがるってわかんのさ」

けれども、〈紳士〉はその点もちゃんと考えていた。何から何まで考えていたのだ。彼が昔世話になった乳母の姪だと――町でひどく苦労している娘だと言って紹介する、そうすれば、彼のためにあたしを雇うに決まっていると。

「紹介状も書いてやるよ――バム街のファニー令夫人とか、適当なサインをして――むこうはわかりゃしない。社交界に出たこともなけりゃ、ロンドンとエルサレムの区別もつかない田舎者だ。ばれやしない」

「わかんないよ」あたしは繰り返した。「そのお嬢さんがそれほどあんたを好いてなかったら？」

彼は神妙な顔になった。「まあ、おぼこ娘がぼくに好意を持ってるかどうかくらい、わかるつもりだよ」

「けどね」母ちゃんが口をはさんだ。「お嬢さんがそこまであんたに夢中じゃなかったらどうだい？　バンバー嬢とかフィンチ嬢と同じことになったら」

バンバー嬢もフィンチ嬢も、〈紳士〉がもう少しのところで釣りそこなった女相続人だ。ふたりの名を聞くと彼は鼻で笑った。「この娘は連中のようなことにはならない、絶対に。あいつらには父親がいた――弁護士にがっちり守られた野心家の父親が。今度の娘の伯父は、読んでる本の最後のページより先を見ることのできない近視眼だ。ぼくに十分好意を持っているかどうかに関しちゃ――そうだな、たぶん大丈夫だとしか言えない」

「伯父さんの城を出て駆け落ちするくらい、あんたを好いてるってのかい」

「あそこは陰気な城だからね」彼は答えた。「年頃の娘には」

「しかし、歳が問題だな」親方は言った。こういう仕事をしていると、なんとなく法律をかじるものだ。「その娘が二十一になるまでは、伯父貴の許しがいる。どれだけ素早くかっさらおうが、その伯父貴が追っかけてきて連れ戻す。そうなりゃ、おめえがその娘の亭主になったことなんざ、なかったも同然ってわけだ」

「だけど、彼女がぼくの妻になった事実はなかったも同然ってわけにはいかない――わかるだろ?」〈紳士〉はずるそうに言った。

デインティはきょとんとした。ジョンはその顔をちらりと見た。「触るからさ」

「傷物になるってことだよ」母ちゃんは言った。「もうそのお嬢さんをもらってくれる男はいないってことさ」

デインティはびっくりするほど大きく息をのんだ。

「そんなことはどうでもいい」親方は手でさえぎった。そして〈紳士〉に言った。「かなりの綱渡りだな。ええ?」

「そりゃわかってるさ。だけどやってみる価値はある。失うものがあるか? 何も手にはいらなかったとしても、スウにとっちゃ楽しい休暇だ」

ジョンはげらげら笑った。「休暇か、ああ、そうだな。捕まりゃ、ものすごくなげえ休暇だ」

あたしはくちびるを咬んだ。ジョンの言うとおりだ。けれども、躊躇《ちゅうちょ》したのは危険だからではない。盗人がいちいち先の心配をしていたら気が変になる。ただどんな休暇にしろ、そんなものが欲しいかどうか、自分でもわからなかったのだ。このサザークをほんの一時にしろ離れるなんて。一度だけ、ブロムリーに住む、母ちゃんのいとこの家に一緒に行ったことがある。あの時はおみやげに蜜蜂の巣箱を持ち帰った。あたしの覚えている田舎は静かで変わった場所で、頭の弱い人かジプシーばかりだった。

頭の弱い娘と一緒に暮らすのはどんな感じだろう。デインティとは違うはずだ。デインティはただ、ちょっとしたことでかっとなったり、たまに興奮するだけだ。でも、その令嬢は本当に狂っているかもしれない。あたしの首を絞めようとするかもしれない。助けを呼んでも来てくれる人は誰もいない——何マイル先までも。ジプシーはいたとしても役に立たないだろう。連中は自分のことしか考えない。たとえ火にまかれた人を見ても、道を渡って唾をかけてくれることさえしないのは、誰でも知っている。

あたしは口を開いた。「そのお嬢さんて——どんな感じさ。頭がおかしいって?」

「おかしくはない」〈紳士〉は答えた。「ちょっと変わってるだけだ。世間知らずの赤んぼだよ。外の世界に触れたことがない。きみと同じ孤児だ。ただ、きみにはサクスビーさんという育ての親がいたけど、この娘には——誰もいなかった」

デインティが彼を見た。彼女の母親は呑んだくれで、河で溺れ死んだ。父親は娘たちを殴っていた。殴られて妹は死んだ。デインティはかすれた声で言った。

「それ、ものすごい、ひどいことじゃないの、あんたがしようとしてることって」

その瞬間まで、あたしたちの誰もそんなことを考えていなかった気がする。デインティの言葉のあと、見回すと、誰もあたしと眼を合わせようとしなかった。

やがて〈紳士〉が笑い声をたてた。

「ものすごいって？　そりゃ、ものすごいお宝さ！　なんたって一万五千ポンドだぜ――おお！　なんと甘やかな響き。だいたい、金の持ち主はもともと正直な手段で稼いだと思うか。違うね！　金ってものは、令嬢のような身分の連中が、貧乏人の背中からむしりとったんだ――奴らが一シリング手にするごとに、背骨が二十本折れている。聞いたことがあるだろう、ロビン・フッドの話くらい」

「当たり前だろ！」

「そう、スウとぼくはロビン・フッドになるんだ。金持ちから金をいただいて、もともとの持ち主に返すわけだ」

ジョンはせせら笑うようにくちびるを歪めた。「ふかしてんじゃねぇよ。ロビン・フッドは英雄じゃねえか、蠟人形もんの。金を持ち主に返すって？　誰にだよ！　貴婦人から金を盗りたきゃ、てめえのおふくろんとこから盗りな」

「ぼくの母だと？」〈紳士〉の顔に血がのぼった。「なんの関係がある。この下衆野郎！」母ちゃんの眼に気づいて、あたしに向きなおった。「ああ、いや、スウ。失礼」

「いいよ」素早く言って、あたしはテーブルを見つめた。また、まわりはしんとなった。きっと吊し首がある日のように——〝勇気があるよ、この子は〟と思っているのだろう。そう思ってほしかった。が、思ってほしくもなかった。さっきも言ったとおり、あたしには勇気なんてない。ただ、まわりにそう思わせてきただけだ——十七年間。だけどいま、眼の前に〈紳士〉がいる。勇気のある娘をどうしても必要としていて——四十マイル、と言っていた。この寒くてびしょびしょの天気の中、ここまで来たのだ——あたしに会うために。

　あたしは彼の眼を見上げた。

「二千ポンドだよ、スウ」彼は静かに言った。

「まぶしいくれえのお宝だな」親方がつぶやいた。

「それにドレスや宝石も！」デインティは叫んだ。「ねえ、スウ！　あんた、ものすごくきれいになれるよ！」

「貴婦人だね」母ちゃんは言った。その声に顔をあげると、母ちゃんはあたしを見つめていた。いままで何度もそうしてきたように——あたしの顔を透かして、あたしの母を見ている。おまえの財産はこれから手にはいるよ——そんな声が聞こえた。おまえの財産はこれから手にはいるよ、あたしたちのも一緒に……

　そして本当に、母ちゃんの言うとおりになった。財産が天から降ってきた——本当に。あたしはどうすればいいのだろう。もう一度、〈紳士〉を見た。胸の中で心臓が早鐘のように響いている。あたしはやっと口を開いた。

「わかった。やるよ。だけど二千じゃやらない。三千ポンド。それから、そのお嬢さんがあたしを気に入らないって追い出されても、百はもらう。手間賃だ」

彼はためらい、考える顔になった。もちろん芝居に決まっている。すぐにっこりして、手を差し出してきた。あたしも手を出した。彼はあたしの指を強く握って笑った。

ジョンはいやな顔をしてみせた。「十中八九、一週間で泣いて帰ってくるぜ」

「ベルベットのドレスで帰ってくるよ」あたしは言い返した。「こおんな長い手袋して、ベールかけた帽子かぶって、銀貨いっぱい詰めたバッグ持ってさ。あんたはあたしをお嬢様って呼ぶんだ。ね、母ちゃん」

ジョンは唾を吐いた。「そんなこと言うくれえなら、自分の舌をひっこぬくぜ！」

「あたしがひっこぬいてやるよ！」

まるで子供だった。あたしは子供だった！　母ちゃんもそう思っていたに違いない。無言で坐ったまま、ふっくらしたくちびるに手をあて、あたしをじっと見つめていた。母ちゃんは微笑した。けれども、その顔は不安そうだった。怯えているように。

そうだったのかもしれない。

それとも、いまのあたしにはそう思えるだけなのだろうか。このあとに待つ、身の毛のよだつような出来事を知る、いまのあたしには。

2

その書物狂いの爺さんの名はクリストファー・リリーといった。問題の姪の名はモード。ロンドンの西、メイデンヘッドの町近くにあるマーロウという村の、ブライア城に住んでいた。計画では、二日後にあたしはひとりで列車でそこに行くことになっていた。〈紳士〉は、あと一週間はロンドンにとどまって、爺さんの版画の装丁に関わる用事をすませなければならない。

そんなところまでひとりで行って戻ってくるという話は、正直、気に入らなかった。あたしの行ったことがあるのは、たまに親方の甥たちと土曜の夜のダンスを見物するクリモーン庭園までだ。そういえば、この庭園から河をまたいで張った綱を、フランス娘が渡っていて落ちそうになったことがあった——あれは見ものだった。靴下を履いていたらしいが、ふとももまで剥き出しに見えた。あたしはその綱渡りをバターシー橋に立って見た。ハマースミスの向こうに広がる田舎は森と丘ばかりで、煙突一本、教会の尖塔ひとつ見えない——おっかない淋しい世界！　あの時に、いつかあたしが仲間も母ちゃんも親方もサザークに置き去りにして、たったひとりで暗い丘の向こうにある城館に侍女として奉公にあがる、と誰かに囁《ささや》かれたら、きっと思いきり笑い飛ばしていた。

〈紳士〉はあたしがすぐ出発しなければならないと言った。令嬢が——リリー嬢が——勝手に別の娘を侍女に雇ったらこの計画はしまいだ。次の日、ラント街に来た彼は、腰を落ち着けると、令嬢に手紙を書き始めた――勝手をお許しください。実は、昔世話になった乳母を訪ねたのです。子供のころはこの乳母が母親がわりでした。乳母は亡くなった妹の忘れ形見の行く末を気が狂うほど心配しています――もちろん〝亡くなった妹の忘れ形見〟というのはあたしだ――前の主人が結婚してインドに行くので、この娘は職を失いました。新しい主人を探していますが、いまのところ運がありません。もし心の優しいご婦人が、悪徳渦巻く都会から遠く離れた場所で働く機会を与えてくれたなら――云々。

あたしは言った。「こんな与太を信じるようじゃ、あんたが最初に言ったよか、そのお嬢さんって、ずっと馬鹿じゃん」

彼は答えた。ストランドとピカデリーの間には、一週間に五回でも、こんな話を鵜呑みにする娘が百人はいる。ロンドンのすれっからしの都会っ子が、この手の話で金貨を恵んでくれるなら、世間というものを教えてくれる者のいない、ひとりぼっちでもの知らずで孤独なモード・リリー嬢が、ずっと親切でないはずはないだろう？

「大丈夫さ」手紙に封をすると、宛先を書き、近所の小僧にポストに入れてこさせた。

自分の計画の成功に絶対の自信を持っている彼は、ちゃんとした貴婦人の侍女の作法を、すぐにあたしにたたきこまなければならないと言い出した。

まず髪を洗わされた。それまで、あたしはサザーク風に、三つに分けた髪のうしろのひと束を結いあげ、顔の両脇にゆるいカールをたらしていた。このカールは砂糖水で濡らして熱いこてをあてると、ばりばりに固くなって、一週間以上、形が崩れない。〈紳士〉は、その髪型は田舎娘の眼に斬新すぎると言った。あたしは完全にさらさらになるまで髪を洗わされ、分け目はひとつに――ひとつだけにして――頭のうしろで野暮ったいお団子を作り、ピンで留めた。そして髪を櫛《くし》で梳《と》かし、結い、ピンで留め、はずす練習を繰り返した。〈紳士〉は満足すると、今度はお嬢様の髪をなおす練習だと言って、デインティにも髪を洗わせ、あたしはその髪を同じ形に結ったり解いたりさせられた。〈紳士〉は下働きの女中を叱るように怒鳴った。すっかり終わると、デインティもあたしも田舎くさいブスに見えた。このまま修道院にはいれそうだ。ジョンは、いまのあたしたちの写真を牛乳の缶に貼ったら、すぐに腐って凝乳《カード》ができる、と憎まれ口を叩いた。

そう言われてデインティは、髪からピンをむしりとり、火に投げこんだ。何本かピンにからんでいた髪の焦げる音がした。

「デインティはおめえの女だろうが。なんで泣かせてばかりいるんだ」親方はジョンに言った。

ジョンは笑った。「あいつが泣くのを見るのが好きなのさ。汗もかかなくなるしよ」

まったく根性の曲がったガキだ。

へらず口を叩いているが、ジョンは〈紳士〉の計画に心を奪われていた。それは、ここにいる全員がそうだった。あたしの知るかぎりで初めて、店のドアの日除けはおろしっぱなしで、炉も冷えきったままだった。合鍵の注文をしに来た客がノックをしても、親方はみんな追い返し、えものを持ってきた二、三人の盗人にも首を振った。

「悪いな。今日はだめだ。ちょいと仕込みがあってな」

朝早く、親方はフィルだけを店に入れ、前の晩に〈紳士〉が書いたリストの項目を読み上げた。やがてフィルは帽子を目深にかぶって、出ていった。二時間後に戻ってきた彼は、袋とキャンバス地のトランクを持っていた。河畔にある知り合いのあやしい問屋から手に入れたのだ。トランクはあたしが田舎に行く時に使うものだった。袋には、あたしの体型に合いそうな茶色い羊毛の服がはいっていた。マントや、靴や、黒い絹靴下が重ねられ、衣装の山のてっぺんには、本物の真っ白い女ものの下着がのっていた。

親方は袋の口を縛った紐を解いて覗きこみ、下着を見つけた。とたんに袋を放し、台所の奥に坐ると、前からはずそうとしていたブラマ錠を取り上げて、粉をふりかけ、ジョンを呼んでねじをおさえさせた。〈紳士〉は平気な顔で女の着物をひとつひとつ取り出し、テーブルに広げると、テーブル脇の椅子に腰かけた。

「それじゃ、スウ。この椅子がお嬢様だとしよう。どうやって服を着せる？　まず、靴下とズロースからいってみよう」

「ズロース？」あたしは訊き返した。「まさか、お嬢さんはすっぱだかなの？」

デインティは口に手をあてて忍び笑いをもらした。もう母ちゃんの足元に坐って、髪をカールしなおしている。

「裸？　そりゃ、すっぽんぽんさ。当たり前じゃないか。服が汚れりゃ脱ぐし、風呂をつかう時だって脱ぐ。その時、服を受け取るのはきみだ。着替えを渡すのもきみだ」

そこまでは考えていなかった。裸で突っ立っている、頭のいかれた娘にズロースを渡すって？　前に一度、すっぱだかの狂った娘が叫びながらラント街を走っていくのを見たことがある。おまわりと乳母が追いかけていった。お嬢さんがあんなふうに暴れだして、あたしが捕まえなきゃならなかったら？　あたしが赤くなるのを見て、〈紳士〉は苦笑まじりに言った。「おいおい。まさか、恥ずかしいってことはないだろう？」

あたしは頭をそびやかし、恥ずかしがっていないところを見せた。彼は頷き、靴下とズロースを手に取ると、椅子の上にとぐろを巻くようにのせた。

「次は」〈紳士〉は訊いてきた。

あたしは肩をすくめた。「シミーだろ」

「シュミーズ、と言うんだ。それから、お嬢様が着る前に温めておくこと」

彼はシミーを取り上げて、暖炉にかざした。そして、ズロースがのった椅子の背に、着せかけるようにそっとかけた。

「さて、コルセットだ」次に移った。「お嬢様はこれをきみに結んでもらわなきゃならない、なるべくきつく。よし、始めよう」

シミーにコルセットがかぶせられた。うしろに紐がついている。彼は椅子にのしかかってがっちり押さえ、あたしは紐を引っ張って蝶結びで縛った。あたしのてのひらは、鞭《むち》で打たれたように赤と白のだんだら模様になった。

「お嬢さんはなんで、あたしたちみたいに前で留めるコルセットを着ないんだろ」見ていたデインティは言った。

「それだと」〈紳士〉は答えた。「侍女が必要でなくなるからね。侍女がいないと、自分が貴婦人だってわからないだろう。だからさ」ウィンクした。

コルセットの次はキャミソール、そして胸飾り、それから骨が九本のクリノリン、さらに絹のペティコートをたくさん。〈紳士〉はデインティを二階にやって母ちゃんの香水を持ってこさせると、シミーのリボンの間から見える木の椅子のささくれだらけの背を、これがお嬢様の咽喉《のど》だと言って、あたしに香水をかけさせた。

その間中、こんなことを言わされ続けた。

「も少し腕をあげてください、フリルをなおします」

「プリーツのとフリルのと、どっちにしますか」

「次のを渡してもいいですか」

「きついほうがいいですか」

「もっときつく締めますか」

「あっ！　ごめんなさい。痛かったですか」

腰を曲げたまま、さんざん台詞を言わされて、あたしは溶かした金貨のように火照《ほて》っていた。眼の前で、お嬢様はコルセットをがっちり締め、床にペティコートの裾を広げ、薔薇《ばら》のようにぷんぷん匂っていた。肩や首のあたりは淋しかったが。

ジョンは言った。「あんまし喋んねえな、このお嬢さんはよ」親方がブラマ錠に粉をふっている間中、ジョンはあたしたちの様子をちらちら見ていた。

「そりゃ貴婦人だからね」〈紳士〉は、口髭をなでながら言った。「内気なんだ。だけど、スウとぼくが仕込めばなんだって覚えるさ。そうだろ、ダーリン？」

彼は椅子の横であぐらをかき、膨《ふく》らんだスカートの下に指をすべりこませた。手首まで入れて、絹の重なりの奥深くに指を這わせていくその様子は、自然で、手慣れていて、指がどんどん上のほうに、奥に届くにつれて彼の頬は赤らみ、衣擦《きぬず》れの音がひときわ大きくなって、クリノリンが跳ね上がり、椅子は台所の床を大きくこすり、脚の付け根がかすかにきしみ、そして、すべてが止まった。

「かわいいよ、いやらしいきみ」囁くように言い、引っ張りだした手から、靴下が片方だけ垂れていた。それをあたしに放ってよこし、あくびをした。「よし、それじゃ寝る時間ってことにしよう」

ジョンはまだこっちを見ていた。何も言わず、眼を見張って、貧乏ゆすりをしている。デインティは眼をこすっていた。髪は半分がカールできたらしい。部屋中に砂糖菓子くさい匂いが充満している。

あたしはペティコートの腰のリボンに手をかけた。コルセットの紐を解き、ゆるめてはずした。

「片足をあげてください。脱げるように」

「少し息を止めてください。自然にはずれますから」

こんなふうに一時間以上も特訓させられた。それがすむと、彼はこてを熱し始めた。

「唾《つば》だ、デインティ」そう言って差し出した。デインティの唾が、こての上でじゅっと音をたてると、彼は煙草を取り出して、こての裏で火をつけた。立ったまま彼が一服する間に、母ちゃんは——赤んぼを〈育てる〉仕事を思いつくよりずっと昔は、洗濯女だった——貴婦人の服にどうアイロンをかけてたたむのかを教えてくれた。これにもまた一時間くらいかかった。

それがすむと〈紳士〉は、上階《うえ》に行ってフィルが持ってきた服に着替えろと言った。冴えない茶色の服は、あたしの髪と似たような色だった。台所の壁もまっ茶色で、階下《した》におりてきたあたしはまるで目立たなかった。青かすみれ色の服のほうがよかったのに、〈紳士〉は、これこそ、こそ泥か使用人にぴったりの服だと言った。ブライア城に両方の目的で行くあたしには、まさに完璧な衣装だ、と。

これにはみんな笑った。部屋中を歩き回って、この——きゅうくつな——スカートに慣れる練習をしていたあたしは、デインティに裾を上げてもらうので、まっすぐに立ち、お辞儀をさせられた。言うほどどらくなことではない。あたしの生活には、ご主人様なんてものはなかった。お辞儀をしたことなんて一度もない。何度も頭をあげさげさせられて、吐きそうになった。貴婦人の侍女というものは、そよ風のように自然にお辞儀をするものだ、と〈紳士〉は言った。

一度、体で覚えれば二度と忘れることはない、と――すくなくとも、その点では〈紳士〉は正しかった。いまでも、あたしは美しくお辞儀をすることができる――その気になりさえすれば。

お辞儀の練習がすむと、彼はあたしの身の上について確認し始めた。前に立たされ、問答するように答えを繰り返させられた。

「さて。きみの名前は」

「スーザンに決まってんだろ」

「スーザン、なに？」

「スーザン・トリンダーに決まってんだろ」

「スーザンです、旦那《サー》様だ。ブライア城では、ぼくは〈紳士〉じゃない。リチャード・リヴァーズ様だ。きみはぼくを旦那様と呼ばなければならないし、リリー老人も旦那様だ。姫のことは、ミス・リリーとか、モード様とか、モードお嬢様とか、向こうに言われた通りに呼べばいい。きみのことは、みんなスーザンと呼ぶ」そこで眉を寄せた。「しかし、スーザン・トリンダーはまずいな。手違いがあった時に、まっすぐラント街に足がついてしまう。全然違う偽名を何か――」

「バレンタインにする」即座に答えた。笑わないでほしい。あの頃あたしはまだ十七歳だった。ハートに憧れる年頃だ。あたしの言葉に紳士は口の端だけで笑った。

「完璧だね――芝居の舞台にあがるつもりなら」

「バレンタインって名前の子が、本当にいるんだよ！」

「本当だよ」デインティが口をはさんだ。「フロイ・バレンタインと妹ふたり。だけどあたし、あの子たち大嫌い。ねえ、あんな連中と同じ名前にするの、スウ」

あたしは指を咬んだ。「やめよっかな」

「やめようね」〈紳士〉は言った。「洒落《しゃれ》た名前はかえって危ない。これは命懸けの仕事だ。必要なのは、きみの身を隠してくれる名前で、注目を集める名前じゃない。欲しい名前は――」しばらく考えて言った。「――足のつかない、覚えやすい名前……ブラウンにしようか、きみの服に合わせて。それとも――ああ、そうだ。これがいい、スミスにしよう。スーザン・スミスだ」会心の笑みを見せた。「なんたって、きみは職人《スミス》だからね。こっちの」手を垂らして裏を向け、中指を曲げた。この仕種《しぐさ》のあらわす言葉――指職人《フィンガースミス》は――サザークの隠語で盗人《ぬすっと》の意味だ。あたしたちはまた笑った。

とうとう彼はむせて、眼をこすった。「やれやれ、お笑いだ。さて、あと何がある？ ああ、そうだ。もう一度。きみの名は」

答えたあとで、旦那様、と言い添えた。

「上出来。きみの家は」

「ロンドンです、旦那様。母ちゃんは死んで、あたしは伯母ちゃんと住んでます。伯母ちゃんは旦那様が赤んぼの頃に世話した乳母です」

〈紳士〉は頷いた。「話の中身はたいへん結構だけどね。言葉づかいに問題がある。サクスビーさんはそのへん、ちゃんとしつけてくれたはずだろ。きみは街角ですみれを売るわけじゃないんだ。もう一度、言って」

むっとしたが、もう一度、慎重に言った。

「旦那様が小さい頃にお世話をしました乳母です」

「うん、よくなった、よくなった。それで、ここに来る前はどんな仕事を」

「メイフェアの親切な貴婦人のお屋敷で奉公してました。最近、結婚なすって、インドに行ってしまうので、現地の娘を侍女に雇うから、あたしは必要なくなりました」

「おやおや。気の毒だな、スウ」

「はい、旦那様」

「それで、ブライア城に迎えてもらって、お嬢様には感謝しているかい」

「そりゃ、旦那様！　感謝なんてもんじゃないよ！」

「またすみれ売りだ！」彼は手を振った。「まあ、大丈夫だろう。だけどね、ぼくの眼をそんなにまっすぐ見つめちゃだめだ。もっと、こう、ぼくの靴のあたりを見て。そうそう。次の質問だ。大事なことだよ。新しいご主人のために、きみはどんな仕事をする？」

「朝はお嬢様を起こします。宝石はきちんとしまって、お茶をいれます。顔を洗う手伝いをして、服を着せて、髪を梳かします。そして、盗んだりしません。お嬢様が暑い時にはあおいで、寒い時にはショールをかけて、散歩の時には一緒に歩いて、お嬢様が坐る時には一緒に坐ります。頭痛がしたらオー・デ・コロンを差し出して、気絶したら気つけ薬を嗅がせます。絵のレッスンの時はつきそって、お嬢様が顔を赤くするとこを見ません」

「完璧だ！　きみの性格は」

「お天道様のように正直です」

「誰にも知られてはいけない、ぼくたちの秘密の目的は」

「お嬢様があなたに惚れて、伯父さんを捨てて駆け落ちすることです。お嬢様があなたを金持ちにして、あなたが――リヴァーズ様が、あたしを金持ちにしてくれることです」

そして、スカートをつまんで、風のように優雅なお辞儀をしてみせた。眼はずっと〈紳士〉の靴の爪先を見つめたまま。

デインティがあたしの肩を嬉しげに叩いた。母ちゃんは両手をこすりあわせた。

「三千ポンドだよ、スウ。ああ、もう、とんでもないね！　デインティ、赤んぼをひとりよこしとくれ。何か抱いてないと、あたしゃ、ひっくり返りそうだ」

〈紳士〉は脇にどいて、煙草に火をつけた。「悪くない。うん、悪くないね。あとは、そうだな、もう少しみがきをかければ、なんとかなるだろう。また、あとでだ」

「またあ？　ちょっと、〈紳士〉、まだ勘弁してくんないの。そのお嬢さんは、あんたを喜ばせたくってあたしを雇うんだろ。あたしが洗練されてようがなんだろうが、気にしやしないよ」

「令嬢は気にしないだろうね」彼は答えた。「ぼくが犬のチャーリー・ワグ君にエプロンをつけて送ってやっても、気にしないどころか不思議にも思わないだろう。だけど、化かす相手は彼女だけじゃない。その伯父がいる。それに、使用人たちも」

「使用人たち？」そんなことは、あたしの想像になかった。

「当たり前だろ。城に使用人がいないわけないじゃないか。まず、執事がいる。ミスター・ウェイという――」

「ウェイ!」ジョンは鼻を鳴らした。「じゃ、名前はミルキーだな」

「違うよ」そう答えて、〈紳士〉はあたしに向き直った。「ウェイはたいして邪魔にならないだろう。ただ、スタイルズ夫人という家政婦が――きみに眼を光らせるだろうから、注意しないとな。あとは、ウェイが使っているチャールズという小僧と、台所の下働きの娘が二、三人と、客間女中がふたりくらいと、それから、下男や厩番《うまやばん》や庭師が大勢――まあ、そんなに顔を合わせるわけじゃないから、そのへんはあまり考えなくていい」

あたしは彼の顔を穴が開くほど見つめた。「そんなこと、ひとことも言わなかったじゃないか。ねえ、母ちゃん、言わなかったよね。百人の召使相手に、侍女のふりをしなきゃならないなんて」

母ちゃんは赤んぼを練り粉のように揺すっていた。「困るね、〈紳士〉」顔をあげずに言った。「昨夜は召使のことなんて、ひとことも言わなかった」

彼は肩をすくめた。「些細《ささい》なことさ」

些細なことだって? あいつらしいったらない。いつだって、話を半分しか聞かせないで、全部、話したように信じさせる。

だけど、いまさら遅い。もう引き返すことはできない。次の日、〈紳士〉はまた、あたしを猛特訓した。そのまた次の日、彼は手紙を受け取った。リリー嬢から。

彼はシティの郵便局留にしていた。うちに手紙なんて届いたら、近所の連中が何事かと思う。〈紳士〉は郵便局で手紙を受け取り、持ち帰ってみんなの眼の前で開けた。あたしたちは坐ったまま無言で耳をすました――親方だけがテーブルの上で指を鳴らしていた。親方も不安なのだ。あたしまで不安になってきた。

手紙は短かった。リヴァーズ様から手紙をいただいて嬉しい、昔世話になった乳母に対して、なんと親切で思いやりのあるかたなのか、世の殿方が皆、リヴァーズ様ほど親切で思いやりがあればいいのに、と書かれていた！

さらに手紙は続いた。助手がいないので伯父は機嫌が悪い。屋敷はとても変わってしまったようで、ひどく静かで退屈だ。もしかすると、すっかり変わってしまった天候のせいかもしれない。侍女の――ここで〈紳士〉はもっと光が当たるように手紙を持ち上げた――侍女のかわいそうなアグネスは、嬉しいことに一命をとりとめた――

それを聞いて、あたしたちはいっせいに落胆の息をもらした。母ちゃんは眼を閉じた。親方は冷えきった炉をちらっと見た。この二日間でふいにした仕事のことを考えているのだ。けれども、〈紳士〉はにやりとした。侍女は一命をとりとめたが、健康をひどく害し、精神的にも弱っているので、コークに帰されることになった。

「いや、よかった！」親方はハンケチを取り出して、頭をこすった。

〈紳士〉は読み続けた。

「ご紹介してくださる娘にお会いします。すぐにでも寄越してください。あなた様に心から感謝いたします。人様にこれほど案じていただくことなど、めったにありませんので。善良で働き者なら、喜んで手元に置かせていただきます。そして、リヴァーズ様、その娘をはるばるロンドンから送ってくださるのが、あなた様だと思えば、ますますその娘がいとおしくなるに違いありません」

またにやりとして、手紙を口元にあげて、くちびるを軽くひとなでした。ガラス玉の指輪がランプの光にきらめいた。

ふたを開ければ、結局、このずる賢い悪魔の予言どおりにことは進んでいた。

その夜は——あたしのラント街最後の夜で、リリー嬢の財産をものにする〈紳士〉の計画の第一夜でもあった——親方は焙《あぶ》り肉を買いにやり、お祝いのフリップを作る焼きごてを何本も火に入れた。

夕食は耳まで詰め物をした豚の頭——あたしの大好物を用意してくれた。親方は肉切りの大ナイフを裏口の上がり段に持っていき、かがんで刃を研《と》ぎだした。片手を戸枠にかけるのを見て、あたしは髪の付け根までぞくぞくした。子供の頃、クリスマスが来るごとに、親方はあのナイフをあたしの頭にのせて戸枠に傷をきざんだ。その傷はいまもそのまま残っている。親方は何度も何度も、刃がいい音をたて始めるまでこすり続けた。それがすむと、親方はナイフを母ちゃんに渡した。母ちゃんは肉を切って盛り分けた。うちでは肉を切り分けるのは母ちゃんの役目だった。豚の耳は親方と〈紳士〉に、鼻はジョンとデインティに、いちばんやわらかいほっぺたは母ちゃんとあたしに。

さっきも言ったとおり、これはあたしのためのご馳走だった。でも、なぜか——戸枠の傷を見たからか、この骨で母ちゃんがスープを作る時にはあたしはここにいないと思ったからか、豚の顔が——睫毛《まつげ》と鼻の剛毛をべったり濡らす糖蜜の涙がひどく悲しげに見えたせいか——テーブルについたあたしは、だんだん気分が落ちこんできた。ジョンもデインティも、がつがつと食べながら、笑ったり、言い合ったり、たまに〈紳士〉にからかわれては、怒ったり、むくれたりしていた。親方は静かに肉を口に運び、母ちゃんも黙って食べていた。あたしは豚をひとかけ口に入れただけで、胸がいっぱいになった。

豚を半分、デインティにあげた。デインティはジョンにゆずった。ジョンは大きく口を開けて、ふがふが言いながら食らいついた。

皿がすっかりきれいになると、親方は卵を割り、砂糖とラム酒を入れてかきまぜ、フリップを作り始めた。卵入りの酒を六つのグラスに分け入れ、炉からこてを取り出し、ちょっと振って冷まして、飲み物の中につっこんだ。フリップを温めるのは、プラム・プディングにブランデーをかけて火をつけるのと同じくらい、見ていておもしろい——みんな、飲み物がたてる音を、わくわくして聞いている。ジョンが言った。「おれもやっていいかい、親方？」——肉を食べたジョンの顔は真っ赤で、塗りたてのペンキのように光っていた。おもちゃ屋のウィンドウに貼られた絵の子供のようだ。

席につくと、みんなは笑いながら大声で、〈紳士〉が金持ちになって、あたしが三千ポンド持ち帰る日が楽しみだ、と話していた。あたしはまだ黙りこくっていたが、誰も気づかないようだった。とうとう、母ちゃんがおなかを叩いて言った。

「音楽をやっとくれよ、親方。赤んぼの子守歌がわりにさ」

親方は一時間がとこ、やかんのように口笛を吹き鳴らせる。親方はグラスを脇にどかして、口髭についたフリップをぬぐうと、『船乗りの上着』を始めた。母ちゃんは一緒にくちずさんでいたが、やがて眼が濡れてきて歌えなくなった。母ちゃんの亭主は船乗りで、海に消えた――母ちゃんの前から。そしていまはバミューダで暮らしている。

「ああ、よかったよ」曲が終わると、母ちゃんは言った。「だけど、次はもう少し陽気なのを頼むよ！――でないと、また泣いちまう」子供たちが踊れるようなのがいいね」

親方は速い曲をやりだし、母ちゃんは手を叩き、ち上がった。「耳飾り持ってて、サクスビーさん」デインティが頼んだ。ふたりはポルカを踊りだし、炉棚の陶器の飾りが跳びはねるのもかまわず、もうもうと埃を蹴立てて足を踏み鳴らした。〈紳士〉は立って壁に寄りかかり、ふたりを見ながら煙草をふかして、「そらいけ！」とか「いいぞ、ジョニー！」とか、闘犬場で賭けもしない犬をけしかけるように、はやしたてて笑っていた。

冬の夜はいつも、台所を離れるたびに、まるで楽園を追放されるようだと思った。なのにこの夜あたしは、あいかわらず寝ている親方の姉さんの枕元に食事を置き、階下で踊る音にひとりふたり目を覚ました赤んぼを眠らせてからも、みんなのところに戻らなかった。そのまま廊下を歩いて、母ちゃんとあたしの寝室の前から、もうひとつ階段をのぼり、あたしが生まれたちっぽけな屋根裏部屋にはいっていった。

この部屋はいつも寒かった。その夜は、窓が少し開いていて、風が吹き抜け、普段より寒かった。床は板張りの上に何枚か羅紗《らしゃ》布を敷いただけだった。壁は、洗面台の水はねをふせぐ青い防水布を留めた一角以外は、剝き出しのまま。洗面台は〈紳士〉のチョッキとシャツにおおわれ、カラーも一、二本、かかっていた。彼はうちに来るたびにこの部屋に泊まる。台所で親方の隣に寝床を作ることもできるのに。あたしなら寝心地のいい場所をとる。床にぐったりしている革のブーツは、泥をかき落として、みがいてあった。横に置いた鞄からは白い布がはみ出していた。椅子の上には、ポケットから転がり出た銭が散らばり、紙巻き煙草の箱と封蠟が落ちていた。銭は軽かった。封蠟は砂糖を煮詰めた飴《タフィ》のように脆《もろ》かった。

ベッドは粗雑な作りだった。環をはずした赤いベルベットのカーテンが、ベッドカバーがわりにかけてあった。火事場から持ってきたのでまだ焦げ臭い。あたしはそれを取り上げ、マントのように肩に巻いた。持ってきた蠟燭《ろうそく》の火を消すと、窓辺に立って震えながら、屋根を、煙突を、あたしの母親が吊されたホースマンガー・レイン監獄を見ていた。

窓ガラスに、氷の結晶の最初の花が咲き初めていた。指が触れた場所から、氷は汚い水に変わっていった。親方の口笛も、デインティの跳ねる音も、まだ聞こえていたが、眼の前に広がるサザークの通りはみんな真っ暗だった。ぽつりぽつりと弱々しい光が見えるのは、あたしがいるような窓だ。乗合馬車のランタンが影を投げて通り過ぎていく。この寒さの中を影のように黒く素早く、来たと思う間もなく消え去る人影。あたしは考えていた。町中のすべての盗人のことを。盗人の子供たちのことを。そして、普通の人々のことを――よその家で、よその町で、ロンドンのもっと明るい場所で、あたしの知らない普通の生活を送る人々のことを。城に住むモード・リリーのことを。彼女はあたしの名を知らない――あたしだって、三日前まで彼女を知らなかった。デインティ・ウォレンとジョン・ヴルームがうちの台所でポルカを踊っているいま、あたしがここに立って、彼女の破滅を計画しているのを、モードは知らない。

どんな娘だろう。昔、あたしの知っていたモードという娘はくちびるが半分しかなかった。喧嘩で片方をなくしてしまったと言いふらしていたが、あたしはたまたま本当のことを知っていた。それは生まれつきだった。あのモードは喧嘩なんて、できないたちだった。結局、彼女は死んだ――喧嘩ではない。腐った肉を食べて死んだのだ。たったひときれの腐った肉があの娘《こ》を殺した。本当にくだらない死。

あたしの知っていたモードは髪も眼も真っ黒だった。もうひとりのモード、〈紳士〉のモードは、金髪でなかなかの美人だという。だけど思い浮かべようとしても、痩せっぽちで浅黒いお嬢さんしか思い浮かばない――コルセットを縛りつけた台所の椅子のような。

もう一度、お辞儀をしてみた。ベルベットのカーテンのせいで動きづらかった。もう一度、お辞儀をした。急に怖くなった。汗がにじんできた。

不意に、台所のドアが開き、階段をのぼってくる足音に続いて、あたしを呼ぶ声がした。あたしは答えなかった。階下の寝室で、母ちゃんがあたしを捜している。しばらく静かだったが、また足音が、今度は屋根裏部屋に続く階段をのぼってくるのが聞こえて、蠟燭の光が見えた。階段をのぼってきた母ちゃんは少し息を切らしていた――ほんの少しだけ。母ちゃんはずんぐりしていたけれど、身軽だった。

「ここにいたのかい、スウ」母ちゃんは小声で言った。「ひとりで真っ暗なとこに」

母ちゃんは見回し、あたしと同じものを見た――銭を、封蠟を、〈紳士〉の長靴を、革の鞄を。それから近寄ってくると、温かい乾いた手を頰にあててきた。あたしは――くすぐられるか、はじかれるかして、思わず笑い声か悲鳴をたてるように――口走った。

「あたし、失敗したらどうしよう、母ちゃん。できなかったら。わけわかんなくなって、へましたらどうしよう。やっぱり、デインティに行ってもらうほうがよかった？」

母ちゃんはかぶりを振って微笑んだ。「大丈夫だよ」そして、あたしをベッドに連れていき、並んで腰かけると、あたしの頭を引き寄せて膝にのせ、顔にかかったカーテンをどけて、髪をなでてくれた。「大丈夫だよ」

「うんと遠い？」あたしは母ちゃんの顔を見上げた。

「たいしたことないさ」

「あたしがあっちに行ってる間、あたしのこと、考えてくれる？」

母ちゃんはあたしの耳にからんでいる髪を指ではずした。

「いつも考えてるよ」囁くように言った。「おまえはあたしの子だろう？　心配しないはずないじゃないか。でも、〈紳士〉がついててくれるからね。ほかの奴が持ってきた話なら、おまえを行かせるもんか」

すくなくとも、それは本当だった。だけど心臓はまだばくばくしている。もう一度、モード・リリーのことを想像してみた。部屋に坐ってため息をつきながら、あたしが来て、コルセットの紐を解いたり、寝巻を火にかざしたりするのを待っているモード。かわいそうなお嬢さん、とデインティは言った。

あたしは口の裏側を咬んだ。そして言った。「やってもいいことだと思う、母ちゃん？ すごく汚くてずるい仕事じゃない？」

母ちゃんはあたしを見つめ返すと、眼をあげて窓の外に顎をしゃくった。「あの女《ひと》ならやっただろうね、迷わずに。あの女ならきっと——不安も誇りもあるだろうけど、やっぱり誇りでいっぱいになるさ——おまえがうまくやるのを見て」

その言葉にあたしは黙りこんだ。そして、しばらく無言で寄り添っていた。次にあたしが訊いたのは、これまで一度も口にしたことのない質問だった——ラント街で掏摸《すり》や盗人たちに囲まれて暮らしてきたそれまでの人生で、誰ひとり、口にすることのなかった質問。あたしは吐息のように囁いた。

「ねえ、母ちゃん、吊される時って痛い？」

髪をなでていた手が止まった。やがて、前と変わりなく、また動きだした。

「感じないだろうよ、首のまわりに縄がかかってることしか。しくしくするかもしれないけどさ」

「しくしく？」

「じゃあさ、ちくちく」

母ちゃんの手はまだゆっくりと撫でていた。

「でも、床が開いたら？　そしたら、なんか感じない？」

母ちゃんは足をもぞもぞと動かした。「きゅっとするかもしれないね」そう認めた。「開いた時は」

ホースマンガー・レイン監獄から落ちる男たちの姿を思い浮かべた。たしかにみんな、きゅっとなっていた。そして、足をばたつかせていた。鉄棒にぶらさがる猿みたいに。

「だけどすぐにすむよ」母ちゃんは続けた。「すぐだから、痛みなんてあっという間さ。それに女を落とす時には――うまい具合に結んでくれるんだよ、すぐ終わるように」

あたしはまた母ちゃんを見上げた。床に置いた蠟燭に下から照らされ、頬は腫れぼったく、眼は老けて見えた。あたしが身震いすると、ベルベットの上から肩をごしごしこすってくれた。

ふと、母ちゃんが小首をかしげた。「また、親方の姉さんが騒いでるね。おっかさんを呼んでる。もう十五年もああやって呼んでんだよ。あたしは、あんなふうにはなりたくないね、スウ。どうせ死ぬんなら、ぱっときれいに死ぬのがいちばんいい」

母ちゃんはそう言って、ウィンクした。

本気に聞こえた。

いま考えると、あたしを慰めるためにそう言っただけかもしれない。

だけど、その時のあたしはそんなふうには考えなかった。ただ立ち上がってキスすると、なでられてほつれた髪をなおした。すると、またもや台所のドアが開く音に続いて、今度はもっと大きな足音が階段をのぼってくると、デインティの声がした。

「どこにいるのさ、スウ。踊らないの。親方がかっかしてて、おっかしいよ!」

デインティの大声に赤んぼの半分が泣きだし、その泣き声に、残りの半分が目を覚ました。母ちゃんが面倒を見ると言ったので、あたしは階下に戻って今度は踊った。〈紳士〉を相手に。〈紳士〉はあたしをワルツに誘い、酔ってやたらと身体をくっつけてきた。ジョンはまたデインティと踊った。みんなで三十分も台所でぶつかりあった――〈紳士〉はずっと「それ行け、ジョニー!」とか「いいぞ、いいぞ、その調子!」とはやしたてていた。親方は一度だけ休み、口笛がなめらかに出るように、くちびるにバターを塗った。

翌日のおひるに、あたしは出発した。キャンバス地のトランクに荷物を詰めて、冴えない茶色の服にマントをはおり、ぺたんこの髪にボンネットをかぶった。〈紳士〉がこの三日間で仕込むだけ仕込んでくれたことは頭にはいっていた。自分の身の上も、新しい名前も――あたしはスーザン・スミス。もうひとつだけ、出発前にしておくことが残っていた。この台所での最後の食事をとる間に――パンと干し肉だが、肉はぱさぱさすぎて歯茎にやたらとへばりついた

――〈紳士〉がすませてくれた。鞄から紙とペンとインクを持ってくると、あたしの紹介状を書き始めた。

そして、あっという間に書きあげた。さすがに偽筆はお手のものだけある。紙をかざしてインクを乾かすと、彼は読み上げた。

「謹啓。メイフェア、フェルク街、レディ・アリス・ダンレイヴンはスーザン・スミスを推薦いたします」――あとは忘れたが、そんなふうに本物らしく続いた。彼はまたそれを置くと、女のくねくねした筆跡で署名をして、母ちゃんに差し出した。

「どう、サクスビーさん」微笑みながら言った。「これでスウの立場は保証されたようなものだろう」

けれども母ちゃんは、自分にはそういうことはわからない、と言った。

「おまえさんがよくわかってるだろ」母ちゃんは眼をそらした。

もちろん、ラント街で誰かを雇う時は、紹介状もへったくれもない。前に、時々うちに来て、赤んぼのおしめを煮たり、床をみがいたりしていたちびの小娘は盗人だった。うちでは堅気《かたぎ》の娘は雇えない。三分も働かせないうちに、あたしたちの稼業を見破られるだろう。そんな危険はおかせないのだ。

母ちゃんは紹介状を払いのけた。〈紳士〉はもう一度、最初から読み上げ、ウィンクすると、たたんで封蠟をたらし、それをトランクに入れた。あたしは最後の干し肉とパンを飲みこむと、マントの前を留めた。別れを言う相手は、母ちゃんしかいなかった。ジョン・ヴルームもディンティも、一時前には絶対に起きてこない。親方はボウ街の金庫を破りに出ていっていた。一時間前に、親方はあたしの頬にキスして、一シリング銀貨をくれた。あたしは帽子をかぶった。これも、服と同じ汚い茶色だった。母ちゃんが帽子をまっすぐになおしてくれた。そして、両手であたしの顔をはさむと、にっこりした。

「神様がお守りくださるようにねえ、スウ！　あたしたちを金持ちにしておくれ！」

そこで急に母ちゃんの笑顔が崩れた。それまであたしは、一日と母ちゃんから離れたことはなかった。母ちゃんはあたしに背を向け、こぼれる涙を隠した。

「さっさと連れてっとくれ」〈紳士〉に言った。「早く連れてっとくれ、あたしが見てないうちに！」

それで、〈紳士〉はあたしの肩に腕をまわすと、家から連れだした。彼は道で子供を拾うと、トランクを持たせてついてこさせた。あたしは辻馬車乗り場から、馬車でパディントンの駅まで送ってもらい、列車に乗せてもらうのだ。

この日はひどい天気だった。だけど、河を越えるのはめったにないことだったので、あたしはサザーク橋まで歩きたいと言った。そこからはロンドンが見晴らせる。ところが、進めば進むほど霧は濃くなった。橋に来た時にはどん底に思えた。見えるのは、聖ポール寺院の真っ黒くそびえる丸屋根と、河に浮かぶ平船と、ロンドン中のどす黒いものばかりで、光の色のものはなく――みんな消えたか、影のようだった。

「この下に河があるなんて不思議だな」〈紳士〉は欄干《らんかん》から覗いた。そして、身を乗り出し、唾を吐いた。

こんな霧は予想していなかった。そのせいで道はまったく流れず、せっかくの辻馬車も二十分乗っただけで、料金を払っておりると、また歩きだした。あたしは一時の汽車に乗る予定だった。けれども、どこかの大きな広場《スクエア》を横切る間に、一時の鐘が聞こえた。そして十五分の鐘、三十分の鐘――気持ち悪いほど湿っぽくぼんやりした、鐘にも舌にもネルの布を巻きつけたような音。

「ねえ、ひっかえしてさ、明日、出なおしたほうがよくない？」

けれども〈紳士〉は、あたしの列車に合わせて二輪馬車《トラップ》がマーロウ駅に迎えに来るから、すっぽかすより遅れてでも行ったほうがいいと言った。

結局、パディントン駅についてみると、道路と同じで列車はみんな遅れていた。さらに一時間待たされ、ようやく車掌がブリストル行きの列車――これでメイデンヘッドに行き、乗り換える――の乗車準備ができたと合図した。音をたてる時計の下で、あたしたちは足踏みして、両手に息を吹きかけた。巨大なランプが灯っていたが、流れこんできた霧が蒸気とまざって、通路から通路に漂い、明かりを包み隠していた。壁はアルバート公の喪の黒布で覆われていたが、どれも鳥の糞《ふん》で縞《しま》になっている。ひとつの建物がこんなに広いのを見て、絶望的に心細くなった。まわりでは、大勢の連中が待ちながら文句を言い、足早に通り過ぎては、子供や犬をあたしたちの脚にぶつけていく。

「畜生」車椅子に爪先を踏まれて、〈紳士〉は小声で罵《ののし》った。かがんでブーツの汚れを拭くと、立ち上がって煙草に火をつけ、咳きこんだ。彼は襟を立て、黒い縁の垂れたソフト帽をかぶっていた。白目はフリップの色が染みついたように黄ばんでいた。とても、女の子が熱を上げそうな男には見えなかった。

彼はまた咳をした。「安煙草はだめだな」舌に残った葉をつまみ出し、あたしの眼に気づくと、表情を変えた。「こんな安っぽい人生は全部おしまいだ――なあ、スーキー？　もうじきだ、きみもぼくも」

あたしは無言で眼をそらした。前の晩、彼と威勢のいいワルツを踊ったばかりなのに、いま、こうしてラント街の母ちゃんと親方から遠く離れて、思い思いに喋る人込みの中では、赤の他人のように思える。あんたなんか知らない、とそっぽを向きたくなった。今日は引き返して帰ろう、と、もう一度言いそうになった。だけど、もっと不機嫌になって、癇癪《かんしゃく》でも起こされてはたまらないから、黙っていた。

〈紳士〉は煙草を一本、煙にすると、また一本、火をつけた。それから、おしっこをしに行った。あたしもそうした。スカートをなおす間に笛の音が聞こえた。戻ると、車掌が合図を出し、乗客の半分が、停まっている列車めざして押しあいへしあい、突進しているところだった。あたしたちも続いた。〈紳士〉はあたしを二等車に連れていき、トランクを、屋根の上に鞄や箱をくくりつけている係の男に渡した。あたしは赤んぼを抱いた白い顔の女の隣に腰をおろした。前には農夫のようなずんぐりした男がふたり坐っていた。あたしが隣に来て、女は喜んでいるようだった――もちろん、あたしは堅気風にきちんとしたなりをしているから――あっはっは！――下町の泥棒娘だなんて、わかるはずがない。うしろから男の子と、カナリヤの籠を持った父親が乗ってきた。子供は農夫の隣に、父親はあたしの隣に坐った。客車が揺れてきしみ、頭上で荷物が投げられ、引きずられるたびに、あたしたちはのけぞり、天井から落ちてくる埃やワニスのくずを見つめた。

一分ほど開いていた扉が、とうとう閉まった。人が乗ってくる間、あたしはほとんど〈紳士〉のほうを見ていなかった。彼もあたしを乗せたあとは車掌と話しこんでいた。いま、彼は窓のそばに来た。

「残念だけど、ずいぶん遅れそうだよ、スウ。でも、迎えの馬車はきっとマーロウの駅で待っててくれる。大丈夫。悪いほうに考えないほうがいい」

それを聞いてすぐ、二輪馬車は待っていないのだと知った。とたんに惨めさと恐ろしさが押し寄せてきた。あたしは早口に言った。

「一緒に来てよ、ねえ、城まで連れてってって」

もちろん無理だとわかっていた。〈紳士〉はかぶりを振って、すまなそうな顔になった。ふたりの農夫と、女と、子供と、父親は、そろってあたしたちを見ていた――どの城のことを言っているのか、ソフト帽をかぶった魅力的な声の男が、あたしみたいな娘にどんなことを話しているのか、という顔で。

人夫が客車の屋根からおりると、もうひとつ笛の音が響き、激しく揺れて、列車は動き始めた。〈紳士〉は帽子をあげると、列車のスピードがあがるまでついてきた。とうとう、追いつけなくなると――彼はくるりと背を向け、帽子をかぶりなおし、たてた襟をかきあわせた。やがて、その姿も見えなくなった。車体はいっそうきしんだ音をたて、大きく揺れだした。女も男も吊り革につかまり、子供は窓に顔を押し当てた。カナリヤは籠の桟《さん》の間にくちばしを突っこんでいた。赤んぼは泣きだした。そのあと三十分も泣きどおしだった。「あんた、持ってたらさ、ジンを飲ませなよ」とうとう、あたしは女に言った。

「ジンですって?」その口振りは、あたしが毒と言ったかのようだった。女は口をひん曲げて、そっぽを向いた――結局、この気取り屋の女は、あたしに隣に来られて嬉しくなかったらしい。

この女と赤んぼ、せわしない小鳥、眠りこけて鼾《いびき》をかく老いぼれた父親、紙を丸めてつぶてを作る子供、煙草を吸いながらどんどん不機嫌になっていく農夫たち、列車がのろのろ運転をしてはしょっちゅう停まり、メイデンヘッドに二時間遅れで到着する原因になった霧、おかげでマーロウ行きの列車を逃がしてもう一本待つはめになったこと――この旅はどこまでも祟《たた》られていた。あたしは食べ物を買っておかなかった。もともとの予定ではブライア城に、使用人たちのお茶の時間に間に合うように到着するはずだった。だからあたしは、昼食のパンとあの干し肉のあと、何ひとつ口に入れていなかった。あのやたらと歯茎にこびりついた干し肉が、七時間後のメイデンヘッド駅で出されたら、どんなに御馳走だったかしれない。パディントン駅とは大違いで、コーヒースタンドもミルクスタンドも菓子パン屋もなかった。ひとつしかない食べ物屋はとっくに閉まっていた。あたしはトランクに腰をおろした。霧で眼が痛い。洟《はな》をかむと、ハンカチーフが真っ黒になった。どこかの男がそれを見て、笑いながら言った。「泣きなさんな」

「泣いてないよ!」あたしは怒鳴った。

男はウィンクして、名を訊いてきた。

街で男に声をかけられるのには慣れていた。でも、ここは街じゃない。あたしは無視した。マーロウ行きの列車が来ると、あたしは進行方向を向いて坐り、男は真正面に坐って、じっとこっちを見て――それから一時間も、あたしと眼を合わせようとしていた。デインティは、前に一度、列車でそばに坐った紳士がズボンの前を開けて、アレを見せたと言っていた。握ってくれたら一ポンド払うと言うので、握ってやったら、本当に一ポンド金貨をくれたそうだ。あたしは、眼の前に坐っている男に触ってくれと言われたらどうしようと悩んだ――悲鳴をあげるか、眼をそらすか、触ってやるか、どうしようか。

でも、これから行く場所では、一ポンドなんて必要ない!

だいたい金貨なんてどうやって使う? デインティは、娼婦の真似をしたと父親にばれるのが怖くて、結局、使っていない。糊工場《のりこうば》のゆるい煉瓦《れんが》のうしろに隠して、秘密の印を目印につけている。死ぬ前に隠し場所を教えるから、その金で埋葬してくれと言っていた。

とにかく、同じ客車に乗り合わせたその男はあたしをじっと見ていたけれども、ズボンの前を開けたかどうかは知らない。やっと、男は帽子を傾けておりていった。そのあとも、いくつか駅を通り過ぎたが、どの駅でも誰か彼かおりていくばかりで、どこまで進んでも、誰ひとり乗ってこなかった。停まる駅はどんどん小さく、暗く、とうとう樹が一本立っているだけになった——どこを見ても樹ばかりで、その向こうに生け垣が、さらに向こうに霧が——茶色でなく灰色の霧がたちこめて——頭上には黒い夜空が広がっている。樹々も生け垣もこれ以上なくこんもりと見え、空が自然な色とは思えないくらい真っ黒になって、列車は最後の駅に停まった。マーロウ駅。

ここでおりたのは、あたしひとりだった。たったひとり残ったあたしが、最後の乗客だった。車掌が停車の合図を出し、トランクをおろしに来てくれた。「この荷物を持って歩くのは骨だなあ。迎えは来んのかね？」

あたしは、二輪馬車がブライア城から迎えに来ているはずだと言った。すると車掌は、郵便を取りに来る二輪馬車のことかい、と訊いてきた。そいつはもう来て、帰っちまったんじゃないかな、三時間も前に。そう言いながら、あたしをしげしげと見た。

「ロンドンから来たんかい？」そして、窓から覗いている運転手に声をかけた。「このお嬢さんがよう、ロンドンからブライア城に行くんだとさ。おれはブライア城の二輪馬車はもう来て帰っちまったと思うんだがね」

「帰っただろなあ」運転手は大声を出した。「もう帰っただろ。三時間も前によ」

あたしは震えながら立ちつくした。ここはロンドンより寒い。ずっと寒くて、ずっと暗くて、空気は変な臭いがして、土地の連中は——思っていたとおり——馬鹿丸出しでわめく田舎者ばかりだ。

あたしは言った。「辻馬車はないの?」

「辻馬車ぁ?」車掌は頓狂《とんきょう》な声をあげ、運転手に向かって叫んだ。「辻馬車だとさ!」

「なに、辻馬車ぁ!」

ふたりは声が出なくなるまで笑い続けた。車掌はハンケチを取り出して、口のまわりを拭いた。「はっは、傑作だぁ! はっは、はっは、辻馬車だとさ、マーロウで!」

「うっさいよ」あたしは怒鳴った。「失《う》せな、くそじじい」

そして、トランクを持って歩きだし、ひとつ、ふたつ、光のあるほうに向かった。村の家の明かりかもしれない。車掌の声がした。「なんちゅうあばずれだ――! ウェイさんに言いつけっぞ。怒られっからな――まったく、ロンドンの汚ねえ言葉なんぞ――!」

これからどうすればいいのか自分でもわからなかった。ブライア城まで、どのくらいあるのかわからない。どの道を行くのかすら知らない。ロンドンは四十マイルも遠く、あたしは牛が怖かった。

だけど、田舎の道路は街とは違った。道はたった四本ばかりで、結局、全部合流するのだ。あたしは歩きだした。一分も歩かないうちに、うしろから蹄《ひづめ》の音と車輪のきしむ音が聞こえてきた。やがて二輪馬車が追い越しかけて停まり、御者がカンテラを上げて、あたしの顔を照らした。

「スーザン・スミスだろ。ロンドンから来た。モードお嬢様が朝からお待ちかねだ」

中年の御者は、ウィリアム・インカーといった。リリー老人の厩番だそうだ。トランクを受け取ると、あたしを隣に乗せて、馬を出し——馬車が風を切って進むと——あたしが震えるのに気づいて、タータンチェックの毛布を引っ張りだし、膝にかけろと言った。

ブライア城までは六、七マイルもあるのに、ウィリアムにはちょっと一服する程度の軽い散歩のようだった。あたしは、霧がものすごかったことを話した——ここまで来てもまだ、あいかわらず、靄《もや》はかかっていた——列車が遅れたことも。

「そりゃあロンドンらしいな。霧で有名だもんな。あんたはこんな田舎によう来るんか」

「あんまり」

「街で侍女をしとったんか。ええとこだったかね、前のご主人とこは」

「すごく」

「貴婦人の侍女だったにしちゃ、妙な言葉づかいだなあ」そしてウィリアムは言った。「フランスに行ったことあるんか」

あたしはしばらく黙って、膝にかけた毛布を手でならした。

「一、二回」

「ちびなんだろ、フランス野郎は。短足でよ」

あたしはフランス人はひとりしか知らなかった——なぜか〈ドイツのジャック〉と呼ばれている空き巣だ。わりかし背はあったと思うが、ウィリアム・インカーを喜ばせるために言った。

「小さめかもね」

「だろなあ」

道は本当に静かでまったくの闇で、馬の足音も、車輪の音も、あたしたちの声も、みんなみんな草地の向こうまで響くように思えた。やがて、ずいぶん近くでゆっくりと鳴る鐘の音——ロンドンの陽気な鐘と違って、ひどく陰気に聞こえた。九点鐘。

「ありゃブライア城の時計だ」

そのあとはふたりとも黙っていたが、やがて高い石塀が現われて、馬車は塀に沿う小径にはいった。塀はすぐに巨大なアーチになり、その奥に屋根と、蔦《つた》に半分おおわれた灰色っぽい屋敷の尖った窓が見えた。たしかに大きい家だが、〈紳士〉が言ったほど広くも暗くもないとあたしは思った。けれども、ウィリアム・インカーが馬の脚をゆるめたのを見て、毛布をはずしてトランクに手を伸ばすと、止められた。

「待った待った、嬢ちゃん、あと半マイルある！」そして、城の玄関らしい戸口に、カンテラを持って出てきた男に声をかけた。「ただいま、マックどん。門を閉めとくれ。こちらがスミスさんだ、いや、ようやくさ」

ブライア城だと思った建物は、ただの番小屋だった！　あたしは眼を丸くしたまま、声も出せなかった。門を過ぎ、うねるような道なりに曲がった樹々の間を、窪地《くぼち》にくだっていくと、空気が——広々とした田舎道ではいくらかさっぱりしていたのに——また湿っぽくなってきた。湿り気が増し、顔も睫毛もくちびるも濡れてきたのがわかる。あたしは眼をつむった。しばらくすると、水っぽさが消えた。目蓋を開けて、また眼を見張った。道はのぼり坂になって、馬車は樹々の間をもう通り抜けて、砂利を敷き詰めた広場に出て、ここが——羊の群れのような霧の海からぬっとまっすぐ聳《そび》え立つ、窓はどれも塗りつぶされているか壊れているかで、壁にからみついた蔦は枯れ、二本の煙突からは糸のように細い灰色の煙が頼りなくのぼっている——ここがブライア城で、モード・リリーのお屋敷で、これからあたしの家になるところだった。

馬車は屋敷の正面には向かわずに、脇に沿ってぐるっと裏に回る小径にはいり、やがて中庭や屋外便所やポーチが現われ、もっと暗い塀と破れ窓が見えて、犬の吠え声が聞こえてきた。建物のひとつのずっと上に、まんまるい白い顔と大きな黒い手がついている。さっき野っぱらで鐘が鳴るのを聞いた大時計だ。壁のひとつの扉が開くと、女が寒さに腕組みをしながら、立ってこっちを見ていた。

「スタイルズさんだ、馬車の音に気がついたんだな」ウィリアムは言った。あたしたちは中庭を突っ切って、スタイルズ夫人のほうに向かった。頭上の小窓で、蠟燭の炎が光り、ゆらめいて、消えた気がした。

扉から通路にはいると、大きな明るい台所に出た。ラント街のうちの台所の五倍も大きい。漆喰《しっくい》の真っ白な壁に鍋がずらっと並んでかけられ、天井の梁《はり》の鉤《つる》に兎が二、三羽、吊されている。よくみがかれた広いテーブルには、男の子がひとりと、女がひとりと、女の子が三、四人坐っている——もちろん、みんなあたしをじろじろ見ていた。女の子たちはあたしのボンネットとマントの仕立てを熱心に見ていた。この子たちの服もエプロンもただの雑働き女中が着るもので、あたしは見る気もしなかった。

スタイルズ夫人は言った。「まったく、遅れるだけ遅れたもんだね。あと少し遅かったら村に宿を取ってもらうとこだった。ここじゃみんな早寝早起きだからね」

五十がらみで、フリルつきの白い帽子《キャップ》で髪をおおった家政婦は、喋る時に眼を合わせようとしなかった。腰に鍵をつないだ鎖をさげている。平凡な旧式の鍵ばかりだ。あれならどれでも合鍵を作れる。

あたしは軽くお辞儀をした。余計なことは言わなかった――たとえば――パディントン駅であたしが引き返さなかったことをありがたく思いなとか、やっぱり引き返していればよかったよとか、ロンドンから四十マイルも来るのに誰でもあたしと同じくらい時間はかかったはずだとか、ロンドンを離れるなということだったのかもしれないとか――そんなことは言わなかった。ただ、こう言った。

「馬車をわざわざよこしてくれて、ありがとうございました」

テーブルの女の子たちは、あたしが喋るのを聞いてくすくす笑った。一緒に坐っていた女は――あとで料理女とわかったが――立ち上がって、あたしの夜食を盆に用意し始めた。ウィリアム・インカーが言った。

「スミスさんはロンドンのものすごく上品な場所から来なすったそうだ。何回かフランスにも行ったんだとさ」

「おやまあ」

「ほんの一、二回です」あたしは口をはさんだ。ああ、これでもう、道中さんざん自慢したと思われただろう！

スタイルズ夫人は、そう、と頷いた。テーブルの女の子たちはまたくすぐったそうに笑い、ひとりが何か囁くと、男の子は赤くなった。そうする間にあたしの夜食の用意ができて、スタイルズ夫人は言った。

「マーガレット、それをあたしの部屋《パントリー》に運んで。スミスさん、先に顔と手を洗おうか」

つまり、便所に案内してくれると言っているのだろうと思い、そうさせてくださいと答えた。家政婦は蠟燭をあたしに渡した。短い通路から導かれた別の中庭には、土を掘っただけの野天便所があり、紙は釘で吊されていた。

それから、スタイルズ夫人は部屋にあたしを連れていった。部屋の炉棚には白い蠟細工の花が飾られ、水夫の肖像画の額があった。きっと海に行ってしまった亭主だ。もう一枚の絵は、真っ黒な髪の天使で、これはたぶん天国に行った亭主だ。家政婦は坐って、あたしが夜食を食べるのを見守っていた。羊のミンスパイとバターとパン。あたしは当然、死ぬほど腹が減っていたから、あっという間に平らげた。食べている間に、聞き覚えのある時計の鐘の音が九時半を告げるのが聞こえた。

「あの時計は一晩中鳴ってるんですか」

スタイルズ夫人は頷いた。「昼も夜も一日中、時刻ちょうどと半にね。旦那様は規則正しい生活がお好きだから。あんたもすぐわかるよ」

「お嬢様は」あたしは口の端からパンくずをはらった。「何が好きですか」

家政婦はエプロンを手で伸ばした。「モード様は旦那様のお好きなことがお好きだよ」

そして、くちびるを舐《な》め、また口を開いた。

「すぐにわかるけどね、モード様はとても幼くって、こんなお城の女主人なんだ。使用人はモード様のかまうことじゃない、それは全部、あたしが取り仕切ることだよ。あたしは自分の女主人の侍女を選べるくらいには、家政婦として長くやってきたつもりだけど――まあ、家政婦だってこらえなきゃならないことはあるし、モード様はこのことじゃ絶対にゆずらなくって。あたしの言うことなんか。年端もいかないお嬢様にこんなことを決めさせるのは、賢いことじゃないと思うんだけどね、まあ、どうなることやら」

「お嬢様のすることなら、きっとうまくいきます」

「あたしは山ほど使用人を監督してるんだから。ここはきっちり管理された城でね、あんたにもうちの流儀は守ってもらうよ。前に働いてたとこがどんなだったか知らないし、ロンドンの貴婦人の侍女がどんな扱いだか知らないからね。あたしゃ、ロンドンなんて行ったことがないから」――ロンドンに来たことがないって！――「なんとも言えないけど。あんたがうちの子たちを気に入らなけりゃ、うちの子たちだってあんたが気にくわないって思ってるはずだ。男どもとは、厩番の小僧とだって、なるたけ口をきかないようにしてほしいもんだね……」

この調子で十五分もまくしたてられた――その間中、やっぱりあたしの眼を見ようとしない。

そして、城館内であたしが立ち入ってもいい場所や、食事をする場所や、どれだけ砂糖を使っていいか、ビールはどれだけ飲めるか、下着はいつ洗濯されるか、ということを延々喋った。モード様のティーポットに沸かされているお茶を、台所女中たちに下げ渡すのは、前の侍女の仕事だった。モード様の燭台から蠟燭の燃えさしを取って、ウェイに下げ渡すのも。蠟燭を配るのはウェイの役割だから、ごまかしたらすぐにわかる。コルクは台所の下働き《ナイフボーイ》のチャールズに。骨と皮は料理女に。

「モード様が洗面台に残した石鹸《せっけん》で、干涸《ひから》びて泡立たなくなったのは、あんたがもらっていいよ」

ああ、やだやだ、使用人根性って——いつも自分のちっぽけな分け前を欲しがって。蠟燭の燃えさしだの石鹸くずだの、誰がいるもんか！　それまで実感していなかったが、三千ポンドが手にはいるつもりでいると、こんなに気持ちが違うものらしい。

やがて、食事がすんだのなら部屋に案内すると言われた。だけど、うんと静かにしてもらわなければ困る、旦那様は静かな暮らしがお好きで、騒ぎは我慢ができないし、モード様は旦那様そっくりで、そっとしておかないといけないと釘を刺された。

スタイルズ夫人はランプを取り上げ、あたしが蠟燭を手に取ると、通路に案内して、暗い階段をのぼり始めた。「ここが使用人の通路だよ」歩きながら言った。「あんたもここしか使っちゃだめだからね、モード様のお許しがなけりゃ」

家政婦の声も足音も、上に行くほど小さくなった。階段を三つのぼってようやくたどりついたドアの前で、ここがあたしの部屋だと囁いた。くちびるに指をあてると、そっと把手を回した。

それまであたしは自分だけの部屋を持ったことはなかった。特に欲しくもなかったけれど、どうしても持たされるとすれば、この部屋はなかなかだった。小さい殺風景な部屋――紙で作った花飾りとか、犬の置物のひとつも置けばもっといいのに。それでも、炉棚の上に鏡が、火の前に敷物があった。ベッドの横には――ウィリアム・インカーが運んできたのだろう――あたしのキャンバス地のトランクが置かれていた。

ベッドの頭の近くにもうひとつあるドアは、ぴったり閉まっていたが、鍵はささっていなかった。「これはどこに続いてるんですか」あたしは訊いた。きっと、別の通路かクロゼットに続いているのだと思ったのだ。

「モード様のお部屋に続くドアだよ」

「この向こうで、モード様が寝てるんですか」

たしかにあたしは大声すぎたかもしれない。それにしても、スタイルズ夫人はまるであたしが叫んだか、赤んぼのガラガラを振り回すかしたように身震いした。

「モード様は眠りが浅いんだよ」ひそひそと答えた。「夜中に目を覚ますと、誰かにそばについていてほしがるんだ。あんたはまだお目通りしてないから、今夜は呼ばれないだろうけど、かわりに、モード様の部屋のすぐ外にマーガレットが椅子を置いて坐っているから。明日のモード様の朝食とお召しかえもマーガレットにさせる。そのあと、お目通りに呼ばれるからね、そのつもりで」

モード様があんたを気に入ればいいけど、と言われた。ええ、本当に、と答えた。

スタイルズ夫人はあたしを置いて出ていった。足音をたてないようにして、戸口で立ち止まると、腰に下げた鍵束の鎖に手をやった。あたしはそれを見てぞっとした。急に監獄の婦人監守のように見えた。思うより先に、あたしは口走っていた。

「あたしを閉じこめるの？」

「閉じこめる？」眉を寄せた。「なんで？」

わかりません、とあたしはうつむいた。スタイルズ夫人はあたしをじろじろ見ると、顎を引き、ドアを閉めて、いなくなった。

親指を突き上げ、心の中で毒づいた。くそばばあ！

ベッドに坐ってみた。硬かった。前の侍女が猩紅熱《しょうこうねつ》で暇を取ってから、このシーツも毛布も替えたのだろうか。暗くて何も見えなかった。ランプは持っていかれてしまった。隙間風の中で蠟燭の炎は揺らめき、不気味な真っ黒い影が部屋をおおう。あたしはマントの前を開けただけで、肩からはずさなかった。寒さと旅の疲れで体中が痛い。遅くにミンスパイを食べたせいで——胃がもたれてしくしくした。十時だった。うちでは、十二時前に寝る連中を馬鹿にして笑ったものだ。

監獄のほうがましかもしれない。この部屋よりずっと陽気だろう。ここにあるのは恐ろしい静けさだけ。どんなに耳をすましても、耳が痛くなるだけ。立ち上がって窓辺に近づき、外を見て気絶しそうになる。こんなに高くて、庭も厩もこんなに真っ暗で、ずっと広がる景色が、こんなに静かで動きがないなんて。

さっき見えた蠟燭。ウィリアム・インカーに連れられて歩いている時に、窓辺でちろちろ揺れていた炎。あの明かりが漏れていたのは、どの部屋だったのか。

あたしはトランクを開けた。ラント街から持ってきたものを全部見てみたかった——だけど、どれも本当のあたしのものではない。〈紳士〉に持たされたペティコートとシミーでしかない。服を脱いで顔に押し当ててみる。この服もあたしのではない。デインティが縫ってくれた縫い目を見つけて、匂いを嗅いでみる。デインティの針がここに匂いを残してくれたような気がした。ジョン・ヴルームの犬皮上着の。

あの豚の頭の骨で母ちゃんが作ったに違いないスープ。みんなが坐って、あたしのことや全然別のことを考えながら食べているなんて、変な気分だった。

あたしが泣き虫だったら、きっと想像するだけで泣いていた。

だけど、あたしは絶対に涙を見せない。寝巻に着替えてマントをはおると、靴下とボタンをはずした靴を履いたまま、じっと立っていた。ベッドの頭近くにある閉じたドアを、鍵穴を見つめた。モードは自分のがわに鍵を差して、回しているのだろうか。近づいて、かがんで、覗きこんだら、いったい何が——こんなふうに思ったら、実行しない奴はいないだろう。だけど、忍び足で歩み寄り、鍵穴に顔を近づけても、ぼんやりした光と影があるだけで——はっきりしたものは何も見えない。眠っているなり、起きているなり、寝返りを打っているなり、モードの姿どころか何も見えなかった。

息は聞こえるかもしれない。背を伸ばして息を止め、耳をドアに押しつけた。かすかな音がしたけれども、森で虫が這い回る音のようだった。

そのほかは何も聞こえなかった――しばらく耳をすまして、あきらめた。靴を脱ぎ、靴下留めをはずして、ベッドにはいった。シーツは冷たく湿気《しけ》って、パイ生地の中で寝ているようだ。マントはベッドカバーの上に広げた――暖かいし、夜這いをかけられても、かぶって逃げられる。用心にこしたことはない。蠟燭はつけたままにした。ウェイが、蠟燭の燃えさしがひとつ足りないと文句を言ったら、お気の毒と言ってやればいい。

盗人にも苦手なものはあるのだ。踊り続ける影。べっとりしたパイ生地シーツ。大時計の音。十時半――十一時――十一時半――十二時。横たわって震えながら、あたしは帰りたかった。帰りたい。母ちゃんの胸に。ラント街に。うちに。

3

朝の六時に起こされた。だけど真夜中に思えた。蠟燭《ろうそく》はあとかたもなく燃えつきて、窓の分厚いカーテンが弱々しい朝日をさえぎっている。女中のマーガレットがドアをノックした時、なんとなく、まだラント街の部屋にいるつもりでいた。ノックしているのは脱獄囚で、親方に足枷《あしかせ》をはずしてもらいに来たに違いないと——ラント街では、時々そういうことがあった。知り合いの盗人《ぬすっと》たちは気のいい連中だが、たまに切羽詰まって狂暴なのもいる。一度は、足枷をはずすのがのろすぎると親方の咽喉《のど》にナイフをつきつけた盗人もいたほどだ。だからノックの音を聞くと、あたしはすぐさま起きて怒鳴った。「やめてよ！」——誰に向かって何をやめろと言ったのか自分でもわからない。マーガレットもそうだったらしく、ドアに顔を寄せて小声で言った。「お呼びですか？」マーガレットはお湯を持ってきたのだった。部屋にはいってくると火をおこし、ベッドの下に手をつっこんでおまるを引っ張りだし、汚物桶に中身をあけ、エプロンからさげた濡れ雑巾で中をきれいに拭いた。

あたしもラント街の家では、みんなのおまるを掃除していた。自分のおまるを眼の前で桶にあけられるのは、あまりありがたくなかったけれども、一応言った。「ありがとう、マーガレット」——そして後悔した。マーガレットが訝《いぶか》しげに首をかしげたのだ。女中に礼を言うなんて、という顔で。

下働きふぜいに、ということらしい。マーガレットは、スタイルズ夫人の部屋で朝食をおとりくださいと言うと、うしろを向いて——出しなに、あたしの服や靴や開けっぱなしのトランクを盗み見ていった。

火がよくおこるのを待って起き出し、服を着た。寒くて顔は洗いたくなかった。服が妙に湿っぽい。カーテンをひいて、朝日を入れると——昨夜の蠟燭の光では見えなかったが——露で天井は茶色く染みになり、壁の木の板には白い水の痕《あと》があった。

隣の部屋から囁《ささや》くような声が聞こえた。マーガレットが「はい、お嬢様」と答えている。ドアの閉まる音がした。

そのあとは物音ひとつしなくなった。あたしは朝食におりていった——使用人階段の下は暗い通路がごちゃごちゃしていて、便所がある例の中庭に迷いこんでしまった。明るい中で見ると、便所は刺草《いらくさ》に囲まれ、庭の煉瓦《れんが》の割れた隙間からは草が顔を出している。城館の壁は蔦《つた》が這い、窓はいくつかガラスが抜けている。結局、〈紳士〉の言うとおり、この城は押し入る価値がないのだった。使用人についても〈紳士〉の言葉どおりだった。さんざん迷った末に見つけたスタイルズ夫人の部屋には、ぴしっとしたズボンに絹靴下を履き、鬘《かつら》の上に髪白粉をはたいた男がいた。これがウェイだった。ここで四十年も執事をやっていると言ったが、たしかにそんなふうに見えた。女中が朝食を運んできて、彼がいちばんに給仕された。ベーコンと、卵ひとつと、ビール一杯。この城では食事ごとにビールが出されて、ビールを作る専用の部屋まであるそうだ。あたしは思った。ロンドン子が特別、呑んだくれだって？　よく言うよ！

ウェイはあたしにはほとんど言葉をかけず、もっぱらスタイルズ夫人に家の切り盛りについて喋っていた。ただ、あたしが暇をもらったことになっている、前の奉公先についてだけは訊いてきた。メイフェアはフェルク街のダンレイヴン家だと答えると、知ったかぶった顔で、ああ、あの家か、と言った。これだけでこの男の底が知れるというものだ。

ウェイは七時に出ていった。スタイルズ夫人は、彼が立つまでテーブルを離れようとしなかったが、やがて立ち上がった。

「よかったね、スミスさん、モード様がよくお休みで」

どう答えていいかわからなかった。スタイルズ夫人はかまわずに続けた。

「モード様は早起きでね。あんたをご案内するようにおっしゃったよ。上に行く前に手を洗って。モード様は旦那様と同じで几帳面《きちようめん》だから」

あたしには十分きれいに見えたが、部屋の角に置かれた小さな石の流し台で、おとなしく手を洗った。

ビールが腹をくだるのを感じて後悔した。さっき庭に迷いこんだ時に用を足しておけばよかった。ひとりでは便所を見つけられそうにない。

あたしはすっかりあがっていて、気が気でなかった。

スタイルズ夫人が先に立った。前と同じく使用人の階段をのぼると、今度はもっと上等な通路に出て、扉がふたつばかり見えた。そのひとつをスタイルズ夫人はノックした。あたしには聞き取れなかったが、彼女には返事が聞こえたのだろう。しゃんと背を伸ばすと、鉄の把手を回し、あたしを連れてはいった。

部屋は暗かった。ここもやはり暗いのだ。部屋の壁は古い黒ずんだ木の鏡板が張られて、床は——剝き出しで、あちこちほころびた安っぽいトルコ風敷物が二、三枚あるだけで——やはり真っ黒だった。大きなどっしりしたテーブルがいくつかと、硬いソファがふたつばかり置かれている。茶色い丘の絵と、干涸《ひから》びた葉がたくさんささった花瓶と、白い卵をくわえた蛇の剝製のはいったガラスのケース。小さい窓に見えるのはねずみ色の空と、濡れた裸の枝。鉛の窓枠ががたついている。

大きな古い火格子の上で、小さな火が音をたてている。その前で弱々しい炎と煙を見つめて立っていた——あたしの足音に振り向いて、驚いた顔で眼をぱちくりさせている——のがこの城館の女主人であるモード・リリー嬢、あたしたちの計略の要だった。

〈紳士〉の言葉から、あたしはとびきりの美人を想像していた。けれども、そうではなかったいうことは並の身長だ。あたしは小柄なほうだった。あたしより一、二インチ背が高い——と——すくなくとも顔を見た時は十人並みだと思った。あたしより色が薄い——けれども、まったくの金髪でもない。眼は茶色で、あたしのより明るい。くちびるも頰もふっくらしてすべすべで——その点、あたしは負けていた。くちびるを咬む癖があるし、頰はそばかすだらけだし、顔は尖って見えるとよく言われる。あたしはいつも幼く見えると言われるが——そう言う連中に、いま眼の前に立つモード・リリーを見せてやりたかった。あたしが幼いなら、モードなんて赤んぼだ。ひよひよのひよっこ。ねんねの鳩ぽっぽ。あたしが来たのを見て驚いた顔になったモードは、青白い頬を紅く染め、一、二歩、近づいてきた。そこで足を止め、スカートの前で両手を重ねた。スカートは――この年頃の娘がこんなものを着ているなんて、見たことがない――くるぶし丈で、傘のように広がっている。腰には――驚くほど細い腰のまわりには帯《サッシュ》。髪はベルベットのネットに納められている。部屋履きは赤い毛織物《ブルーネラ》。手に真っ白な手袋をはめ、手首のボタンでぴっちり留めている。そのモードが口を開いた。

「スミスさん。スミスさんね。わたしの侍女になるために、ロンドンから来てくれたのね！　スーザンと呼んでもいい？　ブライア城を気に入ってくれると嬉しいわ。わたしのことも。どちらもたいして魅力はないけど。でも気楽にしてね――本当に気楽に」

やわらかく甘い声でとぎれとぎれに、小首をかしげて、眼を合わせずに、頬を赤くしたまま言った。あたしは答えた。「ええ、きっとお嬢様を好きになります」そこで、ラント街の特訓を思い出して、スカートをひっつかむと、膝を折ってお辞儀をした。身を起こすと、モードはにっこりして近寄り、手を取った。

モードはスタイルズ夫人に顔を向けた。家政婦はあたしのうしろで戸口に立っていた。「さがっていいわ、スタイルズさん」モードは愛想よく言った。「スミスさんには、いつもどおり親切にしてあげて」あたしの眼を見た。「ご存じかもしれないけれど、わたしも孤児《みなしご》なの、あなたと同じよ、スミスさん。わたしは子供の頃に、このブライア城に来たの。小さかったのに、世話をしてくれる人がいなくて。ここに来てから、スタイルズさんのおかげで、どれほど母親の愛情というものを味わうことができたか、とても言葉に表わせないわ」

モードはにっこりして、ちょっと頷いてみせた。スタイルズ夫人はモードと眼を合わせようとしなかったが、その頬に血の色がのぼり、目蓋が震えるのが見えた。あたしにはスタイルズ夫人がとても母性愛に満ちた女には思えなかったが、きっと使用人は仕える主人に、いれこむようになるのだろう。極道にも犬はなつく——それと同じだ。

スタイルズ夫人は殊勝《しゅしょう》な顔でしばらく立っていたが、出ていった。モードはまたにっこりすると、火のそばにある背の硬いソファにあたしを導いた。そして隣に坐り、ここまでの道中と——「道に迷ったのかと心配していたのよ！」——部屋について訊いてきた。ベッドは気に入った？　朝食は口に合った？

「ねえ、本当にロンドンから来たの？」ラント街を出てからというもの、みんなにこう訊かれる——まったく、あたしがどこから来たと思っているんだろう！　けれども、モードの口調は、ほかの連中とは違うことに気がついた。田舎者のまぬけな質問ではなく、思い詰めた、すがるような口ぶりだった——ロンドンが何か特別なもので、本当に聞きたくてたまらないというように。

もちろん、あたしはその理由がわかるつもりだった。

それからモードは侍女としてのあたしの仕事を説明した。主な仕事は、もとから承知していたことだが、そばに坐って話相手になったり、庭を一緒に散歩したり、着物を片づけたりすることだった。モードは眼を伏せた。

「ブライア城はずいぶん時代遅れでしょう。お客様はほとんどいらっしゃらないから、それでかまわなくって。伯父様はわたしが身綺麗にしていれば文句をおっしゃらないし。でも、もちろん、あなたはロンドンの流行のファッションを見慣れているんでしょう」

あたしはデインティの髪型とジョンの犬皮の上着を思い浮かべた。「それはもう」

「前のご主人は」モードはなおも訊いてきた。「もちろん素敵な貴婦人だったんでしょう？　わたしなんかをご覧になったら、そのかたはきっとお笑いになるわね！」

そう言いながら、ますます頬を赤くし、再び眼をそらした。あたしはまた思った。ねんねの鳩ぽっぽちゃん！

けれども、あたしは言った。レディ・アリスは――これが〈紳士〉のでっちあげてくれたあたしの女主人だ――とても親切で、人を笑うようなかたではないし、すばらしい服にはなんの意味もないと知っている。人は服の中身が大切だと言っている、と。あたしは、なかなか賢いことを言ったと思った。モードもそう思ったらしい。あらためてあたしを見なおし、頬から赤味を消すと、もう一度、あたしの手を取った。

「あなたはいい人ね、スーザン」

「アリス様にも、いつもそう言われました、お嬢様」

その時、〈紳士〉が書いてくれた紹介状を思い出し、いまこそ見せる時だと思った。あたしはポケットから取り出し、手渡した。モードは立ち上がり、封蠟を破ると、光の射す窓辺に歩いていった。立ったまま、くねくねした女文字を長いこと読んでいたが、一度、ちらりとこっちを見た。あたしはどきっとした。見破られたのだろうか。けれども、そうではなかったらしい。手紙を持つ手が震えるのが見えた。きっとあたしが思ったよりすばらしい紹介状だと感じ入って、何と言えばいいのか考えているのだろう。

　モードに母親がいないのを不憫《ふびん》に思った。

「そう」モードは紙をやけに小さく折りたたんで、ポケットに納めた。「レディ・アリスはあなたのことをとても誉めていらっしゃるわ。お暇を出されて残念だったでしょう」

「はい、お嬢様。とても。でも、アリス様はインドに行きましたから。あっちの陽はずいぶん強いみたいだし」

　モードはにっこりした。「ブライア城の灰色の空のほうがいいの？　ここでは陽が輝くことはないのよ。伯父様が禁じたの。強い光は、ほら、印刷が褪《あ》せるでしょう」

　そしてモードは声をたてて笑い、歯を見せた。小さい、真っ白な歯。あたしも笑みを見せたが、くちびるは結んだままだった――いまでもあたしの歯は黄色いが、このころは本当に真っ黄色で、モードの歯を見たあとでは、ますます自分のが汚く思えた。

「伯父様が学者というのは知っている、スーザン？」

「はい、お嬢様。聞いています」

「とても大きな書庫をお持ちなの。この種の書庫では、国いちばん大きいわ。あなたもすぐに見ることになるけれど」

「すごいでしょうね。楽しみです、お嬢様」

モードはまたにっこりした。「読書は好きでしょう、もちろん？」

あたしは唾《つば》を飲んだ。「読書ですか、お嬢様？」モードは頷いて、返事を待っていた。「ええ、とても」ようやく声が出た。「たぶん、そう思います、あたしがもし本や新聞に囲まれて育ってれば。だから」——あたしは咳をした——「教わってれば」

モードは眼を見張った。

「その、習ってれば」

モードはますます眼を見張り、睨むようにあたしを見つめ、そして、信じられないという短い笑い声をたてた。「冗談でしょう？　まさか、字が読めないっていうわけじゃないでしょう？　あの、本当に？　一語も？　一文字も？」笑顔の眉間にかすかな皺《しわ》が現われた。モードの傍らの小さいテーブルに本が一冊のっていた。笑顔半分、しかめ面半分で、その本を取り上げ、あたしに手渡した。「ほら、読んでみて」優しく言った。「謙遜《けんそん》しなくていいのよ。好きなところを読んで。つっかえてもかまわないから」

本を持ったまま、口がきけなかった。汗が滲《にじ》んできた。本を開いて、ページを見下ろした。細かい黒い活字がびっしり埋まっている。別のページを開けた。前より悪い。モードの視線を感じた。熱い顔にあたる炎のように。沈黙が全身にのしかかる。顔が熱い。熱い。熱い。ええい、いちかばちかだ。

思い切って言った。「天にまします、我らの父よ——」

そこまでで、続きが出てこなかった。本を閉じ、くちびるを咬んで、床を見つめた。心の中で毒づいた。「これで計画は全部パーだよ。本も読めなきゃ、くねくね文字の洒落《しやれ》た手紙も書けない侍女なんか、誰が雇うもんか」顔をあげ、モードの眼を見た。

「あたし、勉強します、お嬢様。やる気はあります。絶対に読み書きできるようになりますから、すぐに——」

ところが、モードは首を振った。その顔つきは見ものだった。「まあ、だめよ！　だめ、だめ、そんなことしないで。あたしに近寄って、本を手からそっと取った。「勉強？」あたしに近寄って、本を手からそっと取った。読めなくていいの！　ああ、スーザン、この家に伯父様の姪として住んでいたら、あなたもわたしの言う意味がわかるわ。ええ、本当に！」

モードはにっこりした。あたしの眼を見つめて微笑んでいると、屋敷の巨大な時計がゆっくりと重々しく八つ打った。とたんに微笑が消えた。

「ああ」モードは顔をそむけた。「もう伯父様のところに行かなくちゃ。一時になれば、また自由になれる」

それはまるで——まるでお伽話《とぎ》に出てくる娘の言葉のように聞こえた。不思議な伯父さん——魔法使いとか獣とかそういうのと住んでいる娘の話がなかっただろうか？

「迎えに来てね、スーザン、伯父様の部屋に、一時に」

「わかりました、お嬢様」

モードは、ぼんやりした様子であたりを見回した。炉棚の上の鏡のほうに歩いていき、手袋の手を顔に、そして襟元に当てた。伸び上がるように鏡を覗きこんでいる。丈の短いスカートのうしろの裾があがって、ふくらはぎが見えた。

モードは鏡の中のあたしと眼を合わせた。あたしはもう一度、お辞儀をした。

「あたし、さがりましょうか、お嬢様？」

モードは鏡から離れた。「ここにいて」手であたりを示した。「わたしの部屋を両方とも片づけてくれる？」

そう言ってドアに向かったが、把手を握って立ち止まった。

「ここを気に入ってくれるといいけれど」今度はモードがまた顔を赤くしていた。それを見て、あたしの頬の火照《ほて》りはすっとひいた。「あなたがいなくてロンドンの伯母様がとても淋しがっていなければいいけれど。あの、リヴァーズさんがおっしゃっていたのは、あなたの伯母様でしょう？」そして眼を伏せた。「あなたが会った時、リヴァーズさんはお元気だった？」

モードはさりげなく質問した。自分にとってなんでもないことのように。あたしは、詐欺師が同じことをするのを知っている。偽金の中に、本物の金貨を一枚だけさりげなく落として、全部を本物に見せかけるのだ。あたしとあたしの伯母とやらを気づかうふりをしても、お見通しだ！

「とても元気そうでした、お嬢様。よろしくと言っていました」

モードはすでにドアを開けて、その陰に半分、身を隠していた。「本当？」

「本当です、お嬢様」

モードは木のドアに額を当てた。「親切なかたね」そっと言った。

台所の椅子の脇にあぐらをかいて、重なるペティコートの奥深くに手をつっこんで、かわいいよ、いやらしいきみ、と言った彼の姿を思い浮かべた。

「はい、とても親切な人ですね、お嬢様」

その時、屋敷のどこからか、けたたましくせっかちに鳴らされる振鈴が聞こえてきた。「伯父様だわ！」叫んで肩越しに振り返ると、そのままうしろを向いて走っていった。ドアも閉めずに。部屋履きがぱたぱたいって、階段のきしむ音が下のほうに遠ざかった。

しばらく待ってから、あたしはドアに近づき、蹴って閉めた。そして火のそばに寄り、手をあぶった。ラント街を出てから、暖かい思いをしていない。顔をあげると、モードが覗きこんでいた鏡が、眼の前にあった。伸び上がって、自分の顔をとっくりと見た──そばかすだらけの頬と歯を。舌を出し、両手をこすりあわせて、くっくっと笑った。〈紳士〉の言ったとおり、あの娘はぞっこん惚れている。三千ポンドはもうきちんと数えて、きれいに包んで、あたしの名前を書いて、医者はもう気狂い病院で拘束衣を用意して待ちかまえているも同然だ。

あたしはそう思ったのだ。モードと会ってすぐに。

けれども、心から満足していたわけではなかった。笑い声も、実は無理して出したものだった。なぜかはわからない。たぶん陰気な空気のせいだ──モードがいなくなると、城はますます暗く、静まり返ったように思えた。聞こえるのは、火格子の灰が落ち、窓枠のがたがたいう音だけ。窓辺に寄った。隙間風がひどい。窓の下枠に、小さな赤い砂袋がいくつもあるけれど、まったく役に立っていないうえに、全部湿って、黴《かび》がはえている。ひとつ触ってみると、指が緑になった。立ちつくして身震いし、景色を眺めた——これが景色と呼べるものなら。どこを向いても草と木ばかりだ。芝生で黒い小鳥がみみずをほじっている。ロンドンはどっちの方だろう?

赤んぼの泣き声を、イッブズ親方の姉さんの叫び声を、聞きたかった。えものをひと袋、でなければ、汚してやる悪銭《あくぜに》を二、三枚もらえるなら、金貨を五枚払ってもいい。

その時、思い出した。わたしの部屋を両方とも片づけてくれる?、とモードは言った。いま見えているのはひとつだけで、ここはたぶん居間だから、どこかにもうひとつ、寝室があるはずだ。この城館の壁は全部、黒い楢の鏡板張りで、見た目にひどく陰気なうえに、騙《だま》し絵のようだった。ドアが枠にぴっちりはまって、どこに戸があるのか全然見えない。眼を凝らすと、ちょうどあたしが立っている正面の壁に、四角い隙間と把手が見え、とたんに戸の形がお天道様のようにはっきりと現われた。

思ったとおり、それは寝室に続くドアだった。もちろん、この部屋にはもうひとつドアがあって、あたしの部屋につながっている。昨夜はその向こうに立ち、寝息に耳をすました。いま、ドアのこちら側を見たあとでは、馬鹿げたことに思える。そこは何のへんてつもない貴婦人の部屋で——巨大ではないが、わりと広く、かすかに甘い香りが漂っていた。四本の高い柱とカーテンに囲まれた、分厚いモリーン地の天蓋つきのベッドがある。こんなベッドで寝ていたら、きっとくしゃみが止まらない。天蓋には蠅《はえ》や蜘蛛の死骸や埃が溜まっていそうだ。もう百年も掃除をしていないように見える。ベッドは片づいていたが、寝巻が脱いだままになっていた

——あたしは寝巻をたたんで、枕の下に入れた。金髪を二本ばかり見つけたので、つまんで暖炉に落とした。侍女なんて楽な商売だ。暖炉のでっぱりの上にある、えらく年代ものの鏡は、大理石のように銀と灰色の編目模様がはいっていた。その向こうの時代遅れの小箪笥は、花や葡萄《ぶどう》の模様が彫られ、真っ黒いワニスがあちこちはげている。これが作られた時代の貴婦人は、葉っぱしか着ていなかったのだろうか。薄いドレスが六、七枚はいっているだけなのに、もうはちきれそうで、おまけに、クリノリンの枠があたって戸が閉まらない。あらためてモードに母親がいないことを気の毒に思った。母親がいれば、こんな古道具はすぐに捨てて、娘のためにもっとふさわしい、恥ずかしくないものを与えるだろうに。

ところで、ラント街のあたしたちの稼業で身につけられる特技は、上等な品物の正しい手入れ法だ。あたしはドレスをつかむと——どれもへんてこで、丈が短くて、子供っぽい服ばかりだ——箪笥から引きずりだし、丁寧に棚に戻した。そしてクリノリンを平らにつぶし、靴をもたせかけておさえた。これで箪笥の戸はきちんと閉まった。その箪笥は壁龕《へきがん》のひとつに納まっていたが、もうひとつの壁龕には鏡台があった。鏡台の上はブラシや壜やピンが散らかり——これも整頓した——下にはかわいい引き出しがついていた。あたしは引き出しを開けてみた。中は——見ものだった。どの引き出しも手袋だらけ。あのお嬢様は帽子屋よりたくさん手袋を持っている。いちばん上の引き出しは白いのが、真ん中は黒い絹のが、いちばん下はもみ革のが、ぎっしりと詰まっていた。

どれも手首の内側に刺繍《ししゅう》がしてある。きっとモードの名前だろう。不意にその刺繍糸を鋏《はさみ》とピンで抜きたくなった。

もちろん、そんなことはせず、手袋はそのままにして、もう一度、部屋中のものに触れてまわった。見るほどのものはたいしてなかった。ひとつだけ、おもしろそうなものがあった。ベッドの横のテーブルにのった、象眼細工の小さな木箱。

箱には鍵がかかっていた。取り上げると何かが転げる鈍い音がした。鍵は見当たらない。モードが紐にでも通して身につけているのだろう。単純な鍵だった。こんなもの、針金を見せれば鍵のほうから口を開く。牡蠣《かき》に海水をかけてやるのと同じだ。あたしはモードのヘアピンを一本使った。

木箱の中はフラシ天張りだった。蝶番《ちょうつがい》は銀で、音がしないように油がさしてあった。特に何がはいっていると期待したわけではない——〈紳士〉からの贈り物とか、思い出の品とか、手紙とか、男からもらって嬉しいものだろうくらいに思っていた。あったのは細密画で、色褪せたリボンで下げる金の枠にはいった金髪のきれいな貴婦人の肖像画だった。モードとはあまり似ていないが、母親なのだろう——だけど、こんな箱に鍵をかけてしまいこんで、身につけていないのは変だ。

不思議に思って、絵の表や裏をひっくり返しては、何かないかと見ていたら、細密画の枠が——取り上げた時には、ここの何もかもと同じで冷たかったのが——温まっていた。不意に屋敷のどこかで音がした。もしモードが——マーガレットか、スタイルズ夫人でも——部屋に来て、開いた箱のそばで肖像画を持って立っているあたしを見たらどうなるかということに気づいた。素早く絵をもとに戻し、もとどおりに鍵をかけた。合鍵を作るのに曲げたヘアピンは戻さなかった。モードにあたしが泥棒だと思われては困る。

これだけやってしまうと、もうすることがなかった。あたしはしばらく窓辺に立っていた。十一時になると、女中が盆を運んできた。「モード様はいませんよ」銀のティーポットを見て、あたしは言った。ところが、お茶はあたしのためだった。あたしはちびちびと飲んで、少しでも長くもたせようとした。飲み終わると、女中にわざわざここまで来させるのも気の毒なので、盆を持って下におりた。あたしが台所に返しにきたのを見ると、女中たちは眼を見張り、料理女はずけずけと言った。

「あれ、まあまあ！ マーガレットがのろいってんなら、スタイルズさんにそう言ってくれりゃいいのに。フィーさんは誰のことも気がきかないなんて言わなかったのにさ」

フィーさんというのは、猩紅熱《しょうこうねつ》で倒れたアイルランド人の侍女だ。せっかく気をつかってやったのに、その女よりもったいぶっていると言われるのは頭にくる。

それでもあたしは何も言い返さず、ただ心の中で言った。「あんたらがどうでも、モードお嬢さんはあたしを好きなんだ！」

考えてみればここの人間のうちで、モードだけが、あたしに優しい言葉をかけてくれたのだ。不意にあたしは思った。早く時間が過ぎればいい、そうすればモードに会える。

ブライア城のいいところは、いつでもいまが何時かわかることだった。十二時の鐘が鳴り、半の鐘が鳴ると、あたしは裏階段をのぼってうろうろしていた。通りかかった客間女中が書斎に案内してくれた。二階の大きな木の階段と玄関ホールを見下ろす柱廊から続く部屋だった。そこも屋敷のどの場所とも同じで、どんよりと薄暗く汚かった――いくら見回しても、偉い学者先生の家とは思えない。書斎のドアのそばにある木の盾に、ガラスの目玉がひとつだけはいった何かの生きものの頭がついていた。あたしは盾の前に立ち、生きものの小さい白い歯の間に指をつっこみ、一時が鳴るのを待った。ドアの向こうからモードの声が聞こえる――ほんのかすかに。ゆっくりと変わらない調子で喋っているのは、きっと伯父さんに本を読んでいるのだ。

一時の鐘が鳴り、あたしは手をあげてノックした。男の細い声が、はいれと言った。

最初にモードが見えた。机についたモードは本を前に置き、表紙をつかんでいる。手には何もはめていない。小さな白い手袋は脱いで、脇にきちんと置いている。笠つきランプのそばに坐っているので、光がその指を照らしている。文字の書かれた紙の上で、指は灰のように白く見えた。モードの頭の上にある窓は黄色く塗られている。モードのまわりも、部屋中の壁も、みんな棚で埋まっていた。棚という棚に本があり――こんなにたくさんの本があるとは、誰にも信じてもらえないほどの、本の山だった。ひとりの人間にどれだけたくさんの本が必要なのだろう。あたしは本の山を見つめて身震いした。モードが立ち上がって本を閉じた。そして白い手袋を取り上げ、もとどおり手にはめだした。

モードは右のほうを――部屋の奥を――向いていたが、開けたドアが邪魔をして、あたしには見えなかった。とんがった声がした。

「なんだ？」

ドアをもう少し押し開けると、やはりペンキを塗られた窓と、もっとたくさんの棚と、本と、もうひとつ大きな机が見えた。紙の束が積み上げられたこの机にも笠つきランプがあった。その向こうにリリー爺さんが——モードの伯父さんが坐っていた。その見てくれを説明するだけで、人となりを言いつくせそうだ。

ベルベットの上着に、ベルベットの帽子。帽子についている赤い羊毛のでっぱりには、もとは房飾りがぶらさがっていたのだろう。ペンを持ち、紙をおさえている手は真っ黒だった。モードの手は真っ白なのに——普通の男の手が煙草の染みだらけなように、老人の手はインクの染みだらけだった。それでいて髪は真っ白だった。髭はきれいさっぱり剃られている。口は小さく、くちびるの色はないも同然で、舌は——刃のように尖った舌は——真っ黒だった。紙をめくる時に、親指と人差し指を舐《な》めるのだ。

眼は涙でしょぼしょぼと弱々しく、緑の色つき眼鏡をかけていた。あたしを見ると、老人は言った。

「おまえは誰だ？」

モードは手首のボタンを留めていた。

「わたしの新しい侍女です、伯父様」モードは静かに言った。「スミスさんです」

緑の色眼鏡の奥で、眼が細まり、ますますしょぼしょぼした。

「スミスだと」あたしを見たまま、姪に向かって言った。「こやつもカトリック教徒か、前の奴のように」

「わかりません。訊いていませんから。あなたはカトリックなの、スーザン？」

あたしはそれがどんなものか知らなかった。けれども言った。「いいえ、お嬢様。違うと思います」

とたんに老人は片手で耳をふさいだ。

「こやつの声は気に入らん。少し、静かにさせろ。もっと静かに喋れんのか」

モードはにっこりした。「できます」

「なぜこやつはここに来たのだ、わしの邪魔をしに」

「わたしを呼びに来たんです」

「おまえを呼びに？　時計が鳴ったか？」

チョッキの時計隠しに手をつっこみ、年代ものの巨大な金の二度打ち時計（ばねを押すと最新の正時、四分の一時などを繰り返して打つ。暗所で用いた）を取り出すと、首を傾けてチャイムを聞き、あんぐりと口を開けた。モードはまだ立ったまま、手袋をはめていたので、あたしは手伝おうと一歩踏み出した。その瞬間、老人は人形劇のパンチ氏のようにびくんと動いて、真っ黒い舌を突き出した。

「指だ、小娘！」老人はわめいた。「指！　指！」

真っ黒い指をあたしにつきつけ、ペンを振り回してインクを飛び散らせた。あとで机の下の絨毯が真っ黒なのを見て、しょっちゅうペンを振り回しているらしいと知ったが、その時は、老人の振る舞いが奇妙きてれつで、声も甲高いので、あたしはすっかり肝をつぶした。発作を起こしたのかもしれない。思わず、もう一歩、足を踏み出すと、老人はますますひどくわめきだした——やっとそばに来たモードが、あたしの腕に触れた。

「怖がらなくていいのよ」モードはそっと言った。「伯父様はこれのことをおっしゃっているだけ。ほら」モードはあたしの足元を示した。絨毯の縁《へり》と戸口の間に覗く、黒っぽい床板に、真鍮《しんちゅう》の板でできた指差す手が埋めこまれている。

「伯父様は使用人に本を見られることを嫌っておいでなの。見られたらだめにされるから。この印より奥に、使用人はひとりもはいらないことになっているのよ」

モードは部屋履きの爪先で真鍮の板に触れた。顔は蠟のように、声は水のように、なめらかだった。

「そやつにわからせたか?」声がした。

「はい」モードは爪先を引っこめた。「ちゃんと見せました。次からは気をつけてくれるでしょう——ねえ、スーザン?」

「はい、お嬢様」——何と答えて、どんな顔で、誰を見ればいいのかわからなかった。印刷された文字が人に見られるだけでだめになるなんて、初めて聞いた。だけど、あたしは本のことなんて何も知らないのだ。それに、この老人があまりに変わっていて、すっかりのまれていたあたしには、何を言われても本当のことに思えた。「はい、お嬢様」そう言ってから、また口を開いた。「はい、旦那様」

　そして、お辞儀をした。老人は鼻を鳴らし、緑の色眼鏡の奥からあたしを睨んだ。モードが手袋を留め終わると、あたしたちは老人に背を向けた。

「そやつを静か《ソフト》にさせろ」ドアを閉めるモードに老人は言った。

「はい、伯父様」モードは口の中で言った。

　廊下は前より暗く思えた。モードはあたしを連れて、柱廊から三階に続く階段をのぼり、部屋に戻った。部屋には昼食が用意されていて、また別の銀のポットにコーヒーがはいっていた。けれども、料理女が用意したものを見て、モードは顔をしかめた。

「卵」モードは言った。「半熟《ソフト》だわ。あなたもこうならなくちゃね。伯父様をどう思った、スーザン？」

　あたしは答えた。「とても頭がいいと思います、お嬢様」

「ええ、そうよ」

「それに、すごく大きい辞書を書いているんですよね？」

　モードはまたたき、そして頷いた。「ええ、辞書ね。もう何年も前からの大仕事よ。いまはＦのところ」

　そう言って、あたしの眼を見つめた。あたしがどう思うか確かめるように。

「すごいですね」あたしは答えた。

　モードはもう一度またたくと、最初の卵の縁にスプーンを当てて、殻の上を切り取った。中の白と黄色のぐちゃぐちゃを見ると、また顔をしかめて、押しやった。「これ、食べて。全部。

わたしはバタートーストを食べるから」

卵は三つあった。何がそんなに気に入らないのだろう。渡された卵を、あたしは全部食べた。食べているあたしをじっと見ながら、モードはパンをかじり、コーヒーを飲み、手袋についた染みを見つけて、しばらくこすりながら言った。「ああ、黄身がついた、指に。白いところにつくと、黄色って本当に汚い！」

食事がすむまで、そうやって眉を寄せて染みを見ていた。マーガレットが盆を下げに来ると、モードは立ち上がって寝室に行った。戻ってくると、手袋はまた白くなっていた――引き出しから新しい手袋を出してきたのだ。あとで、あたしはもとの手袋を見つけた。寝室の火に石炭をくべている時に。モードは手袋を火格子の奥に投げ入れていた。炎に子山羊革《キッド》は縮み、人形の手袋のようになっていた。

これまで見たかぎりでは、モードは正常だった。本当に、〈紳士〉がラント街で言ったように狂っていたり、おつむが弱かったりするのだろうか。そうは思えなかった。あたしには、モードはただものすごく孤独で、やたらと本を読んで、だいぶん退屈している女の子にしか見えなかった――こんな屋敷に住んでいたら、誰だってそうなるだろう。おひるを食べてしまうと、モードは窓辺に寄った。空は鉛色でいまにも降りだしそうだったが、散歩に行きたいと言い出した。「それじゃ、何を着ていきましょうか」そしてあたしたちは例の黒い小箪笥の前に立ち、コートやボンネットや靴を選んだ。これだけで一時間近くつぶれた。たぶんモードにはそれが目的だったのだ。靴紐を結んでやろうと慌ててかがむと、モードはあたしの手を取った。

「ゆっくりでいいのよ。急ぐ必要なんてないもの。誰を待たせているわけでもないし」

にっこりしたモードの眼は淋しげだった。

「そうですね、お嬢様」

結局、モードは淡い灰色のマントを着て、手袋の上からミトンをはめた。小さな革バッグには、ハンケチと水のはいった壜と鋏が入れられていた。モードはあたしにそれを持たせたが、何のための鋏かは言わなかった――きっと花でも切るのだと思った。そしてモードはあたしを連れて、正面階段から玄関に向かった。聞きつけたウェイが走ってきて閂《かんぬき》を開けた。「行ってらっしゃいませ、モード様」お辞儀をして、言い添えた。「スミスさんも」玄関ホールは真っ暗だった。外に出ると、あたしたちは眼をぱちぱちさせ、昼の空と薄い陽射しに手をかざした。

城を初めて見た時は、夜で霧の中だったから陰気に見えたが、明るい昼間ならそうでもない――と言いたいところだが、城は暗さを増していた。きっと昔は結構な城館だったのだろうが、煙突は酔っぱらいのように傾き、屋根は緑の苔と小鳥の巣だらけで、壁は一面、枯れた蔦におおわれ、いまは剝き出しの箇所も大昔に蔓《つる》がのぼった痕が残り、壁の下には切り倒された蔦の切り株がずらっと並んでいる。正面の大きな扉は両開きだが、雨を吸って木材がふくらみ、片側しか開かない。モードはクリノリンを平たくおさえて、身体を横にしてやっと外に出ることができた。

たように。

あの陰気な場所からモードが出るのを見るのは不思議な光景だった。牡蠣から真珠が出てきたように。

あの陰気な場所に戻っていくのはもっと不思議な光景だった。牡蠣の殻が開いて、もう一度、飲みこむように。

庭園にはたいして見るものはないのだった。城館に続く並木道。屋敷を囲む砂利のちょっとした広場。薬草園《ハーブガーデン》と呼ばれている一角は、刺草だらけで、枝打ちも何もしていない林の小径《こみち》は行き止まりばかり。林の奥には窓のない小さな建物があった。モードは氷室《ひむろ》だと教えてくれた。「あそこまで行って、覗いてみましょう」そう言うと、氷室の戸口に立って、雲の塊のような氷をじっと見つめていたが、やがて身震いした。氷室の裏からは泥んこの小径が、閉め切られた古くて赤い礼拝堂のひそむ櫟《いちい》の林に延びている。ここはいままで見たうちで、いちばんへんてこで、いちばん静かな場所だ。小鳥一羽、鳴いていない。あたしは行きたくなかったが、モードはここにしょっちゅう通っているらしい。礼拝堂にはリリー家の先祖が代々はいっていたが、石を置いただけの簡素な墓がモードの母親のものだった。

モードは一時間近くも坐りこみ、ほとんどまたたきもせず見つめていた。持ってきた鋏は花を摘むのではなく、墓のまわりの雑草を苅るのに使うものだった。鉛で埋めこまれた母親の名前を、モードはハンケチを濡らして汚れを拭いた。

手が震えて、息が切れるまで、モードはこすり続けた。あたしには絶対に手伝わせようとしなかった。最初のこの日、手伝おうとすると、モードは言った。

「お墓の手入れは娘の義務よ。少しそのへんを歩いてきて、わたしを見ていないで」

あたしはモードを残して、墓の間を歩き回った。土は鉄のように硬く、靴は金属のような音をたてた。歩きながら、自分の母親のことを考えた。あたしの産みの母親に墓はない。殺人犯は墓に入れられない。生石灰に入れられる。

なめくじに塩をかけたことがあるだろうか？　ジョン・ヴルームはよく塩をかけては、なめくじが縮むのを笑って見ていた。一度、あたしにこんなことを言った。

「てめえのおっかあもこうやって縮んだんだぜ。じゅくじゅくって。すげえ臭《にお》ってよ、その臭いで十人も死んだとさ！」

ジョンは二度と言わなかった。その時、あたしは台所にあった大鋏を取り上げ、ジョンの首筋にぴたりと当てた。「殺人犯の血はね。あたしにも流れてんだよ」あの時のあいつの顔！

モードはどんな顔をするだろう、あたしに殺人犯の血が流れていると知ったなら。けれども、モードはそんなことを訊ねようとも思わない。坐って母親の名前を見つめているだけで、その間中、あたしは歩き回って足を踏み鳴らしていた。とうとうモードはため息をつくと、あたりを見回し、眼の上に手をかざして、フードを引き上げた。

「悲しくなる場所ね。もう少し、歩きましょう」

櫟の林からあたしを連れ出すと、生け垣の間の小径に戻り、今度は森や氷室から離れて、庭園の端に向かった。このまま塀に沿って小径を進めば、門に出る。モードは門の鍵を持っていた。門の外は川岸だ。屋敷から川は見えない。古ぼけて半分腐りかけた船着場があって、小さい平底船《パント》が裏返しにされて椅子になっていた。川は狭く、水は静かで泥だらけで魚がぴちぴち泳いでいた。川岸は見渡すかぎりの灯心草。背の高いその草がびっしりと生えている。モードはそろそろとくさむらに寄り、灯心草と川の境の暗がりを、おっかなびっくり覗きこんでいた。蛇が怖いのだ。モードは灯心草を一本折り取ると、ふっくらしたくちびるにはさんで腰をおろした。

あたしは隣に坐った。風はないのに、寒くて、静かすぎて、耳が痛いほどだった。空気はほとんど匂いがしなかった。

「きれいな小川ですね」あたしはお世辞を言った。

平底の荷船が通っていく。船の男たちはあたしたちを見て、帽子に触った。あたしは手を振った。

「ロンドンに行くのよ」モードは見送って言った。

「ロンドン？」

モードは頷いた。あたしはまだ知らなかった——だって誰が想像するだろう——こんなちょろちょろがテムズ河だなんて。あたしはこの川がもっと下流で河に合流するという意味だと思った。それでも、あの船が街に行くと聞いて——きっとロンドン橋の下をくぐっていくのだ——ため息をついた。見守っていると、船は流れの曲がり角から、やがて姿を消した。エンジンの音は遠くなり、煙突から上がる煙は灰色の空に混じり、かき消えた。空気はまた匂いがしなくなった。モードは折れ曲がった灯心草をくわえたまま、ぼんやりと宙を見つめて坐っていた。あたしは石を拾って川に投げこみだした。モードはじっと見ながら、水がはねるたびに眼をつぶっていた。そして、あたしをまた家に導いた。

部屋に戻った。モードは縫い物を手にした——色も形もなっていない。テーブルクロスかどうかもわからない代物だ。あたしはモードが何かをするのを見たことがなかった。モードは手袋をしたままで縫った。ひどく不器用に——糸目はがたがたで、半分くらい、ほどきなおしていた。見ては悪い気がした。はぜる火の前に並んで坐り、どうでもいい話をあれこれするうちに——何を喋ったのか覚えていないが——暗くなり、女中が明かりを持ってきた。風が激しくなり、窓がますます音をたて始める。あたしは思った。「神様、〈紳士〉をとっととよこしてください！　一週間もここにいたら、あたしは死んじまいます」あたしはあくびをした。モードはあたしの眼を見た。そしてあくびをした。それを見て、あたしはもっと大きなあくびをした。とうとう、モードは縫い物を脇に置くと、両足をかかえ、ソファの腕に頭をのせてうとうとしだした。

七時の鐘が鳴るまで、それくらいしかすることがなかった。鐘の音を聞くと、モードは最高に大きなあくびをして、眼をこすり、立ち上がった。七時にモードはまた着替えなければならなかった——手袋も絹のものに替えた——伯父さんと夕食をとるために。

モードは二時間、伯父さんと一緒だった。もちろん、あたしはそばで見ていたわけでなく、厨房で使用人たちと食事をした。連中は食べながら、老人は食後に居間で姪に本を朗読させるのが好きなのだと教えてくれた。それが老人の考える娯楽なのだろう。ここにはほとんど客がなく、たまに来るのは、オックスフォードやロンドンの本屋ばかりらしい。その本を全部モードに読ませるのが、老人の楽しみなのだ。

「ほかに何もすることはないんですか、お嬢様は、読むだけで？」あたしは訊いた。

「旦那様がお許しにならないから」客間女中は言った。「それだけ、お嬢様を大事になさってるんです。ほとんど外にお出しにならないし――怪我でもしたらたいへんだって。お嬢様にずっと手袋をさせてるのは、旦那様だって知ってます？」

「いいかげんにおし！」スタイルズ夫人が言った。「モード様に失礼だよ」

すると、客間女中は黙りこんだ。あたしは坐ったまま、老人のことを考えた。赤い帽子を、金時計を、緑の色つき眼鏡を、黒い指と舌を。モードのことを思った。卵に顔をしかめ、母親の墓を強くこする姿を。姪を大事にするにしては、変なやりかただ。あの娘をああいうふうにしてしまうなんて。

あたしはモードのことは何もかも知ったと思った。もちろん、何も知っていなかった。使用人たちの話を聞きながら黙々と食べ続けた。やがてスタイルズ夫人に、部屋《パントリー》でウェイと一緒にデザートを食べるか、と訊かれたので、喜んでと答えた。あたしは席につき、髪の毛で描いた絵を眺めた。ウェイはメイデンヘッドの新聞から記事をいくつか読み上げ、そのたびに――牛が垣根を壊したとか、教会で牧師がおもしろい説教をしたとか、そんな記事ばかりだが――スタイルズ夫人は頭を振って、「まったくねえ、こんなの聞いたことあるかい？」と言い、ウェイは咽喉の奥で笑っては、「どうだね、スミスさん、ここもロンドンと変わらないだろう、ニュースがいっぱいで！」と威張った。

ウェイの声にかぶさるように、遠くから笑い声と椅子のがたつく音が聞こえる。料理女と、皿洗い女中たちと、ウィリアム・インカーと、下働きの小僧《ナイフボーイ》が、厨房で楽しくやっているのだった。

やがて大時計が鐘を打ち、すぐに召使の呼び鈴が鳴らされた。老人がウェイに、そしてモードがあたしに、ベッドに行く用意ができたと知らせてきたのだ。

部屋に戻るまでにまた道に迷ったが、モードは帰ったあたしを見ると言った。

「スーザンなの？　アグネスより早く戻ってくるのね」そしてにっこりした。「それにあなたのほうがきれいみたい。女の子はやっぱり赤毛じゃきれいに見えないのよ——そう思わない？　でも、金髪もだめ。わたしは黒髪になりたいわ、スーザン！」

夕食でモードは葡萄酒を、あたしはビールを飲んでいた。ふたりともほろ酔い気分だったのだろう。炉棚の上にある銀の鏡の前で、モードはあたしを隣に立たせ、頭を寄せて、髪の色を比べた。「あなたのほうが黒っぽいのね」モードは言った。

火から離れたモードは、あたしに寝巻を着せられることになった。

結局、うちの台所の椅子から服を脱がすのとはてんでわけが違った。モードは震えながら立っていた。「早くして！　凍え死んでしまうわ！　きゃっ、いやっ！」——寝室は屋敷のどことも同じ隙間風だらけで、あたしの冷たい指がモードを飛び上がらせた。貴婦人を脱がせるのはひと仕事だった。モードのコルセットは長く、鋼の胸枠がついていた。腰まわりは、前に言ったとおりやたらと細い。医者が、若い女を病気にする原因だと非難する、腰を締めつけるタイプだ。クリノリンはぜんまいのようだった。網《ネット》に納められた髪は半ポンドものピンと銀の櫛《くし》で留められている。ペティコートもシミーもキャラコで、その下はそれでも、どこもかしこもやわらかく、バターのようになめらかだった。やわらかすぎる。怪我をしたらどうなるだろう。まるで殻から出した海老だ。あたしが寝巻を取り上げる間、モードは靴下だけで、頭の上に両腕をあげ、眼をきつくつぶって立っていた。一瞬、あたしは振り返って、モードを見た。あたしに見られても、なんとも思わないのだ。あたしは見た、モードの胸を、腹を、産毛を、何もかもを――産毛ではない、鴨《かも》のように茶色い毛も。公園の柱石にのっている像のように白い肌も。あまりに白くて、輝いて見えるその肌も。

けれども、それは見ていて不安になるような白さだったから、おおい隠してあたしはほっとした。脱がせたドレスを箪笥に戻し、戸を閉めた。モードは坐って、あくびをしながら、あたしが髪を梳《と》かしに来るのを待っていた。

モードの髪はきれいで、おろすととても長かった。ブラシをかけながら、いまあたしが手で握っているこの髪は、いくらで売れるだろうと思った。

「何を考えているの?」モードは鏡に映るあたしの眼を見つめていた。「前のご主人のこと? 髪のきれいなかただった?」

「髪は全然だめでした」そう言ってから、レディ・アリスに悪い気がした。「でも、足はきれいでした」

「わたしはどう？」

「あなたもです、お嬢様」

それは本当だった。モードの足は小さく、足首も腰のように華奢《きゃしゃ》だった。彼女はにっこりした。そして、頭を寄せた時のように、あたしの足も隣に置かせて比べた。

「あなたもわたしと同じくらいね」モードは気をつかって言ってくれた。

彼女はベッドにはいった。暗闇の中で寝るのは嫌いだと言う。枕元には倹約家が部屋の明かりに使うような灯心草ランプがあり、あたしの蠟燭でそれに火をつけさせられた。ベッドのカーテンもきちんと閉じずに、ほんの少し引いただけで、部屋の中が見えるようにした。

「あなたの部屋のドアもぴったり閉めないで」モードは言った。「アグネスもそうしてくれたの。あなたが来てくれるまで、マーガレットが椅子に坐って番をしてくれていたけれど、いやだった。夢を見て、マーガレットを呼ぶのが。マーガレットは乱暴なの。あなたの手は、同じくらい硬いけど、優しいから」

そう言いながら伸ばした指を、あたしの指にそっとのせた。子山羊革の感触に、思わずぞくっとした――モードは絹手袋を脱いで、別の白い手袋をはめていたのだった。彼女は手をひっこめると、毛布の下に腕を入れた。あたしは毛布を皺ひとつないほど、きれいにならした。

「あとは用はありませんか、お嬢様？」

「ええ」モードは頭を動かして、枕に頬をのせた。彼女は髪が首筋にあたるのを嫌った。髪の束をまっすぐな黒っぽい影のロープのように、頭の上に流していた。

あたしが蠟燭を取り上げると、影が波のようにモードの上に広がった。部屋はランプにぼんやり照らされ、ベッドは暗がりに沈んでいた。ドアを半分閉めると、モードが枕から頭をあげる音がした。「もう少し開けて」かぼそい声に、ドアをもっと開けた。あたしはそのままの姿勢で、顔をこすった。ブライア城でたった一日すごしただけなのに、こんなに長い一日は生まれて初めてだった。紐の引きすぎで両手がひりひりする。眼を閉じると留め金が見える。モードを脱がせたあとでは、自分の服を脱ぐのも億劫《おっくう》だった。

ようやく坐って、蠟燭を吹き消した。モードの動く音がした。城は静まり返っていたけれど、モードが枕から頭をあげて、ベッドの中で身体をよじるのが聞こえた。手を伸ばし、鍵を取り出し、あの小さな木箱に差しこむ気配。鍵のはずれる音に、あたしは身を起こした。そして思った。「あんたは無理でも、あたしは音をたてずに動けるんだよ。あんたや爺さんが思ってるより、ずっと静か《ソフト》なんだ、あたしは」ドアのひび割れに忍び寄って覗きこんだ。モードはベッドのカーテンから身を乗り出し、きれいな貴婦人の――母親の――肖像画を手にしていた。見守る中、モードは肖像画をくちびるに寄せてキスをし、悲しげにそっと囁きかけた。やがてため息をつくと、元の場所に戻した。鍵はベッド脇の本の中に隠していた。たしかに、そこはあたしも探そうと思わなかった場所だった。モードは箱に元通り鍵をかけると、テーブルにきちんと置きなおし――一度、二度、手を触れて――カーテンのうしろにもぐりこみ、静かになった。

あたしは疲れて、見る気がなくなり、ベッドに戻った。あたしの部屋は墨のように暗かった。手を伸ばして毛布とシーツを探り当ててめくった。その中にはいった。あたしは蛙のように冷えきって横になった。使用人のベッドで。

どのくらい眠っただろう。何の音で起きたのかわからなかった。一、二分、まだ眼が開ききらないうちは——暗闇が深く、何も変わったことが見えなかったので——のみこめずにいたが、モードの部屋に続く半開きのドアを振り返り、淡い光がもれているのを見てやっと、夢を見ているのではなく、目を覚ましていると知った。何かが壊れるか、落ちるかした音に続いて、悲鳴も聞こえた気がする。あたしの眼が開ききると同時に静かになった。けれども頭をあげて、やたらと響く心臓の音を聞いていると、もう一度、悲鳴があがった。モードが呼んでいるのだ、甲高い怯えた声で。前の侍女を。

「アグネス！　ねえ！　ねえ！　アグネス！」

あたしはわけがわからないまま駆けつけた——ひょっとして窓が壊されて、泥棒が突っ立って、モードの頭をつかんで、髪を切っているかもしれない。けれども、窓はあいかわらず音をたてているもののまったくの無傷で、そばには誰もいなかった。モードは顎の下まで毛布を巻きつけ、顔の上に髪を振り乱し、ベッドのカーテンの隙間から覗いていた。蒼白で奇妙な顔だった。モードの眼は、いつもは栗色のその眼が、真っ黒に見えた。歌に出てくるポリー・パーキンズの眼のように。梨の種のように。

モードはまた叫んだ。「アグネス!」

あたしは言った。「スウです、お嬢様」

「アグネス、あの音を聞いた? ドアは閉まっている?」

「ドアですか?」ドアは閉まっていた。「誰かいるんですか?」

「男なの?」

「男が? 泥棒ですか?」

「入り口に? 行かないで、アグネス! 危ないわ!」

本当にモードは怯えていた。あまり怯えているので、あたしまで怖くなった。「男なんていませんよ、お嬢様。見てきますから、蠟燭をつけさせてください」

灯心草ランプから蠟燭に火をつけたことがあるだろうか。とにかく、どうしても火がつかないのだ。モードはその間、泣きながらアグネスを呼び続け、とうとう、あたしの手は震えだして、蠟燭をまっすぐ支えていられなくなった。

「静かにしてください、お嬢様。男なんていません。もしいたら、ウェイさんを呼んで捕まえてもらいますから」

あたしは灯心草ランプを取り上げた。「明かりを持っていかないで!」そのとたんにモードが叫んだ。「お願い、持っていかないで!」

ドアの近くに持っていって、誰もいないのを確かめるだけです、とあたしは答えた。モードは泣きながら毛布にかじりつき、あたしはランプを手に進み――へっぴりごしでこわごわと

――居間に続くドアを開けた。

ドアの向こうにある部屋は暗闇だった。ふたつみっつうずくまる大きな家具が、アリババの芝居に出てきた籠をかついだ盗人のように見える。はるばるロンドンからブライア城くんだりまで、わざわざ強盗に殺されに来たなんて、しゃれにならない。ひょっとして、この強盗があたしの知り合いだとか――イップズ親方の甥の誰かということはないだろうか？　世間なんて不思議なものだ。

真っ暗な部屋をおそるおそる覗きこんで、これだけのことを考えながら、声をあげようとよほど思った。だけど、本当に泥棒がいたとしても、身内だと知れば、手を止めるかもしれない。もちろん、そこには誰もいなくて、教会のようにしんとしていた。それを見届け、居間のドアに足早に寄って廊下を見た。ここも真っ暗で静かだった――どこか遠くで時計の針の刻む音と、窓ガラスのがたつく音がしているだけだ。それでも、寝巻のまま、灯心草ランプを手に、真っ暗な静まり返った城館でぽつんと立っているのは、あまり気味のいいものではなかった。泥棒がいなくても幽霊はいそうだ。素早く戸を閉めると、モードの居間を通り抜けて、またドアを閉め、ベッドの脇に近寄って、ランプを置いた。

「泥棒を見た？　ねえ、アグネス、いたの？」

答えようとして、あたしは凍りついた。部屋の隅、黒い箪笥のある場所に、妙なものがある。長くて、白くて、光っていて、箪笥のそばで蠢《うごめ》いていて……あたしは想像力が豊かだと言った。てっきり、モードの死んだ母親があたしを呪うために化けて出てきたと思った。心臓がとんでもない勢いで口の中にあがり、味を残していった。あたしが金切り声で叫ぶと、モードは悲鳴をあげてしがみついてきて、ますます激しく泣きじゃくった。「見ないで！」そう叫んで、また訴えた。「行かないで！　ひとりにしないで！」

その時、あたしは白いものの正体に気づき、ぴょんぴょん跳ねて、笑いだしそうになった。モードのクリノリン。棚の中に押しこみ、靴でおさえておいたのが飛び出したのだ。勢いで簞笥の戸が壁に当たり、その音であたしたちは目を覚ましたのだった。クリノリンは鉤にぶらさがって揺れていた。あたしと一緒に、ばねのように跳ねている。

あたしは危うく笑うところだった。ところが、もう一度モードを見ると、眼はあいかわらず真っ黒で焦点が合わず、真っ青な顔であたしにしがみついているので、笑ったりしてはかわいそうだと思った。あたしは両手で口をおおい、震える指の間から息を吐いた。歯がかちかち鳴りだした。これ以上ないほど身体が冷えきっていた。

「何でもないですよ、お嬢様。何でもなかったんです。夢見てたんです」

「夢なの、アグネス？」

モードはあたしの胸に頭を押しつけて震えていた。モードの頰から髪をすくいとって、落ち着くまで抱いていた。

「もう大丈夫です」しばらくして言った。「寝ましょう。毛布をかけてあげますから」

ところが、寝かしつけようとすると、モードはしがみつく手に力をこめてきた。「行かないで、アグネス！」

「スウですよ、お嬢様。アグネスは猩紅熱で、さとに帰されたんです。覚えてますか？　さあ、もう横にならないと。風邪をひいたらたいへんだから」

するとモードはあたしを見つめた。その眼はまだ黒っぽかったが、前より焦点が合っているようだった。

「行かないで、スウ！」モードは囁いた。「怖いの、夢を見るのが！」モードの息は甘かった。手も腕も温かかった。顔は象牙か雪花石膏《アラバスター》のようになめらかだった。あとひと月もたたないうちに――もしあたしたちの計画がうまくいけば――モードは気狂い病院のベッドに寝ることになる。そうなったら、誰がモードに優しくしてくれるのだろう？

あたしはモードを、ほんの一瞬、身体から離した。そしてベッドにあがると、毛布の下のモードの隣にもぐりこんだ。身体に手をまわすと、モードはすぐに胸にぴったりくっついてきた。母精一杯の親切のつもりだった。あたしは身体を抱き寄せた。モードは何よりも華奢だった。母ちゃんとは違う。母ちゃんとは全然違う。子供のようだ。まだ少し震えているモードがまばたきすると、睫毛《まつげ》が羽のようにあたしの咽喉をなでる。しばらくすると、震えは止まり、もう一度、睫毛が咽喉をこすって、静かになった。モードは重たく、温かくなった。

「いい子だね」そっと囁いた。起こさないように。

翌朝、あたしが目を覚ますと、すぐにモードも気がついた。眼を開けてあたしを見ると、モードは困惑を隠そうとした。

「わたし、昨夜、夢を見て起きた？」眼をそらして訊いてきた。「馬鹿なことを言った？　わたしは寝言を言うらしいのよ、普通の女の子は鼾《いびき》をかくだけでしょうけど」赤くなって笑った。「でも、来て一緒に寝てくれて、ありがとう！」

クリノリンのことは黙っていた。八時にモードは伯父の部屋に行き、一時にあたしは迎えに行った——今度は床で指差す手に気をつけて。それから、庭園を散歩し、墓地を訪れ、川に行った。モードは縫い物をし、うとうとし、ベルが鳴ると夕食に行った。あたしはスタイルズ夫人の部屋で九時半まですごしたあと、部屋に戻って、モードを寝かしつけた。一日目とまったく同じ繰り返しだった。モードは「おやすみ」と言って、枕に頭をのせた。あたしは自分の部屋に立ち、小箱の鍵がはずれる音を聞くと、モードが肖像画を取り出し、キスして、元に戻すのを、ドアの割れ目から覗いていた。

蠟燭を消して二分もたたないうちに、モードが小声で呼ぶのが聞こえた。「スウ！」モードは言った——眠れないの。寒いの。また一緒に寝て。夜中に怖くて、起きるかもしれないから。

次の夜、モードは同じ言葉を繰り返した。その次の夜も。「いいでしょう？」アグネスはかまわなかったと言った。「メイフェアのご主人と寝るのはかまわなかった？」

どう答えればいいのかわからなかった。あたしの考えでは、女主人と侍女が、女中同士のようにひとつのベッドで寄り添って寝るのは、ごく当たり前のことだった。

最初は普通に眠った。モードもあたしも。モードは二度と夢にうなされることはなかった。

あたしたちは眠った。姉妹のように。本物の姉妹のように。あたしはずっと妹が欲しかったのだ。

そして〈紳士〉が来た。

4

彼が現われたのは、あたしが来て二週間くらいたってからだった。ブライア城の時間はとにかくのろくて、毎日が——まったくの繰り返しで——どうしようもなく単調で、静かで、進まなくて、二週間が倍も長く感じられた。

城のおかしな習慣をざっとのみこみ、使用人たちと馴染みになるには十分な時間だった。最初は、なぜ連中があたしを目の敵《かたき》にするのかわからなかった。あたしは厨房におりるたび「こんにちは」とわけへだてなく声をかけていた。「こんにちは、マーガレット。こんにちは、チャールズ（下働きの小僧《ナイフボーイ》だ）。お元気ですか、ケーキブレッドさん（料理女の正真正銘の本名だ。冗談の種にする度胸は誰にもない）」すると、チャールズは口もきけないほど怯えきった眼であたしを見返し、ケーキブレッド夫人は意地の悪い口調で答えた。「ああ、あたしゃお元気さ。どうも、ご親切に」

眼の前であたしにうろうろされると、時代遅れのこんな場所では絶対嗅げない、ロンドンの匂いがおもしろくないということだろうか。そう思っていたら、ある日、スタイルズ夫人にちょっと、と呼ばれた。「悪く思わないでほしいんだけどね、スミスさん、ちょっと言っときたいんだよ。前のお屋敷じゃあ、どうだったか知らないけど——」あたしに何か言う時は必ずこの前置きがはいった。「――ロンドンの流儀は知らないけど、このブライア城は身分や序列をきっちりさせる主義でね……」

なるほど。あたしが先に台所女中や下働きの小僧に声をかけたので、ケーキブレッド夫人は侮辱されたと、そして、チャールズはそのダシにされたと、そう思いこんだわけだ。くだらない、馬鹿馬鹿しい、猫も呆れる馬鹿げたことだが、連中にとっては一生に関わる大問題で――たしかに、この先四十年、皿を運び、パイを焼いてすごすことしか人生にない人間には、一生涯の大問題なのだろう。ともかく、これだけはわかった。連中とうまくやるなら、よくよく足元に気をつけて進むことだ。あたしはラント街から持ってきたまま手をつけていないチョコレートをチャールズにやった。マーガレットには香り石鹼《せっけん》をひとつ。ケーキブレッド夫人には、〈紳士〉があたしのためにヤミ屋からフィルに調達させた黒い靴下を一足贈った。

そうしてから、悪気はなかったのだと殊勝《しゅしょう》に出た。朝に階段でチャールズと出くわしたら、眼をそらすことも覚えた。みんなの態度はころりとよくなった。

ふん、使用人め。「すべてはご主人様のために」と口では言いながら、「すべては自分のために」と思っている、この裏表には胸がむかつく。ここブライア城では誰もが何かをちょろまかしている。その卑しさ、いじましさ。本職の盗人《ぬすっと》でも顔が赤くなるというものだ――主人の肉を焼いて出た脂を取っておき、陰で肉屋に売って金にかえているケーキブレッド夫人。モードのシミーから真珠のボタンを引き抜いて隠し、なくしましたとすましているマーガレット。こんなことを三日間ですっかり見抜いたあたしはやっぱり、あの母ちゃんの実の娘かもしれない。

執事のウェイも同じ穴のむじなだった。鼻に痣《あざ》がある――下町では〈ジンの蕾《つぼみ》〉と呼ばれる痣だ。こんな城でどうしてそんなものができるのか。ウェイは主人の酒蔵の鍵を鎖につないで身につけているが、あんなに使いこんで、ぴかぴかの鍵は見たことがない！　スタイルズ夫人の部屋であたしたちの食事がすむと、ウェイは豪快に皿を積んで片づけ――誰も見ていないと思ったのか、全部のグラスの底に残ったビールを、ひとつの大きなカップにあけて飲み干していた。

　あたしは見ていた――もちろん胸ひとつにたたんでおいた。波風たてるために来たわけじゃない。ウェイが酒の飲みすぎで死のうが関係ない。それにあたしはほとんどの時間をモードとすごしていた。モードといることに馴染んでいた。たしかに神経の細いところはあるが、つきあっていて苛々《いらいら》するほどではない。もともとまめなあたしは、モードのドレスを片づけ、ピンや櫛《くし》や箱を整頓するのが楽しくなっていた。いつも赤んぼを着替えさせていたから、モードの着替えもすぐに慣れた。

「腕をあげてください。足をあげて。ここに入れて。はい、今度はこっち」

「ありがとう、スウ」モードは小さな声で言った。時には眼をつぶったまま。「わたしのことをよくのみこんでいるのね」何度も繰り返した。「わたしをすみからすみまで、知ってくれているみたい」

　それはすぐに本当になった。モードの好き嫌いを、あたしは全部知った。何を食べて、何を残すか――そして、馬鹿のひとつ覚えで卵ばかりよこす料理女には、卵のかわりにスープを持ってくるように言った。

「コンソメスープにしてください。できるだけ澄んだの。ね？」

料理女は顔をしかめた。「スタイルズさんは気に入らないと思うけどね」

「スタイルズさんが食べるわけじゃないもの」あたしは言い返した。「それに、モード様の侍女はスタイルズさんじゃなくてあたしだから」

それで、料理女はスープをよこすようになった。モードは皿をからにした。「どうして笑っているの？」飲み終わると、いつもの不安そうな口調で言った。あたしは、笑っていないと答えた。モードはスプーンを置き、前と同じように眉を寄せて手袋を見つめた。染みがついていた。

「ただの水です」あたしはモードの顔を見て言った。「へっちゃらです、そのくらい」

モードはくちびるを咬んだ。それから一分間、膝に両手を置いたまま、ちらちらと指先を見ていたが、どんどん落ち着きをなくしていき、ついに言った。

「この水には、ちょっと脂がはいっているんじゃないかしら……」

こうなると、寝室から新しい手袋を取ってきたほうが、眼の前でそわそわするモードを見ているよりもずっとらくだった。「取り替えます」あたしは手首のボタンをはずしてやった。最初のうち、モードは裸の手を触らせようとしなかったが――優しくするとあたしが約束してからは――まかせてくれるようになった。モードの爪が伸びると、銀の鋏《はさみ》であたしが切った。鋏は飛ぶ鳥の形をしていた。モードの爪はやわらかく、清らかで、すぐに伸びて、子供の爪のようだった。鋏を入れると、ぴくん、とモードは身をちぢめた。その手はなめらかだった――だけど、ほかの部分のように、不自然ななめらかさだった。見るたびに、考えずにはいられなかった――乱暴や、何か鋭いものが――その手を傷つけ、痕《あと》を刻むことを。モードが手袋をはめなおすと、あたしはほっとした。切った爪は膝の上から集めて、火に放りこんだ。モードは立ったまま、黒く焦げていく様を見守っていた。あたしがブラシや櫛から取った抜け毛も、モードは暖炉にくべ――炭の上でそれがみみずのようにのたうち、ぱっと燃え上がって灰になるのを、眉を寄せて見つめていた。時々はあたしも並んで立ち、一緒に見物した。

ブライア城はラント街と違って見るものが何もなかった。だからかわりに、そんなものばかり見ていた。たちのぼる煙。空を流れる雲。毎日、あたしたちは川岸に歩いていき、水位を確かめた。「秋になると川の水があふれるのよ」モードは言った。「このへんの灯心草はみんな水につかってしまうの。ひどいでしょ。夜には時々、一面の水から白い霧があがって押し寄せてくるの、伯父様の城の塀まで……」そして身震いした。モードは必ず伯父様のと言い、わたしのとは言わなかった。硬い地面が足の下で音をたて、モードは口を開いた。「草がぱりぱりいってる。川が凍るのね、きっと。もう凍りかけてるかも。ほら、うねってるのが見える？　川の水はあふれたがってるのに、この寒さにおさえつけられてるんだわ。見える、スウ？　ほら、灯心草の間から」

モードはよく見ようとして眉間に皺《しわ》を寄せた。あたしはその顔の動きを見ていた。そして言った――スープの時のように。「ただの水です」

「ただの水?」

「茶色い水」

モードは眼をぱちくりさせた。

「もう冷えるから、戻りましょう、城へ。風にあたりすぎです」そして、モードの腕を取った。なにげなしにそうしたのだが、その腕は硬張っていた。でも、次の日は――でなければ、その次の日は――モードのほうからあたしの腕を取った。その手には硬さがなかった。たぶんそれから、あたしたちは自然に腕をからめるようになった……と思う。いつからそうなったのか思い出そうとしたのは、だいぶたってからだ。それでも、前は離れて歩いていたのに、いまはくっついて歩いているとしか思い出せなかった。

結局、モードはただの女の子だった。みんなが貴婦人と呼んでいるだけで、ただの女の子だった。愉しみというものを生まれてから一度も知らない子。ある日、引き出しを整頓していて、あたしはトランプを見つけた。モードは、母親の形見だと思うと言った。彼女はカードの模様は知っていたが、それだけだった――ジャックのカードを騎士《ナイト》様と呼ぶのだ!――あたしは下町で遊ぶ簡単なゲームをひとつ、ふたつ教えた――セブンアップ、そしてプット。最初はマッチやヘアピンで得点をつけていた。その後、別の引き出しで点数用のおはじきを見つけ、それからは、魚やダイヤモンドや三日月の真珠母《しんじゅも》を使うようになった。真珠母は手にのせるとひんやりして、とろけそうだった――あたしの手の熱に。モードはもちろん、いつも手袋をしていた。カードを伏せる時、モードは律儀《りちぎ》に縁を揃えてきれいに重ねた。じきにあたしも真似るようになった。

　カードをしながらお喋りをした。モードはあたしがロンドンの話をするのを聞きたがった。

「ロンドンって本当にそんなに大きいの？　劇場もある？　それから、ほら、ファッションのお店も？」

「ありますよ、食べる店だって。どんな店だって。公園もあるし」

「公園って、伯父様のお庭みたいなもの？」

「まあ、あんなもんです。でも、人がうじゃうじゃいて――上ですか、下ですか」

「上」モードはカードを置いた。「――たくさん人がいるの？」

「あたしが上。ほら。これで魚が三つ、お嬢様はふたつ」

「あなた、上手ね！――ねえ、たくさん人がいるの、とても？」

「もちろん。真っ暗だけど。はい、切ってください」

「真っ暗？　ほんと？　ロンドンは明るいんじゃないの？　大きなランプがついていて――ほら――ガスの？」

「おっきいのがダイヤモンドみたいに光ってんですよ！　劇場やホールの。そこで踊るんです、夜通しずっと――」

「踊るの？」

「踊るんです」気がつくと、モードの表情は変わっていた。あたしはカードをおろした。「好きでしょう、もちろん、踊るのは？」

「わたし——」モードは真っ赤になって眼を伏せた。「習ったことがないの。あの」顔をあげた。「わたしも貴婦人になれるかしら、ロンドンの——だから」慌ててつけくわえた。「いつか行くことがあったら——ロンドンの貴婦人になれるかしら、踊れなくても」

そして、びくびくしたようにくちびるを手で隠した。

あたしは言った。「なれますよ、きっと。だけど、習ったらいいじゃないですか。ダンスの先生について」

「そう？」曖昧《あいまい》な顔で、やがて首を振った。「どうかしら……」

何を考えているか、あたしにはわかった。〈紳士〉のことを考えているのだ。踊れないことを知られたら、どう言われるか。モードは考えているのだ。彼がロンドンで会っている、踊れる娘たちのことを。

不安そうなモードをしばらく見つめていたあたしは、「大丈夫」と立ち上がった。「簡単だもの。ほら、ね——」

あたしはステップを踏み、ダンスをふたつみっつ見せてから、モードを立たせて、真似るように言った。腕の中でモードは丸太のように突っ立ち、こわごわ足元を見ていた。彼女の部屋履きがトルコ風の敷物にひっかかった。敷物をどけてやると、前より自由に動けるようになった。あたしはジグを、それからポルカを教えた。「ほら。飛んでるみたいでしょう」モードはあたしにしがみつき、服が破れそうになった。「こんなふうに。そう、こう。あたしは男役です。そりゃ、本物の男のほうがいいけど——」

またモードがつまずくと、あたしたちははじけるように手を放し、離れた椅子に坐った。モードは両手をたらして、息を切らしていた。顔はいつもより赤く、頬はしっとりして、スカートが絵皿の小さなオランダ娘のように広がっていた。

モードはおっかなびっくりで、あたしの眼を見つめて微笑んだ。

「わたし、踊れるわね、ロンドンで。ねえ、スウ？」

「踊れますよ」その瞬間、あたしは本当に信じていたのだ。もう一度、モードを立たせると、踊り始めた。思い出したのは、ずっとあとのことだった。踊りやんで、身体の火照《ほて》りがおさまり、火の前に立って冷たい手をあぶるモードを見ている時に初めて——思い出した。もちろんモードが踊ることは——ない。

たしかにあたしは、モードの運命を知っていた——よくわかっているどころか、一枚咬んでいた！——だが、たぶん物語や芝居の登場人物の運命を見る感覚でわかっていたのだ。モードの住む世界はひどく奇妙で、静かで、閉ざされていたから、普通の世界が——嘘にまみれた世間が——あたしが豚の頭とフリップのグラスの前に坐り、母ちゃんとジョン・ヴルームが、〈紳士〉の分け前でどんな贅沢をするか想像して笑っている、そんな世界が——いままでになく汚く見えた。これまではそんなふうに思ったことさえなかった。最初、あたしは自分に言い聞かせていた——「〈紳士〉が来たらこうしよう」「あいつがモードを気狂い病院に入れたらあしよう」そう思ったあとにモードを見ると、あまりに無邪気で善良なので、あたしは何もかも忘れて、一心に髪を梳《と》いたり、ガウンの腰帯《サッシュ》を締めたりした。同情していたわけではない――その頃はまだ。ただ、一緒に過ごす一日のほとんどの時間を、モードを待つ運命のことを考えて自己嫌悪に陥るよりは、親切にして余計なことはなるたけ考えないほうが、気が楽だったのだ。

モードは違った。未来を見つめていた。モードはお喋りも好きだが、黙って考えにふけるほうが好きだった。くるくる変わる表情を、あたしは見守った。夜に添い寝していると、モードの心が寝返りを打つのも、身体が温かくなるのも、暗がりの中で顔を火照らせているのもわかった。〈紳士〉のことを考えているのだ。いつ帰ってくるのか、自分のことを考えてくれているだろうかと――もしもそう訊かれたら、きっと考えてくれている、と答えるつもりだった。だけど、モードは一度も彼の話をするどころか、名を口にすることもなかった。一、二度、彼の乳母だったというあたしの伯母について訊かれた。あたしは訊かないでほしかった。母ちゃんを思い出すから。うちが恋しくてたまらなくなるから。

そして、ついに〈紳士〉が帰ってくるという知らせが来た。その朝も普段と変わらなかった。目を覚ましたモードが、顔をこすって眉を寄せたこと以外は――それは虫の知らせだったのかもしれない。そう思ったのは、あとになってからだ。モードが頬をさすっているのを見て、あたしは訊いた。「どうしたんですか」

モードは口の中で舌を動かしていた。「この歯が尖ってて、痛いの」

「見してください」

窓辺に立たせて、両手で顔をはさみ、歯茎を指で触った。モードはされるがままになっていた。あたしはすぐに尖った歯を見つけた。

「ああ、この歯はほんとに尖ってますね。まるで――」

「蛇の歯みたいに?」

「そうじゃなくて。針みたい」あたしはモードの裁縫箱から指ぬきを取ってきた。鳥の鋏と対《つい》になった銀の指ぬきだった。

モードは顎をさすっていた。「ねえ、あなたは蛇に咬まれて亡くなった人を知っている?」

あたしは言葉に詰まった。モードは時々妙なことを言い出した。きっと田舎暮らしのせいだろう。あたしは、知らないと答えた。モードはこっちを向いて、また口を開けた。その口に、あたしは指ぬきをはめた指をつっこみ、歯の先がまるくなるまでこすった。母ちゃんが赤んぼにそうするのを何度も見ていた――もちろん赤んぼはぐにゃぐにゃ動く。モードはまっすぐに立ち、桃色のくちびるを開けて、顔を少し上に向け、最初は目蓋を閉じていたが、やがて眼を開けて、あたしを見つめた。その頰が赤くなってきた。唾《つば》を飲みこむごとに、咽喉《のど》がこくりと小さく動いた。吐息の湿り気であたしの手が濡れてきた。しばらく歯をこすってから、親指で触ってみた。咽喉がまたこくりと動いた。目蓋が震え、眼がまっすぐにあたしを見た。

その瞬間、ノックの音がして、同時に飛び上がった。あたしはあとずさった。はいってきたのは客間女中で、盆に手紙をのせていた。「モード様にお手紙でございます」お辞儀をしながら言った。筆跡を見て、すぐに〈紳士〉からだとわかった。あたしの心臓が大きな音をたてた。たぶんモードの心臓も。

「持ってきて」モードは言い、そしてつけ加えた。「ショールも」頰にのぼった血の色はひいて、あたしが触っていた場所だけ、赤味が残っていた。ショールをかけてやると、震えているのがわかった。

あたしは部屋を歩き回り、本やクッションを拾い、指ぬきを片づけ、箱の蓋を閉め、見ないふりをしながら、様子をうかがっていた。モードは封筒をこねくりまわしていた——手袋をしていては破れないのだ。モードはちらりとあたしを見ると、手をおろした——まだ震えているのに何食わぬ顔をしているから、かえって大事なことだとわかる——手袋の片方のボタンを——片方だけ——はずし、封蠟に指をのせて手紙を封筒から引き抜き、裸の手で持ったまま読み出した。

やがて、大きな吐息をひとつもらした。あたしはクッションを取り上げ、叩いて埃を出した。

「いい知らせですか」言葉をかけないといけない気がした。

モードは迷っていた。やがて「とてもいい知らせ」と言った。「——伯父様にとって、ということよ。ロンドンのリヴァーズ様からのお手紙だから。ねえ、どう思う？」モードは微笑した。「リヴァーズ様がブライア城にお帰りになるのよ、明日！」

モードの微笑は絵の具で描いたように、一日中、顔にこびりついていた。午後、伯父の部屋から帰ってくると、坐って縫い物をしようとも、散歩に行こうとも、カードをしようともせず、ただ部屋の中を歩き回り、時々、鏡の前で立ち止まっては眉をなで、ふっくらしたくちびるに触れ――あたしを見ようとも、話しかけようともしなかった。

　あたしはカードを出してひとり遊びをした。〈紳士〉の姿を思い浮かべた。ラント街の台所でキングやクイーンを並べながら、計画を説明していた〈紳士〉。デインティのことも思い出した。デインティの母親は――溺れ死んだが――カードで運命を読むことができた。あたしはそばでよく見ていたものだ。

　鏡の前で夢想にふけるモードに、あたしは声をかけた。

「未来を知りたくないですか。カードで未来が読めんですよ」

　モードは自分の顔を見つめるのをやめて、あたしに向き直り、しばらく考えてから答えた。

「そんなことができるのはジプシーの女だけだって聞いたわ」

「マーガレットやスタイルズさんには内緒だけど」あたしは言った。「あたしのお祖母ちゃん、ジプシーのお姫様だったんです」

　本当にあたしの祖母はジプシーのお姫様だったかもしれないのだ。揃えなおしたカードをあたしは差し出した。モードはためらったが、近寄ってきて、隣に腰をおろした。大きなスカートが一面に広がった。「どうすればいいの？」

　眼をつむって、いちばん気になることを考えてください、と言うと、モードはそのとおりにした。あたしは、カードを持って上から順に七枚、伏せて並べるように言った――たしかデインティの母親はそうしていたはずだが、ひょっとすると九枚かもしれない。モードはカードを七枚置いた。

あたしはモードの眼を見つめた。「本当に未来を知りたいですか」

「スウ！ 怖いわ！」

あたしは繰り返した。「本当に未来を知りたいですか。カードのお告げには従わないとだめなんです。カードに未来を教えてもらっておいて、別の道を選ぶのは、すごく縁起が悪いから。ここに現われる未来に従うと誓いますか」

「誓うわ」モードは小声で答えた。

「よろしい」あたしは言った。「さあ、ここに並べられたカードがあなたの人生です。まず、最初の二枚。これがあなたの過去」

あたしは最初の二枚をめくった。ハートの女王、次がスペードの三。そうなるとわかっていた。もちろん、モードが眼を固くつぶっている間に、細工をしておいた。誰だってすることだ。

じっくり眺めてから口を開いた。「ふうん。悲しいカードですね。優しくてきれいな女の人。そして別れ。苦しみの始まり」

モードは眼を見開いて、片手で咽喉をおさえた。「次は」その顔は真っ青だった。

「見てみましょう。次の三枚。これが現在」

あたしは大げさな手つきで返していった。

「ダイヤのキング。厳しい老人。クラブの五。咽喉の渇き。スペードのナイト――」

あたしは間を取った。モードは身を乗り出してきた。

「どういう意味なの、このナイトは?」

馬にまたがった心の美しい若い男ですと答えると、モードは頭から信じたような顔であたしを見つめたので、思わず気の毒になったほどだった。モードは低い声で言った。「やっぱり怖い！ もう次のカードは開けないで」

「だめですよ。開けないと運が全部逃げちまいます。さあ、ここからが未来」

あたしは次のカードを一枚めくった。スペードの六。

「旅!」あたしは言った。「旦那様と旅? でなけりゃ、心の旅……」

モードは無言で坐ったまま、あたしのめくったカードを見つめていた。そして、「最後のを見せて」と、囁《ささや》いた。あたしは裏返した。モードが先に見た。

「ダイヤのクイーン」不意に眉を寄せた。「これは?」

どういうことかわからなかった。恋人を表わすハートの二が出るはずだったのだ。たぶん、あたしがへまをしたのだろう。

「ダイヤのクイーンは」ようやく、あたしは言った。「富です、きっと」

「富?」モードは乗り出していた身体をひっこめ、色褪《あ》せた敷物や黒い楢材の壁を見回した。

あたしはカードを集めて、切りなおした。モードはスカートをなでつけて立ち上がった。「信じないわ、あなたのお祖母様が本当にジプシーだったなんて。あなたの顔は白すぎるもの。信じられない。占いなんて。こんなもの、しもじものくだらない遊びよ」

そう言うと、あたしから離れ、また鏡の前に立った。こっちを向いて、優しい言葉をかけてくれるかと思ったが、そうしてはくれなかった。席を立ったモードは椅子をどかしていった。その時、あたしはハートの二のカードを見つけた。床に落ちていた——モードが靴で踏んで、ハートをしわしわにしていた。

皺は深かった。それから何週間か、あたしたちはゲームをしたが、そのカードはすぐに見分けがついた。

その日の午後は、見るだけで気分が悪くなると言って、モードはあたしにカードを片づけさせた。夜になっても、モードはぴりぴりしていた。ベッドにはいってから、カップに少し水を注ぐように言った。あたしが服を脱いでいると、何かの壜を取り、中身を三滴、カップに落とした。睡眠薬だ。そんなものを飲むのを初めて見た。モードはすぐにあくびを始めた。翌朝、あたしが起きた時には、モードはとっくに目を覚まして、髪の房で口元をなでながら、天蓋の像を見上げて横たわっていた。

「髪にブラシをかけて」モードは立ったまま着替えさせられながら言った。「よくかけて、艶を出してね。いやだわ、わたしの顔、真っ白で幽霊みたい！　つねってよ、スウ」そう言うと、あたしの指を取って顔に押しつけた。「ほっぺをつねって。痕が残ってもいいから。こんな不気味な白い顔より、青痣《あおあざ》のほうがまし！」

眼はどんよりしていた。睡眠薬のせいだろう。眉間に皺が寄っていた。青痣のほうがまし、という言葉が気味悪かった。

「まっすぐ立ってください、うまく着せられないから――そう、そのままで。ええと、どのドレスにしますか？」

「グレーのは？」

「グレーはちょっと地味すぎです。そう、青がいいかも……」

青はモードの淡い髪の色をひきたてた。モードは鏡の前に立って、あたしがボタンをしっかり留めるのを見ていた。ボタンを留める指が上にのぼるにつれて、表情がやわらいできた。ふとモードはあたしを見た――あたしの茶色い服を。

「あなたの服、それ、ずいぶん地味ね、スウ――そう思わない？　ほかのドレスはないの？

着替えたら？」

「着替えって。これしか持ってないんです」

「これしか？　まさか、着たきり？　レディ・アリスのところでは何を着ていたの、親切なご主人だったんでしょう。おさがりを一枚もいただかなかったの？」

あたしは心の中で罵《ののし》った――罵る権利はある――〈紳士〉のやつ、たった一枚しかいい服を持たせないで、あたしをブライア城によこしやがって。

「それはもう。アリス様は天使のようなかたでした。でも、あまり余裕がなくて。あたしの服は、インドで雇う娘に着せるので持ってったんです」

モードは濃い色の眼をまたたかせ、気の毒そうな顔になった。

「それが侍女の扱いかたなの、ロンドンの貴婦人の？」

「本当に余裕のない人だけです」

「そう、わたしは余裕があるわ。あなたには朝の服が必要だもの、あげる。それに、もう一枚あったほうがいいし、ほら――お客様がいらした時のために」

モードの顔は簞笥の戸に隠れていた。

「ねえ、わたしたち、ほとんど体型が一緒ね。わたし、もう着ない服が二、三枚あるの。あなたはスカートが長いほうが好きでしょう。伯父様はわたしが長いスカートをはくのをいやがるの、健康によくないって。もちろん、あなたが長いのをはくことにまで、口をお出しにならないわ。ちょっと裾をおろせばいいのよ。できるでしょう」

もちろん縫い目をほどくことは慣れていた。まっすぐに縫うことだってお茶の子だ。「ありがとうございます」モードはドレスを一枚、あたしの胸にあてた。オレンジのベルベットで、ひらひらのついたぼってりスカートの変てこな服。仕立屋で強い風に吹き寄せられた布のようだ。モードはあたしをじっと見つめ、そして言った。

「着てみて、スーザン！　ね、手伝ってあげる」モードは近寄ってきて、あたしを脱がせ始めた。「ほら、わたしだってできるのよ、あなたと同じくらい上手に。わたしが侍女で、あなたが主人！」

少し緊張したように笑いながら、モードは手を動かしていた。

「ほら、鏡を見て」やっと言った。「わたしたち、姉妹みたいね！」

モードはあたしの古い茶色の服をひきはがし、おかしなオレンジ色のドレスを頭からかぶせ、鏡の前に立たせると、留め金に手をかけた。「息を吸って。もっと！　ぎゅっと締めつけられるけれど、貴婦人らしい姿に見えるわ」

モードの腰は細く、背もあたしより一インチも高く、髪はあたしのほうが黒い。姉妹には見えなかった。化物ふたりに見えた。あたしのくるぶしは丸出しだった。ラント街の男の子にこんな姿を見られるくらいなら、倒れて死んだほうがましだ。

でも、ここにはラント街の男の子はいない。女の子もいない。それに、これはとても上等なベルベットだ。立ったままスカートのひらひらをいじっていると、モードは宝石箱をかきまわしてブローチを取り出し、あたしの胸につけ、小首をかしげて具合を見た。その時、居間のドアを叩く音がした。

「マーガレットだわ」モードは真っ赤に上気した顔をあげた。「寝室にいらっしゃい、マーガレット！」

はいってきたマーガレットはお辞儀をして、まっすぐあたしを見つめて言った。

「お盆をさげに参りました、お嬢さ——まあ！　スミスさん！　あなただったんですか。わたし、もうてっきりお嬢様だとばかり、全然、わかりませんでした！」

マーガレットは赤くなり、モードは——ベッドのカーテンの陰に隠れていたのだが——悪戯《いたずら》っぽい顔で、口をおさえ、肩を震わせて笑い、黒っぽい瞳をきらきらさせた。

「ねえ、もしも」マーガレットが行ってしまうと、モードは言った。「リヴァーズ様がマーガレットみたいに、あなたとわたしを取り違えたら？　そうしたらどうする？」

モードはまた身体中を震わせて笑った。あたしは鏡を見つめるうちに、自然と顔がゆるんできた。

たいした出世だ。貴婦人と間違えられるなんて。

あたしの産みの母の望みでもあったはずだ。

いずれはモードのドレスも宝石もそっくりいただくことになっている。だからこれは、一足早く使わせてもらうだけだ。あたしはオレンジのドレスをもらうと、モードが伯父の部屋に行っている間に裾をおろし、身頃をゆるく補整した。十六インチのウェストのために、身体を悪くすることはない。

「どう、わたしたちふたりともすてきじゃない？」モードはあたしに背中を留めさせながら言った。立ったままあたしを見つめていたが、やがて自分のスカートを手でこすった。「いやっ、埃！　伯父様の本棚のだわ！　ああ！　あの本の山、気持ち悪い！」

泣きべそをかいて、両手をよじった。

埃を払ってやりながら、なんでもないことにぴりぴりしすぎだと言いたかった。モードはボロを着ていようが、石炭の荷揚げ人足みたいなご面相だろうがかまわないのだ。銀行に〈モード・リリー嬢〉の名前で一万五千ポンドのおたからがありさえすれば、〈紳士〉はモードを欲しがるのだから。

何もかも知っていて、知らんふりをしてモードと顔を合わせているのは苦しかった。違う娘が相手ならよかったのに。「気分悪いんですか。何か持ってきましょうか。顔を見るんなら、手鏡を取ってきましょうか？」――「気分が悪い？　ちょっと寒いだけよ、だから歩き回って身体を温めているの」そして、「手鏡？　スウったら、どうしてそんなものを」

「お嬢様が普段よりも、ずっと顔を見てるなと思って」

「顔を！　どうしてわたしがそんなことを」

「わかりませんけど」

列車がマーロウに着くのは四時で、ウィリアム・インカーが迎えに行かされていた。あたしを迎えに来た時のように。三時になると、モードは窓辺に坐って縫い物をすると言いだした――そこのほうが明るいからと。もう日暮れ近くだったが、あたしは何も言わなかった。黴《かび》だらけの砂袋とがたつく窓枠のそばの小さなやわらかい椅子は、部屋でいちばん寒い場所だったが、モードはそこで一時間半も、ショールにくるまって震えながら、眉間に皺を寄せて針を刺し、城に続く道をちらちら見やっていた。

これが恋でなければ、あたしはオランダ人だ。これが恋なら、恋人たちなんてまぬけばかりだ。あたしはまぬけの仲間でなくて、本当によかった。

とうとうモードが心臓の真上を押さえて、おし殺したような叫びをあげた。ウィリアム・インカーの二輪馬車《トラップ》の明かりが近づいてくるのが見える。モードはさっと立ち上がり、窓を離れ、火の前で両手を組んだ。砂利を踏む馬の音が近づいてくる。あたしは声をかけた。「リヴァーズ様ですか？」

「リヴァーズ様？　もうそんな時間？　ええ、そうかもしれないわ。伯父様がお喜びでしょう！」

まず伯父が彼と会った。モードは言った。「きっと伯父様がわたしをお呼びになるわ、リヴァーズ様にご挨拶しなさいって——ねえ、わたしのスカート、どう？　やっぱりグレーのほうがよくなかった？」

しかしモードは呼ばれなかった。下の部屋から話し声や扉を閉める音はしていたが、ようやく客間女中が、リヴァーズ様がおいでになりました、と伝えに現われたのは、一時間もあとだった。

「リヴァーズ様はもとのお部屋でおくつろぎなの？」モードは訊いた。

「はい、お嬢様」

「きっととてもお疲れね、長旅のあとでは」

女中は答えた。リヴァーズ様はとても疲れておいでで、お嬢様と旦那様に夕食の席でお会いするのを楽しみにしているとおっしゃいました。それまでは、お嬢様の邪魔をしたくないと。

「そう」モードはしばらく黙っていたが、きりっとくちびるを咬んだ。「リヴァーズ様に言って。ちっとも邪魔じゃありませんって、お夕食の前にわたしの部屋に来ていただいても……」

それから真っ赤な顔で、一分半も、とぎれとぎれに言った。ようやく客間女中ものみこんで部屋を去った。十五分ほどして戻ってきた女中は、〈紳士〉を連れていた。

部屋にはいってきた〈紳士〉は、最初、あたしを見ようともしなかった。その眼はモードだけを見つめていた。

「お嬢さん、長旅に汚れてむさくるしいなりのぼくを、部屋に入れてくれるなんて。優しいな。本当にあなたらしい！」

彼の声は優しかった。旅の汚れは——泥はねひとつなかった。すぐに部屋に戻って着替えたのだろう。髪はなでつけられ、髭もきっちり揃っている。地味な指輪を小指にはめただけの手は、妙にきれいだった。

まさに狙いどおりの外見だ——ハンサムで気立てのいい紳士。ようやく彼がこっちを向いた時、思わず膝を折ってお辞儀をしていた。あたしは気恥ずかしかった。

「やあ、スーザン・スミス！」ベルベットのドレスを着たあたしを上から下まで見て、きゅっと笑った。「貴婦人と見違えたよ！」あたしに歩み寄り、手を取った。モードも一緒に近づいてきた。「ブライア城でうまくやっているかい、スウ。きみが新しいご主人に気に入られたのならいいんだがね」

「あたしもです、旦那様」

「スウはとてもいい子です」モードが言った。「本当に、とてもいい子です」

緊張しいしい、礼儀正しく——まるで、赤の他人と無理やり会話をするはめになって、とりあえず飼い犬の話をするような口調だった。

〈紳士〉は一度、あたしの手を握って放した。「もちろん——どんな娘でもいい子になるに決まっている――あなたが手本なら」

モードはずっと、青い顔をしていた。が、また血の色が戻ってきた。「そんなにお誉めにならないで」

彼は首を振ると、まじめな顔になった。「どんな男も誉めずにはいられない」彼は囁くように言った。「あなたを前にしては」

彼の頬はモードのと同じくらい赤かった。あれは、息を止めてわざと顔を赤くしたのだ。彼はモードをじっと見つめた。ようやく彼女も見つめ返し、微笑んで、そして、声をたてて笑った。

その時、初めてあたしは彼の言ったとおりだと思った。モードは美人だ、透けるように色白で、ほっそりして――彼と見つめ合うモードを見て、心からそう思った。

まぬけな恋人たち。時計の鐘の音に、はっとしたように、ふたりは眼をそらした。〈紳士〉はお邪魔しすぎたと言った。「夕食の席で会えますね、伯父さんと一緒に」

「ええ、伯父様と」モードは静かに答えた。

彼はお辞儀をしてドアに向かった。出ていきかけて、急にあたしのことを思い出したように、ポケットをさぐって銭を探すふりをした。やがて一シリング銀貨を取り出し、手招きした。「ほら、スウ」彼はあたしの手を取って、てのひらに銀貨を押しつけた。悪銭《あくぜに》だ。「順調かい？」小声で、モードに聞こえないようにつけ加えた。

「どうもありがとうございます、旦那様！」もう一度、膝を折って、目くばせしてみせた――

両方いっぺんにすると調子が狂うので、やらないほうがいいと思った。目くばせするとお辞儀がぐらつき、お辞儀をすると目くばせがうまくできない。

〈紳士〉は頓着《とんちゃく》しなかった。満足げに微笑しただけで、また頭をさげると、出ていった。モードはもう一度あたしを見て、無言で寝室にはいり、ドアを閉めた――中で何をしているのか知らない。あたしは夕食の着替えを手伝うように呼ばれるまで、三十分ほどおとなしく待っていた。

坐ったまま、銀貨を投げ上げた。「ふん」心の中で言った。「悪い銭だって、いい銭と同じくらい光るんだ」

だけど、心の底からは満足できなかった。なぜかはわからなかった。

その夜、夕食のあと、モードは一、二時間、客間で伯父と〈紳士〉に朗読して聞かせた。あたしは客間にはいったことはない。それでも、あたしといない時にモードが何をしているのかは、ウェイやスタイルズ夫人が食事の間にもらす言葉の端々から知っていた。あたしは夕食を台所で、デザートをスタイルズ夫人の部屋でもらったが、献立は毎日かわりばえしない。ところが、この夜は違った。厨房におりていくと、マーガレットが二本のフォークで巨大なハムを刺して焼き、ケーキブレッド夫人が蜂蜜をすくってかけていた。ハムの蜂蜜がけはリヴァーズ様の大好物なんです、とマーガレットはくちびるをすぼめた。ケーキブレッド夫人も、リヴァーズ様には腕のふるいがいがあると言った。

料理女は、いつもの古い毛糸の靴下を、あたしがやった黒い絹靴下に履きかえていた。客間女中たちは普段より房飾りの多い帽子をかぶった。下働き《ナイフボーイ》のチャールズは、髪をぺったりなでつけ、分け目をナイフの刃のようにまっすぐ入れて、火のそばの小さな椅子に坐り、口笛を吹きながら〈紳士〉のブーツをみがいていた。

チャールズはジョン・ヴルームと同い年だった。ただしジョンは色黒で、チャールズは色白だった。「知ってる、スタイルズさん？　リヴァーズ様は、ロンドンには象がいるって言うんだよ。ロンドンじゃ、公園の檻に象を飼ってんだって、おれたちの羊みたいに。六ペンス払うと、象の背中に乗せてもらえんだって」

「へえ、たまげたねえ！」

彼女は襟元にブローチを留めていた。黒い髪で作った喪のブローチだ。

象だって！　〈紳士〉が、めんどりの群れにはいったおんどりのように、ちやほやされる様が眼に浮かんだ。連中は〈紳士〉が男前だと誉めた。並の公爵様よりずっと高貴な生まれで、使用人の扱いをよく心得ていると口々に言い、あんなに若い殿方がこうして戻ってきてくれるとは、モードお嬢様には本当によいことだ、と喜んでいた。もしも、あたしが立ち上がって本当のことを――あんたたちはみんなまぬけで、あのリヴァーズ様は人の皮をかぶった悪魔で、結婚して金をまきあげたらモードを閉じこめて、そのまま死んでくれたら御の字だと思っていると――喋っても信じないだろう。あたしが狂っていると言うだけだ。

誰だってちゃんとした紳士の言うことを信じるものだ。あたしなんかよりも。

もちろん、そんなことをぶちまけるつもりはなかった。しっかり口を閉じていた。食後に部屋でデザートを食べる間、スタイルズ夫人はブローチを指でひねり回し、妙におとなしかった。ウェイは新聞を持って、部屋に帰っていた。彼はリリー老人の夕食のために上等な葡萄酒を二本、持っていかなければならなかったので、ただひとり、〈紳士〉が来たことを喜んでいなかった。

あたしは喜んでいると思っていた。「喜んでるよ」自分に言い聞かせもした。「あたしが気づいてないだけで、〈紳士〉と会いさえすれば喜んでるって感じるはずだ」――一、二日のうちに、ふたりきりで会う機会があると思っていた。実際に会えたのは、二週間後だった。あたしはモードと一緒でなければ、屋敷の中をあちこち歩くことができない。彼が泊まっている部屋を見ることもなければ、むこうがあたしの部屋に来ることもない。それにブライア城の一日はやたらと規則正しく、機械仕掛けの人形芝居みたいで変えることができない。毎朝、時計台の鐘に起こされてから、日課どおりにお決まりの部屋をたどって移動し、鐘の音に従って床につく。あたしたちは板にのった人形のように、レールの上を滑らされている。城館の壁には巨大なハンドルがついていて、大きな手が回しているのだ――窓の外が霧で灰色に暗く塗りつぶされると、本当にハンドルがあるようで、回される音まで聞こえる気がした。手が止まったらどうなるだろうと想像して恐ろしくなった。

みんな、この田舎の空気のせいだ。

〈紳士〉の訪問はちょっとした振動を与えた。レバーがきしみ、あたしたち人形は板の上で一瞬よろけ、新しいレールが一、二本増えた。やがて、もとのようにすべり始めるが、繰り返されるのは、いままでとは違う芝居だった。モードはもう、朗読しに行って伯父が原稿を書く手伝いをしなかった。かわりに部屋にこもりがちになった。あたしたちは坐って縫い物をし、カードで遊び、川辺や櫟《いちい》の木や墓を見に行った。

〈紳士〉は、朝七時に起き、ベッドで朝食をとった。八時にはリリー老人の版画の装丁を始めた。老人が彼に指図していた。老人は本と同じくらい、版画にもやたらと神経質で、〈紳士〉が仕事をするために、書庫より暗くて狭い部屋を用意していた。よほど古くて貴重な版画ばかりらしい。あたしは一度も見たことがない。だが、誰も見たことがなかった。老人と〈紳士〉は常に鍵を身につけ、部屋を出入りするたびにドアに鍵をかけた。

ふたりは一時まで仕事を続け、それから一緒に昼食をとった。モードとあたしはふたりで食事をした。あたしたちは無言で食べた。モードは何も食べずに坐っているだけのこともあった。一時四十五分になると、モードは絵を描く道具を持ち出してきた——鉛筆、絵の具、薄い紙、厚い紙、木の三脚——それらをきっちりといつも同じように並べた。あたしには手伝わせようとしなかった。落とした筆をあたしが拾うと、モードは全部片づけて——紙も、鉛筆も、絵の具も、台も——もう一度、広げなおした。

あたしは手を出してはいけなかった。見守ることだけが許された。時計が二時を打つと、ふたりで耳をすました。一分ほどで〈紳士〉が現われ、その日のレッスンを始めた。

最初は客間で描いていた。〈紳士〉は林檎《りんご》と梨と水差しをテーブルにのせ、モードが厚紙にそれを描くのを、頷いて見ていた。鋤《すき》を使っているような筆さばきだったが、彼はモードのひどい絵を持ち上げて、小首を傾げ、眼をすがめた。

「いや、お嬢さんはすじがいい!」とか、「先月のスケッチに比べて、ずいぶん上達しましたね!」とか。

「本当に、リヴァーズ様?」モードは真っ赤になって答えた。「この梨は少し細すぎません? もっと遠近法を練習したほうがよくないかしら?」

「遠近法は、そう、もう少しかもしれない。しかし、あなたには才能がありますからね、小手先の技術よりずっと絵が光る。物の本質を見る眼をお持ちだ。ぼくはあなたの前に立つのが怖い! 心を見抜かれそうだ。あなたの眼にぼくが見つめられると」

歯の浮くようなことを言う。最初は強く、そして甘く、息を殺し、ためらいがちに。モードは火のそばに置かれた蠟細工のようになり、やがてもう一度、果物を描き出した。今度の梨はバナナになった。すると〈紳士〉は、光線が悪いとか、筆がよくないなどと言った。

「ああ、お嬢さん、あなたをロンドンにお連れできたら。ぼくのアトリエに!」

チェルシーのお屋敷に住む画家――これが〈紳士〉のでっちあげた肩書きだった。彼は芸術家のすばらしい友達が大勢いると言った。モードが訊いた。「女性の芸術家も?」

「もちろん。というのも」――そこで首を振った――「いや、ぼくの考えは変わってますからね、万人の好みと違う。ほら、ここの線をもう少し力強く描いてごらんなさい」

そしてモードに近づき、筆を持つ手に手を重ねた。モードは顔を振り向けた。「どんな考え？　はっきりおっしゃって。わたしはもう子供じゃありません！」「そう、子供じゃない」静かに言って、モードの眼を見つめた。唐突に言った。「いや、たいした考えじゃない。ただ、あなたの——あなたがたご婦人と創造というものに対する考えで。つまり、存在すると。お嬢さんが——ご婦人が持っているに違いない何かが」

モードは唾を飲んだ。「何です？」

「自由です」〈紳士〉は優しく答えた。「心の」

モードは凍ったように坐っていたが、ぶるっと震えた。椅子がきしむと、その音にはっと手をひっこめた。顔をあげ、鏡の中のあたしと眼が合うと、モードは真っ赤になった。〈紳士〉も眼をあげて、彼女を見つめた——モードはますます赤くなり、眼を伏せた。〈紳士〉は視線をモードからあたしに移し、もう一度、彼女に戻した。そして、両手を顔に持っていき、口髭をなでてみせた。

やがてモードは筆を果物の絵に近づけ——「あっ！」と声をたてた。絵の具が涙のようにぽとりと落ちた。〈紳士〉は、気にしなくていい、今日はもう十分、勉強をしたと言って、テーブルに近寄り、梨を取り上げると、表面の粉をこすりとった。モードは、筆や石墨と一緒にペンナイフを並べていた。彼はそのナイフを使って、梨を汁のたれる三つの塊に切り分け、ひとつはモードに渡し、ひとつは自分で取り、最後のひとつは汁気を切って、あたしのところに持ってきた。

「かなり熟していると思うよ」そう言って、ウィンクした。

彼は梨を口に運び、大胆に歯をたてた。梨はふた口で消え、口髭には濁った色の汁の玉が残った。彼は何か考えているような顔で、指をねぶった。あたしも自分の指をねぶった。そしてモードは、初めて、手袋に染みが広がっていくのもかまわない様子で、梨を口に寄せては小さく齧っていた。その眼の色は暗かった。

あたしたちはみんな秘密を抱いていた。本物の秘密と企みを。数えきれないほど。誰が何を知っていて、誰が何も知らなかったのか、誰がすべてを知っていて、誰が悪党だったのか、いまこうして何度考えても途中で諦めてしまう。頭の中がぐるぐる回るから。

〈紳士〉は、もう風景画に挑戦してもいい頃だと言った。あたしにはすぐ、ぴんときた。つまり、モードを庭のどこにでも引っ張りだせるわけだ――どんなに暗い、人気《ひとけ》のない場所にでも、レッスンだと言えば。モードもうすうす気づいたようだった。「今日は雨になりそう」不安げに言うと、窓に顔を押しあて、雲を見つめた。二月の末で、まだひどく寒かった。ところが、家中がリヴァーズ様の到着でわきたったように、天気さえも上調子ですごしやすくなった。風は止まり、窓はがたつかなくなった。空は灰色から真珠色になった。芝生はビリヤード台のように緑になった。

昼前にあたしたちだけで庭を歩く時は、あたしはモードの隣を歩いた。だけどこの時にはもちろん、モードは〈紳士〉と歩いた。腕を差し出されて、モードは少しためらってから、すっと手をかけた。あたしと腕を組むのに慣れて、いくらか抵抗がなくなったのだろう。それでも歩く姿は硬張っていた。そのうちに、彼はモードを引き寄せるうまい方法を見つけた。モードと顔が触れ合うほど頭をかがめ、襟元の埃を払ってやるふりをした。歩きだした時は離れていたふたりの距離は、ゆっくりと縮まり——ついに袖と袖が、スカートの飾りとズボンが、すれあうほどになった。あたしはすべてを見ていた。ふたりのうしろから、絵の具や絵筆がはいった袋と木の三脚と小さい椅子を持って。時々、ふたりはあたしのことを忘れたように、どんどん先に行ってしまう。すると、モードが気づいて振り返り、声をかけてくれた。

「大丈夫、スウ？　歩かせてごめんなさい。リヴァーズ様があと四分の一マイルくらい歩いたほうがいいって」

リヴァーズ様はいつもそう言った。モードを連れてゆっくりと庭を歩き、絵を描くのにふさわしい場所を探していると言いながら、本当の目的は、彼女を引き寄せて耳に囁き続けることだった。あたしはふたりの荷物を運んで、あとを追わなければならなかった。

もちろん、あたしがいるからふたりは一緒に歩き回れるのだ。〈紳士〉が失礼をしないように見張るのがあたしの役目だった。

あたしは彼を見守った。モードも見守った。彼女はたまに彼の顔を見るけれども、地面ばかり見ていた。時々は、花や、葉や、はばたく小鳥に眼を奪われていた。そのたびに、彼は半分振り返ってあたしの眼を見て、悪魔のような微笑を浮かべる。モードがまた見上げる時には、優しげな顔に戻っていた。

そんな〈紳士〉の顔を見れば、彼女を愛している、と誰でも思うだろう。そんなモードを見ていれば、彼を愛している、と誰でも思うだろう。だけど、モードが自分の震える心臓におののいているのも明らかだった。だから、彼は急げなかった。身体に触れようともしなかった。歩くときに腕を貸したり、筆を握った手を支える以外には。モードの上にかがみこみ、色を塗りたくるのを、顔を寄せて見守るだけだった。息がからみ、髪が触れるようになったけれども、あとほんの少し近寄りすぎれば逃げ出すだろう。モードは手袋をしたままだった。

彼がやっと川っぷちにちょうどいい場所を見つけた。モードはそこの景色を描き、毎日毎日、黒っぽい色を足していった。夕方になると、モードは客間に坐り、彼とリリー老人のために本を読んだ。夜は昂《たかぶ》った様子でベッドにはいり、時々、睡眠薬を飲んだり、夢の中で震えることもあった。

そんな時、あたしはモードを両手で抱いてやった。震えが止まるまで、ずっと。

あたしはモードを普通の娘らしくした。〈紳士〉に好かれたいというモードの願いのために。いずれ彼はモードを気狂いらしく仕立てろと言ってくるだろうが、いまはそうしたくなかった。身綺麗に、見栄えのする服を選んで着せた。髪は酢で洗い、ブラシをかけて艶《つや》を出した。〈紳士〉は客間に来ると、モードをじっくり見てお辞儀をした。「お嬢さんは日ごとに美しくなる!」お世辞抜きに誉めた。だけどあたしは知っていた。彼が本心では不満なのだと——モードに対してではない。彼女は何もしていない――あたしがしたことに対してだ。

おおっぴらに話せないので、〈紳士〉はあたしの勘の良さをあてにして、あいかわらず目顔と微笑だけで伝えようとしていた。あたしたちはふたりきりで話す機会を待ちに待った。永久に来ないと思い始めた時、それは来た――チャンスをくれたのはモードだった。いつもの無邪気さで。

ある朝早く、モードは部屋の窓から彼を見つけた。彼女はガラスに額を押しつけて立っていた。

「ほら、リヴァーズ様よ、見て、芝生の上」

あたしは歩いていって隣に立った。たしかに彼が芝生を歩きながら煙草を吸っている。太陽はまだ低く、影が不気味に伸びていた。

「のっぽですね」横目で見やると、モードは頷いた。息でガラスが白くなっている。その曇りを拭いたとたん、モードは声をたてた。「あっ！」――彼が転びでもしたかのように――「まあ！　煙草の火が消えたのね。かわいそう！」

〈紳士〉は紙巻きの焦げた側を見つめて、息を吹きかけていた。やがて、ズボンのポケットに手を入れ、マッチを探し始めた。モードはまた、ガラスをこすった。

「火をつけられるかしら。マッチを持っているかしら。きっと、ないんだわ！　二十分くらい前に半の鐘がなったから、もう伯父様の部屋に行かなきゃならないのに。ほら、どのポケットにもないのよ、マッチが……」

モードはあたしを見て、両手をよじった。胸が破れそうな顔で。

あたしは言った。「死にゃしませんよ」

「だって、かわいそう」モードは繰り返した。「ねえ、スウ、急いで、マッチを届けてあげて。あっ、ほら、捨てちゃったわ、煙草を。見て、がっかりして！」

マッチなんて、あたしたちは持っていなかった。マーガレットがエプロンに入れている。あたしがそう言うと、モードは叫びだした。

「蠟燭《ろうそく》でもいいでしょう！　何でもいいじゃないの！　暖炉の石炭でも！　お願い、急いで——でも、わたしが頼んだとは言わないで！」

こんなことをさせられるなんて、思いもしなかった。赤く燃えた石炭を火ばさみでつかみ、階段をふたつもおりて、朝の一服を楽しむ手伝いをしろなんて。あたしがそんなことをしたなんて、自分でも信じられない。だけど、いまのあたしは使用人で、主人の命令は絶対だ。〈紳士〉は、芝生を突っ切ってくるあたしに気づき、運んできたものを見てげらげら笑った。

あたしは言った。「うっさいよ。お嬢さんがよこしたんだ、これで煙草に火をつけろってさ。嬉しそうな顔をしな。お嬢さん見てんだから。チャンスをもらったわけだし」

彼は顔を動かさず、視線だけ窓に向けた。

「なんていい娘《こ》だろうね」

「あんたなんかにもったいない、ほんとにいい娘だよ」

彼は微笑した。いかにも紳士が使用人に見せるような微笑だった。親切そうな顔つきで。あたしはモードを思った。いまもきっと見下ろしているだろう、ガラスにますます息を吹きかけて。彼は小声で言った。

「首尾はどうだ、スウ？」

「上々だよ」

「ぼくに惚れているかな」

「ああ。ありゃ、ぞっこんだね」

彼は銀の煙草入れを取り出し、紙巻きを一本抜いた。「だけど口に出して言ったわけじゃないんだろ」

「言わなくたってわかるさ」

彼は石炭に顔を寄せた。「きみを信頼してるのか」

「そりゃ、信頼するさ。あの娘には、あたししかいないんだ」

煙草を吸いこみ、そして、大きく息を吐いた。煙が冷たい空気に青い染みをつけた。「あの娘はぼくたちのものだ」

彼は少しあとずさり、眼で合図した。あたしはすぐに了解し、石炭を芝生に落とした。彼はそれを拾おうとしてかがんだ。「ほかには？」そう言われて、あたしは小声で、睡眠薬のことや、夢を見るのを怖がることを喋った。〈紳士〉は笑顔で聞きながら、火ばさみで石炭を不器用につかもうとし続け、やっと持ち上げると、火ばさみの持ち手にあたしの手をかさねて、握らせた。

「睡眠薬と夢か。そりゃあ、いい」小声で言った。「あとで利用できる。それよりも、いまのきみの仕事はだ。よく見張ることと。そして、信頼されることだ。あの娘はぼくたちの宝石だ、スーキー。もうじき、ぼくが台座からはずして金にかえてやる――それまでは大事に、こんなふうに」普通の声に戻って続けた。いつのまにか、ウェイが城の戸口に、なぜ扉が開いているのか確かめに来ていた。「こんなふうに持ってごらん。そうすれば石炭を落として、お嬢さんの敷物をだめにしないから……」

あたしがお辞儀をすると彼は離れた。出てきたウェイがしゃがんで太陽を見上げ、鬘《かつら》をずりおろして頭をかいているすきに、彼は最後にひとこと落としていった。

「連中、きみをダシに賭けてたぜ、ラント街で。サクスビーさんは、きみの成功に五ポンド賭けてた。ああ、きみにキスをことづかってきたよ」

そう言ってくちびるを突き出すと、煙草をさして、また青い煙を吐いた。彼は下を向いた。髪が襟元にかかった。白い手をあげ、その髪を耳にかけた。

階段からウェイが、サザークの荒くれたちのような眼で、〈紳士〉をじろじろ見ている。きっと自分でもわからないのだ――〈紳士〉を笑いたいのか、一発殴りたいのか。〈紳士〉は無邪気そうな眼をしていた。彼は太陽に向かって、ちょっと顔をあげ、伸びをした。モードがよく見えるように――部屋の陰の中から。

その日から毎朝、モードは煙草を吸って散歩する彼を見守るようになった。窓辺に立ち、ガラスに顔を押しあて、額に赤いまるいあとをつけた――白い顔に真っ赤なまんまるがやけに目立った。熱病の頰のような赤みは、日に日に濃く、くっきりしてきた。

モードは〈紳士〉を見ていた。あたしはふたりを見ていた。あたしたち三人は、熱がはじけるのを待っていた。

城に来る前は、二、三週間で片がつくと思っていた。だけど、二週間が過ぎても、何も進まない。さらに二週間が過ぎたが、何も変わらない。モードは待つことに慣れっこなのだ。あいかわらず、城の生活は変わらない。それでも、モードは自分のレールからほんの少し〈紳士〉に近寄ろうとした。彼もレールからはずれて歩み寄ろうとした。だけど結局、ふたりとも新しいレールにのって、やっぱり平行にすべるだけだった。とにかく、この人形劇を壊さないと、どうにもならない。

もっと信用されて、レールの外に出る手助けをさせてもらわなければだめなのだ。けれども、千回もほのめかしても――リヴァーズ様は本当に親切な紳士だとか、すごく男前で上品だとか、伯父さんは彼を気に入っているようだとか、彼女が彼を好いてるように見えるとか、むこうも好いてるようだとか、貴婦人が結婚するならリヴァーズ様はきっと理想の相手だろうとか――そうやって、千回も鍵をちらつかせたのに、ひとつも取ろうとしなかった。外はまた寒くなり、暖かくなった。もう三月だった。四月は眼の前に来ている。五月になればリリー老人の版画の装丁は終わり、〈紳士〉はお払い箱だ。モードは何も言わなかった。そして〈紳士〉は無理強いできずにいた。間違った動きひとつで、彼女は怯えて飛び去るだろう。

あたしは待ちくたびれて苛々してきた。〈紳士〉も苛立っていた。みんながぴりぴりしていた——モードは何時間も坐り通しで、婆さんのように気をもんでいた。城の時計が鳴るたびに、モードがびくっとするので、あたしまでぎょっとした。やがて〈紳士〉が来る時間になると、モードはそわそわして足音に耳をすました——ノックの音がすると、飛び上がったり、悲鳴をあげたり、カップを落として割ったりした。夜になると、身体を硬張らせて眼を開けたまま横になっているか、眠っていても寝返りを打ち、寝言を言った。

みんな恋のせいだ！——こんなのは見たことがなかった。下町ならどうだろう。あたしは、男に好かれていると気づいた女の子がすることをかたっぱしから思い浮かべてみた。

あたしならどうするだろう——〈紳士〉みたいな男に好かれたら。

たぶん、モードを横に引っ張っていって喋るだろう。普通の女の子がするように。

礼儀知らずだと軽蔑されるだろうか——だが、そんなふうに思う必要はまったくなかった。あとで起きることに比べれば、そのくらい、なんでもないことだった。


変化が起きた。熱はついにはじけた。人形劇は壊れた。あたしたちの忍耐は報われた。

モードがキスを許した。

くちびるにではない。だけど、もっと大事な場所に。

あたしは知っていた。この眼で確かめたのだ。

それは川辺だった。四月の一日で、この時期にしては、やけに暖かい日だった。灰色の空に陽は輝いて、みんなは雷が来ると言っていた。

ドレスの上に、上着とマントも着ていたモードは、暑くなってあたしを呼び、マントを取り、上着も脱いだ。そして、坐って灯心草を描きだした。〈紳士〉は脇で微笑みながら見守った。モードは陽の光に眼をすがめ、何度も手をかざした。手袋は絵の具でべたべたに汚れ、顔にも染みをつけた。

空気はねっとりと暖かくまとわりつくのに、土に触るとひやっとする。土は冬の冷たさと川の湿気を芯まで吸っていた。灯心草から腐ったような匂いがする。錠前屋のやすりに似た音がするのは、うしがえるの声だと〈紳士〉が言った。脚長の蜘蛛や虫がいる。茂みの枝は、産毛のはえた、むくむくのはち切れそうな蕾をいっぱいつけていた。

茂みのそばに引っ繰り返した平底船《パント》に、あたしは腰かけた。〈紳士〉がそこに運んだのだが、その塀の陰が、モードと彼からあたしをいちばん遠ざけておける位置ということらしい。そこに坐って、お菓子のバスケットから蜘蛛を追い払うのが、あたしの仕事だった。その間、モードは絵を描き、〈紳士〉は見守り続け、微笑みながら、時々、その手に手を重ねた。

モードは筆を動かし続けた。やたらと熱い陽が傾き、灰色の空に赤い条《すじ》が射しこみ始め、空気はますますねっとりしてきた。いつのまにか、あたしは眠っていた。ラント街の夢を見た——炉のそばでイッブズ親方が手に火傷《やけど》をしてわめいている。その大声に、あたしは目を覚ました。ぎょっとして、平底船から立ち上がった。一瞬、自分がどこにいるかわからなかった。

慌ててあたりを見回した。モードも〈紳士〉もいなかった。
椅子はある。下手くそな絵もある。筆もある——一本は地べたに落ちている——絵の具もある。あたしは近寄って落ちた筆を拾い上げた。〈紳士〉のやりそうなことだ。自分はさっさとモードを連れ帰って、あたしには、汗だくで荷物を集めて追いついてこいなんて。だけどモードが〈紳士〉についていくとは想像できなかった。ひとりきりで？　心配で思わずぞっとした——主人の身を案じる本物の侍女のように。

その時、モードの声が聞こえた。囁く声が。少し歩いて、ふたりを見つけた。

遠くには行っていなかった——川辺の塀を曲がったところにいた。あたしに気づいていないふたりは振り向かなかった。長く伸びる灯心草の列に沿って歩きながら、とうとう彼は、あたしに聞かれない場所ではじめて彼女と話したのだろう。どんな言葉でたらしこんだのか知らないが、モードは彼にしなだれかかっている。彼の襟元に頭をのせ、スカートのうしろの裾が膝の裏あたりまであがっている。それでも顔はそむけたままで、腕はだらりとさがっていた。まるで人形のように。彼がモードの髪に口を寄せ、何か囁いた。

見つめるあたしの眼の前で、モードの力ない手を片方だけ取り、ゆっくりと手袋を半分だけぬがして、裸のてのひらにくちびるをあてた。

それを見てあたしは、〈紳士〉がモードを手に入れたと知った。彼はため息をついたようだった。モードも息をもらしたのか——いっそう身体をあずけて小さく震えた。スカートがますますあがり、靴下の上まであらわになり、白いふとももが覗いた。

空気は糖蜜のようにねっとりしていた。服の身体に貼りついたところが湿っていた。この陽気にこんな服を着ていれば鉄の塊でも汗をかく。大理石の目玉でもあたしと同じくらいぎょろぎょろしていたに違いない。眼を離すことができなかった。石のように動かないふたりの姿――口髭の影でますます白く透き通る手、指の付け根までずりおろされた手袋、持ち上がったスカート――その何もかもが呪文のようにあたしを縛った。うしがえるの鳴声が前より響いて聞こえた。川の水は灯心草の間で、舌のような湿った音をたてた。そして彼は、眼の前でもう一度、首をさしのべ、優しくキスをした。

あたしは喜んでいいはずだった。なのに嬉しくなかった。かわりに、口髭がモードのてのひらをこする感触を想像した。モードのなめらかな白い指、やわらかな白い爪。あの爪は、朝にあたしが切った。あたしが身仕度を整えて、あたしが髪にブラシをかけた。モードがきれいに見えるように、あたしはずっとがんばった――みんなこの瞬間のために。〈紳士〉のために。黒い上着と髪を背景に、モードはとてもきれいに見えた――華奢《きゃしゃ》で、透けるように白く――壊れそうに。〈紳士〉がモードを食うか、傷つける気がした。

あたしは顔をそむけた。陽の熱さも、ねっとりした空気も、灯心草の匂いもきつすぎた。あたしはうしろを向き、絵のあるところまで忍び足で戻った。すぐに雷の音がした。衣擦《きぬず》れの音がして、モードと〈紳士〉が曲がった塀の向こうから急ぎ足で戻ってきた。モードは腕をあずけていた。手袋はきっちりボタンがかかっていた。眼は地面を見つめていた。〈紳士〉はモードの指を手で包み、かぶさるように頭を寄せていた。あたしを見ると彼は目顔で合図した。

「スウ！　起こしたくなかったんだ。いま、そのへんを歩いてて、川を見ていたら時間を忘れてね。もう暗いし雨が降りそうだ。お嬢さんのマントを持ってきてくれないか」

あたしは何も言わなかった。モードも無言で、足元ばかり見ていた。あたしはマントを着せかけ、絵と絵の具と椅子とバスケットを持つと、モードと〈紳士〉のあとについて門をくぐり、城にはいった。ウェイが玄関を開けてくれた。彼が扉を閉めると、もう一度、雷が鳴った。そのとたんに雨が落ちてきた。大粒で、真っ黒で、刺すような雨が。

「間に合ったね！」〈紳士〉はモードを見つめて囁くと、彼女が手を引き抜くのを許した。

その手に彼がキスをしたのだ。くちびるを、モードはいまもそこに感じているに違いない。あたしは見ていた――モードが彼に背を向け、胸の前でそのてのひらを指でなでるのを。

5

雨は夜通し続いた。水はドアの隙間から、地下の台所、その隣の食料貯蔵室、スタイルズ夫人の部屋《パントリー》に流れこんだ。あたしたちは夕食を早く切り上げて、ウェイとチャールズが砂袋を積めるようにした。あたしはスタイルズ夫人と裏階段の窓辺に立ち、叩きつける雨粒と稲妻を見ていた。家政婦は腕をこすって空を見上げた。

「海に出てる船の衆は気の毒だねえ」

あたしはいつもより早く部屋に戻って、暗い中に坐っていた。戻ってきたモードはしばらく、あたしに気づかずに、立ったまま両手で顔をおおっていた。その時、また稲妻が光り、こっちを見てモードは飛び上がった。

「いたの」

モードの眼は普段より大きく見えた。いままで伯父と〈紳士〉と一緒だったのだ。あたしは思った。「ほら、打ち明ける気だ」だけど、モードは突っ立ってあたしを見つめるばかりで、雷が鳴るとうしろを向いて行ってしまった。あたしはあとについて寝室にはいった。服を脱がせる間、モードは力なく立っていた。ちょうど〈紳士〉の腕に抱かれていた時のように。彼にキスされた手は、大事に守るように身体から少し離していた。モードはベッドの中でまったく動かずに横たわっていたが、時々、枕から頭をあげた。屋根裏のどこかで、ぽた、ぽた、ぽた、と音がしている。「雨が聞こえる？」モードはそう言うと、小声でつけ加えた。「雷が遠ざかっていくわ……」

あたしは考えた――水びたしになった地下の部屋のことを。海に出ている船乗りのことを。サザークのことを。雨が降ると、ラント街の家は不気味な音をたてた。湿った家の呻き声を聞きながら、母ちゃんはベッドの中であたしのことを考えているだろうか。三千ポンドだよ！　耳の中で母ちゃんの声が言う。ああ、もう、とんでもないね！

モードがまた頭をあげて、息を吸いこんだ。あたしは眼をつむった。「ほら、打ち明ける気だ」

だけど、モードは無言だった。

目を覚ますと、雨はあがって、あたりは静かだった。モードは牛乳のように白い顔で寝ていた。運ばれてきた朝食も、押しやって手をつけようとしなかった。小さな声で、どうでもいいことしか喋らなかった。恋をしている娘らしくふるまうどころか、それらしくも見えない。それでもそのうち、恋に頭がイカレたことを喋りだすだろうと思っていた。きっとまだ茫然としているだけなのだ。

モードは〈紳士〉が煙草を吸いながら散歩している様子をいつもどおり見ていたが、彼がリリー老人の部屋に行ってしまうと、自分も散歩をしたいと言い出した。空はまた灰色になり、地面は鉛色の水溜まりだらけだった。空気は洗われて澄み切っていたが、あたしはかえって苛《いら》苛《いら》した。それでも、あたしたちはいつもと同じく、林を抜けて、氷室《ひむろ》のそばを通り、礼拝堂と墓場に向かった。母親の墓に来ると、モードはそばに坐りこみ、墓石を見つめていた。墓石は雨を吸って真っ黒だった。墓の間に生えた草は、弱々しく寝ていた。大きな黒い鳥が二、三羽、用心しいしい歩きながら、みみずを探していた。地面をつつく様子を、あたしはじっと見ていた。たぶん、あたしはため息をついたのだろう、モードはこっちを見た。その顔は——じっと見つめていたせいで、硬張っていたが——優しくなってきた。

「淋しいのね、スウ」

あたしは首を振った。

「いいえ、わかっているわ。わたしのせい。こんな淋しい場所に、何度も何度も連れてきたから、わたしが満足するためだけに。でも、あなたは知っているから、自分のものだったお母様の愛をなくす気持ちを」

あたしは眼をそらした。

「いいんです。全然、気になりません」

「あなたは強いのね……」

あたしは産みの母親のことを考えた。首吊りの縄にぶらさがった死体。突然、心から願った——あたしの母親が平凡な娘で、普通に死んでいればよかったのに。それまでそんなことを思ったことは一度もなかった。あたしの心を見透かしたように、モードは静かに言った。

「それで——訊いてもいいかしら——あなたのお母様はどうして亡くなったの?」

あたしはしばらく考えてから、ピンを飲んで咽喉《のど》を詰まらせて死んだと答えた。

実際、そうやって死んだ女がいたのだ。モードは眼を見張ってあたしを見つめ、咽喉に手を当てた。やがてうつむくと、母親の墓に眼をやった。

「あなたならどう感じる?」モードは静かに言った。「そのピンを飲ませたのが、もしもあなただったら?」

ずいぶん奇妙な質問だった。だけどもちろん、モードが変なことを言い出すのには慣れていたので、あたしはきっとすごく自分を責め悲しいだろうと答えた。

「そう。ちょっと知りたかったの。母はわたしのお産で亡くなったのよ。母を死なせたのはわたし。この手でお母様を刺したのも同じ!」

モードはおかしな眼つきで自分の指を見ていた。指先は赤い土に汚れている。

「なに馬鹿なこと。誰が言ったんです。そんなことを言う連中こそ、恥知らずだ」

「誰にも言われないわ。自分でそう思うだけ」

「なら、なおさら、なに言ってんですか。お嬢様は頭がいいんだから、よく知ってるでしょう。赤んぼは自分じゃ生まれるのを止められないって!」

「わたしは生まれたくなかった!」モードは叫ぶように言った。黒い鳥が一羽、墓石の間から飛び立ち、羽で空気を打った——窓の外で絨毯の埃を叩く音に似ていた。あたしたちは揃って振り向き、飛ぶ鳥を見送った。そしてもう一度、モードを見ると、眼は涙でいっぱいだった。

あたしは思った。「なんで泣くのさ。あんたは恋をしてるんだ。恋をしてるんだよ」だから、モードに思い出させようとした。

「リヴァーズ様は」あたしは言いかけた。名前を聞いたとたん、モードは身震いした。

「見て、あの空」モードは早口に言った。空はますます暗くなってきた。「また、雷になりそう。あっ、降ってきた！」

モードは眼を閉じて、顔に雨を受けとめた。すぐに、どれが雨粒でどれが涙かわからなくなった。モードに近づいて、腕に手をかけた。

「マントをかぶって」雨はあっという間にばらばらと落ちてきた。フードをかぶせ、首の紐を結ぶ間、モードはまるで子供のようにされるがままになっていた。墓の前から引っ張っていかなければ、ぐしょ濡れになるのもわからずに、突っ立っていただろう。あたしは小さな礼拝堂の扉の前まで無理やり歩かせた。扉は錆びた鎖と南京錠で閉めきられていたが、腐った木のひさしがかかっていた。雨に叩かれ、ひさしが震えている。スカートの裾が、水を吸って黒ずんでいる。あたしたちはぴったり寄り添い、肩を礼拝堂の扉に押しつけていた。すると雨が襲ってきた――まっすぐ突き刺す矢のように。千本の矢とひとつの脆《もろ》い心臓。モードが口を開いた。

「リヴァーズ様に結婚を申しこまれたの」

平坦に、まるで暗唱させられる少女のように言った。そして、モードがそう言うのを、あんなに待ちこがれていたのに、答えるあたしの声は同じくらい重かった。

「よかったですね、あたしもすごく嬉しいです！」

雨がひと粒、あたしたちの顔の間を落ちていった。
「本当に？」モードの頬は濡れて、髪が貼りついていた。「それなら」モードはしおたれて続けた。「がっかりさせてごめんなさい。わたしは、はいと言わなかった。だって、無理だもの。伯父様は——絶対にわたしを手放そうとなさらないわ。わたしが二十一になるまで、あと四年もあるのよ。リヴァーズ様にそんなに長く待ってなんて言えない」

もちろん、モードがそう思うだろうと、あたしたちは予想していた。むしろ、そうしてくれるように願っていた。かえって、駆け落ちして秘密に結婚する気になるだろうと。あたしは注意深く言った。「旦那様は本当に？」

モードは頷いた。「わたしを放しはしないわ。本があるかぎり。読んで、いろいろ書き留める本が。いつまでたってもなくならない！　それに伯父様はとても誇り高いかたなの。リヴァーズ様が準貴族《ジェントリ》だとは知っているけれど——」
「結婚相手にふさわしくないと？」

モードはくちびるを咬んだ。「もしリヴァーズ様がわたしに結婚を申しこんだと知られたら、すぐに城から追い出そうとなさるわ。でも、どっちにしても、リヴァーズ様はいなくなる。おしまいよ、ここでの仕事がすんだら！　ここにはいられないのよ——」声が震えた。「そうなったら、どうしてリヴァーズ様にお会いできるの？　どうして待ってくださるの、四年も？」

モードは両手で顔をおおって、泣きじゃくった。両肩が激しく跳ねた。見ていられなかった。
「泣いちゃだめです」頬に手を伸ばし、濡れた髪を払った。「ねえ、泣かないで。リヴァーズ様がお嬢様を諦めるもんですか。諦めるわけない。あのかたはお嬢様が何より大事なんだから。そうだってわかれば、旦那様だって許してくれますよ」

「わたしの幸せなんて、伯父様にはなんの意味もないわ。あの人の頭にあるのは本のことだけ！　わたしを本と同じだと思っているのよ。誰にも渡さない、触れさせない、愛させない。わたしはここにずっと保存されるの、暗がりの中で、死ぬまで！」

モードは聞いたこともないほど苦々しげに言った。

「リヴァーズ様はお嬢様を愛してるんです。リヴァーズ様は――」その言葉は咽喉につかえた。あたしは咳払いをした。「リヴァーズ様もお嬢様を愛してます」

「そう思う、スウ？　昨日、あのかたはとても興奮して喋っていたのよ、あなたが寝ている間、あの川のほとりで。ロンドンの――あのかたの家や、アトリエの――わたしを連れて帰りたいと言うの、生徒じゃなくて、妻として。そのことしかいまは考えられないって。わたしを待つことを思うと死にそうだって！　本気だと思う、スウ？」

モードは待っていた。あたしは思った。「嘘じゃない。嘘じゃない。あいつは金を持ってるあんたを愛してる。あんたを失ったら、あいつはきっと死ぬ」だから、あたしは言った。

「絶対、本気です」

モードは地面を見た。「でも、あのかたに何ができて？」

「旦那様に話せば――」

「だめよ！」

「なら――」あたしは息を吸いこんだ。「――別の方法を見つけないと」モードは何も言わなかったが、頭が少し動いた。「お嬢様が決心しないと」彼女はまだ無言だった。「ほかにないんですか、方法は……」

モードは顔をあげて、あたしの眼を見ると、まばたきして涙を引っこめた。注意深く左右を見てから、顔を寄せてきた。そして、囁《ささや》くように言った。

「誰にも言わない、スウ?」

「何を?」

モードはもう一度、まばたきをして、もじもじしていた。「誰にも言わないって約束して。誓って!」

「誓います!」あたしは言った。「誓います!」――そう言う間、頭の中で叫んでいた。ほら、さっさと言って!――あたしは気持ち悪くなったのだ、モードが秘密を打ち明けることをこんなに怯えているのに、あたしはその秘密を知っているのだから。

ついに、モードは言った。「リヴァーズ様は」いっそう小さい声で言った。「駆け落ちしようとおっしゃるの、夜に」

「夜に!」

「秘密に結婚しようって。伯父様はきっとわたしを取り戻そうとするけれど、諦めるだろうって。わたしが、つ――妻になってしまえば」

言いながら顔がどんどん白くなり、血の気が失せるのが、見ていてわかった。モードは母親の墓石から眼を離さなかった。

「自分の心に正直にならなくちゃ」

「わからない。どうしたらいいの、わたし、どうしたら」

「だけど、愛してんのに、彼を失うなんて！」モードの眼つきはおかしなものになってきた。

「愛してるんですよね？」

「わからない」

「わからない？　どうしてそんなことがわかんないんですか。彼が来るのを見て、どきどきしたり。声を聞いてわくわくしたり、触られてびくっとしたり。夢に出てきたりしないんですか？」

モードはふっくらしたくちびるを咬んだ。「そうだと、わたしはあのかたを愛していることになるの？」

「当たり前ですよ！　そうじゃなきゃ、どうして！」

モードは答えなかった。かわりに、眼を閉じて身震いした。両手を重ねていたが、てのひらの、前の日に彼のくちびるが触れた場所を、指でさすり始めた。

その時、初めて気がついた。モードは肌をなでているのではなく、こすっていたのだ。キスの感触を愛しんでいるのではない。彼のくちびるを、火傷《やけど》か、疥癬《かいせん》か、刺《とげ》のように感じて、その記憶をこすり落とそうとしている。

モードは彼をまったく愛していなかった。恐れていた。

あたしは息を吸いこんだ。モードは眼を開けて、真正面から見つめてきた。

「どうするんですか」あたしは囁くように訊いた。

「わたしに何ができるの」モードはぶるっと震えた。「あのかたはわたしを欲しがっているのよ。結婚を申しこんで、わたしを自分のものにしようと」

「じゃあ——断ったらどうですか」

モードは眼をぱちくりさせた。信じられないというように。あたしも自分がそんなことを言ったなんて信じられなかった。

「断る？」ゆっくりとモードは言った。「断る？」不意にその表情が変わった。「それで、部屋の窓から見送るの？　リヴァーズ様がいなくなるのを。あのかたが出ていく時には、わたしは伯父様の部屋に呼ばれていて——あそこは窓がみんなつぶされているから——お見送りできないかもしれない。そうなったら、そうなったら——ああ、スウ、わたし、これから先、ずっと後悔する？　手に入れたはずの人生を想像して。ほかの殿方が、この城に現われると思う？　そのかたはリヴァーズ様の半分も愛してくれると思う？　わたし、どうすればいい？」

モードがあまりに無防備な眼でじっと見つめてくるので、あたしは眼をそらした。しばらく答えられなかった。うしろを向いて、あたしたちが寄りかかっている木の扉を閉めきっている錆びた鎖と南京錠を見下ろした。南京錠を破るのは簡単だ。いちばん厄介なのは、計画そのものを封じる鍵。これを破るのが骨なのだ。イッブズ親方にそう教わった。眼を閉じて思い浮かべた。親方の顔を。母ちゃんの顔を。三千ポンドだよ——！　あたしは大きく息を吸うと、モードを振り返った。

「結婚するんです。旦那様の許しなんか待たないで。リヴァーズ様はお嬢様を愛してるんだから、悪いはずありません。そのうち、お嬢様も彼を好きになります。それまでは、一緒に逃げて、彼の言うとおりにするんです」

その瞬間、モードの顔が歪んだ——それだけは言わないでほしかったとでもいうように。だけど、ほんの一瞬だった。すぐにその顔は晴れた。

「そうするわ。ええ、そうする。でも、わたし、ひとりではいけない。わたしひとりで行けなんて言わないで。あなたも一緒に来て。来ると言って。一緒に来て、侍女になってちょうだい。わたしの新しい人生でも、ロンドンでも！」

あたしはそうすると答えた。モードは悲鳴のような笑い声をたて、さっきまで泣いて沈んでいたのが、酔ったように浮かれていた。モードは喋り続けた。〈紳士〉が約束した屋敷。あたしと選ぶロンドンのファッション。彼女が持つだろう馬車。そしてモードは、あたしにきれいなドレスを買ってくれると言った。あたしを侍女でなく、話相手《コンパニオン》にすると。あたしにも小間使いをひとりつけると。

「知っているでしょう、わたしがとても裕福になるのを」モードはあっさりと言った。「結婚したら」

そしてぶるっと震えて、微笑すると、あたしの腕にすがり、身を寄せて、頭をあたしの頭にもたせかけた。モードの頬は冷たく、なめらかだった——真珠のように。髪は雨の粒に濡れ輝いていた。モードは泣いているようだった。だけど、顔を離して、確かめるつもりはなかった。顔を見られたくなかった。いまのあたしの眼はきっと醜い。

その日の午後、モードはいつもどおりに絵と道具を用意した。けれども、筆も絵の具も乾いたままだった。〈紳士〉は客間にはいってくると、足早にモードに近づき、抱き寄せたいのを我慢しているような顔で前に立った。そして彼女を呼んだ——〈お嬢さん《ミス・リリー》〉ではなく、〈モード〉と。おし殺した声で呼ばれてモードは震え、一度、迷ってから頷いた。彼は大きく息を吐くと、彼女の手をつかんで、ひざまずいた——あたしはちょっとやりすぎだと思った。モードも戸惑っているようだった。「だめ、ここでは！」そして、素早くわたしを見た。彼はモードの表情を見て言った。「スウの前では何も隠すことはありませんよ。もう話したんでしょう？みんな知ってるんでしょう？」〈紳士〉は不器用にあたしを顎で示した。まるで、一瞬でも、モードから眼を離すことができないというように。

「なあ、スウ。昔のご主人の友達でいたなら、お嬢さんの友達にもなってくれ！　馬鹿な恋人たちを見たことがあるなら、ぼくたちも温かい眼で見てくれ！」

彼は強い眼で見つめてきた。あたしも見返した。

「わたしたちを助けてくれるって約束してくれたんです」モードは言った。「でも、リヴァーズ様……」

「ああ、モード」彼はすかさず言った。「なぜ、よそよそしくするんだ」

彼女はうつむいた。「じゃあ、リチャード」

「そのほうがいい」

彼はまだひざまずいたまま、上を向いていた。モードはその頬に触れた。彼は振り向いて、両手にキスした。モードは素早く手を引っこめた。そして、言った。

「スウはできるだけ手伝ってくれます。でも、わたしたちも用心しないと」

彼は微笑して首を振った。

「ぼくがこうするのを見て、用心深くないと思った？」〈紳士〉は立ち上がって、モードから離れた。「この恋にぼくがどれだけ用心しているかわかりませんか？　見てごらん、ぼくの両手を。この手の間には蜘蛛の巣が張られている、と思っておくれ。これはぼくの心からの望みだ。その真ん中に、宝石の色をした蜘蛛がいる。それがきみだ。ぼくはきみをこうやって連れていく――優しく、注意深く、何にも閉じこめずに。きみ自身、運ばれていることに気がつかないように」

そう言いながら、〈紳士〉はボールを持つように、軽くまるめた白い両手を向かい合わせ、モードが魅せられたようにその手の間を見つめていると、彼は指を広げて笑った。あたしは顔をそむけた。次に振り返ると、彼はモードの両手を取って、胸の前で軽く握っていた。彼女はいくらか緊張がほぐれたようだった。ふたりは坐って小声で話しだした。

あたしは、墓地でモードが言ったことや、てのひらをこすっていた様子を思い出していた。

「何でもなかったんだ、モードはもう忘れてる。あいつに恋しないわけない、あんなに男前で、優しそうな顔してるんだ」

あたしは思いこもうとした。「もちろん、あいつを愛してるよ」かがみこんだ彼に触れられて、赤くなるモードをあたしは見守っていた。「惚れないわけがないさ」

不意に〈紳士〉が頭をあげて、眼が合った。馬鹿みたいにあたしも赤くなった。

「きみは仕事に忠実だね、スウ。よく眼を配ってくれて。ぼくたちもありがたいと思っているよ。だけど、今日は――ほかに用事はないのかな、よその場所に」

そして、モードの寝室のほうに眼で合図した。

「ほら、一シリングやろう。ご苦労さん」

あたしは立ち上がりかけた。出ていきかけた。使用人として振る舞うのに慣れっこになっていたから。その時、あたしはモードを見た。その顔は真っ白だった。「でも、もしマーガレットか誰か、女中がドアの前に来たら？」

「どうして来る？　来たとしても、何も聞きはしないよ。ぼくたちは静かにしていればいい。そうしたら、どこかに行ってしまう」彼はあたしに微笑みかけた。「気をきかせてくれよ、スウ」あつかましく言った。「恋人たちには気をつかうものだよ。きみにだって、いい人くらいいただろう？」

そう言われるまでは、あたしも素直に出ていったかもしれない。だけど、これにはかちんときた。あたしは思った。何様のつもりだい？　貴族様のふりしやがって、ただのペテン師じゃないか。指輪はガラス玉だし、銭は全部、まじりの悪銭《あくぜに》だ。それに、あたしのほうが断然、モードの秘密を知っている。あたしはモードのベッドで一緒に寝ている。姉妹のように愛されてる。あんたはモードを怖がらせただけだ。あたしがその気になったら、あんたを嫌わせることなんてお茶の子だよ！　結婚できるだけで、ありがたいと思いな。好きな時にキスできるだけで、幸せだと思いな。あたしはモードを置き去りにして、あんなに怖がらせたりしない。いいかい、あたしだって三千ポンドいただくんだからね！

だから、あたしは言った。「お嬢様のそばを離れるわけにはいきません。旦那様に叱られます。それに、スタイルズさんに知られたら、あたしは馘《くび》です」

彼はあたしを見て、眉を寄せた。モードはあたしを見ようとしなかった。だけど、ありがたいと思っているのはわかった。モードは小声で言った。

「でも、リチャード、スウに無理を押しつけてはいけないわ。それに、もうじき、わたしたちは好きなだけ一緒にいられるんですもの――ね？」

彼は、なるほど、もっともだと答えた。ふたりは火のそばから動こうとせず、あたしはしばらくしてから窓辺に行き、ふたりがお互いの顔を好きなだけ眺めるのを邪魔しないで、坐って縫い物をした。彼が囁き、笑う声が聞こえる。だけどモードは無言だった。去りぎわに彼がモードの手を取ってくちびるに押しあてると、彼女はひどくわななないた。あたしはモードが震えるのを見た時のことを全部思い返し、どうして恋に身を震わせていると勘違いしたのかと情けなくなった。ドアが閉められると、モードはいつものように鏡の前に立ち、顔を覗きこんでいた。一分ほどそのままでいたが、やがて振り返った。モードはとてもゆっくりと静かに歩き、鏡の前からソファに、ソファの前から椅子に、椅子の前から窓に――つまり、部屋を一周して、あたしのそばに来た。あたしが縫っているものを見るのに身をかがめると、ベルベットの髪おさえにまとめられた髪が、あたしの髪をこすった。

「きれいな縫い目ね」モードは言った――けれども、全然きれいではなかった。縫い目は固すぎ、針目は曲がっていた。

それから、モードは身を起こしたが、無言のままだった。一度か二度、彼女は息を吸いこんだ。何かあたしに訊こうとしているのに、なかなか口に出せずにいるように思えた。結局、モードはまた離れていった。

こうしてあたしたちの罠は――話を持ちかけられた時には朝めし前だと思っていたのに、いざとなると、四六時中働いてやっと――仕掛けることができた。あとは、時が早く過ぎて、罠のばねがはずれるのを待つだけだ。〈紳士〉はリリー老人の秘書として四月まで雇われており、契約期間いっぱいまで働くつもりでいた――「そうすれば、爺さんに余計な裁判の材料をやらずにすむからね」笑いながらあたしに言った。「ほかの件で裁判になっても」〈紳士〉は契約期間の最終日にここを出るつもりでいた――今月末に。ここを出たら、ロンドン行きの列車には乗らずに、近場にとどまり、真夜中に城に戻って、モードとあたしを迎えに来る。〈紳士〉はモードをさらい、捕まらずに逃げて、結婚しなければならない――できるだけ早く。モードの伯父が聞きつけて、姪を見つけて、城に連れ戻す前に。〈紳士〉はすべて計画を調えていた。

馬や荷車にモードを乗せていくわけにはいかない。それでは門番の番小屋の前を通過できない。〈紳士〉は小舟を用意して、川から彼女を連れ去り、どこか辺鄙《へんぴ》なところにある、モードがリリー老人の姪だとばれそうにない小さい教会に行くつもりだった。

どの教会でも、結婚式をあげてもらうには、そこの教区に最低十五日間は住んでいなければならない。けれども彼は、ほかのすべてと同じく、このこともぬかりなく手配済みだった。モードが〈紳士〉に手を与える（結婚を受ける）約束をした二日後、彼は口実を作り、馬に乗ってメイデンヘッドの町に行った。そこで結婚特別許可証を手に入れた――これで結婚予告（教会での挙式前連続三回日曜日に行い異議の有無を問う）が免除される――それから、町のまわりを走り回って、都合のいい教会を探した。そしてやっと見つけたのは、あまりに小さく、さびれ果てて、名前すらない場所だった――すくなくとも、彼はそう言った。牧師は呑んだくれだった。教会のすぐそばには田舎家があり、持ち主は黒い顔の豚を飼っている未亡人だった。二ポンドの礼金で、未亡人は〈紳士〉のために部屋を作り、彼がそこにひと月も住んでいると誰にでも証言すると言った。

だいたいそういう女は、彼のような紳士面した男の言いなりなのだ。〈紳士〉はブライア城に意気揚々と帰ってきて、いつもよりハンサムにさえ見えた。そしてモードの客間に来て、あたしたちと一緒に坐り、彼の冒険について小声で話してくれた。

彼が話し終わると、モードの顔色が薄くなった。彼女は食が細くなり、顔が痩せてきていた。眼のまわりには隈《くま》もできている。モードは両手を組み合わせた。

「あと三週間だわ」

モードがどんなつもりでそう言ったかわかるような気がした。あと三週間で彼を愛するようにならなければいけないのだ。あたしは見ていた——モードが頭の中で日を数え、考えこんでいるのを。

すべての終わりに何が待っているのかを考えているのだ。

モードはどうしても〈紳士〉を愛することを覚えられなかった。彼のキスを、握られる手の感触を好きになることができずにいた。いまだに哀れなほど怯えて身をすくませる——そして、なんとか自分を奮い立たせて、彼に引き寄せられ、髪や顔に触れられるままになっていた。最初、〈紳士〉はモードをうすのろと思っているのだろう、とあたしは見ていた。そのうち、彼はモードが晩生《おくて》で喜んでいるのだろう、と考えるようになった。彼はまず優しくして、それから、少しずつ大胆になり、モードが困惑しておどおどしだすと、こう言うのだ。

「ああ！　冷たいな。きみはぼくを恋のレッスン相手にしているだけなんだ」

「まあ、いいえ」モードは答える。「どうして、そんなことを」

「ぼくはきみに愛されている気がしない」

「わたしが愛していない？」

「きみのそぶりからはそう思える。ひょっとすると」——ここで彼は素早くこっちに視線を向けて、あたしの眼を捕らえる——「きみにはほかに想う男がいるのかと」

すると、モードは彼にキスを許す。まるで、ほかに想う男などいないと証明するかのように。

彼女は緊張に硬張り、力なく立っていた——操り人形のように。時にはほとんど泣きそうになる時もあった。すると、彼はモードをなだめるのだった。自分は野蛮人だ、彼女にはふさわしくない、もっとよい相手に彼女を譲るべきだと。すると、モードはまたキスを許す。あたしは窓辺の寒い場所にいて聞いていた。ふたりのくちびるが触れる音を。彼の手がスカートの上を這い回る音を。時々、あたしはそっちを見た——〈紳士〉が彼女を追い詰めていないか確かめるために。だけど、これ以上に悪い有様は考えられなかった——モードの顔が硬張り、頬が蒼《あお》褪《ざ》め、くちびるが口髭に触れているのを見ると。そして、モードと眼が合った瞬間、彼女の目蓋に押されて涙がこぼれ落ちるのを見ると。

「いいかげんにほっといてやんなよ」ある日、あたしは彼に言った。その時、モードは伯父の部屋に呼ばれて、本を選びに行っていた。「モードがいやがってんのが、わかんないのかい、あんたにべたべたしつこくされてさ」

一瞬、彼は妙な顔であたしを見た。そして、両眉をあげた。「いやがってる？　欲しがってるに決まってるだろ」

「モードはあんたを怖がってんだよ」

「モードは自分を怖がってるのさ。ああいう娘はみんなそうだ。好きなだけ、もじもじさせて、お上品に振る舞わせてやればいい、みんな結局、同じものを欲しがるんだ」

彼は言葉を切り、そして声をたてて笑った。おもしろい冗談だと言わんばかりに。

「モードがあんたにやってほしいのは、ブライア城から連れ出してもらうことだよ。あの娘《こ》は、ほかのことはなんにも知らないんだから」

「女はみんな、何も知らないって言うのさ」彼はあくびをした。「心の中でも、夢の中でも、みんな知ってるくせにな。母親のおっぱいから、そういうこともちゃーんとのみこんでるんだ。ベッドの中でモードがため息をつくのを聞いたことがないかい？　もだえたり、喘いだりしてないか？　彼女、ぼくを想って喘いでるんだぜ。もっと耳をすまして聞くんだな。ぼくも行って、きみと一緒に聞いてみたいよ。どうだい、今夜、きみの部屋に行こうか。モードの部屋に入れてくれよ。彼女の心臓がどれだけ音をたてるか。きみがモードの服を脱がせてくれるのもいいな、じっくり見させてもらうぜ」

彼があたしをからかっているのはわかっていた。そんなくだらない悪戯《いたずら》のために、何もかもふいにするつもりはないはずだ。だけど、そう言うのを聞いて、彼がこっそり来るところや、あたしがモードの服を脱がせるところを想像した。頬が赤くなるのがわかり、〈紳士〉から顔をそむけた。

「あんたにあたしの部屋が見つけられるもんか」

「見つけるさ。ぼくはこの家の見取り図を持ってるんだぜ、あの下働きの坊《ナイフボーイ》やのおかげで。あれはいい子だ、口が軽くて」〈紳士〉は前よりわざとらしく笑って、椅子の中で伸びをした。「もっと気楽に愉しもう！　モードが傷つくわけでもないんだから。そっと忍びこむよ、ねずみのように。忍びこむのは得意なんだ。ちょっと見たいだけさ。モードも喜ぶかもしれないぜ、目を覚ました時にぼくを見つけたら――詩の中の娘みたいに」

あたしはたくさん詩を知っている。ほとんどが恋人の腕からひきはがされて兵隊に連れられていく盗人の詩ばかりで、そうでないのは、井戸に突き落とされた猫の詩だった。〈紳士〉の言う詩を知らなかったあたしは、なんとなく気おくれした。

「いいからほっといてやんな」きっとあたしの口調に何かを感じたのだろう。彼はあたしを見なおして、声をあらためた。

「おいおい、スーキー、何を気取ってるんだ。上流の家にはいって、上品になったのかい？　きみが貴婦人の身のまわりの世話をすることに、そんなに馴染むなんて誰が想像しただろうね、あんな仲間に囲まれて、あんな家に育ったくせに！　サクスビーさんはなんて言うかな――デインティも、ジョニーも！――きみがそうやって赤くなるのを見たら」

「甘ちゃんだって言うだろうよ」かっとなって言った。「ああ、そうかもしれないね。あたしは心が弱いよ。だからなんだってのさ」

「なんだってことがあるか」今度は〈紳士〉が、かっとなった。「きみのような娘が甘いことを言ってたらどうなる。きみや、たとえば、デインティが。命取りだぜ」彼はモードが伯父の部屋に行くために出ていったドアに向かって顎をしゃくった。「モードがきみなんかに心配してほしがってると思うか？　モードがきみに望むのは、コルセットの紐を結ぶことや――髪を梳《と》かすことや、おまるの中身をあけることだ。おい、自分のやっていることを見ろ！」そのとき、あたしは〈紳士〉に背を向けて、モードの肩掛けを拾い、たたみかけていた。彼は肩掛けをあたしの手からひったくった。「いつからそんなに召使くさく、几帳面になった？　モードに借りがあると思うな。よく聞け。ぼくはモードと同じ種類の人間を知っている。ぼくもそういう人間のひとりだ。モードがきみをお情けでブライア城に置いてるなんて――でなきゃ、きみが情け心を起こしてここに来たなんて、口のきき方をするな！　きみの甘っちょろい心も――きみの言い方に従えばだ――モードの心も、結局は同じだ。ぼくの心も、誰の心も。ガス管とまったく同じだ、銭を入れてやった時だけ、生き返って動きだす。サクスビーさんがきみに教えてくれたはずだ」

「母ちゃんはあたしにいろんなことをいっぱい教えてくれたけどね、あんたが言うようなことは教えてくれなかったよ」

「サクスビーさんはきみを甘やかしすぎたんだな。手元にべったり置いて。サザークの坊やたちがきみをのろまって呼ぶのも当たり前だ。長い間、甘やかして。かわいがりすぎたんだ、こいつ並みに」そう言うと、彼は自分のこぶしを突き出した。

「そんなもん、あんたの尻の穴につっこみな」

〈紳士〉の髭におおわれていない頰が真っ赤になり、あたしは彼が立ち上がって殴りかかってくるんじゃないかと思った。けれども彼はただ、椅子に坐ったまま身を乗り出して、あたしの椅子の腕をつかんだ。そして、おし殺した声で言った。

「今度、妙な癇癪《かんしゃく》を起こしたら、ぼくはきみを捨てるぞ、石ころのように。いいか？　道筋は十分につけたから、いざとなればきみなしでもやれる。モードはぼくの言いなりだ。もしぼくが、ロンドンの乳母が急に病気になって、姪に看護をしてほしがってると言ってやったらきみはどうする？　もとのボロを着て、手ぶらでラント街に帰るか？」

あたしは言った。「ここの旦那に言いつけてやる！」

「きみが話しおわる前に、部屋から追い出されないといいがね」

「なら、モードに言うよ」

「言えばいい。気が変わらないうちに言ってみろよ、ぼくには先のとがった尻尾があって、足には蹄《ひづめ》がついてるって。ああ、今度の計画が舞台なら、ぼくは尻尾も蹄もつけて演じるさ。誰もぼくのような人間がいるなんて信じないだろうからね。モードはきみを信じないほうを選ぶ。きみを信じるわけにはいかないんだ！　彼女もぼくらと同じくらい追い詰められている、ぼくと結婚するか、このまま朽ち果てるか。モードはぼくの言いなりになるしかない——さもなければ、ここにとどまって、ぼんやり過ごすしかないんだ、死ぬまで一生。モードがそっちを選ぶと思うか？」

あたしに何が言える？　モードにはすでに言われているも同然だった——そんな道は選ばないと。それで、あたしは黙っていた。だけど、たぶんこの時から彼を憎むようになったと思う。彼はあたしの椅子に手をかけたまま、あたしの眼を見つめ、そして、二分ほど過ぎた。やがて、モードの部屋履きが階段をあがってくる軽い音が聞こえたかと思うと、戸口に彼女の顔が現われた。もちろん、その時にはもう、〈紳士〉は椅子に深く腰かけて、表情もがらっと変わっていた。彼は立ち上がり、あたしも立ち上がってひどく不器用にお辞儀をした。〈紳士〉は素早くモードに近寄り、火のそばに連れていった。

「身体が冷えている」

ふたりは暖炉に向き合って立っていたが、鏡に映った顔が見えていた。モードは炉床の石炭を見つめていた。〈紳士〉はあたしを睨んでいた。やがて、彼はため息をつくと、苦々しい顔で首を振ってみせた。

「ああ、スウ。今日はずいぶん冷たいな」

モードが眼をあげた。「どうしたの？」

「かわいそうなスウはぼくにうんざりしているんだ。悪戯しすぎてね、きみがいない間に」

「スウに悪戯を？　どんな？」半分笑ったような、半分眉をひそめたような顔で、モードは訊いた。

「なに、縫い物の邪魔をしてたんだよ、きみの話ばかりうるさくしてね！　スウは自分の心が弱いなんて言ってるけれども、心なんて持ってないんだ。きみを見つめていたくて、ぼくの眼が痛むと言ったら、そんな眼はネルに包んで部屋にしまっておけと言う。きみの甘い声が聞きたくて、耳鳴りがすると言ったら、マーガレットにひまし油を持ってこさせて耳に入れれば治ると言う。きみのキスを欲しがっている、この罪のない白い手を見せたら、つっこんでしまえと言う――」〈紳士〉は間をとった。

「どこに？」モードが訊いた。

「ぼくのポケットの中に」

〈紳士〉はにっこりした。モードは疑わしげな顔で、あたしを一度振り返った。「かわいそうな手」ようやく言った。

〈紳士〉は腕を差し出した。「これがまだきみのキスを欲しがってるんだよ」

モードはためらったが、やがて彼の手を取って、華奢《きやしや》な両手にはさみ、その指に、甲に、くちびるを当てた――「そこじゃない」キスされて、彼はすぐに言った。「そこじゃない、ここに」

〈紳士〉は手首を返しててのひらを出した。モードはもう一度、ためらったが、頭をさげていった。てのひらは彼女の口を、鼻を、顔の半分をおおった。

彼はあたしの眼を見て、頷いてみせた。あたしは背を向けた。

いまいましいが、たしかに〈紳士〉の言うとおりだった――モードのこと以外は。〈紳士〉は人の心をガス管に喩えたが、あたしにはわかっていた。モードは無邪気で、親切で、優しくて、きれいで、善意のかたまりだ。だけどあたしのことでは、まったく〈紳士〉の言うとおりだった。サザークに手ぶらで帰れるわけがない。あたしは母ちゃんのためにひと財産を作りに来た。どうして戻れるだろう、母ちゃんや、イッブズ親方や――ジョンのところに――あたしはこの計画からおりて、三千ポンドをふいにしたと、理由は――

理由は――何？　あたしが自分で思っていた以上に善良だったから？　みんなはきっと、あたしが怖気づいたと言うに決まってる。あたしの顔を見て、大笑いする！　あたしは立派な血を持ってる。あたしは殺人犯の娘だ。あたしは血を受け継いでる。善良な心なんてその中にはない。あるはずがない。

それにあたしが手を引いたって――モードは救えない。あたしが家に戻っても、〈紳士〉はこのまま結婚して、結局、監禁する。だけど、あたしが密告したら？　彼はブライア城から追い出されて、リリー爺さんはモードをもっと縛りつけるようになって――それくらいなら、気狂い病院に入れられたほうが、モードにとってまだ幸せだろう。どっちにしろモードにはチャンスがない。

モードの運命はずっと前に決まっていたのだ。流れの速い川に浮かぶ小枝のように。牛乳のように――白くて、きれいで、純で、そして最初から腐る運命だった。

あたしの生まれた場所では、運のいい人間はほとんどいない。モードの運が悪いからと言って、あたしまで一緒に運を捨てる必要があるだろうか。

あたしはあると思わなかった。だから、こうやって気の毒には思っても、思い切って助ける気はなかった。モードに真実を話して、〈紳士〉が碌《ろく》でなしだとばらしたり――何かを、何でも、とにかくあたしたちの計画をおじゃんにして、ひと財産をふいにするつもりは、まったくなかった。あたしは〈紳士〉がモードを愛している親切な男だと思わせておいた。優しい男だと。モードが彼に好かれたい一心で努力するのを見守りながら、黙っていた。最初《はな》からあいつは、モードを手に入れて、騙《だま》して、姦《や》って、監禁するつもりだということを。あたしは見守り続けた。モードが痩せていくのを。顔色が褪《あ》せて、どんどん細くなっていくのを。モードが坐ったまま両手に顔を埋め、指先の間から弓のような眉を覗かせ、自分が自分以外の誰かであればいい、ここがブライア城以外のどこかであればいい、結婚しなければならない相手が〈紳士〉以外の誰かであればいいと願うのを。あたしはいやだった。だから、顔をそむけた。そして思った。あたしにはどうしようもできない。これはあのふたりの問題だ。

だけど不思議だった。モードのことを考えないようにしようと、「あんな娘、大事じゃない」と思おうと、心から締め出そうとすればするほど、モードはあたしの頭の中にはいりこんだ。一日のうち、一緒に坐っているか散歩をしている時、あたしがもたらそうとしている運命を思うと、彼女に触ることも、眼を合わせることもろくにできなかった。夜は背を向けて耳まで毛布をかぶり、ため息が聞こえないようにした。だけどそれ以外の時間、モードが伯父のところに行っている間、あたしはモードを――眼の見えない盗人《ぬすっと》は金《きん》のありかを感じ取れるというが――あたしもモードを感じた。壁の向こうから。知らないうちにあたしとモードの間に、糸のようなものが張られたかのようだった。その糸はあたしを引き寄せた。モードがどこにいても。

それはまるで――

まるで、恋のように。

そして、あたしの中で何かが変わった。いつもびくついて、どきどきするようになった。モードに見透かされるかもしれないと気が気でなかった――〈紳士〉や、マーガレットや、スタイルズ夫人からも。あたしの噂がラント街に届いて、ジョンの耳にはいることを考えた――あたしが誰よりも考えていたのはジョンのことだった。ジョンの顔や、笑い声だった。「あたしが何をしたってのさ」そう言い返す自分を想像した。「何もしてないだろ！」そう、何もしていない。ただ、モードのことをずっと考えて、そしてモードをずっと感じているだけだ。モードの服すら違って見えた。靴も、靴下も。まるで、モードの身体の形を、体温を、肌の匂いを、とどめているようで――たたみなおして平らにつぶしてしまうのがいやだった。モードの部屋も変わった気がした。あたしは部屋の中を整理して回った――ブライア城に初めて来た日と同じように――そして、モードが手に取ったり、触れたりしたに違いない、すべてのものを見た。モードの母親の写真がはいった箱。モードの本。気狂い病院にはモードが読むような本はあるのだろうか？　モードの髪がからんだ櫛《くし》。気狂い病院にはモードの髪を結う世話係がいるのだろうか？　モードの鏡。あたしは、モードがよく立っている火のそばに立ち、モードがいつもしているように、自分の顔を眺めるようになった。

「あと十日だ」あたしは自分に言い聞かせた。「あと十日で、あたしは金持ちだ！」

だけど、そう口に出した言葉にかぶさるように、城の時計の鐘が鳴り響くと、計画の終わりが一時間早まり、仕掛けた罠の歯がいっそう狭く、きつく、モードの身体をはさみ、ますます逃げられないようにしているのを思って身体が震えた。

もちろんモードも、過ぎていく時を実感していた。そして、かえって習慣にこだわり始めた――散歩、食事、睡眠、何もかもを、きっちりと正確にこなし、いままで以上に、仕掛け時計の人形のように繰り返した。きっと、怪しまれないために。でなければ、時間がどんどん早く流れていくのをひきとめるために。あたしの眼の前で、モードはお茶を飲む――カップを持ち上げ、くちびるにつけ、テーブルにおろし、また持ち上げて、口につける。まるでからくり人形のように。モードは縫い物をする。焦ったように、やたらと急いで、針目は曲がっている。あたしは思わず眼をそらす。そして思い出す。敷物をどかして、モードとポルカを踊った日を。尖った歯をけずってやった日を。手にのせた顎の重みを。濡れた舌の感触を。あの頃は何もおかしいと思わなかった。だけど、いまでは意識しないでいられない、モードの口の中に指を入れることを思い出すだけで……

モードはまた夢を見るようになっていた。夜中に目を覚まして、呆《ほう》けていることが多くなってきた。一、二度、ベッドから出ていくこともあった。眼を開けたあたしは、モードがおかしな様子で部屋を歩き回っているのを見た。「起きてる?」あたしが動くのを聞くと、モードはそう言い、あたしのそばに戻って、横になり、震えている。時々、モードはあたしのほうに手を伸ばす。手があたしの身体に触れると、さっとひっこめる。時々、モードはすすり泣く。妙な質問をすることもある。「わたしはここにいるの? あなた、わたしの姿が見える? わたしはこの世にいるの?」

「寝ないとだめですよ」ある夜、あたしは言った。それは、すべての終わりに近い夜だった。

「怖いの。ああ、スウ、わたし、怖いの……」

この時の声はくぐもっていなかった。小さいがよくとおる、その声はひどく不幸せそうで、あたしはしゃっきり目を覚まし、モードの顔を見ようとした。顔は見えなかった。モードがいつもつけっぱなしにしている小さな灯心草ランプの火は、笠に隠れたか、燃えつきたらしい。

ベッドのカーテンはいつものようにおろされていた。たぶん三時か四時頃だろう。ベッドの中は暗かった。箱の中のように。モードの息は暗がりの中からもれてきた。息はあたしのくちびるをくすぐった。

「どうしたんですか」

モードは答えた。「夢を見たの、わたし——わたしが結婚した……」

あたしは頭を反対側に動かした。モードの息はあたしの耳に当たった。ひどく大きく響いて聞こえた。この沈黙の中では。もう一度、頭を動かした。そして言った。

「そりゃ、お嬢様はもうすぐ結婚するんですから」

「するの？」

「するんでしょう。ほら、寝てください」

だけど、モードは眠ろうとしなかった。あたしは感じていた。モードが横になったまま、静かに、身を硬張らせているのを。その心臓の音を。ついに、モードはまた口を開き、囁いてきた。「スウ——」

「なんですか？」

モードがくちびるを舐《な》める音が聞こえた。「わたしをいい子だと思う？」

まるで子供が言うようだった。その言葉に、あたしはひどく面食らった。もう一度、頭を動かして、暗闇の中に、モードの顔を見ようとした。

「いい子？」あたしは眼を凝らした。

「あなたは思ってくれてるでしょう」モードは沈んだ声で言った。

「当たり前ですよ！」

「そんなふうに思わないでほしかった。わたしはいい子になんかなりたくなかった。わたしは——わたしは賢くなりたかった」

「あたしは寝ててほしかったよ」心の中でそう思ったが、口には出さなかった。かわりに言った。「賢く？　だって、賢いじゃないですか。お嬢様は旦那様の本を全部読んでるんですから」

モードは答えなかった。ただ横たわって、ずっと身を硬くしていた。だけど、鼓動はどんどん速くなってきた——やたら不自然に。モードが息を吸いこむのがわかった。息を止めて、口を開いた。

「スウ」モードは言った。「お願い、教えてほしいの、わたしに——」

真実を、と言うつもりなのだ。あたしの鼓動もモードのように速くなり、汗をかき始めた。

「知ってんだ。ばれたんだ！」——そして思った。よかった！

けれども、そうではなかった。全然、違った。モードはまた息を吸いこみ、何か恐ろしいことを訊きたくて、迷っているのを感じた。何を訊きたがっているのか、見当がついていてもよかったのだ、きっと、このひと月の間、ずっと迷っていたのだから。ついに、その言葉がモードの口から飛び出した。

「教えてほしいの。結婚した夜に花嫁のすることを！」

あたしは真っ赤になった。たぶん、モードも。真っ暗で見えなかったけれども。

「知らないんですか？」

「花嫁はするんでしょう――何かを」

「どうしてわたしが知ってるの？」

「だって、お嬢様、でも、まさか、知らないんですか？」

「どうして知ってるの」モードは叫んで、枕から頭をあげた。「あなた、わからないの、わからないの？　わたしはあんまり無知だから、自分が何を知らないのかさえ知らないのよ！」モードは震えていた。やがて、震えをなんとか抑えて続けた。「たぶん」妙に抑揚《よくよう》のない声だった。「彼はキスすると思うのよ。わたし、キスされるの？」

　また、息があたしの顔にかかった。あたしはその言葉を心の中で繰り返した。キス。あたしはまた、真っ赤になった。

「キスされるの？」

「そうです」

　モードが頷くのがわかった。「ほっぺに？　くちびるに？」

「くちびる、だと思いますけど」

「くちびる。そう、そうよね……」モードは両手を顔に近寄せた。暗がりの中でようやく見えた。手袋の白が。モードの指がくちびるをこする音が聞こえた。その音はやけに大きく、強すぎるように思えた。ベッドはますます狭く、暗さを増した。灯心草ランプが燃えつきていなければよかったのにと思った。そして——たぶんこんなことを思ったのは最初で最後だった——時計が鳴ってくれればいいのにと。ここにあるのは沈黙と、モードの息づかいだけ。暗がりとモードの白い手だけ。世界はしぼんでしまったのか、つぶれてしまったかのようだった。

「ほかに」モードの声がした。「どんなことをされるの?」

あたしは思った。「言っちまうんだ。ずばっと。ありのままを」ところが、ありのままというのが、モードに対しては難しかった。

「彼は」あたしはしばらくしてから言った。「お嬢様を抱きます」

モードの手が止まった。まばたきをしたようだった。睫毛《まつげ》の音が聞こえたように思えた。

「それは、わたしを抱きしめて立っているということ?」

その言葉を聞いたとたん、あたしは想像した。〈紳士〉に抱かれているモードの姿を。ふたりが立っている姿を——男と女が、時々、夜の下町で、戸や壁に身体を押しつけている姿を。そういう時は眼をそらすものだ。だから、あたしは眼をそらそうとした——だけど、できなかった。ここには眼をそらす場所がなかった。暗闇しかなかった。あたしの心の中ではふたりの姿が蠢《うごめ》いていた。暗闇に浮かぶ幻灯のように。

モードが待っている空気を感じて、ぶっきらぼうな口調で言った。

「立ってなんかやらないですよ。乱暴なやりかただから。立ってやるのは、横になる場所がなかったり、急いでる時だけです。紳士が奥さんを抱く時は長椅子かベッドの上です。ベッドがいちばんいいけど」

「ベッド」モードは繰り返した。「こういうの？」

「まあ、こんなもんです——羽根布団をもとどおりにするのには、いっぱい叩かないとだめでしょうね、終わったあとは！」

あたしは笑った。笑い声は大きすぎた。モードは身体をすくめた。やがて、眉を寄せるような気配がした。

「終わったあと……」モードはその言葉が不思議でしょうがないというように呟いた。そして、「何が終わったあと？」モードは訊いた。「抱かれること？」

「あれが終わったあとです」

「だから、抱かれることが終わったあと？」

「あれが終わったあとです」あたしは首を動かし、もう一度、頭を回した。「ああ暗い！ 明かりはどこだろ——だから、あれですってば。これ以上、わかりやすくなんか言えません」

「嘘よ、スウ。ベッドや羽布団の話ではぐらかさないで。ねえ、なんなの。スウ、あれと言ったでしょう。なあに、あれって？」

「あれはキスのあと、ベッドの上で抱かれたあとにやることですよ。だから、本番です。キスは火をつけるだけ。そしたら身体が勝手に動くから、たとえば——音楽に合わせて踊りたくなるのと同じに。だって、本当に知らないんですか——？」

「何を？」

「何でもないです」あたしはまだ、もぞもぞと頭を動かしていた。「心配しないで。簡単です。

ダンスと同じで」

「でも、ダンスは簡単じゃないもの」モードはひきさがらなかった。「ダンスは教えてもらわないとできないわ。あなたは教えてくれたでしょう」

「これは、別です」

「どうして？」

「踊り方はたくさんあるけど、あれのやりかたはひとつだけだし。勝手に身体が動きますよ、やり始めたら」

モードが首を振るのがわかった。「わたしは」絶望した声で言った。「無理だわ。キスしても、何も感じない。リヴァーズ様のキスで何かを感じたことは一度もないもの。もしかしたら――わたしのくちびるには何かが足りないのかも、特別な筋肉か、神経か――」

「なに言ってんですか。医者じゃあるまいし。お嬢様のくちびるは、なんともないですよ。ほら」モードはあたしに火をつけた。熱いものがばねのように身体をきつく、きつく締めつける。あたしは枕から頭をあげた。「お嬢様のくちびるはどこですか？」

「わたしのくちびる？」驚いたような答えが返ってきた。「ここよ」

あたしはくちびるを見つけた。そしてキスした。

やりかたは知っていた。デインティに一度、教えられていた。モードとのキスは、デインティの時とは違った。まるで、闇とキスしているようだった――命が、形が、味があって温かく、なめらかな闇と。モードのくちびるは動かなかった。最初は。やがて、それはあたしのくちびるの上で動いた。そして開いた。舌が触れた。唾《つば》を飲む音がした。あたしは――

あたしはただ、やりかたを教えるつもりでそうした。だけど、くちびるを重ねて、モードを感じるうちに、〈紳士〉にキスされたら彼女の中に起こるはずだと言いきかせたとおりのことが、あたしの中に起き始めていた。頭がくらくらする。顔に血がのぼる。どんどん、どんどん、どんどん。酒のようだ。酔ってしまう。顔を離した。モードの息がくちびるにかかると、ひやっとした。あたしのくちびるは濡れている。モードのくちびるに濡らされた。あたしは囁いた。

「感じますか?」

その言葉はおかしなふうに響いた。まるでキスがあたしの舌をどうにかしたように。モードは答えなかった。動かなかった。息はしていたが、ぴくりともしないで横になっている。急にあたしは不安になった。「モードに催眠術をかけちまったんだろうか。術が解けなかったらどうしよう。モードの伯父さんになんて言えば――」

その時、モードが小さく動いた。そして、喋った。

「感じる」モードの声はあたしの声のようにおかしかった。「あなたが感じさせてくれたのね。不思議な、どうにかしてほしい感じ。わたし、こんな気持ちになったこと――」

「それがリヴァーズ様にどうにかしてほしいって気持ちです」

「リヴァーズ様に?」

「そうでしょう?」

「わからない。わからないわ」

モードは惨めな声で言った。また身体を動かし、あたしの側に少し寄った。くちびるがあたしのくちびるに近づいてくる。モードは自分でも何をしているかわからないのか、わかっていても抑えきれないでいるのか、また口を開いた。「怖い」

「怖がらないで」すぐに言った。モードが怖がっていてはまずい。怯えて、結婚をやめると言い出したら？

そう考えて、それで思ったのだ。どうしてもやりかたを教えてやらなければ。モードの恐怖があたしたちの計画を壊してはまずい。だから、あたしはもう一度キスした。そして触れた。モードの顔に。くちびるに――やわらかい、濡れたくちびるのすみに――顎に、頬に、額に。いままでに、何度もモードに触れてきた。身体を洗ったり、着替えさせたり――だけど、こんなふうに触れたことは一度もない。モードはなめらかだった！　温かかった！　暗がりから体温と身体の形を呼び出すように――闇がだんだん固まり、熱くなってくる――あたしの手の下で。

モードが震えだした。まだ怖いのだ。そう思ったあたしの身体も震えだした。その時、あたしは〈紳士〉のことを忘れた。モードのことしか頭になかった。モードの顔が涙に濡れてくると、あたしはくちびるでぬぐいとった。

「あたしの真珠」白い、白いモード！　「真珠、真珠、真珠……」

闇の中で言うのは簡単だった。するのも易しかった。だけど、次の朝、目を覚まして、ベッドのカーテンの隙間から射しこむ灰色の光の条《すじ》に照らされ、自分のしたことを思い出して、うろたえた。どうしよう。モードは横たわり、眠ったままで、眉をしかめていた。口が開いていた。そのくちびるは乾いていた。あたしのくちびるも乾いていた。手をあげて、自分のくちびるに触れた。慌てて、手を離した。手はモードの匂いがした。するとあたしの身体の奥が震えた。その疼《うず》きはあたしを――モードを――捕らえた震えの名残なのだ――モードと重なり合って動いた夜の間に。イッた、とサザークの娘は言う。あいつとやってイッたかい――？　くしゃみのようだと聞いていた。だけど、くしゃみなんて話にならない、全然、比べものにならない――

　思い出して、また震えた。人差し指の先を舌につけてみた。ぴりっと鋭い味がした――酢のような、血のような。

　銭のような。

　怖くなった。その時モードが動いた。あたしはモードを見ないように起き上がった。自分の部屋に戻った。吐き気がしてきた。あたしは酔っていたのだ。夕食に出されたビールが悪かったのだ。熱があったのだ。手と顔を洗った。水は冷たくて肌を刺した。脚の間を洗った。服を着た。そして、待った。モードが起き上がって、動く音がしたので、ゆっくりとモードの部屋に戻った。開いたベッドのカーテンの間から、モードが見えた。モードは起き上がっていた。寝巻の紐を結ぼうとしていた。夜の間にあたしがほどいた紐を。

　それを見て、あたしの身体の奥がまた震えた。だけど、モードが顔をあげてこっちを見た時、あたしは眼をそらした。

あたしは眼をそらした！　モードはあたしを呼ばなかった。何も言わなかった。あたしが部屋の中を歩くのを見ているだけで、無言だった。マーガレットが、石炭とお湯を持ってきた。彼女が暖炉の前にしゃがみこんでいる間、あたしは箪笥から服を引っ張りだしながら、顔を火のように燃やしていた。モードはベッドの中から出てこなかった。やがてマーガレットは出ていった。あたしはドレスとペティコートと靴を取り出した。そしてお湯を用意した。

「出てきてくれますか」あたしは言った。「着替えを手伝いますから」

モードは出てきた。前に立ち、ゆっくりと両腕をあげたので、あたしは寝巻を上にひきあげた。モードの太股は桜色に染まっていた。脚の間で渦巻く毛は黒かった。胸の上には赤い痣《あざ》がついていた。あたしが強く吸ったところに。

あたしはそれを隠した。モードはあたしを止めるかもしれない。あたしの両手を押さえるかもしれない。モードはあたしの主人なのだ！　だけど、何もしなかった。暖炉の上で銀に輝く鏡の前に連れていくと、髪を櫛で梳《す》いてピンで留めるあたしの姿を見つめていた。モードの顔にあたるあたしの指の震えを感じていたとしても、何も言わなかった。もう少しで結い終わるという時になって、やっとモードは顔をあげて眼を合わせた。そして、まばたきをし、言葉を探しているようだった。やがて、言った。

「わたし、ぐっすり眠っていたのね、そう思わない？」

「そうですね」あたしの声は震えていた。「夢も見ないで」

「夢は、ひとつだけ見たわ。でも、それは甘い夢だった。わたし――わたし、その夢にはあなたも出てきたと思うの、スウ……」

モードはあたしの眼を見つめていた。何かを待つように。モードの咽喉で血管が脈打つのが見えた。あたしの咽喉も同じように脈打ちだし、心臓が胸の内側で引っ繰り返った。もしもいま近づいたら、モードはあたしにキスするかもしれない。愛してますと言ったら、モードもそう言ってくれるかもしれない。そうしたら、すべてが変わる。あたしはモードを救うことができる。道を見つけることができるかもしれない――どうすればいいかはわからないが――モードを運命から救う道が。〈紳士〉を騙すこともできるかもしれない。モードと逃げられるかもしれない、一緒にラント街に――

だけどそうしたらモードにあたしが悪党だとばれてしまう。もしも本当のことを打ち明けたら、と想像すると、ますます激しく震えがくる。だめだ、できない。モードは純すぎる。清らかすぎる。彼女の心にほんの少しの染みが、ひとつまみの汚れさえあれば――！　だけど、ひとつもなかった。あるのはあの真っ赤な痣だけだ。ただ一度のキスがつけた痣。そんなモードがどうやって暮らせる、下町で？

そして、あたしはどうする、モードを下町に連れ帰って？

その時、もう一度、ジョンの笑い声が聞こえた。あたしは母ちゃんのことを思った。モードがあたしの顔を見ている。あたしは最後のピンで髪を留め、ベルベットの髪おさえをかぶせた。あたしは唾を飲みこんで、言った。

「夢に？　そんなはずないです、お嬢様。あたしじゃないですよ。それは――きっと、リヴァーズ様です」あたしは窓辺に寄った。「ほら、リヴァーズ様がいる！　もう煙草を吸い終わりそうです。ぐずぐずしてたら、行っちゃいますよ！」

あたしたちはその日いちにち、ぎこちなかった。散歩をしたけれども、離れて歩いた。モードがあたしの腕に手を伸ばしてきたが、あたしは身を引いた。そして、夜になると、あたしはモードをベッドに寝かしつけて、立ったままカーテンをおろし、モードの横に空いた場所を見つめて言った。

「だんだん夜が暖かくなってきましたね。そろそろひとりで寝たほうが気持ちいいですよ……」

あたしは自分の狭いベッドの、パイ生地のようなシーツの中に戻った。一晩中、モードが寝返りを打って、ため息をつくのが聞こえてきた。あたしも寝返りを打っては、ため息をついた。ふたりの間に張られた糸が、あたしの心臓をぐいぐいと引っ張るのを感じた――ひどく激しく、痛いほど。百ぺんも、もう少しで起き上がって、モードのそばに行きかけた。百ぺんもあたしは思った。モードのところに行く！　何をぐずぐずしてるんだ？　そばに戻ろう！　だけどそのたびにどうなるかと想像した。隣に寝たら、あたしはモードに触れずにいられない。くちびるに息を感じたら、モードにキスしないでいられない。キスしてしまったら、モードを助けないでいられない。

だから、あたしは何もしなかった。次の夜も。その次の夜も。すぐに夜はなくなった。時はあんなにゆっくりだったのに、突然、飛ぶように過ぎ、四月の終わりが来た。もう何を変えるにも遅すぎた。

6

〈紳士〉が先に城を去った。リリー爺さんとモードは玄関に、あたしはモードの部屋の窓辺に立って見送った。〈紳士〉はモードが差し伸べた手を取り、お辞儀をした。二輪馬車《トラップ》は彼を乗せて、マーロウの駅に向かった。腕組みし、帽子を浅くかぶり、こっちを向いてモードの眼を見て、それから、あたしの眼を見つめた。

悪魔のお帰りだね、とあたしは思った。

〈紳士〉はなんの合図もしなかった。必要はなかった。何度も計画を説明されて、ふたりともそらで覚えてしまっていた。〈紳士〉は汽車で三マイル移動してから待つ。あたしたちはモードの居間で真夜中まで待機してから出る。十二時半に彼は川に迎えに来る。

その日はこれまでとまったく同じように過ぎた。モードは前のとおりに伯父の部屋に行き、あたしはゆっくりとモードの部屋を回って、彼女の持ち物を見ていた——もちろん、今回は、持ち出すものを選んでいたのだ。あたしたちは昼食をとった。庭を歩き、氷室《ひむろ》に行き、墓地を見て、川に向かった。最後だというのに、何もかもがこれまでと同じに見えた。変わったのはあたしたちだった。歩いている間、ふたりとも喋らなかった。時々、スカートが——一度だけ、手が——触れ合うと、あたしたちは刺されたように飛びのいた。だけど、モードがあたしのように真っ赤になっていたかはわからない。あたしはモードを見ることができなかった。部屋に戻ると、モードは像のようにじっと立っていた。時々、ため息が聞こえた。あたしは、箱いっぱいのブローチや指輪と、宝石をみがく酢を入れた皿をテーブルにのせた。何もしないより、仕事をしていたほうがよかった。一度、モードが見に来た。やがて、眼をこすりながら遠ざかった。モードは酢が眼にしみると言った。あたしの眼にもしみてきた。

やがて夕方になった。モードは夕食をとりに行き、あたしも自分の食事に行った。厨房では、みんなが陰気だった。

「リヴァーズ様が行ってしまったら、なんだかここも変わっちまったみたいだね」誰かが言った。

ケーキブレッド夫人の顔は雷のように険悪だった。スプーンを落としたマーガレットはおたまで殴られ、悲鳴をあげた。食べ始めてすぐに、テーブルでチャールズがわっと泣きだし、顎から洟水《はなみず》をたらして厨房を飛び出していった。

「あの子、ずいぶんこたえてるんですよ」客間女中のひとりが言った。「リヴァーズ様の従僕になってロンドンに連れてってもらえると期待してたもんだから」

「戻ってこい！」ウェイが立ち上がって呼ばわると、髪白粉が舞った。「まったくしょうのない小僧だ、あの男もあの男だ、恥を知れ、恥を！」

チャールズは戻ろうとしなかった。ウェイが呼んでも、誰が呼んでも。チャールズは〈紳士〉に朝食を運び、靴を磨き、洒落《しゃれ》た上着にブラシをかける役割をまかされていた。なのにこれからは、ナイフを研《と》いだりガラスをみがく仕事しかないのだ、国いちばんの淋しい城で。

チャールズは階段に坐って泣きながら、頭を手摺《てすり》にぶつけているようだった。ウェイが行ってぶち始めた。背中にベルトが当たる音と、甲高い叫びが聞こえてきた。

ますます食卓は陰気になった。みんな無言で、食べ終わった時にウェイは戻ってきたが、顔は紫で、鬘《かつら》がずれていた。あたしはウェイとスタイルズ夫人とデザートを食べに行くのをやめた。頭が痛いと言い訳したのだが、本当に痛い気がしてきていた。スタイルズ夫人は上から下まであたしを見て、そっぽを向いた。

「ずいぶん身体が弱いんだね、スミスさん。ロンドンに健康をおいてきたのかね」

どう思われても気にならなかった。もう会うことはないのだ、スタイルズ夫人には――ウェイにも、マーガレットにも、ケーキブレッド夫人にも――もう二度と。

あたしはおやすみなさいと言って、上階《うえ》にあがった。モードはもちろん、まだ伯父の部屋だった。モードが戻るまで、あたしは持っていこうと話し合って決めておいた服や靴や小物をまとめた。全部、モードのものばかりだった。あたしが着てきた茶色い服は残した。結局、ひと月も着なかったこの服は、トランクの底にしまった。トランクも残した。手提げ鞄しか持ち出《し》すことはできない。モードが母親の形見から、古ぼけたのをふたつ見つけてきていた。革は湿気《け》って白黴《かび》がふいていた。真鍮《しんちゅう》のはっきりとした文字は、あたしにさえ読めた――ＭとＬ――母親の名前の頭文字は、モードと同じだった。

あたしは鞄の底に紙を敷いて、きっちりと詰めた。ひとつには――あたしが持つ重たいほうには――みがいた宝石を入れた。すれて傷がつかないように、宝石は布に包んだ。それと一緒に、モードの手袋をひと組入れた――白い子山羊革《キッド》の、真珠のボタンがついた手袋。モードは一度はめたあとはなくしたと思っている。あたしはそれを取っておくつもりだった。モードの形見に。

心がふたつに裂けるような気がした。

モードが伯父の部屋から戻ってきた。両手をもみあわせながら。「ああ！　頭が痛い！　伯父様にもう放してもらえないかと思ったわ、今夜はずっと！」

きっとこんな様子で戻ってくると思っていたので、あたしはモードのためにウェイから気つけの葡萄酒をもらってきていた。坐らせて葡萄酒を少し飲ませ、ハンケチをそれにひたし、眉間をこすってやった。葡萄酒でハンケチはピンクに染まり、こすったところは赤くなった。モードの顔は手の下で冷たかった。目蓋が震えた。眼が開くと、あたしはうしろにさがった。

「ありがとう」モードは静かに言った。とても優しいまなざしで。

モードはもう少し葡萄酒を飲んだ。上等な酒だった。残した分は、あたしが飲み干した。それは火のようにあたしの身体を突き抜けた。

「それじゃ」あたしは言った。「着替えないと」モードは夕食のためのドレスを着ていた。あたしは散歩用の服を出した。「だけど、スカート枠はつけらんないですよ」

クリノリンで場所を取るわけにはいかない。それをつけないと、モードの短いスカートはやっと長いドレスになり、ますますほっそりして見えた。モードはかなり痩せてしまっていた。

あたしは底がぺたんこの靴を履かせた。そして、荷造りをすませた鞄を見せた。モードはそれに触れ、頭を振った。

「全部、やってくれたのね。わたしにはとてもこれだけのことを全部なんて考えられなかった。何ひとつできなかったわ。みんなあなたのおかげよ」

モードはあたしを、感謝しているような、淋しそうな眼で見つめた。あたしはどんな顔をしていいかわからずに、顔をそむけた。城はさまざまな音をたてていたが、女中たちが階段をのぼっていくと、静かになった。やがてまた時計が鳴った。九時半。

「あと三時間ね。リヴァーズ様が来るまで」

ゆっくりと怯えたような口調は、「三週間ね」と言ったあの時と、同じだった。

あたしたちは居間のランプを消して、窓辺に立った。川は見えなかったが、庭を囲む塀を見つめて、その向こうに流れる川を思い浮かべていた。冷たい水も、あたしたちと一緒に待ちかまえている。小一時間、ふたりともほとんど何も言わずに立っていた。時々、モードが震えた。「寒いですか」そのたびに訊ねた。モードは寒くないと言った。あたしまで待っていることがこたえて、あれこれ気をもみだした。荷造りがきちんとできているだろうか。モードの着替えや、宝石や、あの白い手袋を入れ忘れていないか。手袋は入れた、それは確かだ。だけど、あたしもモードのように落ち着かなくなっていた。彼女を窓辺に残して寝室に戻り、鞄を開けた。入れておいた服や下着を、全部出して、もう一度、詰めなおした。革ベルトは、留め金をきつく締めるとちぎれてしまった。革が古くて腐りかけていた。針を出し、荒っぽい糸目でしっかりとかがった。食い切ると、糸はしょっぱい味がした。

その時、居間のドアが開く音がした。

心臓が飛び上がった。ベッドの陰に鞄を隠し、立ったまま耳をすました。何も聞こえなかった。居間のドアに寄って中を覗いてみた。窓辺のカーテンは開いたままで、月光が射しこんでいる。部屋はからだった。モードはいなかった。

モードは廊下に続くドアを開けていった。あたしは爪先立ちで戸口に寄って、廊下の奥に眼を凝らした。何か聞こえた気がした。城の中でいつも鳴っている何かがきしむ音とは違う――ずっと遠くで、別のドアが開いて閉まるような音――はっきりはしなかったが。一度だけ、小声で呼んでみた。「モード様！」――ほんの囁《ささや》き声でさえブライア城では大声に聞こえる。あたしは黙って、耳をすまし、闇の中を見つめ、二、三歩、廊下に出て、また耳をすました。両手をしっかり組み合わせながら、言葉にできないほど不安で仕方がなかった。正直に言えば、腹を立てているといったほうが当たっていた――こんな夜中になんの理由もなく、ひとことも言わずに出ていくなんて、まったくモードらしい。

時計が十一時半を打った時、もう一度呼んで、廊下を二、三歩、進んだ。敷物の端に爪先をひっかけて、もう少しで転ぶところだった。モードは蠟燭《ろうそく》もつけずに進むことができるほど、この城を知っている。あたしは知らない。モードのあとをついていく気はなかった。あたしが暗がりの中で道に迷ったら？　もう二度と戻ることができないかもしれない。

だから、待った。分を刻みながら。寝室に戻って、鞄を引っ張りだした。そして窓辺に立った。満月で夜は明るかった。城の前に広がる芝生の端に塀が立ちはだかり、その向こうに川がある。川のどこかに〈紳士〉がいて、この間にも近づいてきているはずだ。彼はどれだけ待ってくれるだろう。

焦りで汗をかいていると、ついに鐘が十二回、鳴った。立ったまま、鐘がひとつ鳴るごとに、あたしは震えた。最後の鐘が鳴り、余韻だけが残った。「もうだめだ」――そう思ったその時、やわらかい靴音がした――モードが戸口に立っていた。暗闇に青白い顔が浮かび、息は猫のように速かった。

「ごめんなさい、スウ！　伯父様の書庫に行っていたの。どうしても見ておきたかったの、最後にひと目だけ。だけど、伯父様が寝てしまったと確信できるまで、行けなくて」

そう言うと、身震いした。あたしは、青白い顔のほっそりしたモードが無言で、あの黒っぽい本の列の中にいる姿を想像した。「大丈夫。だけど、急がないと。さ、行きましょう」

モードにマントを渡し、あたしも自分のマントの紐を結んだ。モードは、残していくすべてのものを見回した。その歯がかちかちと鳴りだした。あたしは軽いほうの鞄を渡した。そして、モードの前に立ち、彼女のくちびるに指をあてた。

「さあ、落ち着いて」

すべての不安が去り、急にあたしは落ち着いていた。頭に思い描いてみた。あたしの実の母親を。母が捕まるまでに盗みにはいったすべての、寝静まった暗い家々を。きっと母の悪い血が、あたしの中に浮いてきたのだ。葡萄酒のように。

使用人の階段を使った。前の日に、あたしは何度も気をつけてのぼりおりして、特に音をたてる段を探しておいた。モードにそういう段を踏み越えさせ、手を支え、足を置く場所を示していく。厨房やスタイルズ夫人の部屋《パントリー》に続く廊下にはいると、押し止めて耳をすました。モードはあたしの手を放さなかった。羽目板沿いにねずみが一匹、ものすごい速さで走っていったが、そのほかには、なんの音もしなかった。床に敷いた羅紗《らしゃ》に足音が吸われる。スカートがかすかにすれる音だけが大きかった。

庭に続くドアは鍵がしまっていたが、鍵穴にささりっぱなしだ。あたしはすぐに回さず、まず鍵を引き抜き、牛脂を少し塗りつけた。扉の上と下の閂《かんぬき》にはたっぷりと塗った。牛脂はケーキブレッド夫人の戸棚から盗んでおいた。これであの婆さんが肉屋の小僧からもらう金はいつもより六ペンス少なくなったわけだ！　モードは脂を錠前のまわりにこすりつけるのを眼を丸くして見ていた。あたしは小声で言った。

「こっちのほうが簡単なんです。正面の玄関のほうが難しい」

あたしは片目をつぶってみせた。仕事がうまくいって満足していたのだ。この時は本気で、もっと難しければいいとさえ思っていた。指の脂をきれいに舐《な》めとると、あたしは肩を扉にあて、戸枠にしっかりと押しつけた。鍵は音もなく回り、閂は揺りかごの赤んぼのように静かに動いた。

城の外の空気は冷たく澄んでいた。月が濃い影をくっきりと落としていた。好都合だ。あたしたちはいちばん影の濃い城の塀に沿って素早く移動し、芝生の端を走って突っ切り、樹が茂る生け垣の陰に飛びこんだ。モードがまたあたしの手を握った。あたしは走る場所に誘導した。一度、モードの足取りが遅くなったので、振り返ると、城を見上げていた。半分怯え、半分笑っているような奇妙な表情で。城の窓はひとつも明かりがついていなかった。誰も見ていなかった。城はのっぺりと平らに、芝居の書き割りのように見えた。一分近く、その場に立っていたが、あたしはモードの手を引っ張った。

「さ、行かないと」

モードは前を向くと、もう振り返らなかった。庭の塀に沿って早足に歩き、やがて、湿って曲がりくねった小径《こみち》にはいった。薮が羊毛のマントにひっかかり、くさむらから妙な生きものが飛び出したり、眼の前をずるずる這って横切ったりした。蜘蛛の巣もあった。ガラスの糸のように細く、きらきら光るそれを、次から次に破って通り抜けた。音は何もかもが、やけに大きく聞こえた。息が荒くなってきた。かなり歩いてから、あたしは、川にはいる門を通り越してしまったのかと不安になった。その時、小径がひらけて、眼の前に突然、月の光を浴びて輝く門が現われた。モードはあたしを追い越し、鍵を取り出した。無事に門を通り抜けると、モードはまた鍵をかけた。

庭の外に出てしまうと、あたしも少し楽に息ができるようになった。鞄を置いて、塀の陰の暗がりで静かに立っていた。向こう岸の灯心草を月が照らし、不気味に尖った槍の群れのように見せている。川面は銀色に見えた。聞こえるのは、水の流れる音と、鳥の声だけ。魚の跳ねる音がした。〈紳士〉はどこにも見えなかった。待ち合わせより早く、あたしたちは着いたのだ。耳をすましたが、何も聞こえない。見上げると、満天の星だった。普段よりも星がたくさん見える気がする。あたしはモードを見た。彼女はマントのフードを顔の横で握っていたが、あたしが顔を向けると、こっちを見て手を伸ばし、あたしの手を握った。あたしに導いてほしいからでも、慰めてほしいからでもなく、モードは握りたくて握ったのだった。それがあたしの手だったから。

夜空に星がひとつ流れ、あたしたちは振り返って見つめた。

「幸先《さいさき》いいですよ」

その時、ブライア城の鐘が鳴った。十二時半――庭の向こうから、鐘がはっきりと響き、冴えた空気が音を研ぎ澄ましているのだと思った。しばらく余韻が耳に残った。やがてかぶさるように別の小さな音がした――それを聞いて、あたしたちは身を離した――静かに櫂《かい》がきしみ、木に水が当たる音。銀に輝く川の曲がり角に、小舟の黒っぽい影が見えた。櫂が水に沈み、あがり、金貨のような月の影を乱した。そして、櫂は上にあがったまま、動かなくなった。小舟は灯心草の中にすべり入り、〈紳士〉が腰を浮かせると、大きく揺れて、またきしんだ。彼からはあたしたちが塀の影の中で待っているのが見えないのだ。見つけられずにいる彼の前に最初に進み出たのは、あたしではなくモードだった。ぎこちない足どりで水際におりると、〈紳士〉の投げた縄をつかみ、引っ張る小舟に逆らって、船が止まるまで支えていた。

〈紳士〉が喋ったかどうかは覚えていない。彼はあたしを見なかった。恐ろしく古いはしけを渡るモードを助けたあと、その腐った板に乗るあたしの手を支えた時に一度、見ただけだった。たぶん、あたしたちは全然、喋らなかった。当然、小舟は狭く、スカートは坐るとふくらんだ――方向を変えるのに櫂を動かすと船がまた揺れたので、転覆してスカートの襞《ひだ》やフリル全部に水がしみこみ、川底に吸いこまれるのを想像して、急に怖くなった。モードはおとなしく坐っていた。〈紳士〉は彼女を振り返った。その時になってもまだ誰も口を開かなかった。すべてが一瞬で終わり、小舟は素早く動いた。あたしたちは流れと一体になった。川はしばらく庭の塀に沿って流れていた。前に〈紳士〉がモードの手にキスしたあの場所を通り過ぎると、塀は途切れて、かわりに生け垣の黒い木々の列が現われた。モードは視線を膝に落とし、顔をあげようとしなかった。

あたしたちは慎重に進んだ。夜は静かすぎた。〈紳士〉は小舟を川岸の陰にできるだけ寄せた。時々、生け垣が薄くなると、小舟は月光に照らされた。けれども、見る者は誰もいなかった。川のそばに建つ家は、閉め切った窓が真っ暗だった。やがて、川幅が広くなって中州が現われ、もやってある平底荷船や、放牧された馬の影が見えてくると、〈紳士〉は櫂をあげ、流れにまかせて、音もなく小舟をすべらせた。音を聞きつけて、見回りに来る者はいなかった。しばらくすると川幅はまた狭くなり、あたしたちは先を急いだ。それからは、馬も荷船も現われなかった。暗闇と、月光のかけらと、櫂がきしみ〈紳士〉の両手が上下するのと、口髭の上に白く浮かぶ頬が見えるだけだった。

川には長くいなかった。ブライア城から二マイルほどの地点で、小舟を川岸に着けた。彼はここから来たのだ。用意されていた馬には婦人用の鞍がのせられていた。彼はあたしたちを小舟からおろすのを手伝い、モードを馬に乗せ、鞄を鞍の脇に縛りつけた。

「あと一マイルほどだ」モードは答えなかった。「がんばれ。もうすぐだよ」

彼はあたしを見て、頷いた。あたしたちは出発した――〈紳士〉はくつわを取り、モードは馬の上で身体を硬張らせ、あたしはうしろから歩いていった。まだ、誰にも会わなかった。もう一度、星空を見上げた。ロンドンではこんなに明るい星は見えない。空はこんなに黒く、澄んでいない。

馬は蹄鉄をつけていなかった。蹄《ひづめ》の音は土の道に吸いこまれた。

あたしたちはゆっくりと進んだ――モードが馬の背に揺られて酔わないように。それでも彼女は具合が悪そうだった。ようやく〈紳士〉が見つけておいた――傾いた田舎家が二、三軒と、大きな暗い教会があるだけの村に着く頃には――これ以上ないほどぐったりしていた。犬が一匹現われて吠えだした。〈紳士〉が蹴飛ばすと、犬は悲鳴をあげた。彼は教会のすぐそばの田舎家にあたしたちを案内した。ドアが開いて男が現われ、次に、ランプを持った女が出てきた。あたしたちを待っていたのだ。女は部屋を用意してくれていた。あくびをしながら首を伸ばし、モードを盗み見た。そして、〈紳士〉に丁寧なお辞儀をした。男は牧師とか先生とか――とにかく、そういうやつだった。お辞儀をした男は、汚れた白い上着を着て、髭を剃っていなかった。

「こんばんは。お嬢様も。美しい夜ですな、駆け落ちをするには！」

〈紳士〉はそっけなく返した。「用意はみんなできてますか」両腕をモードの身体に回して、馬からおろそうとした。モードは鞍を両手でつかんだまま、不器用にすべりおり、〈紳士〉から離れた。あたしのそばに寄ろうともせず、ぽつんと立っていた。女はまだモードを観察していた。青白い、硬張った、端正《たんせい》な顔を。具合悪そうな様子を。きっと考えているのだ――たぶん誰もが思うのだろう――モードが孕《はら》んでいて、慌てて結婚するのだろうと。もしかすると〈紳士〉は女にそう話して、わざと思いこませているかもしれない。そのほうが都合はいい。あとでリリー爺さんに訴えられそうになっても、モードが伯父の城館にいるうちに、すでに〈紳士〉のものになっていたと思わせられる。赤んぼは流れてしまったと言えばすむことだ。なんならあたしが証言してやってもいい。あと五百もらえれば。

そんなことをあたしは考えた。たったいま、あの女がモードを見て不潔な想像をしているのを、憎らしく思ったはずなのに。そんな自分が憎らしかった。牧師が進み出て、もう一度、お辞儀をした。

「すっかり準備は整っていますよ」そこで言葉を切った。「ただ、少し問題が――こういう特別な状況ですと――」

「わかってます」〈紳士〉は牧師を横に連れていき、財布を取り出した。馬が頭を振り、別の田舎家から出てきた小僧がひいていった。小僧はモードも見たが、顔を回すと、あたしに向かって帽子のつばに触った。もちろん、小僧はモードが鞍に乗っているところを見ていなかったし、あたしはモードのおさがりを着ていたので、ちょっとした貴婦人に見えたのだろう。情けなく肩を落として立つモードのほうが侍女のようだった。

そんなことにモードは気づいていないようで、あいかわらず地面を見つめていた。牧師はローブの下の小袋に銭を収め、両手をこすりあわせた。「これで問題はなくなりましたな。お嬢様は着替えますか？　まずお部屋に？　それともすぐにお式を？」

「すぐにやる」誰にも答える間を与えずに〈紳士〉は言った。そして帽子を取り、髪をなでつけ、耳にかかる巻き毛をいじっていた。モードは石のように硬張って立っていた。あたしは近寄ってフードをきれいにかぶせなおし、マントの襞をなおした。そして、モードの髪や頰をなでた。モードはあたしを見ようとしなかった。その頰は冷たかった。スカートの縁は喪服にする染料につけたように黒く、マントは泥がついていた。「ミトンを脱いで」あたしは言った。──その下にいつもどおり白い子山羊革の手袋をしているのを、あたしは知っていた。「黄色い革のミトンより白手袋のほうが結婚式らしいですから」

モードは黙って、あたしに手袋を脱がさせると、両手を組んで立ちつくした。女があたしに言った。「お嬢様に花は？」あたしは〈紳士〉を見た。彼は肩をすくめた。

「花はいるか、モード？」めんどくさそうに言った。モードは無言だった。「そうか、それじゃ、花がないのは気にしないことにしよう。それじゃ、先生、始めま──」

「せめて花の一本もあげてよ！　教会に持ってはいる花を！」

女に言われるまで、あたしは花なんて考えもしなかった。だけど言われたあとでは──花ひとつ持たせないで〈紳士〉の花嫁にすることが、とてつもなく残酷で、人でなしの仕業に思えた。耐えられなかった！　あたしの声が狂ったように響くと、〈紳士〉さえ振り返って眉を寄せ、牧師は妙な顔をし、女は気の毒そうな表情になった。モードはあたしに眼を向けて、ゆっくりと言った。

「お花が欲しいわ、リチャード。お花をちょうだい。スウもお花を持たなくちゃ」

お花という単語が口にされるたびに、妙な具合に耳を打った。〈紳士〉は息を吐き出し、苛《いら》したようにあたりを見回した。牧師も見回した。この時は夜中の一時半頃で、月光はなく真っ暗だった。あたしたちがいるのは、泥が顔を出した草地で、木苺《きいちご》の生け垣のそばだ。生け垣は真っ黒に見えた。花がそこに生えていたとしても、見つけることはまず無理だった。あたしは女に向かって言った。

「あんたの家には？　花瓶に花のひとつも活けてないのかい」女はしばらく考えてから、急ぎ足で自分の家にはいっていった。そして、ようやく戻ってきた時に手に持っていたのは、干涸《ひから》びた枝だった。銀貨のようにまんまるで紙のように白い葉が、いまにも音をたてて折れそうな細い枝の先で震えていた。

誠実という名の枝——銀扇草《オネスティ》。呆然とあたしたちはそれを見つめ、誰もその名を口にしなかった。やがてモードが受け取り、あたしに少しだけ分けると、ほとんどの枝を持った。モードの手の中で、葉はいっそう激しく震えた。〈紳士〉は煙草に火をつけ、ふた口吸うと、投げ捨てた。煙草は暗がりの中で光っていた。彼が牧師に顎をしゃくると、牧師はランプをかかげてあたしたちを導き、教会の門から傾いた墓石の間の小径を通り抜けていった。月が出て、墓石の濃く鋭い影を落とした。モードは〈紳士〉と並び、腕を組んでいた。あたしは女と並んで歩いた。あたしたちは証人だった。女はクリーム夫人といった。

「遠くから来たのかい」女は言った。

あたしは答えなかった。

教会は燧石《すいせき》でできていて、月を浴びていても真っ黒に見えた。中は白い化粧壁だったが、その白壁はもう黄ばんでいた。蠟燭が二、三本、祭壇と信徒席のまわりにつけられて、蠟燭のまわりには蛾が二、三匹、翔んでいて、溶けた蠟の中に蛾の死骸がいくつもあった。誰ひとり腰掛けようと思わずに、まっすぐ祭壇の前に行き、牧師はあたしたちの前で聖書を持って立った。牧師はページを広げてまばたきをし、つっかえながら読み上げた。クリーム夫人は馬のように荒い息をしていた。あたしは銀扇草のみすぼらしい曲がった枝を持って立ち、〈紳士〉の隣で銀扇草を握りしめているモードを見つめた。あたしはあのモードに、キスをした。身体を重ねた。肌の上に手をすべらせた。真珠と呼んだ。母ちゃんのほかにモードほど親切にしてくれた人はいなかった。モードを愛さずにいられなかった。あたしはモードを破滅させるためだけに来たのに。

モードは結婚しようとしている。死ぬほど怯えている。そしてすぐに誰からも愛されなくなる。もう二度と。

〈紳士〉はモードを見つめていた。牧師は聖書の上で咳払いをした。ちょうど、ここにいる男女が結婚することに異議のある者はいるか、と訊ねるところに来ていた。牧師は上目遣いにあたしたちを見た。一瞬、教会の中は静まり返った。

あたしは息を詰め、何も言わなかった。

それで、牧師は式を進め、モードと〈紳士〉を見て、同じことを訊いてから、最後の審判の日にはすべての醜い秘密もふたりで分け合うことになるから、秘密があれば、いまここで明らかにするようにと言った。

また、沈黙が落ちた。

牧師は〈紳士〉に向き直った。「汝は」例の決まり文句を言った――「汝は命あるかぎり、彼女を愛し、敬うことを誓いますか」

「誓います」〈紳士〉は言った。

牧師は頷いた。そしてモードに向き直ると、同じことを訊いた。モードはためらってから、口を開いた。

「誓います」

すると〈紳士〉は肩の力を少し抜いた。牧師はカラーの隙間をあけて咽喉《のど》をかいた。

「どなたが花嫁を花婿に渡しますか」

黙っていると、〈紳士〉が振り返り、頭を動かして合図したので、あたしはモードのそばに行き、隣に立った。あたしは、牧師がモードの手を〈紳士〉に渡せるように、モードの手を牧師に渡すのだと教えられた。クリーム夫人にまかせて逃げてしまいたかった。モードの手袋をはずした指は硬く冷たく、蠟でできているようだった。〈紳士〉はその手を取り、牧師の読み上げる言葉を繰り返した。手を取られたまま、モードは同じ言葉を繰り返した。その声はひどく細く、暗がりに煙のようにたちのぼり、かき消えた。

〈紳士〉が指輪を取り出し、もう一度モードの手を取って、指にはめた。そうしながら、牧師に続いて、彼女を敬い、誠実であり続けるというようなことを言っていた。指輪はモードの指にはまっていると、奇妙に見えた。蠟燭の光では、黄金でできているように見えたが――あとで知った――まがい物だった。

何から何まで、これ以上ないほど、嘘に満ちたまがい物だった。牧師は別の祈禱文を読み上げると、両手をあげて眼を閉じた。

「主の御前でこのふたりは夫婦となりました。なにものもふたりを分かつことなかれ」

これで終わりだった。

ふたりは結婚した。

〈紳士〉はモードにキスした。彼女は立ったまま、めまいを起こしたようにふらついた。クリーム夫人が囁いた。

「何が起きたかわかってないんだよ、見てごらん。あとでじっくり知るんだろうけどさ――あんなおいしそうな男。へっへっ」

あたしはクリーム夫人を見なかった。振り返ったら、きっと殴っていた。牧師は聖書を閉じて、あたしたちを祭壇から、結婚証書を置いた部屋に導いた。ここで〈紳士〉は自分の名前を書き、モードも――リヴァーズ夫人と――書いて、クリーム夫人とあたしもその下に署名をした。あたしはスミスという字の書き方を教えてもらい、不器用にそれを書き写した。恥ずかしかった――恥ずかしかった！　部屋は暗く、湿気った臭いがした。梁《はり》のあたりで何かがはばたいた――小鳥か、蝙蝠《こうもり》か。モードは襲われるのを怯えているのか、その影を見つめていた。〈紳士〉はモードの腕を取って支え、教会から連れ出した。月は雲の陰に隠れ、夜空はますます暗くなっていた。牧師はあたしたちと握手をし、モードにお辞儀をして、立ち去った。牧師は急ぎ足で歩いていきながら、ローブをぬいで、下の黒い服だけになり――蠟燭の火のように消えた。クリーム夫人はあたしたちを彼女の家に案内した。ランプを持ったクリーム夫人のあとに続いて、あたしたちは歩きにくい小径を進んだ。入り口の戸枠は低く、〈紳士〉の帽子がぶつかって落ちた。スカートには狭すぎる傾いた階段をのぼりきると、戸棚ほどの広さの踊り場に出て、しばらくそこで押し合うように立っていると、モードのマントの袖がランプのほやにかかって焦げた。

ふたつの閉じたドアがあり、それぞれがこの家のふたつの小さな寝室に続いていた。ひとつは床に置かれた狭い藁《わら》布団で、これはあたしの寝床だった。もう片方の部屋には、もう少し大きいベッドがひとつと、肘掛椅子がひとつと、簞笥がひとつあり、〈紳士〉とモードの部屋だった。部屋にはいると、モードは立ったままうつむき、何も見ようとしなかった。蠟燭が一本だけついていた。鞄はベッドの横に並べられていた。あたしは鞄に近寄り、中からモードのものをひとつひとつ出して、戸棚にしまい始めた。クリーム夫人が言った。「あれ、すてきな服だこと!」——戸口から覗いていたのだ。〈紳士〉はその隣に、おかしな顔つきで立っていた。あたしにペティコートの扱い方を教えたくせに、いまあたしがモードのシミーや靴下を取り出しているのを目のあたりにすると、なんだか怖がっているように見えた。

「それじゃ、階下《した》に行って最後の一服をしてくる。スウ、支度をしておいてくれ」

あたしは答えなかった。彼とクリーム夫人が階下におりていくと、靴が雷のように鳴り響き、ドアも羽目板も曲がった階段も震えるのがわかった。やがて、〈紳士〉が外に出て、マッチをする音がした。

あたしはモードを見た。まだ銀扇草を持っていた。モードはあたしに一歩近づいて、早口に言った。

「あとで、わたしがあなたを呼んで叫んだら、来てくれる?」

あたしはモードから銀扇草を、そしてコートを受け取った。「何も考えないことです。すぐに終わります」

モードは手袋をはめたままの右手で、あたしの手首をつかんだ。「まじめに聞いて。あのかたのことは気にしないで。呼んだら来てくれると約束して。お礼にお金をあげる」

モードの声は妙だった。指は震えていたが、まだあたしの手をしっかりとつかんでいた。たった一ファージング(四分の一ペニー)をモードから取ることすら情けなかった。

「お嬢様の薬はどこです。ほら、水があります。薬を飲めば、眠ってられますよ」

「眠る？」モードは言った。そして笑いだし、やがて息をついた。「わたしが眠りたいと思うの？　結婚の初夜に」

そして、あたしの手を押しのけた。あたしはモードのうしろにまわり、服を脱がせ始めた。ドレスとコルセットを脱がせると、あたしは背を向けて、小声で言った。

「用を足しといたほうがいいです。脚の間をよく洗って、彼が来る前に」

モードが身震いする気配がした。あたしは振り返らなかったが、水がはねるような音が聞こえてきた。そのあと、モードの髪を櫛《くし》で梳《と》かした。ここに鏡はなかった。ベッドにはいったモードの横には、テーブルも、箱も、肖像画も、明かりもなかった――眼が見えないように、彼女は手を伸ばしてさぐった。

やがて、家のドアが閉まる音がして、モードは横になり、毛布をつかんで胸の上まで引き上げた。白い枕の上では、その顔は黒っぽく見えたが、それでもあたしは、モードの顔が青白いと知っていた。〈紳士〉とクリーム夫人が階下の部屋で喋っている話し声が、はっきりと聞こえた。床板は隙間があいて、ぼんやりした光がもれていた。

あたしはモードを見た。モードはあたしの眼を見つめてきた。その瞳は銭のように黒く、鏡のように光った。「まだ眼をそらすの？」あたしがうつむくと、モードは小声で言った。それで振り向いた。見ないではいられなかった。モードの顔は見ていられないほどひどい表情だったが。〈紳士〉はまだ話し続けている。隙間風に蠟燭の炎が弱くなった。あたしは震えた。モードはまだあたしの眼を見つめている。そして、また口を開いた。

「来て」

あたしは首を振った。モードは繰り返した。あたしはまた首を振った――けれども、そばに寄った――きしむ床板をそっと踏んで近づくと、モードは両腕を差し伸べて、あたしの顔をかき寄せ、キスをした。涙の塩に濡れた甘いくちびるで、あたしにキスをした。あたしもキスをし返さないでいられなかった――心臓が、胸の中で氷の塊のようだった心臓が、モードの熱いくちびるに溶けて、流れ出す。

その時、モードが動いた。あたしの頭を抱いたまま、くちびるを痛いほど強く押しつけてきた。そうしてから、あたしの手をつかんで導いた。最初は胸に、そして、毛布のくぼみの下の、脚の間に。そこを、モードはあたしの指でこすった。指が燃える気がした。

キスの熱く甘い感動が、恐怖と戦慄に変わった。あたしは身を放し、手を引き抜いた。「してくれないの」モードは囁き、手を伸ばしてきた。「前にあなたはこうしてくれたでしょう、この夜のために。あのかたがいらっしゃる前に、あなたのキスをくちびるに、あなたの手の感触をわたしの、ここに残して、わたしがあのかたに触れられるのを我慢できるように――行かないで！」モードはあたしをまた捕まえた。「あなたは前に行ってしまったわね。わたしが夢を見たと言ったわね。いまは夢じゃないわ。ああ、夢ならいいのに！　夢なら、夢だったらいいのに、目を覚ましてここがブライア城だったら！」

指があたしの腕からすべり落ちた。モードはベッドに倒れこみ、枕に頭を沈めた。あたしは立ったまま、両手を組んだり、離したりしていた。モードの顔が、言葉が、高まる声が怖かった。叫びだして、気絶でもしたら――そして――ああ、あたしは人でなしだ！――叫び声が〈紳士〉やクリーム夫人に届いて、あたしがモードにキスしたと知れたら、と気が気でなかった。

「静かに！　静かにして！」あたしはなだめた。「お嬢様は結婚したんですよ。これからは変わらないと。もうお嬢様は奥様なんです。だから――」

あたしは口をつぐんだ。モードは頭をあげた。階下でランプが持ち上げられ、移動している。〈紳士〉の靴音が狭い階段の下から響いてきた。靴音はだんだんゆっくりになり、ドアの前でためらった。ブライア城の時と同じようにノックをしようかどうか迷っているのだろう。やがて〈紳士〉は、掛け金を親指ではずしてはいってきた。

「いいかな」

彼は夜の冷気を運んできた。あたしはもうひとことも言わなかった。〈紳士〉にも、モードにも。モードの顔は見なかった。そのまま自分の部屋に行って、ベッドにあがった。暗がりの中、服とマントを着たまま横になり、藁布団に顔をつけて、頭から枕をかぶった。夜中に目を覚ますたびに聞こえたのは、頬の下の藁の中で這い回る小さい生き物がたてる音だけだった。

朝になって〈紳士〉があたしの部屋に来た。ワイシャツ姿だった。

「モードが呼んでる。着替えだとさ」

彼は階下で朝食をとった。モードは皿をのせた盆を寝室に運んでもらっていた。皿には卵と腎臓がのっている。モードはまったく手をつけていなかった。窓辺の肘掛椅子で固まったように坐っている。ひと目で様子が変だとわかった。顔は落ち着いていたが、眼の下が黒ずんでいる。両手は剝き出しだった。黄色い指輪が安っぽく光った。あたしを見るまなざしは、ほかのものを見る眼つきと変わらなかった――卵の皿や、窓の外の景色や、あたしが頭からかぶせようとするドレスを見るのと同じ――穏やかな、どこかおかしな、うわのそらのような眼。具合を訊こうと話しかけると、モードはじっと耳をすまして考えてから、眼をぱちくりさせて答えた。まるで、あたしの質問も、自分の答えも――答えて自分の咽喉が動くことさえ――何もかもが不思議でしょうがないというように。

　着替え終わると、モードはまた窓辺に坐った。手首を曲げて手を浮かせている。たっぷりしたスカートのやわらかい布の上に置くだけでも、手が傷つくと思っているように。

　モードは小首を傾げていた。ブライア城の鐘の音を聴こうとしているのだろう、とあたしは思った。けれども伯父のことも、昔の暮らしのことも、まったく口にしなかった。

　あたしはモードのおまるを運び、家の裏の屋外便所にあけた。階段の下で、クリーム夫人と行き合った。シーツを腕にかけている。

「奥様がシーツを替えてほしいとおっしゃるんでねえ」

　目くばせしたそうな顔だった。見たくなくて、あたしは眼をそらした。そのことは忘れていた。あたしはゆっくりと階段をあがり、クリーム夫人が息を荒くしてついてきた。モードに向かって不器用にお辞儀をすると、彼女はベッドに近寄り、毛布をはいだ。黒ずんだ血の染みがふたつ、みっつ、すったように滲《にじ》んで散っていた。クリーム夫人は立ったままそれを眺めて、あたしを振り返った――「おやおや、たまげた。お熱いこったねえ！」とでも言いたそうな顔で。モードは窓の外を見つめて坐っていた。階下からは〈紳士〉のナイフが皿をこする鈍い音が聞こえてきた。クリーム夫人はシーツをはがし、血が下のマットレスにしみていないか確かめた。汚れていないのを見て喜んでいた。

あたしはシーツを替えるのを手伝い、クリーム夫人をドアの外に送り出した。彼女はもう一度お辞儀をしたが、モードの奇妙な、やけに穏やかな眼が気になったようだった。

「辛《つら》そうだねえ、おたくの奥様は」彼女は囁いた。「おっかさんが恋しいのかねえ」

最初、あたしは答えなかった。その時、あたしたちの計画を、これから起きることを思い出した。どうせなら早いうちにやってしまったほうがいい。クリーム夫人と一緒に、外の狭い踊り場に出ると、あたしはドアを閉めて、小声で言った。

「辛いってわけじゃないんです。問題があるだけで。リヴァーズ様は奥様をとても大切にして、噂をたてられたくなくて――それで、この静かな土地に連れてきたんです、田舎の空気を吸えば、奥様の心も落ち着くだろうって」

「心？　落ち着く？」クリーム夫人は繰り返した。「それじゃ――？　あれまあ！　まさか暴れだしたりしないだろうね――うちの豚をみんな放したり――家に火をつけたり」

「いいえ、いいえ」あたしはなだめた。「奥様はただ――ただ、頭が混乱するだけで」

「かわいそうに」クリーム夫人はそう言ったが、考えている様子がわかった。頭の狂った娘を家に入れることまでは、契約の話になかったのだ。それからは、食事を運んでくるたびに、モードとは眼を合わさず、咬みつかれるのを恐れているらしく、素早く盆を置いた。

「あの人はわたしが嫌いなのよ」二、三度、そんなふうにされたあと、モードは言った。

あたしは唾《つば》を飲みこんで言った。「奥様を嫌ってる？　なに馬鹿なこと！　あの人がどうして奥様を嫌うんです」

「わからないわ」モードは小さく答えて、両手を見つめた。

あとで〈紳士〉も、モードがそう言うのを聞いて、あたしとふたりきりになった時に言った。

「好都合だ。クリームさんとモードを互いに怖がらせておくんだ、勘違いさせたまま――うまい具合だよ。いずれ医者を呼ぶ時に都合がいい」

彼は一週間後に医者を呼ぶと決めた。あたしは一生のうちで最低な一週間だと思った。〈紳士〉はモードに、この家に一泊すると言っていた。けれども、翌朝、モードを見て叫んだ。

「顔色が悪いよ、モード！　具合が悪いんだね。もう少し長くここで休んでいったほうがいい、きみの身体が元気になるまで」

「もう少し長く？」モードの声は鈍かった。「でも、行けないの、あなたのロンドンの家に？」

「ぼくはきみの身体が本当に弱っていると思うんだ」

「弱っている？　いいえ、わたしは本当に元気よ――スウに訊いてくれればわかるわ。スウ、旦那様にわたしが元気だと言ってちょうだい」

モードは坐って震えていた。あたしは無言だった。「一日、二日のことだよ」〈紳士〉は言った。「きみが十分、身体を休めるまで。落ち着くまでだ。そうだ、もう少し、寝ていたらどうかな――?」

モードは泣きだした。〈紳士〉がそばに寄ると、モードはますます震えて、いっそう激しく泣きだした。「ああ、モード、こんなきみを見ていると、心が引き裂かれそうだ! もちろん、きみが慰められると思えば、すぐにでもロンドンに連れていこう――ぼくの腕に抱きかかえていくとも――そうしないと思うか? だけど、いまのきみを見てごらん、それで元気だと言えるか?」

「わからないの」モードは、やっと答えた。「こんなところ、来たことがなくて。わたし、怖いの、リチャード――」

「ロンドンなんてますます行ったことがないだろう? ここよりもずっと怖いところだ、やかましくて、人が多くて、薄暗くて。だめだ、しばらくはここで養生するんだ。ここならクリームさんがきみを世話してくれるし――」

「あの女《ひと》はわたしを嫌っているのよ」

「きみを嫌う? モード、馬鹿なことを言わないでくれ。そんなことを考えるなんて悲しくなる。スウだって悲しむ――そうだろう、スウ?」あたしは答えなかった。「もちろん、悲しむに決まっているさ」彼は険しい青い眼であたしを睨んだ。モードもあたしを見たが、やがて眼をそらした。〈紳士〉はモードの頭を両手ではさむと、額にキスをした。

「さあ、もう言い争うのはやめよう。あと一日だけ、ここに泊まろう——たった一日だ。そうしたらきみの頬にも血の気が戻るだろうし、眼もまた輝くさ！」

〈紳士〉は同じことを次の日にも言った。四日目には、モードを責めた——自分は花嫁を早くチェルシーに連れて帰りたいのに、わざと待たせるつもりなのだと。五日目には、モードを抱きしめ、泣きそうな声で、愛していると言い聞かせた。

そのあとはもう、モードは、あとどのくらい泊まるつもりなのかと訊かなくなった。いつまでたっても、モードの頬は桃色にならなかった。眼はどんよりしたままだった。〈紳士〉はクリーム夫人に、精のつく食べ物をたくさん持ってこいと言い、そうして運ばれてきたのは、もっとたくさんの卵と腎臓と、そして肝臓と、脂ぎったベーコンと、血のプディングだった。肉や臓物のむっとする臭いが部屋いっぱいに広がった。モードはひと口も食べられなかった。かわりにあたしが食べた——誰かが食べなければならなかったから。あたしが食べる間、モードは窓辺に坐って、外を見つめ、指にはまった指輪をひねりまわし、手をかざして見たり、髪の房でくちびるをなでたりしていた。

モードの髪は、眼と同じくらい輝きを失っていた。どうしても髪を洗わせようとしなかった——ブラシをかけさせてもくれない。櫛の歯が頭に当たる音も我慢できないと言う。ブライア城から着てきた裾に泥のついた服を着続けている。いちばんいいドレスは——絹のは——あたしにくれた。

「ここでそんなものを着てもしょうがないもの。あなたが着ているのを眺めるほうがずっと楽しいわ。ねえ、着てちょうだい、箪笥のこやしにしてもしょうがないわ」

絹の下で指が触れ合って、あたしたちは互いに飛びのいた。あの最初の夜以来、モードはキスしようとしなかった。

あたしはドレスを受け取った。スカートの腰のまわりをゆるくなおしている間は、いくらか気がまぎれた。モードもあたしが縫っている様子を見ているのが好きなようだった。縫い終わったドレスを着て、モードの前に立って見せると、彼女の表情が変わった。「よく似合うわ!」モードの頬に赤味が戻った。「あなたの髪と眼の色にぴったり。思ったとおりだわ。とてもきれいよ——ね? わたしはきれいじゃないけど——そう思わない?」

あたしはモードのために、クリーム夫人から小さな鏡を借りてきていた。モードは震える手で鏡を取り上げ、そばに来ると、あたしたちの顔の前にかかげた。モードが住んでいたあの部屋で、あたしにドレスを着せて、姉妹のようだと言ってくれた時のことを思い出した。あの時、モードはとても楽しそうだった。血色もよく、のんきに過ごしていた。鏡の前に立ち、〈紳士〉のためにきれいになろうと、嬉しそうに努力していた。ああ——そうだったのか! モードの追い詰められた眼の奥に本心が見えた——自分がきれいでなくなっていくことが嬉しいのだ。そうすれば〈紳士〉を遠ざけられると思っているのだ。

あたしは言い聞かせることもできた。どんなことをしようが、〈紳士〉は彼女を欲しがるのだと。

〈紳士〉がモードに何をしたのかはわからなかった。あたしは必要以上に、彼に話しかけなかった。言いつけられた仕事は全部こなしたけれども、ひどくふさぎこみ、何も考えないように心を閉ざし、操り人形のように動いていた——あたしもまた、モードと同じくらい惨めだった。そして〈紳士〉は、自業自得というもので、辛そうにしていた。日に何度か、モードにキスをしたり説教をしたりしに来た。それ以外の時間は、クリーム夫人の居間に坐って煙草をふかしていた——煙が床板の隙間からあがってきて、肉料理や、おまるや、ベッドのシーツの臭いとまざった。一、二度、彼は馬でどこかに行った。リリー爺さんのニュースを仕入れに——だが、伝わってきたのは、ブライア城でおかしな動きがあったらしいが実際に何があったのかは誰も知らない、という話だけだった。夕方になると、家の裏にある垣根のそばに立って、黒い顔の豚を眺めたり、小径や教会の敷地を歩いたりしていた。その歩き方は、あたしたちが見守っているのを知っているかのようだった——城でやっていたように、大股で歩きながら煙草をふかすのを見せびらかすのではなく、背中に感じるあたしたちの視線に耐えられないというような不自然な足取りだった。

夜になると、あたしはモードの服を脱がせた。彼が来ると、ふたりを残してひとりで寝床にもぐりこみ、かさこそと音をたてるマットレスに顔をつけて枕をかぶった。〈紳士〉は一度だけモードと寝ればいいはずだった。孕みでもしたらまずいと思っているはずだ。だけど、モードの手がどんなになめらかで、胸がどんなにやわらかで、くちびるがどんなに温かくしっとりしているか知ったあとでは、いろいろとやらせたいのだろう。

朝が来るたびに、モードの部屋に行くと、日ごとに蒼褪《あおざ》め、やつれて、前の晩よりもいっそうぼんやりしているように思えた。そして彼はなるべくあたしと眼を合わせないように、口髭を引っ張るばかりだった。偉そうな態度はすっかり消えていた。

すくなくとも、どんなに非道なことをしているか、わかっているわけだ。この人でなしも。


ついに、〈紳士〉は医者を呼び寄せることにした。

クリーム夫人の居間で手紙を書く音が聞こえてきた。医者は彼の知り合いだった。この医者は前に違法な商売を、きっと孕み女のあの手術でもやっていて、それで気狂い病院の話をもっともらしく見せる道具に選ばれたに違いない。医者に弱みがあれば、こっちは安全というものだ。医者は〈紳士〉の計画の仲間ではない。分け前が減るからだ。

そもそもこの話には怪しまれるような隙はない。クリーム夫人も後押しをしてくれるはずだ。モードは若く、頭がおかしく、長いこと世間から閉ざされてきたと。モードは〈紳士〉を愛していたし、〈紳士〉もモードを愛しているのに、結婚して一時間もたたないうちに、様子がおかしくなったと。

こんなふうに〈紳士〉の言い分を聞かされて、いまのモードとあたしを見たら、誰でもこの医者と同じ診《み》たてをするはずだ。

医者はもうひとりの男を連れてきた——助手の医者だった。貴婦人を気狂い病院送りにするには、ふたりの医者の診断が必要なのだ。医者の家はレディングの近くだった。乗ってきた馬車は奇妙な形で、窓に鎧戸のような目隠しが、うしろには忍び返しがついている。モードを連れに来たわけではなかった――この時は診察だけだった。連れていくのは、そのあとのことだ。〈紳士〉はモードに絵描きの友人たちだと説明した。モードは気にしていない様子だった。あたしはモードの顔を洗い、汚れた髪をいくらか見られるようにして、服をそれなりに整えた。彼女は椅子に坐ったまま、無言だった。医者の馬車が近づくのを見た時だけ、眼に力が戻り、息が少し速くなった――やはり鎧戸や忍び返しに気づいたのだろうか、とあたしは不安になった。医者たちが馬車からおりてきた。〈紳士〉が素早く出迎え、ふたりと話をした。医者たちは握手をしたあと、頭を寄せ合い、あたしたちのいる窓をこっそりと見上げた。

やがて家にはいった〈紳士〉はふたりを階下に待たせ、ひとりで二階に来た。彼は両手をこすりあわせて、微笑した。

「やあ、びっくりしないでくれよ！　ロンドンからぼくの友達のグレイヴズとクリスティーが来てくれた。覚えてないか、モード、連中のことは前に話しただろう。ぼくが本当に結婚したと信じてないらしくてね。わざわざ確かめに来たと言うんだ」

〈紳士〉はまだ笑顔だった。モードは彼を見ようとしなかった。

「ふたりを連れてきてもいいかな。いま、クリームさんに相手をしてもらってる」

居間からは深刻そうな低い声が聞こえてきていた。ふたりがどんな質問をするのか、クリーム夫人がどんな答えをするのか、あたしにはわかっていた。〈紳士〉はモードが口を開くのを待っていたが、いつまでも無言なので、あたしのほうを向いた。

「スウ、ちょっといいか」

〈紳士〉は目顔で合図した。モードはきょとんとした顔であたしたちを見ていた。あたしは彼のあとについて、狭苦しい踊り場に出た。〈紳士〉があたしの背のうしろに手を伸ばしてドアを閉めた。

「ぼくとモードとふたりきりのほうがいいと思う」彼は小声で言った。「医者に会わせるときは。ぼくが見張っている。モードを動揺させられるし。きみがそばにいっぱなしだと、モードが落ち着きすぎるからね」

「モードに乱暴させたら承知しないよ」

「乱暴？」笑いだしそうな口調で言った。「あの抜け目ない連中が？　自分たちの哀れな〈頭〉の患者を安全に囲っとくはずさ。金庫にしまっておきたいくらいだろうよ、金塊のように。あいつらはそうして患者の収入を吸い取ってるんだ。モードをひどい目にあわせるわけがない。だけど、連中は自分たちの仕事をよくわかってるからね、醜聞にでもなれば彼らは破滅だ。ぼくの言葉は信用されてるが、それでも、彼らはモードを診察して、話を聞かなきゃならない。きみもいろいろ訊かれるはずだ。どう答えればいいかわかってるね」

あたしは顔をしかめた。「さあね」

〈紳士〉は眼をすがめた。「ふざけた真似はよすんだな、スウ。いまのぼくらは前ほど仲良しじゃないんだ。なんと答えるかわかってるな？」

あたしは肩をすくめ、まだふくれたまま答えた。「まあね」

「いい子だ。それじゃ、まずきみから会ってもらおう」

そう言って、あたしの肩に手を置こうとした。あたしは身をかわして、さっさと離れた。自分の小さい部屋に戻り、そして待った。しばらくして、医者がはいってきた。〈紳士〉も一緒にはいってきて、ドアを閉めて戸口に立ち、あたしの顔を見ていた。

医者はふたりとも、〈紳士〉のように背が高く、ひとりは太っていた。ふたりとも黒い上着を着て、ゴム長靴を履いていた。彼らが歩くと、床も壁も窓も震えた。ひとりだけが——痩せたほうが——喋り、もうひとりは見ているだけだった。ふたりが頭をさげたので、あたしは膝を折ってお辞儀をした。

「ああ」喋るほうの医者は、あたしのお辞儀を見て言った。彼の名はクリスティーといった。「我々が何者か、ご存じですね？　では、少々立ち入ったことをお訊ねしてもよろしいでしょうか。我々はリヴァーズさんの友人で、今度のご結婚の報せを聞いて、彼の花嫁のことをぜひよく知りたいと思ったものでして」

「はい」あたしは答えた。「あたしの奥様のことですね」

「ああ」彼はまた言った。「あなたの奥様でしたね。ええと、最初からお話しください。奥様のお名前は」

「リヴァーズ夫人です。もとはミス・リリーです」

「リヴァーズ夫人。もとはミス・リリー。ああ、なるほど」

彼は頷いた。黙っているほうの医者が——グレイヴズが——鉛筆と帳面を取り出した。喋っているほうが訊いた。

「あなたの奥様ですね。それで、あなたは――？」

「奥様の侍女です、先生《サー》」

「なるほど。では、あなたのお名前は？」

グレイヴズ医師は鉛筆をかまえていた。〈紳士〉はあたしの眼を見て、頷いた。「スーザン・スミスです、先生」

クリスティー医師はあたしを鋭い眼で見つめた。「いま、迷ったようですね。それは、本当にあなたの名前ですか？」

「自分の名前くらい知ってます！」

「そうでしょうとも」

彼は微笑した。あたしの心臓はまだ大きく鳴っていた。きっとそれを見て取ったのだろう、前より優しくなったようだった。

「では、スミスさん、あなたはどのくらい前から奥様をご存じですか……？」

まるでラント街で、〈紳士〉の前に立たされて、役柄の練習をさせられた時のようだった。あたしは、メイフェアのレディ・アリスのことや、〈紳士〉の小さい頃の乳母や、あたしの死んだ母親について喋り、モードのことを話した。奥様はリヴァーズ様を好いていたはずだけれど、結婚の夜から一週間たったいまは、ひどく悲しそうで、自棄《やけ》になっているようで怖いのだ、と。

グレイヴズ医師がすべて書き留めた。クリスティー医師が言った。

「怖い、というのは、あなたが危険を感じるということですか？」

「違います、先生。奥様が危険なんです。自分で自分を傷つけるんじゃないかって。あんまり絶望してるから」

「なるほど」彼はそう答えてから、「あなたは奥様を大事に思っているのですね。奥様のためを考えて言ってくださる。それでは、教えてください。奥様の具合がよくなるためには、どうするべきだと思いますか」

「あたしは――」

「ええ」

「あたしは――」

クリスティー医師は頷いた。「遠慮はいりませんよ」

「先生に連れてって、監視してほしいんです」あたしは一息で言った。「どこかに連れてって世話してほしいんです、奥様が誰にも触られないで、傷つけられない場所に――」

心臓が急に咽喉にまであがってきて、声が涙にかすれた。〈紳士〉はまだあたしをじっと見ていた。医者はあたしの手を取って、親しげに手首近くを握った。

「さあ、さあ。そんなに悲しまないでください。奥様はあなたが望むとおりに大事にされますから。本当に幸運なかたですよ、あなたのように善良で忠実な侍女に恵まれて！」

医者はあたしの手をなでさすりしてから放した。懐中時計を見ていたが、〈紳士〉の眼を見て、頷いた。「結構です。たいへん結構。では、ご案内していただければ――」

「もちろん」〈紳士〉は素早く言った。「お願いします。こっちです」彼がドアを開けると、医者たちは黒い背中をあたしに向けて、そろって戸口に歩きだした。それを見送るうちに、突然、何かがこみあげてきた――絶望か恐怖かはわからなかったけれども。あたしは一歩、前に進み出て、ふたりの背に向かって叫んだ。

「奥様は卵が嫌いなんです、先生！」あたしが怒鳴ると、クリスティー医師が半分、振り返った。あたしは手をあげていたが、振り向かれて、手をおろした。「奥様は卵が嫌いなんです」前より弱々しく言った。「どんなふうに料理したのでも」

　この時、思いつくことができたのはそれだけだった。彼は微笑して、頭をさげた。が、愉快がっているようだった。グレイヴズ医師は書いていた――のか、書いているふりをしていたのかもしれない――帳面に、「卵は嫌い」と。〈紳士〉はふたりをモードの部屋に連れていき、やがて戻ってきた。

「きみはここにいてくれ、あのふたりがモードを診ている間」

　あたしは答えなかった。ドアが閉まった。だけど、ここの壁は紙のように薄かった。あたしは聞いていた。彼らが歩き回る音を、医者の質問する声を。そしてまもなく、モードの涙が溢れ、こぼれ落ちる音を。

　ふたりはあまり長くはモードの部屋にいなかった。たぶん、あたしやクリーム夫人から、聞くだけのことを聞いたのだ。医者たちが帰ったあと、あたしはモードの部屋に行った。〈紳士〉は椅子のうしろに立って、モードの蒼い顔を両手ではさんでいた。彼は前にかがみこんでモードを見つめながら、何か囁いたり、軽口を叩いているようだった。あたしがはいってくるのを見ると、〈紳士〉は背を伸ばして言った。

「やあ、スウ、奥様を見てごらん。前より眼が輝いていると思わないか」

モードの眼は涙の名残で輝いていた。眼の縁は赤くなっていた。

「具合はいいんですか、奥様」あたしは訊いた。

「奥様は元気だ」〈紳士〉は言った。「友達に囲まれて元気が出たみたいだ。あの気のいい連中、クリスティーとグレイヴズは、モードをとても気に入ったらしい。なあ、スウ、男に誉められて輝かないご婦人はいないだろう」

モードは頭を動かし、手をあげて、押しあてられた〈紳士〉の指を弱々しく振り払おうとした。彼はしばらく彼女の顔を手ではさんでいたが、やがて離れた。

「ぼくが馬鹿だった」彼はあたしに向かって言った。「モードにこの静かな土地で元気になってくれと言い続けてきたのは、静けさが身体のためになると思ったからなんだ。だけど、モードに必要だったのは都会の活気だったんだよ。グレイヴズとクリスティーもそう思っていた。早くチェルシーに出てくるようにってね――クリスティーは自分の馬車と御者を貸してくれると言うんだ！　明日、ここを発とう。モード、どうだ？」

〈紳士〉が喋っている間中、モードは窓の外を見ていた。けれども、そう言われて、彼を見上げ、白い頬にほんの少し血の色をのぼせて言った。

「明日？　そんなに急に？」

〈紳士〉は頷いた。「明日、ここを発つ。居心地のいい静かな部屋がある大きな家だ。きみだけを世話する忠実な使用人もいる」


翌朝、モードは卵も肉もいつもどおり残した。だけど、あたしでさえ食べることができなかった。モードを見ないようにして着替えさせた。彼女の身体はすみからすみまで知っていた。モードはまだ泥はねのついた古い服を着たままで、あたしは絹のきれいなドレスを着ていた。あたしは着替えさせてもらえなかった。こんなドレス、旅行の間は皺になるのに。

このドレスを着たままサザークに帰ることを思った。日が暮れる前に、またあの懐かしい家に戻って、母ちゃんの顔を見られることが信じられなかった。

あたしは荷造りをした。ゆっくりと荷物を詰める間、触っているものの感覚がなかった。ひとつの鞄には、モードの下着と、部屋履きと、睡眠薬と、ボンネットと、ブラシを入れた――これは気狂い病院に持っていくモードの持ち物だ。もうひとつの鞄には、ほかのものを全部入れた。これはあたしのものだ。あの白い手袋はずっと鞄のすみに入れておいたのだが、鞄をいっぱいにしたあと、その手袋を丁寧に、あたしの着ているドレスの中に隠した。心臓の真上に。

馬車が来た時には用意はできていた。クリーム夫人は戸口に見送りに来た。モードはベールをかぶった。傾いた階段をおりるのに手を貸すと、モードはあたしの腕にすがった。家の外に出ると、モードはますます強く腕をつかんだ。一週間以上も部屋に閉じこもっていたのだ。モードは空と黒い教会の姿にすくみ、頬をなでるそよ風も、ベールの上からでさえ、平手でぶたれたように強く感じているようだった。

あたしはモードの指の上からしっかりと握った。

「神様がお守りくださいますように！」クリーム夫人は、〈紳士〉から礼金を受け取ると、そう叫んだ。そして立ったままあたしたちを見守っていた。最初の夜に馬を受け取った小僧も見送りに現われた。ほかに、ひとりふたり、子供が見物に来ていて、馬車のそばに立ち、黒地に描かれた年季のはいった金の紋章をつっついていた。御者が鞭《むち》で追い払った。それから御者は鞄を屋根にくくりつけ、上がり段をおろした。〈紳士〉はモードの手をあたしの指の中から引き抜いて、馬車に入れた。彼はあたしの眼を見た。

「さあ、さあ」警告する口調で言った。「感傷に浸っている暇はないんだ」

モードは坐って、頭をうしろにもたせかけた。〈紳士〉は隣に腰かけた。あたしはふたりと向かい合って坐った。ドアには把手がなく、鍵しかない。金庫の鍵に似ている。御者が扉を閉めると、〈紳士〉が鍵をかけて、ポケットにしまった。

「どのくらいかかるの？」モードは訊いた。

「一時間かな」

それは一時間よりも長く感じた。一生分のようにも。暖かい日だった。陽がガラス窓から射しこむと、馬車の中は死ぬほど暑くなったが、窓ははめこみで開かなかった——気狂いが外に逃げ出さない用心だろう。とうとう〈紳士〉が紐を引っ張って鎧戸をおろして、あたしたちは熱気と暗がりの中で、無言で揺られていた。あたしは気分が悪くなってきた。モードの頭は座席の背もたれの上で頼りなく転げていて、眼を閉じているのかどうかもわからなかった。モードは両手を前でしっかり組んでいた。

〈紳士〉は苛ついて、カラーをゆるめたり、懐中時計を見たり、袖を引っ張ったり、二度も三度もハンケチを取り出しては、額を拭いていた。馬車が遅くなるたび、窓際に顔を寄せて、鎧戸の隙間から外を覗こうとした。そのうち、ほとんど止まりそうなほどゆっくりになって、馬車は道を曲がりだした。彼はまた外を覗くと、しゃんと背を伸ばして、ネクタイを締めなおした。

「もうそろそろだ」

モードは〈紳士〉を振り返った。馬車はさらに遅くなった。あたしは紐を引いて鎧戸をあげた。緑の道の入り口だった。石のアーチがかかり、その下に鉄門がある。ひとりの男が門を引いていた。馬車は一度、大きく揺れると、道をずっと進み、やがて、建物の前まで来た。ブライア城に似ていたが、もっと小さくて、小綺麗《こぎれい》だった。窓には鉄格子がはまっていた。あたしはモードが心配で見守っていた。ベールをかぶりなおしたモードは、いつものぼんやりした様子で窓の外を見ていた。けれども、そのぼんやりした表情の奥で、モードが何かを知っているような、怯えているような気がした。

「怖がらなくていい」〈紳士〉は言った。

それだけだったが、モードに言ったのか、あたしに言ったのかはわからなかった。馬車はもう一度方向を変え、そして止まった。グレイヴズ医師とクリスティー医師が出迎えに来ていて、隣には頑丈そうな大女もいた。袖を肘の上までまくった女は、肉屋のようにズックの前掛けで服をおおっている。クリスティー医師が進み出た。そして、〈紳士〉が持っているのと同じ鍵を出し、馬車の戸の鍵を開けた。モードはその音にびくっとした。〈紳士〉はモードの腕に手をかけた。

「こんにちは、リヴァーズさん。スミスさんも。ごきげんよう、私を覚えておいででしょう、奥様？」

医者は手を差し出した。

あたしに向かって。

一瞬、完全な沈黙が落ちた。あたしが見つめると、医者は頷いた。「奥様？」医者は繰り返した。すると〈紳士〉が前に身を乗り出し、あたしの腕をつかんだ。最初は、彼があたしを座席に坐らせたままにしようとしているのだと思った。ところが、あたしを押し出そうとしていた。医者がもう一方の腕をつかんだ。ふたりはあたしを立たせた。あたしの靴が上がり段にひっかかった。

「ちょっと待ってよ！　なんなの？　何を──」

「お静かに、奥様」医者は言った。「私たちは奥様のお世話をする者ですよ」

医者が手を振ると、グレイヴズ医師と女が進み出た。

「あたしじゃないよ！　何すんのさ！　奥様だって？　あたしはスーザン・スミスだよ！

〈紳士〉！　〈紳士〉ってば、言ってやって！」

クリスティー医師は頭を振った。

「まだ例の妄想に？」医者は〈紳士〉に言った。

〈紳士〉は無言で頷いた。悲しみで口もきけないという顔で。冗談じゃない！　彼はうしろを向くと、鞄をひとつ――モードの母親の鞄を片方だけおろした。クリスティー医師はいっそう手に力をこめた。「いいですか、あなたがメイフェアのフェルク街から来たスーザン・スミスのわけはない。そんな地名がないのを知らないんですか。あなたはご存じのはずだ。必ず認めていただきます、一年がかりでも。そんなに暴れないでください！　きれいなドレスが皺《しわ》になりますよ」

医者の手を振りほどこうと暴れていたあたしは、その言葉を聞いて凍りついた。着ている絹の袖に眼をやった。袖から出たあたしの腕は、栄養たっぷりな食事のおかげで肉がついている。足元に置かれた鞄には、真鍮の頭文字があった――MとLと。

その瞬間、〈紳士〉があたしに仕掛けた汚い罠にやっと気がついた。

あたしは吠えた。

「この豚野郎！」叫んで、あたしは身体をめちゃめちゃによじり、飛びかかろうとした。「くそったれ！　ちくしょう！」

〈紳士〉が戸口に立ったままなので、馬車は傾いていた。医者はあたしの手をぐっと握り、厳しい顔になった。

「私の病院ではそのような言葉はご遠慮いただきますよ、奥様」

「馬鹿!」あたしは怒鳴った。「こいつが何をしたかわかんないのかい! ペテンだよ、阿呆! あんたが閉じこめんのはあたしじゃない、あっちの――」

暴れるあたしを、医者は放さなかった。彼の肩越しに、あたしは馬車が揺れるのを見た。中に戻った〈紳士〉は、顔の前に手をかざしていた。その奥に、鎧戸の隙間からもれる陽の光の条《すじ》を受けて、モードが坐っていた。顔はやつれ、髪は汚れていた。着古した服は、まるで使用人のようだった。大きく開かれた眼からは涙が溢れていた。けれども、涙の陰から向けられる視線は硬かった。大理石のように。真珠が抱きこんだ核のように。真鍮のように。

真珠のように。

クリスティー医師はあたしがじっと見ていることに気づいた。

「どうしました、何を見つめているんです。ご自分の侍女は覚えておいででしょう」

あたしは口がきけなかった。だが、モードは口がきけた。彼女は言った。震える声で。作り声で。

「おかわいそうな奥様! ああ! 胸が張り裂けそうですわ!」

ねんねの鳩ぽっぽ。そう思っていた。誰がねんねだ。あの売女《ばいた》、全部知っていやがった。何もかも、最初《はな》っから承知だったんだ。

第二部

7

わたしはよく知っていると思っていた。始まりを。わたしの最初の過ちを。

頭の中に浮かぶテーブルは血でぬめっている。母の血だ。多すぎる。多すぎて、まるでインクのように流れている。床板を汚さないように、女たちが陶器の鉢を下に並べている。おかげで母の悲鳴が途切れる間の静寂は音に満ちている――ぴたん、ぽたん！　ぴたん、ぽたん！　――調子の悪い時計のようなリズム。滴《したた》る音の向こうから、かすかな叫び声が聞こえてくる。狂人の奇声と、看護婦たちの怒鳴り声と叱責。ここは気狂い病院なのだ。母は狂女だった。テーブルの革帯が母を、床に飛びおりないようにおさえている。もう一本、別の革帯が顎を開かせ、舌を咬まないように固定している。さらに別の革帯が脚を開かせている――間からわたしが出てこられるように。生まれたあとも、母には革帯がかけられている。女たちは母がわたしを引き裂くことを恐れている！　母の胸にのせられると、わたしは乳房を探し当てた。乳を吸い始めると、あたりは静まり返った。聞こえるのは、あの滴る血の音だけ——ぴたん、ぽたん！　ぴたん、ぽたん！——音はわたしの人生の最初の数分と、母の人生の最後の数分を刻んだ。まもなく、血時計の音はゆっくりになった。母の乳房はあがり、さがり、またあがり、そして、永遠にさがったままになった。

それを感じて、わたしはますます強く吸った。やがて、女たちはわたしを母から引き離した。泣きだしたわたしを、女たちは叩いた。

最初の十年間を、わたしはこの病院の看護婦たちの娘として過ごした。愛されていたと思う。病棟で飼われているトラ猫と同じ、なでたり、リボンで飾ったりするものとして。看護婦たちとおそろいの、ねずみ色の服と、エプロンと、帽子と、小さな鍵をつないだ輪を下げたベルトをもらい、わたしは〈ちび看護婦〉と呼ばれていた。看護婦ひとりひとりのベッドに日替わりで泊まり、仕事をしているあとをついて回った。病院は大きく——子供のわたしには大きく見えたのかもしれないが——ふたつに分かれていた。片方は女の、もう片方は男の病棟だ。わたしが会うのは女たちだけだった。狂女と会うことに抵抗はなかった。看護婦と同じようにキスしたりなでたりしてくれる女もいる。わたしの髪をなでて泣く女は、娘を思い出しているのだろう。そうでない厄介な連中の場合は、前に立って、わたしの手に合わせて切った木の杖で叩き続けるように教えられた。言われたとおりにすると、看護婦たちは、こんなに愉快な道化は見たことがないと大笑いした。

こうして、わたしは秩序と道徳の基礎を学び、ついでに、狂人の行動も覚えた。これはすべて役に立つことになった。のちのことだが。

物心ついたころ、父のものだという金の指輪と、母だという貴婦人の肖像画を渡されて、自分が孤児であると知った。しかし、両親の愛というものを知らず――というよりも、二十人もの母親の愛を知るわたしは――特にどうとも思わなかった。看護婦たちは、衣食に不自由させないどころか、よくしてくれた。わたしは十人並みだったが、子供のいない世界では十分、美人でとおった。わたしは甘い歌声と文字を追う眼に恵まれていた。このまま、狂女をからかいながら一生を看護婦として暮らすのだろう。

十歳くらいまで、誰もがそう思っていた。十一歳のある日、婦長がわたしを看護婦たちの客間に呼んだ。わたしはおやつをもらえるのかと思ったが、そうではなかった。婦長はいつもと違う声で迎え、眼を合わせようとしなかった。部屋には客がひとりいた――紳士、と婦長は言っていた――その単語はわたしにとってなんの意味もないものだった。のちに大きな意味を持つことになるのだが。「もうちょっとおいでなさい」婦長は言った。紳士は見ていた。黒いスーツを着て、黒い絹手袋をしていた。象牙の持ち手のついた杖に寄りかかり、紳士はわたしをよく見ようと身を乗り出した。黒い髪は白くなり始め、頰は死体のように蒼くこけ、眼は色眼鏡に半分隠れている。普通の子供なら彼を見て悲鳴をあげただろう。わたしは普通の子供とは感覚がまったく違い、怖いもの知らずだった。ずかずかと紳士のそばに歩いていった。彼は口を開き、舌でくちびるを舐《な》めた。舌は先が真っ黒だった。

「ちびだな」紳士は言った。「そのくせ足音だけは一丁前か。声はどうだ」

彼の声は低く、震えて、不満げだった。まるで凍える男の影のように。

「こちらの紳士に何か申し上げなさい」婦長は静かに言った。「あなたが元気かどうか」

「わたしはとても元気です」声に力をこめすぎたのだろう。紳士は顔をしかめた。

「もういい」そう言いながら、手をあげた。そして、「小声で話すことはできるか？　ん？　頷くことは」

わたしは頷いた。「できます」

「黙っとれるか？」

「はい」

「なら、黙っとれ――それでいい」彼は婦長を振り返った。「母親に似とる。結構だ。母親の運命を常に忘れんで、落とし穴にはまらずにすむ。だが、これのくちびるは好かん。ぽってりしすぎだ。よくない。それからその背中、ぐにゃぐにゃして猫背だ。脚はどうだ？　わしは脚の太い娘はいらんぞ。なぜそんな長いスカートで脚を隠させとるのだ。わしはそんなことは頼んどらん」

婦長の顔が赤くなった。「看護婦たちの罪のない娯楽です、この子にここの制服を着させているのは」

「わしは看護婦どもの娯楽のために金を払ったのか」

紳士は絨毯の上で杖をずらし、顎を動かしていた。彼はまたわたしを振り返ったが、婦長に話しかけていた。「どれだけ字が読める？　手はやわらかいか？　おい、何か渡して読ませてみろ」

婦長は聖書を開いてわたしに持たせた。一節を読むと、紳士はまた顔をしかめた。「静かに！」わたしはつぶやくような声で読んだ。次に、わたしは彼に見張られたまま、その一節を書き写させられた。

「女子供の字だな」書き終わると、紳士は言った。「しかも、いちいち飾りまでついとる」口ではそう言っているわりに、声は喜んでいるようだった。

わたしも喜んでいた。彼の言葉から、わたしが天使のような文字を書いたと知れた。のちに、この時に殴り書きをして、紙を汚せばよかったと後悔した。美しい筆跡がわたしを破滅に導いたのだから。紳士はますます杖に体重をあずけ、頭を低く突き出したので、眼鏡の縁の上から、血の気のない目蓋がよく見えた。

「さて、嬢や」彼は言った。「わしの城で一緒に暮らしたいと思わんか。くちびるを尖らすんじゃない！　城に来て、礼儀作法やら教養やらを身につけたいと思わんか、ん？」

ぶたれたほうがましだった。「全然思いません」わたしはすぐに答えた。

婦長は言った。「失礼ですよ、モード！」

紳士は鼻を鳴らした。「おおかた母親の短気を受け継いだんだろう。しかし、足は華奢《きやしや》だな。ふん、足を踏み鳴らすのが好きか。城は広い。わしの敏感な耳から遠く離れた部屋をくれてやろう。そこで、いくらでも癇癪《かんしやく》を起こすがいい、誰も気にせん。あまり気にせんで、おまえに食事をやることも忘れるかもしれんな。死ぬぞ。どうだ――ん？」

紳士は立ち上がり、塵ひとつついていない上着の埃をはらう仕種をした。そして、婦長に何か指示を出すと、もうわたしを見ようとはしなかった。彼が出ていったあと、わたしはいま読んだ聖書を取り上げて、床に投げつけた。

「行くもんか！」わたしは叫んだ。「絶対にいや！」

婦長はわたしを抱き寄せた。癇癪を起こした狂女に鞭をふるうところを見たことは何度もあるが、婦長はわたしをエプロンに押しつけるように抱きしめると、子供のように泣きだして、こんこんと言い聞かせたのだった。伯父の城で待つわたしの将来を。

自分の子牛を農夫に育てさせる者がいる。母の兄は気狂い病院の看護婦にわたしを育てさせた。そしていま、わたしを城に連れ帰り、料理するつもりなのだ。まったく突然に、わたしは小さな看護服も、鍵束も、杖もあきらめなければならなくなった。伯父は家政婦に彼好みの服をひと揃い持たせてよこした。家政婦は、ブーツと、毛糸の手袋と、黄土色のドレスを持ってきた――くるぶし丈のいやらしい少女趣味のドレスは、肩から腰まで枠の骨で固まっていた。家政婦はドレスの紐を締めつけ、わたしが文句を言うと、ますますきつく締めあげた。見守る看護婦たちは、ため息をついていた。家政婦がわたしを連れていく時になると、看護婦たちはわたしにキスをし、目頭をおさえた。ひとりが素早くわたしの頭に鋏《はさみ》を当て、ロケットに入れる巻き毛をひと房切り取った。それを見るとほかの看護婦たちも、その鋏を奪い合い、自分の鋏やナイフを持ち出し、わたしの髪をつかんで、根元から引き抜いた。散らばった髪の房に、かもめのようにむらがり、罵《ののし》り、手を伸ばす——その声に、個室の狂女たちが興奮し、叫びだした。伯父の家政婦はわたしをせきたてた。馬車には御者が待っていた。気狂い病院の門は、わたしたちの背後で音をたてて閉じた。

「こんな場所で女の子を育てるなんてねえ！」ハンカチーフでくちびるをおさえながら、家政婦は言った。

わたしは口をきかなかった。胴着に身体を締めつけられて息は荒くなり、ブーツが足首に擦れて痛かった。毛糸の手袋はちくちくした——とうとう、わたしは手から手袋をむしりとった。それを見て家政婦は気にした様子もなく言った。「おや、癇癪ですか」編み物を入れた籠と、食べ物の包みを持ってきていた。巻きパンと、塩とゆで卵が三つ。家政婦は卵をふたつ、スカートの上で転がして、殻を割った。中は灰色で、黄身は粉のように乾燥していた。あの臭いは忘れられない。三つめのたまごは、わたしの膝に置かれた。手を伸ばさずに膝で転がるままにしていたら、馬車の床に落ちてつぶれた。「おやまあ」家政婦はそう言うと編み物を取り出し、いくらもたたないうちに、頭を垂らして眠りこけた。その横に坐ったまま、わたしはどうしようもない怒りに身体を硬張らせていた。馬はゆっくりと進み、旅は長く感じられた。時々、森を通り過ぎた。そのたびに血のように暗い窓ガラスに、わたしの顔が映った。

わたしは、自分の生まれた気狂い病院以外の建物を見たことがなかった。わたしは陰気さや、荒寥《こうりょう》とした様や、高くめぐらされた塀や、破れた窓に、馴れ親しんでいた。最初の日に、わたしが戸惑い、怯えたのは、伯父の城の静けさだった。馬車が玄関の前で停まると、扉は中央から割れて、ふたつの高い葉のような二枚の戸になった。戸は内側に引っ張られて、震えているように見えた。開けた男は黒っぽい絹のズボンをはいて、髪白粉だらけの帽子をかぶっていた。

「あれはウェイさん。旦那様の執事です」家政婦はわたしの顔に顔を寄せて言った。ウェイがわたしを見て、家政婦を見た。彼女は目顔で何か合図したに違いなかった。御者が踏み台をおろしたが、わたしは手を取らせなかった。ウェイにお辞儀をされて、わたしはからかわれたのだと思った——看護婦たちが笑いながら貴婦人の狂女にお辞儀をするのを何度も見ていた。執事は扉の奥を示した。わたしの黄土色のドレスに、ひたひたと押し寄せる暗がりが口を開けている。扉が閉められると、暗がりはいっそう深くなった。耳の穴を水か蠟でふさがれた気がした。これこそ普通の男が葡萄《ぶどう》や蔓薔薇《つるばら》を育てるように、伯父が城の中で育てている静謐《せいひつ》だった。

　家政婦に連れられて階段をのぼっていくわたしを、執事は見送っていた。段差はまちまちで、絨毯がところどころ裂けている。慣れないブーツであぶなっかしく歩いていたわたしは、とうとう転んだ。「ほら、起きて」家政婦が肩にのせた手を、わたしは振り払わなかった。三階まで階段をのぼった。上に近づくにつれて、わたしはますます怖くなった。この城は不気味だ——天井は高く、四方は病院ののっぺりしたものとは違い、肖像画や、楯と錆びた剣や、枠やケースにはいった生き物におおわれている。四角い螺旋《らせん》を描く階段は吹き抜けで、ホールを見晴らすことができた。階段の角ごとに通路が延び、そのひとつひとつの暗がりに、顔色の悪い、影の薄い——まるで蜂の巣の穴に潜む幼虫のように——女中たちがいて、城の奥に進むわたしの様子を見ている。

わたしは女中というものを知らなかった。エプロンをしているその女たちのことを看護婦だと思っていた。薄暗い通路の奥には個室があって、おとなしい狂人がとじこめられているのだろうと。

「どうしてみんな、わたしを見ているの？」家政婦に訊いた。

「お嬢様の顔を見たいんですよ」家政婦は答えた。「お母様のようにきれいか」

「わたしには母さんが二十人いるわ。だけど、母さんたちより、わたしのほうがきれいよ」

家政婦は、とあるドアの前で立ち止まった。「きれい、ってのは、本当にきれいってことです。亡くなったお母様のように。ここがお母様の使ってたお部屋で、これからはお嬢様のお部屋です」

寝室を通り、次の間に案内された。窓はこぶしで叩かれているように、がたがたと音をたてていた。夏でも肌寒い部屋だが、この時は冬だった。わたしは小さな火のそばに寄り――暖炉の上の鏡を覗くには、まだ背が低すぎた――前に立って、震えていた。

「だからミトンを捨てなきゃよかったのに」家政婦は、わたしが両手に息を吹きかけるのを見て言った。「インカーズの娘が使うんだろうけど」そして、わたしのマントを脱がせ、髪からリボンをほどき、壊れた櫛《くし》で髪を梳《と》かし始めた。「好きなだけ暴れなさい」わたしがうしろにさがろうとすると、家政婦は言った。「そんなことしたってお嬢様が痛いだけで、わたしゃ痛くも痒《かゆ》くもないんだから。あれあれ、あの看護婦たち、お嬢様の髪をめちゃめちゃにして！

野蛮だね、まったく。こんなにされたら、どうやって髪を整えていいかわかんない。さ、こっちに」家政婦はベッドの下に手を入れた。「用を足してください。ほらほら、恥ずかしがらないで。小さい女の子がスカートをまくっておしっこするとこなんて、見慣れてますからね」

家政婦は腕組みをしてわたしを見ていた。そのあと、水にひたした布で、わたしの手と顔を洗った。

「お母様をこうしてお世話したんですよ、わたしが客間女中だった頃は」家政婦はわたしを小突き回しながら言った。「お母様はもっとお行儀がよかったのにねえ。病院じゃ、礼儀作法を教わらなかったんですか」

この時ほど愛用の小さな木の杖が欲しいと思ったことはなかった。わたしが学んだ礼儀作法をたっぷり教えてやれたのに！　しかし、わたしは狂女たちの観察もしていた。ただ立っているだけに見えて、抵抗するやりかたをよく見知っていたのだ。とうとう、家政婦はわたしから離れて、両手を拭いた。

「まったく、なんて子だろう！　旦那様は自分が何をしようとしてるか、わかっておいでなのかねえ。旦那様はお嬢様を貴婦人に育てるつもりなんですよ」

「貴婦人になんかなりたくない！　伯父さんの思いどおりになんかならないわ」

「この城じゃ、旦那様はなんでも思いどおりにできるんです」家政婦は答えた。「ほら！　お嬢様のせいでずいぶん遅れた」

くぐもった鐘の音が三度響いた。時計の音。これがここの生活の合図なのだと、すぐにわたしは理解した。同じような鐘の音を聞いて育ったから。狂人たちに起床の、着替えの、祈禱の、食事の時間を告げる鐘を。ここの患者と会える！と思ったが、部屋を出ても、城はあいかわらず、しんと静まり返っていた。物見高い女中たちも消えていた。わたしのブーツが、また絨毯にひっかかった。「足音！　静かに！」家政婦は小声で言い、わたしの腕をつねった。「ここが旦那様のお部屋です」

　家政婦はノックをすると、わたしを連れてはいった。何年も前に伯父が色を塗らせた窓ガラスから冬の陽が射しこみ、部屋は異様な光に照らされている。本の背表紙で壁が真っ黒に埋まったのを見て、彫刻か模様がびっしりほどこされているのだと思った。それまでわたしは本というものを、二冊しか見たことがなかった――ひとつは聖書。もうひとつは、狂人のために賛美歌を集めた桃色の本。そしてわたしは、印刷された言葉はすべて本当のことだと思っていた。

　家政婦はわたしをドアのすぐそばに立たせ、背後から肩をわしづかみにしていた。わたしの伯父だという男は、机の向こうで立ち上がった。机の表面は書類の山に埋まっていた。頭には、房飾りが擦り切れた紐の先で揺れる、ベルベットの帽子。前よりも色の薄い眼鏡をかけている。

「来たか、嬢や」わたしのほうに足を踏み出し、口をもぐもぐと動かした。家政婦は膝を折ってお辞儀をした。「この子の気性はどうだね、スタイルズ夫人」

「疳《かん》の強い子で、旦那様」

「ああ、眼つきでわかる。手袋はどうした」

「脱いでしまったんです、旦那様。どうしてもつけようとしなくて」

伯父は近づいてきた。「情けない始まりだな。手を出せ、モード」

出すつもりはなかった。家政婦がわたしの手首をつかんで突き出した。わたしの手は小さく、節が腫れていた。いつも使っていた病院の石鹸《せっけん》は肌に優しくなかった。爪は気狂い病院の埃で真っ黒だった。伯父はわたしの指先を握った。伯父の手にはインクの染みが点々とついていた。

伯父は首を振った。

「荒れた手をわしの本に触らせる気なら、看護婦を連れてきても変わらん。しかし、看護婦の硬い手のために手袋はやらん。だがな、おまえの手はやわらかくしてやるつもりだ。おとなしく手袋をしない子供の手を、どうやってやわらかくするか教えてやろう」伯父は上着のポケットに手を入れ、するすると引き出した——学者が使うような、金属の数珠《じゅず》に絹を巻きつけた文鎮を。それを輪にして、重さをはかるように持つと、幼いわたしの手の甲に鋭く振りおろした。さらにスタイルズ夫人に手伝わせてもう片方の手を取ると、同じことをした。

数珠は鞭《むち》のように手を打ったが、数珠を包んでいる絹のおかげで、わたしの肌は裂けなかった。最初のひと打ちに、わたしは犬のように叫んだ——痛みと怒りと驚きで。その後、スタイルズ夫人に手首を放されると、わたしは口に手を押しあてて、泣きだした。

伯父は泣き声に顔をしかめた。ポケットに数珠を戻し、両手を耳に持っていった。

「静かにしろ!」わたしは震えながら、泣きやむことができなかった。スタイルズ夫人が肩をつねると、ますます大声で泣きだした。すると、伯父がもう一度、数珠を取り出したので、ようやくわたしは声を殺した。

「さて」伯父は静かに言った。「もう手袋を忘れないな」

わたしは黙って頷いた。伯父は微笑したようだった。そしてスタイルズ夫人を見た。「この子に新しい義務をみっちりしつけてやれ。従順に、すなおになるようにな。癇癪だの興奮だのはまっぴらだ。いいな」彼は手を振った。「さて、ふたりきりにさせてくれ。だが、遠くには行くな！　いつもこの子のそばにいろ、暴れだした時のためにな」

スタイルズ夫人はお辞儀をした——そして、前かがみになるわたしの震える肩をつかむと、姿勢をなおさせるふりをして、もう一度、つねった。黄色い窓ガラスが明るくなり、暗くなり、また明るくなった。風に流されて雲が太陽の前を横切った。

「さて」家政婦がいなくなると伯父は言った。「わしがなぜ、おまえをここに呼んだかわかるか」

わたしは真っ赤な手を顔に持っていき、洟《はな》を拭いた。

「わたしを貴婦人にするためです」

伯父は短く乾いた笑いをもらした。

「おまえを秘書にするためだ。このまわりの壁に並んでいるものが何かわかるか」

「木の板です」

「本だ」伯父は言った。そして、壁に近寄り、一冊を引き抜いて、こちらに向けた。表紙が黒かったので、聖書だと思った。ということは、ほかの本は賛美歌なのだ。きっと、狂人たちの狂い具合の程度で、表紙が色分けされているのだろう、と。わたしは、自分がとても頭が回ると思った。

伯父は本を持った手を胸に寄せて、背表紙を叩いた。

「この題名が読めるか？　足を動かすな！　読めと言ったんだ、踊れとは言っとらん」

しかし、本は遠すぎた。わたしは首を振った。涙がまたこみあげてきた。

「ふん！」わたしがべそをかくのを見て、伯父は鼻を鳴らした。「読めんだろうな！　下を見ろ、床を。下だ！　真下だ！　手が見えるか、おまえの靴の横だ。その手は眼科医と――眼科医とは眼の医者のことだ――相談して、わしがつけさせた。ここにあるのは、普通ではない本ばかりだからな、モード、うかつに誰も彼もの眼にさらすことはできん。おまえが、その指先より一歩でも前に出たら、前に同じことをした使用人と同じ目にあわせてやる――血が出るまで、おまえの眼を鞭で打つからな。その手は無知の境界線を指し示している。いずれ、おまえもその境界線を越えることになるだろうが、それは準備ができてからのことだ。わかったか、ん？」

わからなかった。どうしてわかるだろう。だが、すっかり用心深くなっていたわたしは、わかったような顔で頷いた。伯父は本をもとの場所に戻し、棚に並んだ背表紙をきれいに揃えていた。

背表紙は美しく――のちに、わたしはよく知ることになるが――この本は伯父の気に入りだった。その題名は――

いや、先走りすぎだ。わたしはまだ無知なのだ。あとしばらくは、無知でいることを許されたのだから。

言いたいことを言ってしまうと、伯父はわたしを忘れたようだった。十五分ほど、そのまま立っていると、やがて顔をあげた伯父はわたしの姿に気づいて、手で追い払う仕種をした。ドアの鉄の把手を苦労してひねると、それがきしむ音に伯父は顔をしかめた。ドアを閉じたとたんに、スタイルズ夫人が暗がりから飛び出してきて、わたしはまた上階《うえ》に連れていかれた。

「おなかがすいてるでしょう」歩きながら、家政婦は言った。「小さい女の子はいつもおなかをすかしてるんだから。あのゆで卵を食べときゃよかったのに」

たしかに空腹だったが、認める気はなかった。だが家政婦は呼び鈴を鳴らし、女中がビスケットをひとつに、甘い赤葡萄酒を一杯、運んできた。女中は食べ物をわたしの前に置いて、にっこりした。その微笑は平手打ちよりもよほどこたえた。また泣きだしそうになったが、乾いたビスケットとともに涙を飲みこんだ。そんなわたしを、女中とスタイルズ夫人は立ったまま、ひそひそ話しながら見ていた。やがてふたりは、わたしをひとり残して出ていった。部屋は暗くなってきた。わたしはソファの上でクッションを枕にして横になり、叩かれて真っ赤になった小さな手で、小さなマントを身体にかけた。葡萄酒のおかげで眠くなっていた。次にわたしを起こしたのは、戸口に立っているランプを持ってきたスタイルズ夫人の揺らめく影だった。ひどく怖かった。何時間もたった気がした。鐘が鳴っているので、七時か八時なのだと思った。

わたしは言った。「すみませんけど、もう家に帰してくれませんか」

スタイルズ夫人は笑った。「家って、あの病院ですか、あのがさつな女だらけの。あんなとこを家だなんて！」

「みんなわたしを心配してると思うんです」

「厄介払いできたって、みんな喜んでますよ——あまのじゃくの、なまっちろい、おちびさん。こっちに来て、もう寝る時間です」家政婦はわたしをソファから起こし、ドレスの紐をほどき始めた。わたしはもがいて、家政婦を叩いた。スタイルズ夫人はわたしの腕をつかんで、ひねった。

「乱暴する権利はないわよ！　あなたなんか知らない！　母さんたちのところに帰して、わたしをかわいがってくれるんだから！」

「これがお母様です」家政婦は肖像画をわたしの咽喉元《のど》につきつけた。「ここではこれがお嬢様のたったひとりのお母様です。顔を知ることができるだけありがたいと思いなさい。さあ、まっすぐに立って。これを着てもらいます、貴婦人の身体の形を作るんですから」

家政婦はわたしの硬張った黄土色のドレスと下着を全部脱がせた。そのあと、少女趣味のコルセットを着せて、ドレスよりもきっちりとわたしの身体を紐で締めあげた。その上から寝巻を着せられた。手には白い革手袋をはめられ、手首のところを糸でかがられた。足だけが何もつけられなかった。わたしはソファの上にひっくりかえって、足をばたつかせた。家政婦はわたしを引き起こして揺さぶり、動けないように身体を押さえつけた。

「聞きなさい」家政婦の顔は紅と白のだんだらになっていた。息が頬に強く当たった。「あたしには小さい娘がいたんです、死にましたけどね。きれいな黒い巻き毛の、小羊のようにおとなしい子だった。なんで黒髪のおとなしい子が死んで、金髪のわがまま娘がこうやって生きてるんだか。なんでお嬢様のお母様はこんなに財産持ってたのにあばずれで、惨めに死んで、あたしがお嬢様の指をすべすべにして、貴婦人に育てるために生きなきゃならないんだか。好きなだけそら涙を流しなさい。いくら泣いたって、あたしのかちかちの心はやわらかくならないからね」

家政婦はわたしをつかまえると、次の間に連れていき、大きな、背の高い、埃だらけのベッドにのぼらせ、天蓋のカーテンをおろした。炉棚の脇にドアが見えた。家政婦は、ここは隣の部屋とつながるドアで、隣にはとても気の短い女中が寝泊りすると言った。女中は夜の間、耳をすまし、おとなしく静かにいい子にしていないとすぐに聞きつける。それにこの女中の手はとても硬い、と釘をさされた。

「お祈りを」家政婦は言った。「主に許しを乞いなさい」

家政婦はランプを取り上げて部屋を去り、わたしは暗闇の中に落とされた気がした。

子供にはしていけない残酷な仕打ちだと思う。いまでさえ暗闇は耐えがたいというのに。わたしは惨めさと恐怖に苛《さいな》まれつつ、横になって静寂の中で耳をすました——まんじりともせず、吐き気と空腹と寒さと孤独に耐えた。あまりに深い闇よりも、黒く見える目蓋の裏のほうが明るく思えた。コルセットはわたしの身体を握りつぶすように締めつけた。硬い革手袋に入れられた指の節がすれて痛みだした。時々大時計が歯車の音をたて、鐘を鳴らした。すると、この家のどこかで狂人が見張りの看護婦に付き添われて歩いているのだ、と想像して妙に安心した。やがて、ここの規則について思いを巡らせ始めた。ひょっとしてここでは狂人たちに、自由に歩き回る許可を与えているのだろうか。狂女がわたしの部屋に迷いこんできたりしないだろうか。隣に寝泊まりしているという短気な女中も実は狂っていて、部屋にはいってきてわたしを硬い手で叩くかもしれない！　その瞬間、すぐ近くで何かが動く気配がしたと思った――不自然なほど近くで。千人もの人間がカーテンに顔を押しあて、手さぐりしているかのように。わたしは泣きだした。コルセットのせいで変な具合にしゃくりあげていた。なるべく静かに横になっていれば、わたしがここにいることはカーテンの向こうの女たちにわからないと思っても、静かにしようとすればするほど落ち着かなかった。そして一匹の蜘蛛か蛾《が》が頬をかすめた時、ついに想像の中の蠢《うごめ》く手に見つかったと思い、飛び起きて悲鳴をあげていた。

ドアが開く音に続いて、カーテンの隙間に明かりが見えた。眼の前に顔が現われた――狂女ではない、親切そうな、さっきわたしにビスケットと甘い葡萄酒を持ってきてくれた女中だった。寝巻を着て、髪をおろしていた。

「大丈夫ですか」女中の声は優しかった。手は硬くなかった。その手でわたしの頭を撫で、顔をさすってくれた。おかげでだんだん落ち着いてきて、涙が自然にこぼれた。わたしが、狂女たちが怖かったのだと言うと、女中は笑った。

「ここには狂人なんていませんよ。前の場所のことを考えていたんですね。そんなところから出てきてよかったと思いませんか？」わたしはかぶりを振った。「そう、まだ慣れないんですね。でも、すぐに慣れますよ」

女中は明かりを持ち上げた。それを見て、わたしはまたすぐに泣きだした――「あら、でも、すぐにお休みでしょう!」

わたしは、暗いのがいやなのだと言った。ひとりで寝るのが怖いと。女中は逡巡《しゅんじゅん》していた。スタイルズ夫人のことを考えていたのだろう。しかし、わたしのベッドのほうが、女中のベッドよりもやわらかかった。それにこの時は冬で、恐ろしく寒かった。彼女はとうとう、わたしが眠るまで添い寝すると言ってくれた。そして、蠟燭《ろうそく》を吹き消した。暗闇に蠟の匂いが漂った。

女中はバーバラという名だった。彼女はわたしの頭を胸にもたせかけた。「どうですか、ここも前のうちと同じくらい、いいところでしょう。好きになれそうでしょう」

わたしは、毎晩一緒に寝てくれたら、少しは好きになれると思うと答えた。すると、バーバラはまた笑い、羽毛のマットレスの上で、もっと身体を楽にした。

彼女はすぐに、ぐっすりと眠った。女中らしく。すみれの顔クリームの香りがした。バーバラの寝巻の胸元にリボンがついていて、わたしは手袋の手でそれをさぐり、握りしめて、眠りが訪れるのを待った――完全な暗闇にのまれるのを救ってくれる一条のロープであるかのように、すがりついて。

こんなことを話しているのは、いまのわたしを作り上げた外からの力というものを、正しく理解してほしいからだ。

翌日は、寒々としたこのふたつの部屋に閉じこめられたまま、縫い物をさせられた。その間は、夜の闇の恐怖を忘れていた。手袋のせいで思うように指が動かず、針はわたしの指を刺した。「もうやらない！」わたしは怒鳴って布を引き裂いた。すると、スタイルズ夫人はわたしを叩いた。ドレスもコルセットもひどく硬かったから、背中を叩くスタイルズ夫人は、てのひらが痛かったはずだ。それを思うと溜飲《りゅういん》がさがった。

城に来た当初は何度も叩かれた。叩かれないわけがない。わたしは活動的な習慣と、病棟の喧騒と、二十人の母から受ける愛情に慣れきっていた。伯父の城の静寂と単調さに苛々《いらいら》し、癇癪を起こした。茶碗や皿をテーブルから床に払い落とした。ひっくり返って足をばたつかせ、ブーツを飛ばした。咽喉から血が出るまで叫んだ。癇癪を起こすたびに、罰が与えられ、回をかさねるごとに厳しくなった。手首を縛られ、口をふさがれた。ひとりきりで部屋や、戸棚に閉じこめられた。一度など——蠟燭を倒し、炎が舐めた椅子の房飾りから煙があがった時は——ウェイに庭に連れ出され、淋しい小径《こみち》の奥にある氷室《ひむろ》に連れていかれた。いまではそこの寒さは覚えていない。覚えているのは灰色の四角い氷の塊が——氷とは水晶のように透明だと思っていたのに——冬の静けさの中で、たくさんの時計のように小さな音をたてていたこと。そうして氷は三時間の時を刻んだ。スタイルズ夫人が解放しに来た時、わたしは丸くなったまま身体をほどくことができず、薬を盛られたようにぐったりしていた。

たぶん、スタイルズ夫人は怖くなったのだろう。わたしをこっそり使用人の階段から部屋に運ぶと、バーバラと一緒にわたしをお風呂に入れ、両腕をごしごしこすった。

「もしも、この子の手が使えなくなったら、あたしたち、金輪際、もうどこにも雇ってもらえないよ！」

スタイルズ夫人が怯える様子を見ることは、とても痛快だった。それから二日ほど、わたしは指が痛いとか、身体がだるいと訴えて、家政婦がおろおろするのを見て愉しんだ。ある時、うっかり彼女をつねってしまい――その時に、わたしの手の力が戻っていると気づかれて、すぐにまた罰が加えられるようになった。


この一ヵ月ほどの――子供心にはもっと長く感じられたが――暮らしに、区切りのつく時が来た。伯父は、この間ずっと馬を飼い馴らすように待っていた。時々、伯父はスタイルズ夫人にわたしを書斎に連れてこさせ、進歩の具合を訊いた。

「どんな具合だ」

「まだだめです、旦那様」

「あいかわらず反抗的なのか」

「反抗的で、癇癪持ちです」

「叩いてみたか」

家政婦は頷く。伯父はわたしたちを去らせる。そのたびに、ますますわたしは癇癪を起こし、憤り、泣きわめく。夜になると、バーバラが頭を振って言う。

「まったくなんておちびさんでしょうね、こんなに悪い子で！　スタイルズさんは、こんなきかんぼうは見たことがないって言ってましたよ。どうしていい子にできないんですか？」

わたしはいい子にしていたのだ、前の家では――その褒美がこれだ！　翌朝、わたしはおまるをひっくり返し、絨毯の上に汚物をこぼした。スタイルズ夫人は両手をあげて叫び、わたしの顔を叩いた。そして、眼がくらんだままのわたしを、半分着替えただけの姿で、寝室から伯父の部屋の戸口まで引きずっていった。

わたしたちの姿を見て、伯父は顔をしかめた。「なんだ、どうした」

「ええ、もう、ひどいんです、旦那様！」

「また暴れたのか？　それなのに、ここに連れてきたのか、本の中で暴れだすかもしれないのに」

しかし、伯父は家政婦に喋らせ続け、その間中、わたしを見ていた。わたしは熱い頬に手を押しあて、金髪を肩に振り乱し、全身を硬張らせていた。

話を聞き終わると、伯父は眼鏡をはずして眼を閉じた。それがひどく剝き出しのようで、目蓋は異様にやわらかく見えた。伯父はインクの染みがついた親指と人差し指で鼻梁《びりょう》をつまんでもんだ。

「さて、モード」伯父はいつもの口調で言った。「残念な話だ。このスタイルズ夫人も、わしも、城の一同も、みんなおまえがいい子になるのを待っとる。わしは看護婦たちがおまえをもっといい子に育てたと思っとった。もう少し聞き分けのいい娘にな」伯父はそばに来ると、眼をまたたかせ、わたしの顔に手を触れた。「そうびくつくな、嬢や！　おまえの頬を調べとるだけだ。熱いようだな。ふん、スタイルズ夫人の手は大きいからな」伯父はあたりを見回した。「何か冷たいものはないか、ん？」

伯父は細い真鍮《しんちゅう》のナイフを持っていた。刃の丸いペーパーナイフ。伯父は前にかがむと、その刃をぴたりとわたしの頬にあてた。伯父の動作は静かで、わたしはかえって怯えた。伯父の声は少女の声のようにやわらかかった。「おまえが痛い思いをしとるのはかわいそうに思っとるよ、モード。本当にな。わしがおまえを傷つけたいと思うか？　なぜわしがそんなことを思う？　痛い思いをしたがっとるのはおまえだろう、挑発しとるのは。おまえはぶたれるのが好きなんだな——これは冷たいだろう、ん？」伯父は刃を返した。わたしは震えた。裸の腕が粟立った。伯父はくちびるを動かした。「みんな待っとる」伯父は繰り返した。「おまえがいい子になるのを。わしらは忍耐に慣れとる、このブライア城では。待って、待って、待つことができる。スタイルズ夫人以下、ここの使用人は、そうすることで賃金を受け取っとる。わしは学者だから、待つことは習い性だ。まわりを見ろ、このわしの蔵書を。これが忍耐強くない人間にできることかね？　わしの本は、糸より細いつてをつたって、ゆっくりとわしのもとに集まってくる。おまえなんぞよりもっとつまらん本を待って、何週間も退屈な作業を辛抱したものだ！」伯父は笑った。かつては潤いがあったかもしれないが、いまは乾いた笑い声で。そしてナイフの先端を、わたしの顎の先に動かした。思わずあおのいたわたしの顔をじっと見つめた。不意にナイフを落とすと、離れていった。そして眼鏡のつるを耳にかけた。

「鞭を使え、スタイルズ夫人」伯父は言った。「今度、これが暴れたらな」

子供というのは、結局、馬と同じで、飼い馴らされるものなのだろうか。伯父は書類の山に戻り、わたしたちを部屋から追い出した。わたしはおとなしく戻り、縫い物をした。従順になったのは、鞭で打たれるかもしれないという恐怖ではない。忍耐の不気味さを知っていたからだ。特に狂人の忍耐強さほど凄まじいものはなかった。わたしは狂人たちが果てしない作業を続けるのを見ていた――底の抜けた容器で砂を別の容器に移す者。擦り切れた服の縫い目や、日光の中で舞う埃を数える者。勘定した数字を眼に見えない台帳に書き続ける者。こういう狂人が仮に紳士で裕福なら――女は別だ――学者か、有能な先生でとおるのだろう――たぶん。もちろんこんなことは、伯父の特別な偏執狂ぶりを完全に知ったあとになって考えたことだ。この時は子供の感覚で表面を感じ取っただけだった。しかし、それが暗く静かであることはわかった――それこそ、伯父の家を水か蠟のように満たす、暗さと静けさだった。中でもがけばもがくほど、わたしは深くひきこまれ、溺れてしまう。

そうはなりたくなかった。

わたしはもがくのをやめ、粘り気のある、渦巻く流れに身をまかせた。

たぶん、これがわたしの受けた教育の第一日目だ。その翌日、八時からわたしは授業を受け始めた。家庭教師はつけられなかった。伯父が直接、わたしを教えた。図書室の床の指差す手の印近くに、ウェイがわたしの机と椅子を置いた。椅子が高くて足がつかず、ぶらさがった靴の重みで脚は痺《しび》れ、やがて感覚がなくなった。わたしが身動きをすると――咳やくしゃみをするだけで――伯父は絹でおおった数珠でわたしの手を叩いた。伯父の忍耐には不気味なむらがあった。わたしを痛めつける意図はないと言っていたのに、わたしはしょっちゅう痛い目にあわされた。

書斎はわたしの部屋よりも暖かく保たれていた。本が湿気で黴《かび》ないように。そして、わたしは縫い物より、書き物のほうが性に合っていることを発見した。伯父はわたしに紙の上でなめらかにすべる鉛筆と、眼を守るために緑の笠がついた読書ランプをくれた。ランプが温まると埃の焦げる臭いがした。その不思議な臭いは――あの、いやな臭い！――わたしの若さを焼いているように思えた。

勉強はこのうえなく退屈なもので、主に骨董品のような本の中身を、革装の帳面に書き写していくことだった。帳面は薄く、それが文字でいっぱいになると、今度は消しゴムで全部消すことがわたしの仕事だった。この苦行のほうが、書き写すように命じられた本の中身より、よほど心に残っている。何度もこすった紙は、汚れ、弱り、破れやすくなっていた。そして、本の形をしたものの汚れや、紙が破れる音は、伯父にとって、何より耐えられないものだった。世間では、子供というものは亡霊を恐れると言うが、子供のわたしがもっとも恐れたものは、書き取りの消し残りだった。

授業、とわたしは呼んでいるが、そこでは普通の女の子とは違う勉強をさせられた。わたしは、小さな声ではっきりと朗読することを学んだ。歌は習わなかった。花や鳥の名は教わらなかったが、かわりに本の装丁の革の種類を——モロッコ、ロシア、子牛、粒起革——そして、紙の種類を——西洋紙、東洋紙、まざり、絹——教えこまれた。インクの種類を、ペン先の削り方を、インクの滲《にじ》みどめの使い方を習った。活字の書体やサイズも——サンセリフ、アンティーク、エジプシャン、パイカ、ブレビヤ、エメラルド、ルビー、パール……宝石の名がつけられている。欺瞞《ぎまん》だ。どれもこれも、炉格子の消し炭のように、固くて汚い。

それでも、わたしは覚えが早かった。季節はめぐり、やがて小さな褒美をもらうようになった。新しい手袋、底のやわらかい部屋履き、ドレス——最初のと同じくらい固いが、ベルベットのドレス。夕食は食堂でとることを許された。巨大な楢のテーブルの端に銀食器が用意された。伯父はわたしと反対側の端に坐った。伯父は書見台をすぐ脇に置いて、めったに喋らなかった。だが、わたしが運悪くフォークを落としたり、ナイフで皿をこすったりすると、伯父は顔をあげて、湿っぽい恐ろしい眼でわたしを睨んだ。「手がどこか悪いのか、モード。そんな音をたてるとは」

「ナイフが大きすぎて、重たいんです、伯父様」一度、わたしは苛々と口答えした。

すると、伯父はわたしのナイフをさげさせたので、わたしは手で食べなければならなかった。伯父が好む料理はどれも、血の気がたっぷりな肉や、心臓や、子牛の足などで、わたしの子山羊革《キッド》の手袋は緋色に染まっていった——手袋はまるで、その材料の姿に戻っていくように見えた。わたしは食欲をなくした。葡萄酒が飲みたかった。わたしが使うクリスタルのグラスには

Mの文字が刻印されていた。わたしの銀のナプキンホルダーにも、同じ頭文字が黒く燻《いぶ》したようにつけられていた。どちらも、わたしの名ではなく、母の名を忘れないためのものだった――マリアンのM。

母は淋しい庭園の中でも、いちばん淋しい場所に葬られていた――白い墓石ばかりの中で、母のだけは、殺伐とした灰色の石だった。わたしはそこに連れていかれて、墓の手入れをさせられた。

「ありがたいことですよ」スタイルズ夫人は胸の前で両腕を組み、わたしが墓のまわりの雑草を取るのを見ていた。「あたしの墓なんて、誰が守ってくれます？　死んだらそれっきりですよ」

スタイルズ夫人の夫は亡くなっていた。息子は船乗りだった。彼女は幼かった娘の黒い巻き毛を集めて作った喪のブローチを持っていた。わたしの髪にブラシをかける時は、わたしの髪の房が刺《とげ》のように指に刺さるとでもいうような顔をしていた。本当にそうならいいと思った。家政婦は、わたしを鞭で打つことができなくてがっかりしていたようだ。この頃はまだわたしの腕をつねって青痣《あおあざ》をつけていた。わたしが暴れるより従順であるほうが、スタイルズ夫人はおもしろくないのだ。それに気づいてから、わたしはいっそう従順になり、わざと作った隙のない従順さで、彼女の悲嘆の刃を鋭く切り返していた。すると、スタイルズ夫人はますますひどくつねった――わたしはまったくこたえなかった――わたしを叱りつけることで、家政婦は自分の悲しみを暴露していた。わたしはよく墓地に彼女をともない、母の墓石の前で肺の奥底から力一杯、嘆息してみせた。そのうちに——わたしはずる賢いのだ！——スタイルズ夫人の亡くなった娘の名をつきとめ、厨房の猫がひとやま産んだ子猫の中から一匹をペットに選び、その名をつけた。そうしてスタイルズ夫人が近くにいる時を狙って、わたしは声をはりあげた。

「おいで、ポリー！　まあ、ポリー！　本当にかわいい子ねえ、おまえは！　黒い毛がつやつやできれいねえ！　こっちに来て、ママにキスしてちょうだい」

いまのわたしという人間がどのようにして作られたのか、わかってもらえるだろう。

スタイルズ夫人はわたしの言葉にぶるぶると震えて、何度も激しくまたたいた。

「その汚い猫を連れてって、インカーに川に捨てるように言いなさい！」ついに我慢できなくなると、彼女はバーバラにそう命じた。

わたしは逃げ出して、顔をおおった。失った我が家を、愛してくれた看護婦たちを思い浮かべるだけで、わたしはいつでも自由に熱い涙を溢れさせることができた。

「ねえ、バーバラ！」わたしは叫んだ。「そんなこと、しないって言って！　お願いだから！」

バーバラは、もちろん、そんなむごいことはできない、と言った。スタイルズ夫人はバーバラを追い出した。

「なんてずるい、憎らしい子だろう。バーバラが気づいてないわけないいんだから。お嬢様の本性も、こずるい悪戯《いたずら》も、みんな見透かしてるんだから」

だが、激しく泣きじゃくっているのはスタイルズ夫人だった。観察するうちに、わたしの眼はすぐに乾いた。わたしにとって、この女がなんだ？　わたしにとって、意味のある人間はいるのか? ずっと思っていた、母さんたちが——看護婦たちが救いに来てくれると。半年が過ぎ——さらに半年がたち、また半年が過ぎても——誰もわたしを訪ねてきてくれなかった。看護婦たちはわたしのことを忘れたのだ、と言い渡された。「お嬢様のことを思ってる?」スタイルズ夫人は笑った。「その気狂い病院じゃ、もっと聞き分けのいい新しい女の子をかわりに引き取ってますよ。きっとお嬢様を厄介払いできて、喜んでるでしょうよ」やがて、わたしは彼女を信じた。わたしは過去を忘れ始めた。昔の生活は新しい暮らしより、次第にぼやけてきた——時々、夢やおぼろげな記憶の中に、より暗くいやな思い出として浮かんでくることもあった。まるで帳面のページに、忘れていた書き取りのあとが見え隠れするように。

わたしは実母を憎んだ。この世で誰よりも先にわたしを見捨てた人間。ベッドの横の小さな木の箱に、わたしは母の肖像画を入れた。が、母の美しい白い顔に何の感慨も持てないどころか嫌いになっていった。「お母様にお休みのキスを」一度、わたしは箱の鍵を開けながら言った。だが、それはスタイルズ夫人を苦しめるためだけにしたことだ。肖像画にくちびるを当て、スタイルズ夫人が憐れむように見守るなか——「大嫌い」と囁いた。金の枠が息でくもった。その夜の、次の夜も、その次の夜も繰り返すうちに、時計が規則正しく時を刻むように、そうせずには落ち着いて眠ることができなくなった。やがて、肖像画をしまう時には、そっとリボンの皺ひとつなく置かなければ気がすまないようになった。枠が木箱のベルベットの裏打ちに強くぶつかった時には、もう一度取り出し、慎重に入れなおした。

そんなわたしを、スタイルズ夫人は妙な表情で見つめていた。バーバラが来るまで、わたしは眠ることができなかった。

教育を続けるうちに、伯父はわたしの筆跡も、手の皮膚も、声も、ずっと洗練されたと認めるようになった。時折、伯父はブライア城に紳士たちを呼んでもてなした。わたしは外国の本を読まされた。読んでいる文の意味はまったくわかっていなかったのだが。紳士たちは――スタイルズ夫人のように――妙な表情でわたしを見つめていた。わたしはその眼にも慣れた。読み終わると、伯父の合図でわたしは膝を折ってお辞儀をした。わたしはお辞儀が上手だった。紳士たちは拍手をし、わたしに歩み寄ると、握手をしたり、手をなでたりした。彼らはよく、わたしをたぐいまれな娘だと言った。わたしは神童と誉められたのだと思い、紳士たちの視線の中で赤くなった。

白い花も赤らむものだ――縮んで散る前には。ある日、伯父の書斎に行くと、わたしの小さな机は移動されて、本に囲まれた中に場所が作られていた。わたしの表情を見て、伯父は手招きをした。

「手袋を脱げ」言われたとおりにして、わたしはまわりのものの表面を指先にじかに感じて震えた。寒く、静かな、陽のない日だった。ブライア城に来てから二年が過ぎていた。頬は子供らしくふっくらして、声も高かった。生理も始まっていなかった。

「さて、モード。やっと、おまえがその真鍮の指の印を越えて、わしの本のそばに来る時が来た。これからおまえは、自分の使命の真の価値をまなぶのだ。怖いか？」

「はい、伯父様。少しだけ」

「恐れるがいい。これは恐ろしい仕事なのだからな。おまえはわしを学者と思っとるのか、ん？」

「はい、伯父様」

「ふん、わしはそれ以上の者だ。わしは毒の管理人だ。ここの本が——そうだ、よく見ろ！よく見ろ！——これ全部が、わしの言う毒だ。そして、これが——」机に散乱する、インク染みだらけの紙の山に、うやうやしく手をのせた。「——目録だ。これが、毒の蒐集《しゅうしゅう》や研究に、研究者を導く。わしの目録が完成すれば、この分野に関しては、世界一充実した資料となる。もう何年も、これの作成と修正に費やしてきたが、まだまだ何年もかかる。わしは長い間、毒の中で作業を続けてきたから、耐性がついておる。そして、おまえにも耐性をつけるようにしてきた。仕事を手伝ってもらうためにな。わしの眼は——わしの眼をよく見ろ、モード」伯父は眼鏡をはずし、顔を近づけてきた。わたしは前と同じように、伯父のやわらかそうな剝き出しの肌を見てぞっとした——が、この時にはさらに、色眼鏡が隠していたものも見えた。瞳の表面に膜のようなものが、乳色の何かが、うっすらとかかっている。「わしの眼は悪くなってきとる」伯父は眼鏡をかけなおした。「おまえの眼はわしの眼のかわりだ。おまえの手はわしの手になるのだ。おまえはこの部屋に裸の指ではいったが、一般には——この部屋の外の、普通の世界では——硫酸やら砒素《ひそ》やらを扱う人間は、肌を守らなければならない。おまえは違う。おまえは特別なのだ。わしがおまえをそう作り上げた。毒を与え続けたのだ、少しずつ、少しずつな。さあ、もっと大量に与えてやろう」

伯父はうしろを向くと、書棚から一冊の本を抜いて、手渡しながら、わたしの指を強く本にこすりつけた。

「このことは誰にも秘密だ。わしらの研究の貴重さを忘れるな。無知《むち》蒙昧《もうまい》の輩《やから》の眼にも耳にも奇行としか映らない。誰かに喋ったりすれば、おまえ自身が汚《けが》れていると思われるだろう。わかったか？　わしはおまえのくちびるに毒をすりこんだのだ、モード。忘れるな」

本の題名は『カーテンを引いて――ローラの教育』だった。わたしはひとりで坐って、表紙をめくった。そしてようやく、わたしが読んできた本の内容を理解したのだった――紳士たちに拍手喝采された理由を。

世間では春本と呼ぶ。伯父はそれを集めていた――きれいに整頓して、埃から守られた棚に。その保存の仕方は奇妙だった――研究のためなどではない、それは断じて違う。異様な欲望を満たすための燃料とでもいう感じだった。

愛書家の欲望、という意味だ。

「これを見ろ、モード」伯父はわたしに囁くと、書架のガラス戸を開けて、剥き出しにした本の背表紙の上に指をすべらせる。「このマーブル取りを、背表紙のモロッコ革を、縁の金箔に気づいとるか？　ここの型押しをよく見てみろ。これだ」伯父は本を差し出すが、用心深く、わたしには触らせようとしなかった。「まだだ、まだだ！　ああ、これも見てみろ。黒い文字だが、表題は、そら、赤色で飾られとるだろう。花文字で、余白は本文と同じくらいの広さだ。なんという贅沢《ぜいたく》さだ！　そしてこっちだ！　やけに殺風景な表紙だが、この扉絵を見てみろ」――それは長椅子に横たわる貴婦人と、その横に坐る紳士の絵だった。紳士の男性器はあらわで先端が真っ赤だった――「ボレルの影響を受けた作品だ、実に貴重だ。わしはこれを若い頃にリヴァプールの露天で一シリングで手に入れた。いまは五十ポンド積まれても手放せんな。――これ、これ！」赤面するわたしを伯父は見咎めた。「女学生の羞じらいは、ここではいらん！　おまえを城に連れてきて、わしのコレクションについて教えたのは、おまえが赤面するのを見るためか、ん？　いいか、二度と赤面なんぞするな。これは仕事だ、愉しみではない。この書物の研究に身を入れれば、余計なことは忘れるだろう」

　伯父は何度もそう言った。わたしは信じなかった。わたしは十三歳だった。本は、最初のうち、わたしを恐怖で満たした。恐ろしいことに思えたのだ。子供が男と女になって、本に書かれているようなことをするというのが――情欲に突き動かされ、秘密の突起や窪みが大人のものになり、熱に浮かされ、狂ったようになり、疼《うず》く肉体をつなぎあわせることにうつつをぬかすということが。わたしは、自分のくちびるがキスでふさがれる様を想像した。両脚を開く様を思い浮かべた。指で愛撫され、貫かれる時のことを……繰り返すが、わたしは十三歳だった。その恐怖にわたしは落ち着かなくなった。毎晩、眠るバーバラの隣で横になりながら、いつまでも眼を開けていた。やがて、身体を洗って着替えるバーバラをじっと見るようになった。バーバラの両脚は――伯父の本によればなめらかなはずなのに――黒い毛がはえていて、両脚の間は――これも本によれば、薄い金髪のはずなのに――どこよりも黒々としていた。わたしは困惑した。ついにある日、バーバラは、じっと見ているわたしの様子に気づいた。

「何を見てるんですか？」バーバラは訊いた。

「あなたのおまんこよ」わたしは答えた。「どうして真っ黒なの？」

バーバラは恐怖に駆られたように、スカートを落として飛びのき、両手で胸をおおった。頬が炎のように真っ赤に燃えた。「やだ！」バーバラは叫んだ。「いやらしい！　どこでそんな言葉を覚えたんですか」

「伯父様よ」

「嘘ばっかり！　旦那様は紳士ですよ。スタイルズさんに言いますからね」

バーバラはそのとおりにした。わたしはスタイルズ夫人に叩かれると思った。ところが、家政婦はバーバラのように眼を見張っただけだった。しかしすぐに、石鹸を持ってきて、バーバラにわたしをつかまえさせると、口の中に石鹸を押しこんだ――乱暴につっこんで、入れたり出したりして、くちびると舌を石鹸でこすった。

「悪魔のような口をきく子は！」そうしながら、スタイルズ夫人は言った。「娼婦や汚らわしいけだもののような口をきく子は！　母親が母親なら、娘も娘だ。汚い、汚い、汚い！」

そして、床に倒れたわたしを見下ろし、立ったままで何度も何度もエプロンで両手をぬぐった。その夜以来、スタイルズ夫人はバーバラを自分のベッドで寝かせた。部屋の間のドアを半開きにし、明かりは消されることになった。

「それでも、あの子が手袋をしててよかった」家政婦がそう言うのが聞こえた。「でなけりゃ、どんないたずらをしでかしたことか……」

わたしは口を何度も洗った。舌がひびわれ、血が出てきた。わたしは何度も泣いた。口の中にはいつまでもラベンダーの味が残った。わたしのくちびるは毒におかされているのだ、きっと。

だが、すぐに何も気にならなくなった。わたしのそこもバーバラと同じに黒くなり、伯父の本には嘘ばかり書いてあるのだとやっとわかって、本当のことしか書いていないと信じた自分に腹が立った。熱くなった頬は冷え、赤面することもなくなり、身体の火照《ほて》りは完全に消えた。恥じらいはすべて軽蔑に変わった。わたしは育てられたとおりの人間になった——書庫の番人に。

「『好色なトルコ人』」たとえば、伯父が書類から顔をあげて言う。「どこだ」

「ここです、伯父様」わたしは答える。——一年間でわたしは伯父の書斎の本の位置をすべて暗記していた。伯父の大目録計画についても把握していた——『プリアーポスとビーナスの世界文献目録』。普通の少女が縫い物や機織《はたお》りを仕込まれるように、わたしはプリアーポス（男根で表される豊穣の神）とビーナス（恋愛と豊穣の女神）について学ばされたのだ。

伯父の友人たちのことも理解した——この紳士たちは、いまだに城を訪れては、わたしの朗読を聞いていた。この頃には、彼らが出版社の社長や、蒐集家や、競買人といった——伯父の仕事を賛美する仲間たちであるとわかっていた。彼らは伯父に本を送ってきた――毎週、毎週――そして、手紙も。

「〝親愛なるリリー殿。クレランドの件で。パリのグリヴェ書店は、くだんの失われた男色の書物については知らないと言ってきました。続けて探しますか？〟」

伯父はわたしが読み上げるのを聞いていたが、レンズの奥でぎゅっと眼を閉じた。

「おまえはどう思う、モード？――いや、もういい。クレランドはあと回しだ、スプリングの本が見つかるほうに期待しよう。ふん、ふん。どれどれ……」伯父は机の上の書類を選り分けた。「さて、『情熱の祭典』だ。これの二巻はまだ、ホートリーから借りたままか？　全部、書き写しておけ、モード……」

「はい、伯父様」

わたしは従順すぎたかもしれない。だが、ほかにどう答えられるだろう？　最初の頃に、一度だけうっかりあくびをもらしたことがある。その時、伯父はわたしをじっと見た。紙からペンをあげて、ゆっくりとペン先をひねった。

「おまえは自分の仕事を退屈に感じているようだな」ようやく伯父は言った。「おおかた部屋に戻りたいのだろう」わたしは何も言わなかった。「戻りたいか、ん？」

「はい、たぶん」間をおいて、わたしは答えた。

「たぶん、か。よろしい。本を戻して、行け。だが、モード――」ドアまで来た時、伯父は続けた。「スタイルズ夫人に、おまえの暖炉には石炭をくべる必要はないと言っておけ。おまえが怠けとる間もぬくぬくと暖まるために、わしが金を払うと思うか、ん？」

わたしはためらったが、やがて出ていった。この時もまた、冬だった――ここはいつでも冬のような気がする！　夕食の着替えの時間まで、わたしはコートにくるまって坐っていた。ところがテーブルにつくと、わたしの皿に料理を運んできたウェイを、伯父が止めた。「肉はなしだ」伯父は自分の膝にナプキンを広げながら言った。「怠け者にやる肉はない。この城では」

すると、ウェイは大皿を持ち去った。下働き《ナイフボーイ》のチャールズは、気の毒そうな顔をした。わたしはぶってやりたかった。けれども、わたしは坐っていなければならなかった。スカートの布地に両手をねじるようにこすりつけ、怒りを咬み殺していた。肉が伯父のインクに汚れた舌の上をすべる音に涙をのみこんだ。ようやくわたしは解放された。

翌朝八時に、わたしは仕事に戻った。そして、二度とあくびをしないように注意深くなった。

何ヵ月かが過ぎ、わたしは背が伸びた。身体は痩せ、肌は白くなった。わたしはきれいになった。スカートも、手袋も、部屋履きも、小さくなった――一応、伯父も気づいたようで、スタイルズ夫人に、古い型紙でわたしに新しいドレスの生地を裁つように言った。家政婦は言われたとおりにし、わたしにドレスを縫わせた。たぶん、彼女はわたしに伯父好みのドレスを着せることで、意地悪い喜びを味わっていたのだろうが、やはりおそらくは、娘を失った悲しみで、少女がいずれは女になることを忘れていたのだろう。ともあれ、わたしはブライア城に長く居すぎたために、このころには、単調な生活に安らぎを覚えていた。手袋にも、硬い骨のはいったドレスにも慣れ、最初の紐を解かれる瞬間にはびくっとするようになっていた。服を脱ぐと、まるで伯父の眼鏡をかけていない時の眼のように、ひどく剝き出しで無防備な気がした。眠っている間、わたしは時々悪い夢にうなされた。一度は熱まで出して、医者が診《み》に来た。彼も伯父の友人で、わたしの朗読を聞きに来ていた。わたしの顎の下のやわらかい肌に指を当て、両頬に親指をつけて目蓋をおろした。「不思議な考えに悩まされたりしますか？　だとしても無理はないですね。あなたは普通のお嬢さんではありませんから」わたしの手をさすり、そして、処方箋を書いた――水に一滴落として飲む薬――「気分が落ち着かない時に飲んでください」スタイルズ夫人の見守る中、バーバラが水薬を作った。

やがてバーバラは、結婚するので城を出ていき、わたしには新しい侍女がつけられた。名をアグネスと言った。小柄で、小鳥のように華奢だった――男たちが網で捕まえるような、小さい小さい小鳥のように。赤毛で、白い肌はそばかすだらけで、湿気で染みのついた紙のようだった。アグネスは十五歳で、バターのように無垢だった。伯父を親切な紳士だと信じていた。わたしのことも親切だと思っていた――最初のうちは。アグネスはかつてのわたしを思い出させた。かつてのわたしを、いまもそうあるべきだったわたしを、もう二度と戻ることのできないわたしの姿を。だから、わたしはアグネスを憎んだ。何か失敗をしたり、遅れたりするたびに、わたしは彼女をぶった。するとアグネスはますます失敗をした。わたしはまたぶった。ついにアグネスは泣きだした。涙に濡れた顔も、わたしにそっくりだった。わたしはますます強くぶった。自分の影に憧れるごとに。

わたしの生活はこうして過ぎた。自分の生活が普通と違うことに気づくほど、わたしが常識を知っているはずがないと思われるかもしれない。だが、わたしは伯父の蒐集物以外の本も読み、使用人たちの会話を耳にはさみ、連中がわたしを見る眼つきで――客間女中や厩番《うまやばん》の好奇に満ちた、憐れむような眼つきで！――自分がどれほどおかしなものに育ったのかを思い知らされていた。

わたしは物語の中のもっとも激しい放蕩者よりよほど世間を知っていたが、伯父の城に来て以来、城を離れたことがなかった。わたしはすべてを知っていた。わたしは何も知らなかった。このことを覚えておいてほしい。わたしに何ができないか、何を見たことがないか。わたしは馬に乗れない。ダンスもできない。お金を手に取って、使ったことがない。お芝居も、鉄道も、山も、海も、見たことがない。

わたしはロンドンを見たことがなかった。それでも、知っているような気がしていた。伯父の本で知っていたのだ。ロンドンは河の上にまたがる都市だ――その河は、伯父の庭の裏を流れている川が下流でもっと広くなったものだ。そう考えながら川岸を歩くのが好きだった。古い朽ちかけた平底船《パント》が引っ繰り返して置いてあった――胴にいくつもあいた穴は、囚われのこの身を永遠に嘲笑うかのようだったが、わたしはその上に腰をおろして、水辺の灯心草のくさむらを眺めるのが好きだった。籠にはいった子供が王女に拾われる聖書の話を、よく思い浮かべた。自分も子供を拾いたかった。育てたかったわけではない！――ただ、わたしがその籠にはいって、拾った子供をわたしの身代わりとしてブライア城に残したかった。何度となく、わたしはロンドンでの生活を夢見た。そして、わたしを引き取りたいと言う人が現われることを。

これはみんな、まだ夢物語を信じていた幼い頃の話だ。成長するにつれて、わたしは川岸を歩かなくなり、城の窓辺に立って、川が流れていく先を見つめるようになった。わたしは自分の部屋の窓辺に何時間も立っていた。伯父の書斎のガラスをおおった黄色いペンキに、爪で小さくきれいな三日月の窓を作り、それからは時々身をかがめて眼を当てた――まるで秘密の小部屋の鍵穴を覗く好奇心の強い妻のように。

だが、わたしはその小部屋の内側にいて、出たくて仕方がなかったのだ……

リチャード・リヴァーズが、計画と、約束と、道具になる馬鹿な娘の話をたずさえてブライア城に来た時、わたしは十七歳だった。

8

すでに述べたように、伯父は時々、好事家《こうずか》たちを城に招き、晩餐後にわたしの朗読を聞く会を催した。この時もそうだった。

「今夜はめかしておけ、モード」書斎で立ったまま手袋のボタンを留めているわたしに、伯父は言った。「客人が来る。ホートリーに、ハスに、もうひとり、新入りだ。わしらの絵を装丁するのに雇おうと思っとる」

わしらの絵――書斎の別室に並んだ棚には淫らな版画が詰まっていて、本と同様、手当たり次第に伯父が蒐集《しゅうしゅう》したものだった。かねがね伯父はこの版画を整理して装丁させたいと言っていたが、仕事をまかせられる人物が見つからなかった。こんな仕事は誰にでもまかせられるものではない。

わたしの眼を見て、伯父はくちびるを突き出した。「ホートリーが手土産を持ってくると言っとる。わしらが目録に収めとらん本だそうだ」

「それはすばらしい知らせですね」

もしかすると、わたしの口調は冷めていたかもしれない。だが、伯父は冷めきった人間であり、気づいた様子はなかった。無頓着《むとんちゃく》に眼の前に積み上がった書類の束を、ふたつの適当な山に分けた。「さて、さて。調べてみるか……」

「失礼してもいいですか」

伯父は顔をあげた。「時計は鳴ったのか」

「鳴ったと思いますけど」

伯父はポケットから二度打ち時計を出して耳に当てた。書斎の鍵が――色褪《あ》せたベルベットの紐で時計につなげられた鍵が――音もなく揺れていた。「よし、行け、行け。わしは本を読む。戻って遊べ。だが――静かにな、モード」

「はい、伯父様」

前々から不思議に思っていた。いったい伯父は、わたしが書斎にいる時以外の時間をどう過ごしていると考えているのだろう？　伯父は本の中の現実とは違う時間の進み具合や、時がたつことのない世界に慣れすぎて、わたしを永遠の子供と思っていたのかもしれない。時々、想像したものだが――この短くてきついドレスや、ベルベットの腰帯《サッシュ》は、中国の纏足《てんそく》のように、わたしの身体にきつく巻きついて、育ちすぎないように押さえるためのものなのだろうか。伯父は――当時は、五十歳前後だったはずだが――完全に歳を取って姿の変わらない老人に思えた。煙るような琥珀《こはく》の中に変わらない姿で留め置かれる蠅《はえ》のように。

眉を寄せて本を睨んでいる伯父を残し、外に出た。底のやわらかい靴は音をたてなかった。部屋に戻ると、アグネスがいた。

アグネスは縫い物をしていた。わたしを見て、びくっとした。わたしのような気性の人間に、そんな態度を見せるのは禁物だ。わたしは立ったまま、アグネスが縫っている様を見ていた。視線を感じて、アグネスは震えだした。その針目はだんだん荒く、曲がってきた。ついにわたしは針を奪い取り、その先端を彼女の手に当てた。離しては当てを六、七度繰り返すと、針先でついた赤い痕《あと》が、そばかすのように手の甲に散った。

「今夜は紳士たちがいらっしゃるのよ」そうしながらわたしは言った。「ひとりは初めてのかたですって。若くて、ハンサムなかただと思う？」

投げやりに——冗談めかして言った。わたしにはどうでもいいことだった。だが、アグネスはわたしの言葉に真っ赤になった。

「わかりません」アグネスは眼をまたたかせて、うつむいた。なぜか、手をひっこめようとしなかった。「そうかもしれません」

「おまえ、そう思うの」

「はあ。そうかもしれません」

わたしはアグネスをじっと見ていたが、やがて新たに思いついた。

「若くてハンサムなかたなら、してみたい？」

「何をですか」

「だから、あれをよ、アグネス。してみたいんじゃない？　彼が来たら、おまえの部屋を教えましょうか。わたしはドアに耳をつけたりしないわよ。鍵もかけて、おまえたちをふたりきりにしてあげる」

「ご冗談を！」

「あら、そう。こっちをお向き」アグネスが顔をあげると、わたしは針を強く押しつけた。「どう、気に入らない？　手に針を突き立てられるのは」

　アグネスは手を引っこめ、口にあてて泣きだした。その涙を――わたしが突き刺した柔肌を這うくちびるを――見るうちに、心がざわめき、むずむずし始めたが、やがて、うんざりした。泣いているアグネスを残し、わたしは音をたてる窓のそばに立つと、塀に、灯心草に、テムズ河に向かってゆるやかにくだる芝生を見つめた。

「静かにできないの」まだしゃくりあげているアグネスを叱った。「自分の顔を見なさい！　たかが男ひとりのことで泣くなんて。ハンサムなはずないじゃない。まして、若いわけが。まだわからないの。そんな男は来やしないわ」

　もちろん、彼はその両方だった。

「リチャード・リヴァーズ君だ」伯父は言った。その名前は吉兆に思えた。のちに、それは偽名と知った――彼の指輪と、微笑と、物腰と同じ偽物。だが、客間にはいったわたしを迎えて立ち、お辞儀をする彼を見て、どうして疑うことができただろう。端正《たんせい》な顔立ちで、歯並びは美しく、伯父より一フィート（三十センチ）も背が高かった。梳《くしけず》った髪は油でなでつけていたが、長い巻き毛がこぼれて眉にかかり、何度もその髪の房に手をやっていた。その手は細くなめらかで――煙草の脂《やに》に黄色く染まった一本の指以外は真っ白だった。

「ミス・リリーですね」彼はわたしにお辞儀をした。髪の房が前に垂れ、脂のついた手がそれをかきあげた。声はとても小さかったが、たぶん、伯父のためにそうしていたのだろう。あらかじめホートリー氏に注意されていたに違いない。

ホートリー氏はロンドンの出版社社長兼書店長で、何度もブライア城に来ていた。彼はわたしの手を取って、キスをした。ホートリー氏のうしろには、ハス氏がいた。蒐集家の紳士で、伯父の若い頃からの友人だった。彼もまた手を取ったが、そのままわたしを引き寄せて、頰にキスをした。「やあ、お嬢さん」

何度か、ハス氏には階段で驚かされていた。彼はわたしが階段をのぼる姿を見上げるのが好きだった。

「ごきげんよう、ハス様」わたしは膝を折ってお辞儀をした。

だが、わたしが見ていたのはリヴァーズ氏だった。一、二度、そちらに顔を向けるたび、彼の眼がじっとわたしを見つめていることに気づいた。まるで何かを考えているように。値踏みしているのだろう。わたしがこれほどきれいな娘だと思わなかったのか。それとも、期待ほどわたしはきれいでなかったのか。何とも言えなかった。夕食の鐘が鳴り、わたしがテーブルの伯父のそばの席に歩いていくと、リヴァーズ氏は躊躇《ちゅうちょ》していた。それから、わたしの隣の席を選んだ。わたしはそうでないほうがよかった。ずっと見つめられることには違いない。食べているところを見つめられるのは嫌いだった。ウェイとチャールズはまわりを静かに歩き、グラスを満たしていった——わたしのグラスは、母を常に思い出させる、Mの文字が刻印された例のものだ。料理を皿に取り分けると、使用人たちは去った。来客時は、食事の間は使用人たちはさがり、次の料理を持ってくる時にまた現われる。ブライア城の食事は、ほかのすべての行動と同じく、鐘に従って進められた。紳士たちとの会食は一時間半と決まっていた。

この晩は野兎のスープで始まった。次は、鵞鳥《がちょう》がテーブルの上を回された。皮がぱりぱりで、骨のまわりは薄紅色で、内臓は辛味をきかせたスパイスがまぶされている。ホートリー氏はおいしそうな腎臓を取った。リヴァーズ氏は心臓を取って、すすめてくれたが、わたしは首を振った。

「おなかがすいていないようですね」わたしの顔を見つめて静かに言った。

「鵞鳥は嫌いかな」ホートリー氏が言った。「うちの長女も嫌いでね。鵞鳥のひよこがかわいそうだと言って泣くんだ」

「お嬢さんの涙を集めて、取っておいてほしいね」ハス氏が言った。「前々から、乙女の涙をインクにしたらどんな文字が書けるだろうと思っていたんだ」

「インクに？　うちの娘たちに、妙なことをふきこまないでくれよ。注文やら文句やらをいちいち聞かなきゃならなくなる。あれたちが手紙で自己主張をしたり、それを私に読ませようなんて思いついたりしたら、ああ、もう生きていたくないね」

「涙のインクだと」伯父は皆より一拍遅れて言った。「そりゃ、なんの冗談だ」

「乙女の涙ですよ」ハス氏は言った。

「無色透明だろうが」

「そんなことはないでしょう、絶対。薄く色がついていると思いますね——桃色とか、すみれ色とか」

「それは」ホートリー氏が口をはさんだ。「涙を流す原因によって違うというわけか」

「まさに。さすがにわかっているね、ホートリー。すみれ色の涙は悲しい本を読んだ時。桃色は楽しい時。うん、乙女の髪で涙の数珠《じゅず》をつなぐのもいい……」そしてわたしを見て、表情をあらため、ナプキンで口元をおさえた。

「ところで」ホートリー氏は言った。「いままでにそういう例はなかったんですか、リリーさん。装丁に使う革に関する、野蛮な話のように……」

紳士たちはしばらくこの件について話をしていた。リヴァーズ氏は聞いているだけで、無言だった。彼の関心はわたしにだけ向けられていた。きっと、紳士たちの会話の陰に隠れて話しかけてくるだろう。そうしてほしかった。そうしてほしくもなかった。葡萄酒を口に運び、急に物憂くなった。もう何度、こんな晩餐会の席で伯父の友人たちが、小さな輪を描いて退屈な議論を長々と繰り返す単調な追いかけっこの会話を聞いてきただろう。唐突にアグネスの姿が頭に浮かんだ。刺されたてのひらに滲《にじ》んだ血の珠《たま》を、アグネスのくちびるが吸っている。伯父が空咳をしてわたしは我に返った。

「リヴァーズ君」伯父は言った。「ホートリーはあんたが翻訳をしていると言った。フランス語から英語に。たいした本じゃなかろう、ホートリーの出版社ということは」

「そうなんですよ」リヴァーズ氏は答えた。「でなければ手出しはしません。翻訳は専門じゃありませんから。パリに住んでいれば、ある程度、必要な言葉は身につきますが、ぼくが最後に滞在したのは画学生としてです。もっと自分の才能を生かせる仕事を見つけたんですよ、全然だめなフランス語を、まあまあだめな英語になおすことよりも」

「ほう、なるほど」伯父はにやりとした。「わしの絵を見たいだろうな」

「それはもう、ぜひ」

「そうか、日をあらためて見せよう。あんたならきっと気に入る。まあ、わしはこの絵よりも、本のほうが好きだが。あんたは、たぶん――」伯父は言いよどんだ。「――わしの目録について聞いとるだろう」

リヴァーズ氏は頷いた。「すばらしいもののようですね」

「ああ、すばらしい――そうだな、モード。ん？　照れとるのか？　赤くなっとるのか？」

わたしの頰は冷たいのがわかっていた。伯父の顔は蠟燭《ろうそく》のように青白かった。リヴァーズ氏は振り返り、わたしの顔を探るように見た。

「この大仕事はどのくらい進みましたかな」ホートリー氏は軽い口調で訊いた。

「かなりだ」伯父は答えた。「ほとんど完成だ。仕上工と打ち合わせを始めとる」

「長さは」

「千ページだ」

ホートリー氏は眉をあげた。伯父の機嫌をそこねる心配がなければ、口笛のひとつも吹きたそうな顔だった。彼は鵝鳥の肉をもうひと切れ、取った。

「二百ページ、増えましたね」そうしながらホートリー氏は言った。「先日、お話をうかがった時より」

「もちろん、これは第一巻のことだ。第二巻はもっと厚いものになる。どう思うね、リヴァーズ君」

「驚きました」

「いままでにこれに匹敵するものがあったかね。世界中の作品を集めた目録、しかもこんなテーマの目録が。英国人は科学を死体同然に考えとるという評判だが」

「じゃあ、あなたが科学に命を吹きこんだわけだ。まさに偉業ですよ」

「ああ、たいへんな偉業だ――特に、わしの調べとるものがどれだけ隠れ蓑をかぶっとるかを知れば、ますますそう思うはずだ。考えてもみてくれ。わしが集める本の著者は、仮名はもちろん、あらゆる誤魔化しで身元を隠しとる。本そのものさえでたらめや、わざと別の方向を見させようとする手がかりだらけで、発行年月日から版元の住所までが適当だ。わかるかね。さらに、どれも曖昧《あいまい》な題名がつけられとる。闇の裏取引で伝えられやすく、噂や妄想で広まりやすくするためにな。こういうものの内容をひとつひとつ確かめる書誌学者の苦労を考えてみろ。まさに偉業だと言うのは、そのあとだ！」肩を揺らして非情に笑った。

リヴァーズ氏は首を振った。「想像もつきませんね。その目録はどういうふうに分類を……」

「題名、著者名、入手した期日、そして何より大事な、歓びの種類で分けている。実に細かく分類した」

「獣姦の章です」

「本をですか」

「歓びの種類をだ！　いま、我々はどの章をやっとるかね、モード」

紳士たちの眼がわたしに集まった。わたしは葡萄酒を飲んだ。

伯父は頷いた。「そうだ、そうだ。わかるかね、リヴァーズ君、この分野の研究者にとって、わしらの作る目録がどれほどの助けになるか。これは文字どおりの聖書となるだろう」

「〝肉は言《こと》となる〟ですな」ホートリー氏はその言葉を嬉しそうに口にしながら、にやにやすると、わたしの眼をとらえて、ウィンクをした。リヴァーズ氏は、まだ熱心に伯父を見つめていた。

「大志ですね」彼は頭を振った。

「重労働でもある」ハス氏は言った。

「ああ、まさに」ホートリー氏はそう言うと、またわたしに向き直った。「気の毒に、お嬢さん、伯父上はあなたをまだまだ、容赦なく働かせるつもりだ」

わたしは肩をすくめた。「この仕事をするように育てられましたから」わたしは言った。「使用人と同じです」

「使用人と令嬢は」ハス氏が言った。「まったく違う種類の人間だ。前々から私は何度もそう言っとるだろう。令嬢の眼というものは読書で弱らせるものではないし、小さな手はペンだこで硬くするものではない」

「伯父もそう考えています」そして手袋を見せた。もちろん、伯父が守りたいのは、本であって、わたしの指ではなかったが。

「ふん、それに」今度は伯父が口を開いた。「姪が一日に五時間、働いたからといって、それがどうだというのだ。わしは十時間だ！　そもそも人間は本以外の何のために働く、ん？　スマートやドベリーはどうだ。ティニウスなど病膏肓《やまいこうこう》にはいって、蔵書のためにふたりも殺しとる」

「ヴィンセント道士は蒐集のために、十二人も殺している！」ホートリー氏は首を振った。

「いや、いや、リリーさん。姪御さんを働かせるのはいいですが、本のために姪御さんの手を汚させたりしたら、我々が決して許しませんよ」

紳士たちは笑った。

「ほう、ほう」伯父は言った。

わたしは無言で自分の手を見つめた。母のイニシャルが見えないほど、濃い色の葡萄酒が満たされたグラスに、指はルビーのような紅に染まっていた。わたしはクリスタルのグラスを回した。突然、刻印が眼に飛びこんできた。

わたしはそのあとふた皿で食卓を離れた。時計が二度鳴って紳士たちが来るのを、客間でひとり待った。話し声を聞きながら、わたしのいない間に何を話しているのだろうと思った。やっと現われた時には、紳士たちの顔は紅潮し、息は煙草でつんと臭っていた。ホートリー氏は、紐をかけた紙包みを取り出した。渡された伯父は不器用に包みを解いた。

「ほう、ほう」姿を現わした本を、伯父は眼に近づけた。「ははあ!」伯父はくちびるを動かした。「見てみろ、モード、この宝探し名人が持ってきたものを」わたしにその本を見せた。「どう思う」

けばけばしい装丁のありふれた小説だが、扉絵がこの本を希少なものにしていた。見ていると、身体の奥にちりちりと昂《たかぶ》りを感じた。いやな感覚だった。「とてもすばらしい本だと思います、本当に」

「ここの花形装飾《フリューロン》を見たか。これだ」

「見ました」

「こんなものが存在しようとはな。想像もせなんだ。また、前に戻らんと。あの章は完璧になったと思っとったが。明日、その章に戻る」伯父は首を伸ばした。愉しみの期待で喜んでいるのだ。「さて、いまは——手袋を脱げ、モード。ホートリーがその本を持ってきたのは、肉汁を装丁につけさせるためだと思っとるのか。それでいい。少し聞くとしよう。坐って、朗読しろ。ハスも坐れ。リヴァーズ君、姪の声がどんなに静かでとおるか、よく聞くがいい。わしがじきじきに訓練した。さて——皺《しわ》にしとるぞ、モード!」

「いやいや、そんなことはしていませんよ」ハス氏はわたしの剝き出しの手をじっと見つめて言った。

わたしは書見台に本をたてかけ、そっと文鎮でおさえ、ランプの向きを変えて光が文字に当たるようにした。

「どのくらい読みますか、伯父様」

伯父は時計を耳に当ててから言った。

「次の鐘が鳴るまでだ。さあ、よく聞いておれよ、リヴァーズ君。こんな催しが国中のほかの客間で見られると思うか教えてくれ！」

その本は、先に書いたようにありふれた猥褻《わいせつ》な言葉に満ちていたが、伯父の言うとおり、よく訓練されていたわたしの声は静かで張りがあり、こんな言葉さえも甘美なものに変えていた。朗読が終わると、ホートリー氏は拍手をして、ハス氏はますます赤くなり、困惑したような表情でいた。伯父は眼鏡をはずして坐ったまま、頭を傾けて眼を閉じていた。

「くだらん本だ」伯父は言った。「だが、本よ、おまえにも家をくれてやろう。家と兄弟をな。明日、わしの書庫に居場所を決めてやろう。花形装飾か。こんなものがあるとはな――モード、表紙は閉じたか、曲がっとらんか」

「はい、伯父様」

伯父は眼鏡をかけ、つるの具合をなおしていた。ハス氏はブランデーを注いだ。わたしは手袋のボタンをかけ、スカートの皺を伸ばした。そして、ランプの向きを変えて、ほやを下げた。だが、わたしは意識していた。リヴァーズ氏を意識していた。彼はわたしの朗読を、興奮した様子もなく、床を見つめたまま聞いていた。が、両手を組み、片方の親指で、もう片方の親指を、やや神経質に叩いていた。やがて、彼は立ち上がった。火が熱すぎて焼けそうだと言って、しばらく部屋を歩き回ったり、ぐっと身をかがめて伯父の製本機を観察したりしていた――両手をうしろに回していたが、親指はあいかわらず落ち着かない様子で動いていた。わたしが見つめていることを知っているようだった。やがて、そばに来ると、わたしの眼を見て、丁寧にお辞儀をした。「こんなに火から遠い場所では冷えますね。火のそばに来ませんか」

「ありがとうございます、リヴァーズ様。わたしはここが好きですから」

「涼しい場所が？」

「陰が」

もう一度、わたしが微笑を見せると、誘われたと受け取ったらしく、上着の裾を払い、ズボンの膝を持ち上げ、わたしの隣のあまり近すぎない場所に腰をおろすと、いかにも本に魅せられたように、まだ伯父の書棚を見つめていた。口を開いた彼は、囁《ささや》くように言った。「ぼくも陰が好きですよ」

ハス氏がわたしたちのほうをちらっと見た。ホートリー氏は火のそばに立ち、グラスを取り上げた。伯父は椅子に身体を沈め、椅子の背の袖が伯父の眼を隠した。わたしからは、そのすぼめた乾いたくちびるしか見えなかった。「偉大なエロス精神にのっとった作品？　実に七十年も新しいものは生まれとらん！　昨今はただ本を売るためだけのありそうもない与太が官能小説としてまかり通っとるが、厩番《うまやばん》にさえ読ませるのが恥ずかしいものばかりだ……」

わたしがあくびを咬み殺すと、リヴァーズ氏は振り向いた。「失礼しました、リヴァーズ様」

彼は頭を下げた。「伯父さんの研究課題は好きでないようですね」

まだ囁き声だった。わたしも声をひそめた。「わたしは伯父の秘書です。研究課題に対するわたしの好みは関係ありません」

　再び、彼は頭をさげた。「そうかもしれませんね」伯父が話を続けているのを横目に言った。「ただ興味を覚えたもので。ああいった熱と感動を呼び起こす目的のものに、あくまで冷静で感情を動かされないご婦人にお目にかかって」

「でも、あなたのおっしゃるようなものに何も感じない女性は大勢いるでしょうし、そういうことによく通じている女性なら特に感動もしないでしょう」わたしは彼の眼を見た。「もちろん、実際の経験から言っているわけでなく、本からの知識だけです。それでも、きっと――たとえば司祭でさえ、聖体のパンと葡萄酒についてむやみに調べれば、聖餐式に対する情熱も冷めると思いますけど」

　リヴァーズ氏は眉ひとつ動かさなかった。が、急に笑いだしそうになった。

「あなたはとても変わっていますね」

　わたしは眼をそらした。「わかっています」

「苦々しい口調ですね。ご自分が受けた教育を不幸だと考えていますか」

「いいえ、全然。賢くなることがなぜ不幸でしょうか。殿方に関心を向けられても、わたしは騙《だま》されることがありません。女性を誉めるありとあらゆるお世辞を知りぬいていますから」

　彼は白い手を胸に当てた。「殺生《せっしょう》なことをおっしゃる。ぼくはただあなたを賛美したかったのに」

「殿方に、あのこと以外の欲望があるとは知りませんでした」

「あなたがいつも読む本の中ではそうかもしれない。しかし現実には――ほかにもたくさんありますよ。あのことは、たしかにその筆頭ですが」

「ああいう本が書かれた目的は、そのためだと思っていましたけど」

「いや、違います」彼は微笑した。そしてさらに声をひそめた。「あれはそのために読まれるが、書かれた目的はもっと切実なものだ。つまり――金です。どんな紳士でも、金銭欲を持っている。そして恥ずかしながら、紳士になりきれないぼくらのような俗人は、何よりも金に対する欲望が強い。――失礼、きまり悪い思いをさせました」

わたしは赤くなるか、表情を変えるかしたらしい。だが、すぐに平静を取り戻した。「お忘れですね。わたしはきまり悪いという感情を持たないように育てられました。驚いただけです」

「では、あなたを驚かせたことで満足しなければなりませんね」彼は手を口髭に持っていった。「あなたの平坦な繰り返しばかりの日々に、小さな印象を与えたことは、ぼくにとって大きな意味がありますよ」

含みのある言葉に、わたしの頰はまた熱くなった。

「わたしの日常について何をご存じなの」

「推測した範囲でです、この城を見て回って……」

彼の声と顔からまた感情が消えた。気がつくと、ハス氏が小首を傾けて、リヴァーズ氏をじろじろ見ていた。やがて、わざとらしく呼んだ。「きみはどう思う、リヴァーズ」

「なんですか」

「ホートリーめ、写真というものを擁護《ようご》するんだ」

「写真？」

「リヴァーズ」ホートリー氏が言った。「きみは若い。だから訊くが、性愛的な行為を記録するのに、写真ほど完璧なものは――」

「記録！」伯父は不機嫌そうに言った。「ドキュメンタリーか！　現代の呪いだ！」

「――あるだろうかね。リリーさんは、写真の科学はエロスの人生に反するとおっしゃる。私は、写真とは人生を切り取るもので、それを凌《しの》ぐものだと思う。写真はいつまでも残るが、人生は――とりわけ、エロスの人生、エロスの瞬間は――いつか終わり、消えるものだ」

「本は残らんと言うのか」伯父は安楽椅子の腕を爪でひっかいていた。

「残るでしょう、その言葉が残るかぎりは。しかし、写真は言葉で表わせないものも、どの言語も使わずに雄弁に語ることができる。写真は、イギリス人にも、フランス人にも、野蛮人にも、熱情をかきたてることができる。我々よりも長くこの世にとどまり、子孫の心を熱くすることもできる。時の支配から逃れている」

「時に支配されとるとも！　汚染されとる！　時代が煙のように常にまつわりついとる！――靴、服、髪型というものにな。写真を受け取った子孫は、ひと目見て時代遅れと思う。お前さんの蠟で固めた口髭を見て笑う！　だが、言葉はどうだ、ホートリー、言葉は――ん？　言葉は闇の中から誘惑し、読み手はおのが思うままの衣服と肉体を与える。そう思わんか、リヴァーズ君」

「思います」

「銀板写真だのなんだのというくだらんものを蒐集に加えるつもりはないという、わしの考えはわかるか」

「実に賢明だと思いますよ」

ホートリー氏は首を振り、伯父に言った。「あいかわらず、写真が単なる流行りものだと思っているようですな。一度、ホリウェル街に来て、私の店で一時間も過ごしてみればわかりますよ。我々は写真のカタログを何冊も作っています。顧客は皆、それを目当てに来ていますよ」

「あんたの顧客は下衆《げす》だ。わしとなんの関係がある。リヴァーズ君はそれを見ただろう。ホートリーの商売をどう思う……」

議論は続き、リヴァーズ氏は逃れることができなかった。彼は答えて、詫びるようにわたしの眼を見ると、立ち上がり、伯父のそばに行った。それから、紳士たちは話し続け、やがて十時の鐘が鳴った――わたしが退室する時間だった。

これは木曜日の夜のことだ。リヴァーズ氏はブライア城に日曜日まで滞在することになっていた。翌日、紳士たちが書斎で本を見ている間、わたしは呼ばれなかった。夕食の間、彼はわたしを見つめ、その後の朗読会では耳をすましていたが、また伯父の横に坐らされたので、わたしの隣に来られなかった。土曜日の昼間はアグネスと庭を散歩をして、彼には会わなかった。

土曜日の夜は、伯父はお気に入りの古書をわたしに読ませた――朗読が終わると、リヴァーズ氏は近づいてきて、隣に座り、風変わりな表紙を熱心に見ていた。

「気に入ったか、リヴァーズ」彼を見て伯父は訊いた。「それは非常に珍しいものだ」

「そうでしょうね、ええ」

「ふん、その本の現存する数が少ないという意味だと思っとるんだろう」

「そう思いましたが」

「素人はそうだろう。我々、蒐集家は別の尺度で希少価値を決める。この世に一冊しかないが、誰も欲しがらないような本を稀書と呼ぶと思うかね。そんなものは死書とでも呼べばいい。だが、たとえば現存数が二十冊の本を千人の人間が探しとると考えてみろ。誰も欲しがらない唯一の本より、その二十冊の一冊一冊はずっと希少だ。わかるか」

リヴァーズ氏は頷いた。「わかります。物の希少価値とは、それを求める心の欲望に比例するわけですね」彼はわたしをちらりと見た。「この本はたいへんな稀書ということですが。ちなみに、これを探し求めている人間はどのくらいいるんですか」

伯父の眼に茶目っ気が浮かんだ。「さあ、何人だろうな。まあ、あえて答えるなら、競買にかけてみればわかる！　どうだ？」

リヴァーズ氏は笑った。「はっきりさせるなら、それしかありませんね……」

礼儀正しい薄い仮面の下で、リヴァーズ氏は何か考えているようだった。彼はくちびるを咬んでいた――その歯は黄色く、牙のように黒い口髭に映えたが、くちびるはやわらかそうで、驚くほど紅かった。伯父が飲み物に口をつけ、ホートリー氏が暖炉の火をつついている間、彼は無言でいた。やがて、また口を開いた。

「だとすると、ひとりの蒐集家が二冊組の本を求める場合はどんな価値が出ますか」

「二冊組?」伯父はグラスを置いた。「セットということか、上下巻の」

「上下でひと揃いの二冊組です。片方だけを持っていて、もう片方を探している人間がひとりいたら、その残り一冊は、もともと手元にあるほうより、かなりの値打ちがつきませんか」

「もちろんだ!」

「やっぱり」

「人間はそういうものに対して馬鹿げた金額を払うからな」ハス氏が言った。

「そうだ」伯父は言った。「もちろん、それについても目録に書いておいた……」

「目録」リヴァーズ氏は口の中で言った。紳士たちの会話は続いた。わたしたちは坐ったまま聞いていた——というよりも、そのふりをしていたが——すぐに彼は向き直って、わたしの顔を見つめた。「ひとつ訊いてもいいですか」わたしが頷くと、彼は続けた。「伯父さんの仕事が完成したら、あなたはどうするつもりですか——なぜ、そんな顔を?」

その時わたしは微苦笑らしいものを浮かべていた。「あなたの質問は無意味です。答えることもできません。伯父の仕事は永遠に終わりません。古い本の上に新しい本が次々に生まれてきて、大昔の本が次々に発掘されて、謎が多すぎて。伯父とホートリー様は永遠にこれのことで話し続けます。ほら、いま、そこで話しているあの調子で。計画どおりに目録を出しても、すぐに増補版を出す準備に取りかかるだけです」

「あなたは伯父さんのそばに居るつもりですか、永遠に」

「ほかに選択肢はありませんもの」やっと答えた。「手に職を持っていませんし、あなたもお気づきのとおり、わたしはかなり変わった人間ですから」

「あなたは貴婦人だ」彼は小声で言った。「そして若く、美しい。——お世辞じゃありませんよ。ぼくは真実しか口にしない。あなたならきっと、なんでもできる」

「あなたは殿方です。殿方にとっての真実は女性とは違います。わたしには何もできません。わかっています」

彼は躊躇した——息を詰めているようだった。やがて言った。「でも——結婚もできる。それは大きなことだ」

リヴァーズ氏は、わたしが朗読をした本を見ながらそう言った。その言葉に、わたしは声をたてて笑った。伯父は自分の言った干涸《ひから》びた冗談に笑ったと思ったのか、こちらを向いて頷いた。「おまえもそう思うか、モード。ハス、姪でさえ、そう思っとる……」

伯父がまた注意を移して、顔をそらすのを待った。それから、わたしは手を伸ばして、書見台の本の表紙をそっとめくった。「ほら。これが伯父の蔵書票で、どの本にも貼ってあります。図案の意味はわかるでしょう」

蔵書票には伯父自身の巧みな図案による紋章が描かれていた——陽物に似せて奇妙に描かれた百合《リリー》の根元にいばら《ブライァ》がからみついている。リヴァーズ氏は小首をかしげて見つめていたが、頷いた。わたしは本を押さえていた手を離した。

「時々、思います」わたしは眼を伏せたままで言った。「わたしの身体にもこんな蔵書票が貼ってあるのかと——分類されて、目録に書き入れられて、書棚に納められて——わたしも伯父の本によく似ています」顔をあげ、彼の眼を見た。頰は火照《ほて》っていたが、声はまだ冷静だった。「一昨日の晩、この城の中をよく見て回ったとおっしゃいましたね。それなら、おわかりでしょう。わたしたちは普通の人の役には立ちません、わたしも、わたしの兄弟であるこの本たちも。伯父はわたしたちを世間から隔離しています。毒だから、無防備な眼を傷つけるだろうと。わたしたちを我が子と、世界中から伯父の手元にやってきた拾い子と呼んでいます——豪華で美しい本、みすぼらしい本、傷のついた本、綴《と》じの壊れた本、派手な本、粗悪な本。口ではいろいろ言っていますが、伯父がいちばん好きなのは粗悪な本だと思います。こういうものは前の親が——愛書家や蒐集家が——捨てたものですから。わたしも同じように捨てられて、家と呼べる場所を持ったけれど、それも失って——」

もう、わたしは冷静に話していなかった。自分の言葉に支配されていた。リヴァーズ氏はじっと見ていたが、やがて身を乗り出し、書見台から伯父の本をそっと取り上げた。

「あなたの実家は」顔を寄せて、彼は囁いた。「気狂い病院でしたね。そこで過ごした日々をよく思い出しますか。母上のことを考えると、狂った血が自分の中にも流れていると感じますか——リリーさん、この本ですが」伯父がこちらを向いた。「手に取ってもかまいませんか。どういう点に希少価値があるのか、教えてほしいんですが……」

素早く囁かれた言葉に、わたしは愕然とした。普段、わたしは驚かない。我を忘れることもない。だが、彼が立ち上がり、本を持って火のそばに戻っていく間、一、二秒、わたしの時間は止まった。気がつくと、胸を押さえていた。息が荒くなっていた。わたしが坐っている陰は突然濃くなり——そのあまりの濃さに、スカートはソファに流れる血のように、心臓あたりで上下する手は、膨れた闇の溜まりに浮かぶ一枚の葉のように見えた。

失神はしなかった。それは本の中の娘だけが、殿方のためにするものだ。しかし、わたしは真っ青になって危うげな表情をしていたのだろう、笑顔で振り向いたホートリー氏の顔から微笑が突然消えた。「お嬢さん!」彼は近寄ってくると、手を取った。

ハス氏もそばに来た。「大丈夫かね」そして、わたしの腋の下に手を回して支えた。

リヴァーズ氏は前に出ようとしなかった。伯父は苛立った顔になった。「なんだ、どうした」本を閉じたが、ぬかりなくページの間に指をはさんで栞《しおり》にしていた。

紳士たちはベルを鳴らしてアグネスを呼んだ。アグネスは、おどおどした眼で紳士たちを見て、伯父に向かってお辞儀をしたが、怯えた顔をしていた。まだ十時になっていなかった。

「何でもありません」わたしは言った。「心配しないでください。急に、疲れが出ただけです。申し訳ありません」

「申し訳ない? 何を言ってるんだ!」ホートリー氏は言った。「申し訳ないのは私たちのほうだ。リリーさん、あなたは暴君ですよ、こうも姪御さんをこきつかって。いつも言っていたでしょう、言わんこっちゃない。アグネス、お嬢様の腕を支えてさしあげろ。ゆっくりと進みなさい」

「階段はのぼれるかね」ハス氏は心配そうに言った。わたしたちが階段をのぼろうとすると、彼はホールに立っていた。その背後にリヴァーズ氏の姿があった。わたしは彼の眼を見なかった。

客間のドアが閉まると、わたしはアグネスを押しのけた。部屋にはいってあたりを見回し、顔を当てる冷たいものを探した。ようやく暖炉に歩み寄り、身を乗り出して、炉棚の上の鏡に頬を押しつけた。

「お嬢様、スカートが！」アグネスはわたしのスカートを火から離した。

自分が自分でない、ひどく狂った感じがした。城の鐘はまだ鳴らない。それが聞こえてきた時、少し気分がよくなった。リヴァーズ氏のことは考えないようにしよう――わたしについてあの男は何を知っているのか、どうして知ることができたのか、何のために知ったのか。アグネスはおぼつかなげに、腰を半分かがめて立ち、わたしのスカートをたくしあげていた。

鐘がやんだ。わたしは鏡から離れ、アグネスに服を脱がさせた。心臓は前より落ち着いた音をたてていた。アグネスはわたしをベッドに入れて、カーテンをおろした――すると、夜はいつもの夜と変わらなくなった。アグネスが自分の部屋に戻って、服を脱ぐ音が聞こえた。頭を枕からあげてカーテンの隙間から覗けば、アグネスがひざまずいて、固く眼を閉じ、子供のように両手を合わせて、くちびるを動かしているのが見えるだろう。ああして毎夜、祈っているのだ。家に帰してほしいと。そして、眠る間、守ってほしいと。

アグネスが祈る間、わたしは木の小箱の鍵を開け、母の肖像画に残酷な言葉を囁いた。そうしながら眼は閉じていた。あなたの顔なんて見るもんですか！――だが、一度、そう思っても、ひと目見てからでなければ、眠ることもできずに具合が悪くなるに違いなかった。わたしは母の淡い色の眼を睨んだ。母上のことを考えると、狂った血が自分の中に流れていると感じますか。

わたしは感じているのだろうか？

肖像画をしまうと、わたしはアグネスに水を一杯持ってくるように言った。いつもの薬を一滴たらし――それでは効かないような気がして、もう一滴たらした。そして、横になり、髪を枕の上に出した。手が手袋の中でちくちくしてきた。アグネスは立って待っている。彼女も髪をおろしていた――汚い赤毛は、きれいな白い寝巻の上ではいっそう汚く赤く見えた。片方の鎖骨のあたりは、うっすらと青くなっているようで、ただの陰影かもしれないが――いまではよく覚えていないが――青痣《あおあざ》かもしれなかった。

ようやく胃の中で薬が広がるのを感じた。

「もう用はないわ」わたしは言った。「おさがり」

アグネスが自分のベッドにもぐりこんで、毛布をかぶるのが聞こえてきた。沈黙が訪れた。まもなく、きしむような、囁くような、機械のかすかな呻きが聞こえた。伯父の時計の歯車が動いている。わたしは横になり、眠りの訪れを待った。眠りは来なかった。そのかわりに、ますます手足は落ち着かず、ひどく脈打ちだした。自分の血を強すぎるほど感じた――指先、爪先で、血が逆流するようだった。わたしは頭をもたげて、小声で呼んだ。「アグネス！」聞こえなかったのか、聞こえても、怖くて返事ができなかったのか。「アグネス！」――とうとう、わたしは自分の声に怯え始めた。諦めて、おとなしく横になった。やがて遠くから別の音が聞こえた。伯父は夜更かしをしない。戸が閉まる音、ひそめた声、階段をのぼる靴音。紳士たちが客間を出て、それぞれの寝室に向かったのだ。

わたしは眠ったらしい――だとしても、一瞬のことだった。突然、はっと目が覚めた。わたしを起こしたものは音ではなく、動きだった。動きと、そして、光。ベッドのカーテンの向こうで、灯心草ランプの火がぽっと明るく燃え上がり、ドアも窓ガラスも異様に揺らめいている。城はいま大きく咽喉《のど》を開けて、息をしていた。

その時、この夜がほかの夜とは違うのだと悟った。わたしは呼び声に導かれるように起き上がった。アグネスの部屋に通じる戸の前に立ち、規則正しい寝息に耳をすまして、眠っていることを確かめた。ランプを取り上げ、裸足で居間に歩いていった。窓辺に立ち、ガラスに淡く映る手にてのひらを当てて、眼下にあるはずの、いまは闇に沈んでいる砂利の馬車回しを、芝生の縁を見おろした。最初は何も見えなかった。やがて、やわらかな靴の音がひとつ、そして、もっと小さな靴音がひとつ、聞こえた。次に、細い指につままれたマッチが音もなく燃え上がり、その揺れる炎に照らされて、眼は洞《うろ》となった。ぎらぎら光る顔が現われた。

リチャード・リヴァーズもわたしと同じく眠れずにいるのだ。彼はブライア城の芝生の庭を歩き回って、眠気の訪れを待っているようだった。

散歩には寒すぎる夜だった。煙草の先のあたりで息は煙より白く目立った。咽喉元に襟をかき寄せている。ふと、彼が眼をあげた。まるで、自分が何を見つけるか、わかっているかのように。頷きも何もせずに、ただわたしの眼をとらえた。煙草の光が翳《かげ》り、明るくなり、また翳った。その様子には、はっきりとした何かの意図が感じられた。

彼は頭を動かしていた。突然、わたしは、彼がしていることを理解した。城の壁を観察しているのだ。窓を数えているのだ。

わたしの部屋の位置を計算している！――道を知った彼は煙草を落とし、輝く光の点を踵《かかと》で踏みつぶした。馬車回しを歩いて戻った彼を、誰かが――おそらくウェイだろう――出迎えた。わたしからは見えなかった。ただ、玄関の扉が開いて、風が動くのを感じた。同時に、ランプがまた燃え上がり、窓ガラスが異様に膨れた。城が息を詰めているように思えた。

わたしは両手で口をおさえ、朧《おぼろ》に映る顔を見つめ、あとずさった。顔がガラスの向こうの暗闇に遠ざかり、空中で泳いでいるようにも、浮いているようにも見える。心の中で叫んだ。まさか、そんなことはしないわ！　そんな大胆なことは！　しかし、また思った。彼ならそうする。ドアに近づき、板に耳を押し当てた。声と、足音が聞こえた。足音は次第に小さくなり、別のドアが閉まった――もちろん、ウェイが寝室に戻るのを待つはずだ。彼はそうするだろう。ランプを取り上げて、急いでさがった。ほやの光が三日月形に壁に映る。着替える暇はなかった——着替えることはできなかった、アグネスに手伝わせなければ——だが、寝巻のままで彼に会ってはいけないとわかっていた。とりあえず靴下と、靴下留めと、部屋履きと、マントを見つけた。おろした髪を結おうとしたが、ヘアピンを扱うのが下手なうえに、手袋と——寝る前に飲んだ薬のせいで——なおさら指が動かない。わたしは怖くなってきた。心臓がまた早鐘を打ち出したが、薬に逆らっているせいか、ゆるやかな川の水に小舟が激しくぶつかるような調子だった。心臓に手を当てると、落ち着かない鼓動を感じた——コルセットをしていないと、本当に無防備で不安な心地だった。

だが、薬の威力は恐怖を凌いだ。何といってもそのための薬なのだ——不安を抑えるための。

彼が爪でドアを叩いた時、わたしはかなり冷静な顔をしていたはずだった。わたしは即座に言った。「侍女がすぐそこにいます——眠っていますが、隣の部屋に。大声を出せば起きます」

彼はお辞儀をしたが、無言のままだった。

わたしはキスを期待していたのだろうか。彼はそうしなかった。ただ、こっそり部屋にはいり、城の中を値踏みして回った時と同じように、冷静な眼であたりを見回し、何かを考えていた。「窓から離れよう、庭からもろに光が見える」そして、内側のドアに向かって顎をしゃくった。「侍女はそこに？　話を聞かれないだろうね」

わたしは抱きしめられると期待していたのだろうか。彼は一歩もそばに寄ろうとしなかった。それでも、彼の上着にまとわりつく夜気の冷たさは感じられた。髪に、口髭に、息に、煙草の匂いがした。彼はこんなに背が高かっただろうか。わたしはソファの端に寄ると、身を硬くして、立ったままソファの背をつかんだ。彼は反対側の端に立ち、こちらに乗り出して囁いた。

「許してほしい。こんなふうに会うつもりはなかった。だけど、ぼくはブライア城に綿密な下調べをして来た。明日は会う機会がないまま、帰ることになるかもしれない。心配ご無用。こうしてぼくを部屋に入れたことに対して、どうこう言うつもりはない。侍女が起きてきたら、眠れなかったのだと言えばいい。ぼくがきみの部屋を見つけて、無断ではいってきたと。ぼくはほかの屋敷で前科がある――これで、ぼくがどんな男かわかっただろう。しかし、今夜は、何もするつもりはない。ぼくの言う意味はわかるね？　それとも、ぼくが来るのを期待していたのかな」

「どうやら、わたしの秘密だと思っていることを見つけ出したらしいわね。母が狂っていたことを。その母が亡くなった病院から、伯父がわたしを引き取ったことを。でも、秘密でもなんでもないわ、みんな知っていることよ、使用人たちもね。わたしはその事実を忘れることは許されていないの。何かの得になると思っていたのなら、お気の毒様」

「また思い出させて、すまないと思っている。ぼくにとっては何の意味もないよ、そのおかげできみがブライア城に来て、こんな奇妙な方法で軟禁されることになったということ以外は。母上の不幸で得をしたのは、伯父さんだけだろう――はっきり言ってすまない。ぼくは悪党だ、同類はすぐにわかる。伯父さんは最低の部類の悪党だ、城にひきこもっているから、ただの年寄りのきまぐれとしか思われないだけでね。伯父さんを愛しているなんて言わないでくれ」わたしの顔を見ながら、素早く言い添えた。「堅苦しい礼儀は気にしなくていい。きみはそんなものとは無縁のはずだ。だからこそ、ぼくはこうして部屋に来た。礼儀はぼくたちの間で作ればいい。でなければ、ぼくたちにいちばん合う作法を見つければいい。とりあえずいまは坐って話を聞いてくれ、紳士の話を聞く貴婦人として」

彼が手で指し示して、しばらくたってから——まるでお茶のお盆を持った侍女が来るのを待っていたかのように——わたしたちはソファに腰をおろした。わたしの黒っぽいマントが開いて、寝巻が覗いた。前を合わせる間、彼は顔をそむけていた。

「それじゃ、ぼくの知っていることを話そう」彼は言った。

「きみは結婚するまで収入がないはずだ。そのことは最初にホートリーから聞いた。連中、きみのことを話していたよ——知っているかもしれないが——ロンドンやパリの薄暗い本屋や出版社で。何か珍しい生きもののことを語る口振りだった。きれいな娘がブライア城にいる。リリー老人が訓練して、物言う猿のように紳士たちの前で猥褻な本を朗読する——もっとひどいこともさせられているかもしれない、と。こまかく言う必要はないね、だいたい想像はつくだろう。だが、そんなことはぼくにはどうでもいい」わたしを正面から見つめ、やがて、眼をそらした。「ホートリーには一応、まだ良心があった。しかも、ありがたいことにぼくを正直者と思っている。彼は、気の毒そうな口振りで話してくれた、きみの人生について——不幸な母上について——きみが相続する財産と、その条件について。独身男ならそういう娘の話はよく耳にする。たいてい、その百人のうちひとりも追う価値はないものだが……しかし、ホートリーは正しかった。ぼくはきみの母上の財産について調べ上げ、きみを手に入れる価値があると知った――ミス・リリー、きみは自分にどのくらいの値打ちがあるか、知っているかい」

わたしは迷い、そして首を振った。彼は数字を口にした。それは、伯父の書棚のもっとも高価な本の数百倍で、もっとも安い本の何千倍の数字だった。わたしが知っている価値基準は、伯父の本だけだった。

「たいへんな財産だ」リヴァーズ氏はわたしの顔を見つめた。「ぼくたちが結婚すればみんなぼくたちのものになる」彼は言った。

わたしは頷いた。

わたしは黙っていた。

「正直に話そう。ぼくはきみを普通の方法で手に入れるつもりだった――つまり、誘惑して城から連れ出し、財産を確保し、どこかで捨てればいいと。だが、ほんの十分間会っただけで、きみがどんな人間に育てられたかがわかったから、それはだめだと知った。連れ去るのは、きみを侮辱することでもあると悟った――それは結局、違う方法で軟禁するのと変わらない。ぼくはそうはしたくない。むしろ、きみを自由にしたい」

「まあ、紳士らしいことね。でも、わたしが自由になりたくないとしたら？」

彼はあっさり言った。「きみは心から願っているはずだ」

わたしは顔をそむけた――頬に血がのぼるのを見られたくなかった。わたしは落ち着いた声を出した。「あなたは忘れている。わたしの望みなんて、ここではないも同じよ。伯父の本が棚から飛び出したがっていると言うようなものだわ。伯父はわたしを本のように育て――」

「わかっている、わかっている」苛立ったように遮られた。「もうきみの口から聞いた。しょっちゅう自分にそう言い聞かせているんだろう。そんな御託《ごたく》に何の意味がある。きみは十七だ。ぼくは二十八で、いまごろは裕福になって悠々自適でいるはずだと、昔から信じてきた。だけど、いまのぼくはご覧のとおりだ。ただのやくざ者で、赤貧でないにしろ、のんびりしていれば、ポケットはすぐにぺしゃんこだ。きみが人生にうんざりしているって。ぼくがどれだけうんざりしているか、考えてからにしてくれ！　これまでに何度も危ない橋を渡った。そのたびにこれで終わりにすると思ったものだ。お伽話《とぎ》にしがみついて、真実だと思いこむのは無駄の無駄だと、ぼくは肌で知っている」

彼は手をあげて、額の髪をかきあげた。顔の白さと眼の隈《くま》が目立って、急に老けて見えた。やわらかい襟はネクタイに締められて皺になっている。口髭に白髪が一本まじっていた。咽喉には男なら誰もが持っている瘤《こぶ》があった――見ているうちに押し潰したくなった。

「狂っているわ。あなたは狂っている――ここに来て、自分が悪人だと告白して、しかもわたしがあなたを受け入れると思うなんて」

「だけど、受け入れた。いまも受け入れてくれている。きみは侍女を呼ばなかった」

「好奇心よ。あなたも自分の眼で見たでしょう、ここでのわたしの単調な毎日を」

「気晴らしが欲しいか。なら捨てちまえ、永遠に。実現できるんだ――一瞬で！　全部、おさらばだ！――ぼくと結婚すれば」

わたしは首を振った。「本気じゃないでしょうね」

「ところが本気なんだ」

「わたしの歳を知っているでしょう。わたしを連れ出すなんて伯父が許さないわよ」

肩をすくめ、さらりと言った。「もちろん、ずるい手段を使わせてもらうさ」

「わたしも堕落《だらく》させるつもり？」

彼は頷いた。「そうだ。でも、きみはもう半分、堕落しているじゃないか――そんな顔はしないでほしいね。軽口でこんなことを言っているわけじゃない。まず、話を全部聞いてくれ」

そしてまじめな顔になった。「ぼくはきみにとても大きい、奇妙な贈り物を持ってきた――夫にかしずく平凡な妻の地位じゃない。そんなものじゃない。ぼくが言っているのは、自由――たいていの女が持つことのできない種類の自由だ」

「でも、それを手に入れるには」――わたしは笑いだしそうになっていた――「結婚しなければならないのね？」

「結婚という儀式をしなければならない――普通とは違う条件で」再び、髪をかきあげ、生唾《なまつば》を飲んだ。その時、初めて、彼が不安でいるのだと知った――わたしよりもずっと。彼は顔を寄せてきた。「きみは普通の娘のように臆病でも、情にもろくもないはずだ。ところで、そこの侍女は本当に眠っているのか。聞耳をたてていないだろうね」

わたしはアグネスを思い浮かべた。アグネスの青痣を。だが、何も言わずに、ただ見返した。

彼は口をぬぐった。

「神に祈るよ、ぼくがきみを見誤っていないことを！　さて、話だ」

そして、これが彼の計画だった。ロンドンからブライア城に娘をひとり連れてきて、わたしの侍女にする。この娘を利用して、騙す。すでにわたしと同じ年頃で似たような髪の色のとある娘に眼をつけている。彼女は泥棒の仲間だ――たいして良心があるわけでなく、あまり賢くもないと言う。財産からほんの少し分け前をちらつかせれば、言いなりになるだろう――「そうだな、二、三千というところか。それ以上、要求してくるほどの野心はないだろう。スケールが小さいのさ、ちんぴららしく。まあ、どこのちんぴらも、自分がたいそうな人間だと思っているものだが」彼は肩をすくめた。なんにしろ、額面には意味がなかった。彼は娘の言い値で取引に応じるつもりだった。どうせ一シリングも払うつもりはないのだ。その娘はわたしのことを、何も知らないうぶな令嬢だと思い、彼がわたしを騙す手助けをすると信じることになる。娘はわたしを最初は彼と結婚させようとし、その次には――そう言いかけて、彼は次の単語を口にする前に躊躇した――気狂い病院に入れようとする。だがその時、娘はわたしと入れ替えられる。娘は抵抗するだろう――そう願う、と彼は言った！――逆らえば逆らうほど、病院の看守たちは狂気の証拠と見るに違いないから、娘をますます厳重に閉じこめようとするだろう。

「そしてその娘とともにだ」最後に彼は言った。「病院の連中はきみの名と、きみの母親の娘としての、あの伯父の姪としての歴史を――つまり、きみを指し示すすべてを封印する。きみの肩から人生の重荷をはずしてくれるわけだ、マントを脱がせてくれる使用人のように。そしてきみは裸になって、誰にも見られずに世界中のどこでも好きなところに行って、好きな人生を選んで、夢に見ていた自分を身にまとえばいい」

これが彼の言う自由だった――とても貴重で不吉な自由だった――彼はそれをブライア城に土産に持ってきた。そしてその対価として、信頼と、約束と、未来永劫の沈黙をわたしに要求した――そして、財産の半分を。

彼が話し終えた時、わたしはまだ無言だった。それから一分間も、顔をそむけていた。ようやく口を開いて出た言葉はこれだった。

「成功しないわよ」

即座に彼は答えた。「成功するよ」

「その娘はわたしたちを疑うわ」

「ぼくが持ちかける計画に夢中になるさ。人間というのは、自分の期待していたものしか見えないからね。彼女はここできみに会う。伯父さんのことはまったく知らないまま――そんな状況で、きみをうぶなお嬢様だと信じない人間はいないよ」

「でも、娘の仲間の泥棒たちが彼女を探すでしょう」

「探すだろうね――毎日、千人もの泥棒が、自分を裏切って取り分を猫ばばした仲間を探すように。そして、見つけられなければ、まんまと逃げられたとしばらく悔しがって、あとは彼女を忘れるさ」

「忘れる？　どうして、そんな。その娘には――母親はいないの？」

彼は肩をすくめた。「母親がわりはいるよ。保護者というか、伯母さんというか。その女はしょっちゅう子供を手放している。ひとりくらいいなくなっても、気にしやしないさ。特に、彼女がもしも――いや、確実に――その子供に騙されたと思ったら、なおさらだ。わかっただろう。その娘は自身の評判によって葬られる。嘘つき娘は正直娘のようにはかわいがってもらえない」彼は言葉を切った。「それに、彼女はもっと親身に面倒を見てもらえるさ、ぼくらが預ける場所で」

わたしは視線をそらした。「気狂い病院……」

「すまない」彼は急いで言った。「だけど、きみの評判が――きみの母親の評判が――そこではぼくらにとって有利に働くんだ、ちょうど、その娘の評判が役に立つように。よく考えてみるんだ。きみはそこに囚われてきた、長い間。いまこそ、それを役立てる一度きりのチャンスだ。きみは自由になれる。永遠に」

わたしはまだうつむいていた。この時も、彼の言葉がどれほどわたしの心をかき回したか、見られたくなかった。こんなにも心を動かされたことが、自分でも恐ろしかった。「わたしの自由があなたにとって大事なもののような口振りだけれど。あなたの目的はお金でしょう」

「ぼくはそれを認めているだろう？　だけど、きみの自由とぼくの金は同じものだ。それが、ぼくたちの財産が確かなものになるまでの、きみの安全装置にも保証にもなる。きみは信じればいい、ぼくの誇りではなく――そんなものは持っていない――そう、ぼくの欲望をね。この塀の外の世界では、誇りよりも欲望のほうがずっと大きなものだ。きみもすぐにわかる。欲望で夢をかなえよう、ぼくが教える。ロンドンに家を見つけて、夫婦として住もう――もちろん、家の中では別居するよ」微笑とともに言い添えた。「家のドアを閉めたあとは……だが、金さえ手にはいれば、未来はきみ自身の自由になる。ただ、どうやって財産を手に入れたのか、他言はするな。わかるね？　一度、乗り出したら、互いに腹のうちをさらけださないと、失敗する。ぼくは軽々しく喋っているわけじゃない。こうして提案している計画の本質について、口車に乗せるつもりもない。きみは伯父さんの世話ばかり続けてきて、法の知識にうといかもしれないが……」

「伯父の世話をしながら、この重荷から解放してくれる計画をさんざん探したわ、でも――」

彼はしばらく待ち、わたしが無言でいると、つけ加えた。「まあ、いますぐ結論を出せとは言わない。ぼくはきみの伯父さんに絵の件で雇ってもらうように努力する――絵は明日、見せてもらうつもりだ。雇われなければ、また別の方法を考えなければいけないだろうけどね。だけど、道は必ずあるものだ、何にでも」

彼がまた眼の前を手で払うと、再び、老けて見えた。時計は十二時を打ち、火は一時間も前に消えて、部屋はひどく冷えきっていた。急に、寒さを感じた。彼はわたしが震えているのを見た。それを恐怖か、疑惑ととったのだろう。身を乗り出し、ついに、わたしの手を握った。

「きみの自由がぼくにとって何の意味もないと言ったね。だけど、きみのこの生活を見て――正直な男なら、きみがこうして幽閉されて、けだものどもの奴隷にされて、あのハスみたいな下衆に嘲弄され、侮辱されるのを見て——きみを解放してあげたいと思わないはずはない。ぼくの提案を考えてほしい。考えて、選んでくれ。きみは別の求婚者を待つこともできる。だが、見つかるかな、伯父さんの研究とやらに引き寄せられてくる男たちの中に？　仮にいたとしても、ぼくほど良心的な男だろうか、きみの財産の——きみ自身の扱いに？　伯父さんが死ぬのを待って、自由になるという手もある。いずれ、彼の眼はかすんで、手も震えて、身体が衰えるごとにきみをいっそうこきつかうだろう。伯父さんが死ぬ頃には——きみは何歳だろう？三十五か、四十か。きみは若さを本の管理に捧げるわけだ、ホートリーが売るような、丁稚《でっち》や下働きが買う一シリング本の。きみの財産は手付かずのまま、銀行に眠る。そんなきみの心の支えは、ブライア城の女主人になることだけだ——時計の鐘の虚ろな音が、きみに残された時間を三十分ごとにけずりとっていくのを、ひとつ、ひとつ、数えながら」

彼が喋っている間、わたしはその顔を見なかった。自分の部屋履きを見つめていた。何度も想像した絵を思い浮かべていた——纏足のように、育たないように、きつく布を巻きつけられたわたしの姿を。薬のせいで、その絵は残酷なものになり、わたしの眼には、縮んだ手足が、腐りただれていく身体が見えていた。じっと坐ったまま眼をあげて、彼を見た。彼はわたしを見つめたまま、自分が勝利したかどうかを知ろうとしていた。彼の勝利だった。ブライア城でのわたしの未来を予言されたからではない——彼が言ったのは、わたしがとうの昔に覚悟したことばかりだ。わたしがその気になったのは、彼がここに来て、話してくれたという事実に、心を動かされたからだった——計画をたて、四十マイルも旅をしてくれた——何とかして道を見つけて、訪ねてくれた――この眠った城の中心を、わたしの暗い部屋を、わ、た、し、を。

ロンドンの娘については――ひと月のうちに、彼が同じやりかたで運命にひきずりこむということだった。そうしたら、わたしは頰を涙で濡らし、彼が言ったことを実行することになる――何も考えたくなかった。考えてはいけない。

わたしは言った。「明日、伯父の絵を見せられたらロマーノを誉めなさい、カラッチのほうが希少だけれど。ローランドソンより、モーランドを誉めなさい。伯父はローランドソンを三流だと思っているから」

わたしはこれしか言わなかった。それで十分だった。彼はわたしの眼を見つめ、頷いたが、笑顔は見せなかった――こんな時に笑いかけられたくないというわたしの気持ちを察知しているかのように。わたしの指を握っていた手をゆるめると、立ち上がって、上着の皺を伸ばした。その瞬間、わたしたちを仲間のようにつないでいた呪文がとけた。彼は大きく、黒く、そぐわない存在だった。出ていってほしかった。再び身震いしたわたしを見て、彼は言った。「遅くまですまなかった。寒いだろう。疲れたね」

彼はわたしを見つめ続けた。わたしの強さをはかろうとしていて、不安を感じ始めたのかもしれない。わたしはいっそう激しく震えだした。「取り乱したりしないだろうね――そんなに――ぼくの言ったことで」

わたしは頭を振った。けれど、ソファから立ち上がるのが怖かった。足が震えるのを見られて、彼に弱いと思われたくなかった。わたしは言った。「帰って」

「大丈夫か？」

「大丈夫よ。出ていってくれたら、ありがたいわ」

「そうだろうね」

彼はもっと何か言いたそうだった。わたしは顔をそむけて、そちらを見ようとしなかった。やがて、絨毯の上を慎重に歩く足音に続き、ドアをそっと開けて、閉める音が聞こえてきた。しばらく坐ったままでいたが、やがてソファの上に足をあげ、マントで脚をすっぽりくるみ、フードをかぶると、埃だらけのクッションに頭を押しつけた。


これはわたしのベッドではない。ベッドにはいる時間の鐘はずっと前に鳴ってわたしのまわりには何もない――母の肖像画も、あの小箱も、侍女も――眠る時にはいつもそばにあるものは何も。だが、今夜は何もかもが狂い、わたしの習慣もかき乱されていた。自由がわたしを招いている。際限なく、恐ろしく、もう逃れることのできない――まるで死のように。

わたしは眠った。夢の中で、わたしは舳《へ》先《さき》の高い船に乗り、暗く静かな水面を、風を切るようにすべっていた。

9

その時なら――むしろ出会ったばかりで気心も知れず信用も定かでない、わたしたちの間の糸が細く弱かった時であればこそ――立ち止まり、彼の野心に一度は引き寄せられたこの身を解放することができたかもしれない。目を覚ました時は、きっとそうするつもりだった。部屋が――真夜中の静寂の中で彼がわたしの手を取り、声をひそめ、まるで毒を包む紙がかさこそと音をたてるように危険な計画を打ち明けたこの部屋が、冷えきった夜明けの光に、見慣れた殺伐とした姿を現わす。わたしは横になったまま、明るくなる部屋を見ていた。この部屋はすみからすみまでよく知っていた。知りすぎるほどに。子供の頃から。十一歳の少女だったわたしは、ブライア城の異常さに泣いてばかりいた――音もなく、動きもなく、曲がりくねった通路と、ひびだらけの壁ばかりの世界。あの頃は、永遠に慣れることなどないと思っていた。この異常な世界では、わたしのほうが異常なのだ――城の咽喉《のど》にひっかかる刺《とげ》や破片や釘や鉤だらけの異物のように。だが、ブライア城はそんなわたしにゆっくりとかぶさってきた。そして体内に取りこんだ。わたしは羊毛のマントにくるまり、胸の内で叫び続ける。一生、ここから逃れられない！　これがわたしの宿命！　ブライア城は決してわたしを放さない！

だが、わたしは間違っていた。リチャード・リヴァーズはブライア城にはいりこみ、まるで練り粉に入れられたイースト菌のように、すべてを変えていた。八時に書斎に行ったわたしは追い返された。彼は伯父と絵を見ていた。ふたりは三時間も一緒にいた。午後にわたしは階下《した》に呼ばれ、紳士たちに別れの挨拶をしたが、手を差し出した相手はホートリー氏とハス氏だけだった。ふたりは玄関ホールで、コートの前を留め、手袋をはめていた。伯父は杖に寄りかかり、リチャードは少し離れた場所で、ポケットに両手を入れて見ていた。彼が最初にわたしを見た。眼があったが、彼は眉ひとすじも動かさなかった。わたしの足音に気づいて、紳士たちも顔をあげた。ホートリー氏が微笑した。

「麗《うるわ》しのガラテアのご登場だ」

ハス氏は帽子をかぶっていたが、またそれを取った。「妖精（恋人を守って殺された海の精）のガラテアか？」わたしの顔をじろじろと見て言った。「彫刻（ピュグマリオンが彫刻して恋し、アフロディーテに命を与えられて人間になった像）のガラテア？」

「うーん、どっちもふさわしいね」ホートリー氏は言った。「彫刻のガラテアのつもりで言ったんだが。お嬢さんは彫刻のように色が白い」彼はわたしの手を取った。「うちの娘たちが羨ましがりますよ！　あれたちは、色を白くしたいと言って粘土を食べていましてね。純粋な粘土だとかで」彼は首を振った。「肌の白さを追い求める流行は、まったく健康に良くないと思いますがね。あなたを見ていると、胸が痛みますよ――こうしてお別れする時にはいつもですが！――マッシュルームを育てるようなやりかたで、あなたを部屋に閉じこめているとは、伯父さんもまったくひどい人だ」

「慣れていますから」わたしは静かに言った。「たぶん薄暗いので、わたしがますます色白に見えるんでしょう。リヴァーズ様は一緒にお帰りじゃありませんの?」

「この薄暗さはまったくひどいな。リリーさん、コートのボタンもかけられないですよ。いいかげん、文明社会に加わって、ブライア城までガスをひいたらどうです」

「ここに本があるかぎり、だめだ」伯父は言った。

「つまり永久に無理ってことだ。リヴァーズ、ガスは本をだめにするんだよ。知ってたか?」

リチャードは首を振った。「知りませんでしたね」そして、わたしを振り返り、静かな声で言った。「いや、ぼくはまだロンドンに戻りません。あなたの伯父さんが、絵のことでちょっとした仕事をくださったので。なんと、ぼくたちはふたりとも同じ画家の大ファンだったですよ、モーランドの」

彼の眼は黒く光っていた——青い眼を黒と呼べるならば。ホートリー氏が言った。「それなら、リリーさん、こんなのはどうです。その絵を装丁する間、姪御さんをホリウェル街に招待するのは。お嬢さん、ロンドンで休暇を取りたいでしょう? ほら、そんな顔をしておいでだ」

「必要ない」伯父は言った。

ハス氏が近づいてきた。彼のコートは厚く、汗をかいていた。わたしの指先を取って言った。

「もし、よろしければ——」

「ああ、ああ」伯父は唸った。「しつこいぞ。それ、御者が来た。モード、ドアから下がっとれ……」

「馬鹿どもめが」紳士たちが行ってしまうと、伯父は言い捨てた。「ああ、リヴァーズ？　さあ、行こう、すぐにでも始めたい。道具は持っとるか？」

「持ってきます、すぐに」

彼は頭を下げて、立ち去った。伯父はあとを追おうとした。が、不意にわたしを振り返った。何か考えているような顔をしていたが、やがて手招きした。「手を、モード」わたしは、階段をのぼるのを支えてほしいという意味だと思った。しかし、わたしが差し出した腕を、伯父は握って、手首を顔の前に持ち上げ、袖をまくって、わずかに現われた肌を睨んでいた。そして、わたしの頰をじっと見た。「色が白いだと？　マッシュルームのように？　ん？」もぐもぐと口が動いた。「マッシュルームがどんなものから生えてくるか知っとるか？——ふん！」伯父は笑った。「おや、もう白くないな！」

わたしは赤くなり、あとずさっていた。まだ笑いながら、伯父はわたしの手を放し、背を向けると、ひとりで階段をのぼり始めた。やわらかい織の部屋履きから、靴下の踵《かかと》が見えていた。伯父があがっていくのを見送った。鞭か棒でもあれば、足を叩いて転ばせてやれるのに。

そんなことを思いながら、伯父の足音が消えていく間、立ちつくしていると、リチャードが上の部屋から回廊に戻っていった。彼はわたしを見なかった。わたしがすぐそこに——いまだに閉じられた玄関扉の陰にいることに、気づいていなかった。彼は歩いていた。早足で、回廊の手摺《てすり》を指で叩きながら。口笛か、鼻歌のようなものが聞こえた。このブライア城で耳にすることのほとんどないその音は、伯父の言葉につつかれてうねりだしたわたしの心を、まるで柱や梁《はり》を動かすように大きく、危なっかしく揺さぶった。彼の靴の下で年代物の絨毯から埃の雲が舞い上がる様が見える気がした。眼をあげて、彼の足音の先を追うと、天井から細かい塗料のかけらが落ちてくるように思えた。そうしていると、めまいがしてきた。この城の壁にひびがはいり——大きく裂けて——彼の足音に城が壊れ、崩れ落ちてくるようで。崩れるまでに、時間が欲しかった。この城から逃げる時間が。

それでも、逃げることは恐ろしかった。彼もわたしのその気持ちはわかっていたはずだ。だが、ハス氏とホートリー氏が行ってしまうと、ふたりきりで喋ることができなくなった。部屋に忍んでくるという冒険も二度とはできなかった。しかし、計画についてわたしに念を押しておかなければならないのも事実だった。彼は機をうかがっていた。この頃には、彼は伯父の隣で食事をするようになっていた。ある晩、こんな話題を切り出した。

「お嬢さんを退屈させることになったようで、申し訳ないです。ぼくが来たせいで、伯父さんが目録に時間をさけなくなって。あの本の部屋で仕事をしに戻りたいでしょう?」

「あの本の?」わたしはそう言ってから、視線を落とした。「ええ、とても。もちろんです」

「ぼくがお嬢さんの一日をもっと楽しくできたらいいんですが。たとえば——油絵とか、スケッチとか、そういう——絵がお好きなら、ひまな時間に手ほどきしますよ。絵はお描きでしょう。この城の窓からは、ずいぶんいい景色が見えますから」

彼は眉をあげた。指揮者が棒をあげるように。もちろん、わたしの取り柄は従順さだった。

「油絵もスケッチもできません。教わったことがありませんから」

「え、ない？——失礼ですが、リリーさん。姪御さんは、婦人のたしなみとして、絵の才能を伸ばす機会に恵まれなかったようですね——でも、簡単に解決できますよ。ぼくがお嬢さんに絵を教えましょう。午後にそうしてもかまいませんか？　ぼくは少しばかり経験があります。パリではまるまるワンシーズン、伯爵令嬢たちに絵を教えていたんです」

リチャードはナプキンで口元をおさえた。伯父は眉を寄せた。「絵だと？　何のためにそんなものを姪が習いたがる？　モード、おまえ、画集を作る手伝いをしたいのか」

「絵を描くこと自体が目的ですよ」わたしが答えるより先に、リチャードが優しく言った。

「絵を描くことのためだと？」伯父は面食らったようにわたしを見た。「モード、おまえ、どう思う」

「わたしは不器用ですから」

「不器用だと？　ああ、それはそうだな。おまえの手は、引き取った時からどうしようもなかった。字を書かせれば、いまだにぐらつく始末だ。リヴァーズ、その絵の勉強とやらをすれば、姪の手はしっかりするようになるのか？」

「それはもう。保証します」

「それならモード、リヴァーズに教えてもらえ。おまえが何もせずに、ぶらぶらしているのは好かん。どうだ、ん？」

「はい、伯父様」
リチャードは何食わぬ顔をしていた。その眼には、うたた寝する猫の眼にかかる薄膜のように、うっすらと無表情の紗《しゃ》がかぶさっていた。伯父が皿の上にかがむと、リチャードは素早くわたしの眼を盗み見た。その時、薄膜がひいて、瞳があらわになった。突然、剥き出しになった表情に、わたしは慄《おのの》いた。

誤解しないでほしい。わたしが実際よりも良心的だなどと思ってほしくはない。たしかにわたしは恐怖に震えた――彼の計画が――成功することにも、失敗することにも。だが、震えたのは彼の大胆さに対してだ――というより、彼の大胆さがわたしを震わせたのだ。楽器の弦が思いがけず共鳴するように。ほんの十分間会っただけで、きみがどんな人間に育てられたかわかった。あの最初の夜、彼はそう言った。きみはもう半分、堕落しているはずじゃないか。彼の言うとおりだ。以前は知らなかったこの罪を――知ってはいても、名を知らなかったこの罪を――いまはその存在も名も知っている。

毎日、彼が部屋に来て、手を口元に近づけ、甲にくちびるを当て、その冷たく蒼い、悪魔のような眼を動かすごとに、その罪は繰り返されていた。アグネスは見ても理解できなかった。紳士的な行為だと思っていた。紳士的な行為！――悪党流の。アグネスは、わたしたちが紙を広げ、鉛筆で描き、絵筆を動かす間、そばで見守っていた。彼がわたしの隣に来て、曲線や難しい部分を描く時に、指に手を添えるのをじっと見ていた。彼は声を落として話した。たいていの男の囁《ささや》き声は汚いものだ――かすれ、きしり、すぐに大きくなる――しかし、彼の声はひそやかなまま、耳元に忍び寄り、それでいて、音楽的で、澄んで聞こえた。アグネスが部屋の半分ほどの距離をおいた場所で、坐って縫い物をしている間、彼はこっそり、少しずつ、少しずつ、完璧になるまで、わたしを計画どおりに導いていった。

「すばらしい」いかにも令嬢を教える立派な絵の教師のように彼は言う。「すばらしい。お嬢さんは覚えが早い」

彼は微笑んだ。そして、身を起こして髪をなでつけた。アグネスを振り返ると、彼女はリチャードをじっと見ていた。眼が合うと、アグネスはおどおどと眼をそらした。

「おい、アグネス」びくびくする様子を、彼はまるで獲物の小鳥を見つけた猟師のような眼で見つめた。「お嬢様の画家としての腕前をどう思う?」

「まあ、旦那様! わたしなんかにそんなこと、わかりません」

彼は鉛筆を取り上げて、彼女のそばに行った。「ぼくがお嬢さんに鉛筆の持ち方を教えたところを見ていたね? 貴婦人は手の力が弱くて、握り方がまだまだ甘い。だけどきみの手なら、もっとうまく鉛筆を握れそうだ。持ってごらん」

彼はアグネスの手を取った。触れられて、彼女は火のように赤くなった。

「顔が赤いぞ」彼は驚いたように言う。「ぼくが変なことをするなんて、思っていないだろうね」

「いいえ、旦那様!」

「なら、どうして赤くなったんだ」

「少し、暑いものですから」

「暑い？　十二月だぞ――」

延々と続いた。彼には人をなぶる才能があった。わたしと同じくらい磨きのかかった才能が。それを見ていたのだから、わたしは用心するべきだったのに。そうしなかった。彼がなぶればなぶるほど、アグネスは混乱し、さらに――まるで、鞭に激しく叩かれた独楽《こま》のように！――わたしもまた彼女をいじめた。

「アグネス」わたしの服を脱がし、髪をブラシで梳《と》かす彼女に話しかけた。「おまえ、何を考えているの？　リヴァーズ様のこと？」アグネスの手首をつかむと、手の中で骨がきしむ音がした。「彼をハンサムだと思う、アグネス？　やっぱりね、眼を見ればわかるわ！　若い娘はハンサムな男が欲しいものだっていうけど、どう？」

「そんな、お嬢様、わかりません！」

「おまえ、そんなことを言うの？　この嘘つき」わたしは、やわらかい部分の肌をつねった――この頃には人間の身体の弱点など知りつくしていた。「嘘つきの尻軽。今度、ベッドの横にひざまずいて、主の赦《ゆる》しを乞う時には、この罪をいちばんに持ってきたらいいわ。主はおまえを赦してくれるわよね、アグネス？　赤毛の娘ならきっと赦してくれるわよ、淫乱は本人のせいじゃないもの、生まれつきなんだから。主は残酷ね、情欲をあらかじめ魂に仕込んでおいて、仕込まれた娘がそれを感じたからと言って罰するなんて。そう思わない？　おまえ、リヴアーズ様に見つめられて、身体が熱くならない？　リヴァーズ様の足音に耳を澄ましてるんじゃないの？」

アグネスはそんなことはしていないと言った。母親の命にかけて誓いさえした！　本心はどうだったのか知らない。そう言うことが自分の役だと思っているのか。傷つけられることで、自分が無垢であることを確かなものにしようとしているのか。わたしはアグネスを傷つけずにいられなかった——もしもわたしが、普通の心を持つ普通の娘なら、きっと彼に対して感じただろう慕情の代償として。

わたしはまったく感じなかった。感じるわけがなかった。メルトイユ侯爵夫人はヴァルモン子爵に何か感じたのだろうか？（ラクロ『危険な関係』）わたしは感じたくなかった。感じたりしたら、自己嫌悪でたまらなくなる！　伯父の本でそのことのあさましさはよく知っている——その疼《うず》き、身体が燃えるような疼きは、激しくむさぼりあい、肌を濡らし、クロゼットや衝立の陰で癒し、満たされるものだと。しかし、彼がわたしの中に呼び起こし、胸をかき乱すものは——このどす黒い連帯感は——情欲などよりはるかに希少なものだった。それはまるで城内の翳《かげ》のように立ち上がり、壁を這う蔓草《つるくさ》のように忍び寄ってきた。だが、城はすでに翳と染みだらけで、誰もそれに気づかなかった。

たぶん、スタイルズ夫人以外は。城の中では、この家政婦だけがリチャードを観察し、彼が本当に自分で言っているような紳士かどうかを疑っているようだった。時々、わたしはスタイルズ夫人の顔を見た。彼女は彼の正体を見透かしているのではないか。彼がわたしを騙《だま》して、ひどい目にあわせるつもりだと。そう考えているくせに――わたしを嫌っているので――胸ひとつにおさめて、喋ろうとしないのだ。そして、死にかけた我が子の回復を願ったように、笑顔でわたしの破滅を願っているのだ。

わたしたちの罠を作る金属と、その歯を研《と》いでよく尖らせるやすりが揃った。すべての準備が整った――「やっと」と、リチャードは言った。「仕事に取りかかれる」

「まずはアグネスを追い払うんだ」

窓辺で縫い物のうえに前かがみになっているアグネスを見ながら、彼は囁いた。あまりにあっさりした口調と、揺るぎない視線に、思わず彼が恐ろしくなった。無意識にわたしは身を引いたらしい。彼はこちらに向き直った。

「そうしなければならないのはわかっているだろう」

「ええ」

「方法も」

この時はまだわかっていなかった。わたしは彼の顔を見た。

「唯一の方法なのさ」彼は続けた。「ああいう信心深い娘が相手なら。脅迫や買収より、ずっと確実に口を封じられる……」絵筆を取り上げ、毛先をくちびるに当てて、ゆるやかにこするように動かしていた。「細かいことは気にしなくていい」軽い調子で言った。「たいしたことはないからね。全然――」彼は微笑した。そして、縫い物から顔をあげたアグネスの眼を捕らえた。「天気はどうだ、アグネス。まだ晴れているかい」

「とてもいいお天気です、旦那様」

「そうか。それはいい……」すると、アグネスは頭を下げたようだった。彼の優しい表情が胸に沁みたように。彼は絵筆を舌に当て、毛先を吸って尖らせた。「今夜、やろう」考える顔で言った。「やるか？　ああ、やる。きみの部屋に忍んでいった時のように、あの娘の部屋に行くよ。きみはただ、ぼくとあの娘を十五分だけふたりきりにしてくれればいい――」またわたしを見た。「――あの娘が声をたてても、はいってくるなよ」


この時までは、何かのゲームをしているように思っていた。郊外の邸宅で、若い紳士と淑女がゲームに興じるのと変わらない――駆け引きや恋愛遊戯《ゆうぎ》のように。だが、この時、初めて心臓が止まりそうに、縮み上がった。その夜、アグネスに服を脱がされる間、彼女を見ることができなかった。ずっと顔をそむけていた。「今夜だけ、おまえの部屋のドアを閉めていいわ」アグネスが戸惑うのがわかった――きっと、わたしの声に力がないのを聞き取って、面食らったのだろう。アグネスが出ていくのを見送らなかった。掛け金の音に続き、祈りのつぶやきが聞こえてきた。そのつぶやきが途切れた。彼が部屋に忍び入ったのだ。結局、アグネスは声をあげなかった。もし、悲鳴が聞こえていたら、わたしは本当にアグネスの部屋に行かずにいられただろうか？　わからなかった。だが、悲鳴は聞こえず、ただアグネスの声が高くなった。驚き、怒り、そして――たぶん――動転して。しかし、口をふさがれたのか、なだめられたのか、声はすぐに囁きに、布や肌がこすれる音に変わり……沈黙が落ちた。沈黙が何より気持ち悪かった。音がまったくないからではなく、うるさいほどに――レンズを通して見る澄んだ水のように――激しい、のたうつような蠢《うごめ》きに満ちているからだ。震え、泣きながら、服を剝がれて――それなのに、意志に反して、そばかすだらけの腕は、沈む背中に固く回され、白いくちびるは彼のくちびるを求め――

わたしは口を両手でおおった。手袋の乾いた表面がこすれた。耳をふさいだ。彼が出ていったのは聞こえなかった。彼が去ったあとに、アグネスが何をしているのか、想像もつかなかった。ドアを閉め切ったまま、ついにわたしは眠るために薬を飲んだ。翌朝は寝坊をした。アグネスが自分のベッドから弱々しく呼んでいるのが聞こえた。アグネスは病気だと言った。くちびるをめくって見せた。口の中は真っ赤に腫れあがっていた。

「猩紅熱《しょうこうねつ》です」わたしと眼を合わそうとせず、小声で言った。

伝染する恐れがあると言う。あんなものが伝染！　アグネスは屋根裏に移され、それまで寝ていた部屋では、酢を入れた皿が火にかけられた――その臭いにわたしは気分が悪くなった。再びアグネスの顔を見たのは、ただ一度、暇乞《いとまご》いをしに来た時だけだった。瘦せ細り、眼の下に隈《くま》ができていた。髪をばっさり切っていた。手を差し出すと、アグネスはびくっとした。叩かれると思ったのだろう。わたしはその手首にそっとキスをした。

すると、アグネスは軽蔑の眼でわたしを見た。

「急に優しくなって」腕をひっこめ、袖をおろした。「いじめる相手が別にできたからでしょう。がんばってください。彼に傷つけられる前に傷つけてやればいいですね」

その言葉にわたしは少し震えた——ほんの少しだけ。去っていったあとは、アグネスのことは頭から消えていった。リチャードもまた行ってしまい——三日前に、伯父の用事と、わたしたちの用事のために——わたしは、彼とロンドンのことで、ずっと頭がいっぱいだった。ロンドン！　一度も行ったことはないが、ずっと激しく、何度となく想像して、すっかり知っている気さえする街。ロンドン。そこで自由を見つけ、わたし自身を捨て、いまとは違う時間割の——いえ、時間割のない、革表紙や装丁を見ることのない——本のない生活をしよう！　家の中に紙を置くことを禁じよう！

ベッドに横になり、ロンドンで住む家を想像しようとした。が、できなかった。次々に頭に浮かぶのは、婬靡《いんび》な部屋だった——薄暗い部屋、狭い部屋、部屋の中の小部屋——迷路と牢屋——エロスとビーナスの部屋ではないか——それに気づいて、わたしは落ち着かなくなった。考えるのをやめた。時が来れば、どんな家かはっきりしてくるはずだ。起き上がり、歩きながら、またリチャードのことを考えた。彼は街を突っ切り、夜陰をついて、河に近い泥棒たちの暗い巣窟に向かっただろう。泥棒たちに荒っぽく出迎えられ、コートと帽子を脱ぎ捨て、手を火であぶりながら、あたりを見回すだろう。追剥《おいは》ぎのマックヒースのように、雁首《がんくび》揃えた悪党どもを、ひとりひとり数えていくだろう——ヴィクセン（女狐）夫人、ベティ・ドキシー（ふしだら女）、ジェニー・ダイバー（掏摸）、モリー・ブレイズン（恥知らず）——そして、探し求めていた顔を見つける……

スーキー・トードリー（品下）。

その娘。その娘のことを思った。あまり考えすぎて、肌の色も——色白に違いない——姿形も——小肥りだろう——歩き方も知っている気がしてきた。瞳の色は——絶対に青だ。わたしは娘の夢を見るようになっていた。夢の中で、娘が話す声を聞いた。娘はわたしの名を口にして、声をたてて笑った。

たしか、そうして夢想にふけっていた日のことだった。マーガレットが部屋に運んできた。彼からの手紙を。

釣れた、とあった。

読んでから、枕の上に仰向けに倒れ、手紙を口元に近づけた。そして、くちびるに当てた。なんといっても、わたしの恋人のようなものだった、彼は——いや、彼女は。わたしは、そんな娘よりも、恋人が欲しかった。

だが、恋人よりも、自由が欲しかった。

彼の手紙を火にくべると、返事を書いた。すぐにでもその娘を寄越してください。きっと仲良くできると思います。その娘をはるばるロンドンから送ってくださるのがあなた様だと思えば、ますますいとおしくなるに違いありません！——彼が去る前に、返事の文句は相談してあった。

返事を出してしまうと、翌日と、その次の日を、待つだけだった。そのさらに次の日に、娘は来ることになっていた。

マーロウの駅に三時に着くはずだった。間に合うように、ウィリアム・インカーを迎えにやった。坐って待っていると、娘が近づいてくるのを感じた気がしたのに、馬車は娘を乗せずに戻ってきた。霧が出て、列車は遅れているということだった。わたしはじっとしていられず歩き回った。五時にもう一度、ウィリアムを迎えにやった――今度も、彼はひとりで戻ってきた。わたしは伯父と夕食をとりに行かなければならなかった。チャールズがわたしに葡萄酒を注いでいる時に訊いてみた。「スミスさんのことで、知らせはあった？」――わたしが囁くのを聞きつけ、伯父はチャールズを追い払った。

「おまえは使用人と話すほうが好きなのか、モード、このわしよりも」伯父はリチャードが城を去ってから怒りっぽくなっていた。

食後、伯父は小さな罰についての本を選び、わたしに読ませた。残酷な文を淡々と朗読するうちに、わたしは落ち着いてきた。だが、冷えきった静かな自分の部屋に戻ったとたん、また苛立ち始めた。マーガレットに服を脱がされ、ベッドに入れられたあと、起き上がり、歩き回った――火の前から、ドアの前に行き、やがて窓辺に寄って、馬車の明かりを探した。ついに見えた。霧の中で弱々しく――輝くというより、ぼうっと光るような明かりは――樹々のうしろの馬車道を馬が走り抜けると、点滅して見えて、何かを警告するかのようだった。近づいてくる光を見守りながら、わたしは胸に手を押し当てていた。光はどんどん迫り――遅くなり、弱まり、消え――やがて闇を通して馬と、馬車と、ウィリアムと、もうひとつぼんやりした人影が見えた。馬車は城の裏手に着き、わたしはアグネスの部屋へ――これからはスーザンのものになる部屋へ――走り、窓辺に立った。やっと娘の姿が見えた。

娘は顔をあげて厩《うまや》と大時計を見上げていた。ウィリアムが御者台から飛びおりて、助けおろした。娘はフードをかぶっていた。黒っぽい服を着た身体は小柄だった。

けれども、娘は現実にそこにいる。計画は現実に動いている――ことの重大さを突然感じ、身体が震えだした。

もう、部屋に迎えるには時間が遅すぎた。わたしはさらに待たなければならなかった。娘は夜食を与えられ、部屋に案内される。わたしは横になったまま、娘の足音と囁くような声を聞きながら、ドアを見つめた――一、二インチの乾いた板！――わたしと彼女の部屋を隔てる戸を。

一度、わたしは起き上がり、忍び足で近づいて、戸板に耳を当てた。何も聞こえなかった。

翌朝、マーガレットに念入りに身仕度を手伝わせた。紐を引っ張っている彼女に言った。

「スミスさんが来たのね。もう会った、マーガレット？」

「はい、お嬢様」

「大丈夫だと思う？」

「何がですか？」

「侍女として」

　マーガレットはつんと頭をそらした。「少し下品だと思いますけど。フランスに十ぺんも行ったらしいですよ、どこだか知りませんが。インカーさんなら知ってるんでしょうけど」

「そう、親切にしてあげて。ロンドンから来た人には、ここの暮らしは退屈かもしれないし」

マーガレットは無言だった。「スタイルズさんに、連れてくるように言ってちょうだい。スミスさんの食事が終わったらすぐに」

すぐそばにいる謎の娘が気になって、わたしは一晩中、寝たり起きたりしていたのだ。伯父の部屋に行く前に会っておかなければ、気が変になりそうだった。七時半頃にようやく、使用人の階段から廊下を歩いてくる、耳慣れない足音が近づいてきた。スタイルズ夫人の囁く声がした。「ここだよ」続いてノックの音がした。どんなふうに立とう？　わたしは火の前に立った。ノックに答えた声が変に聞こえただろうか？　不自然さに気づかれたかもしれない。向こうも息を詰めているかもしれない。わたしは息を詰めていた。赤くなるのがわかった。顔から血がひくように願った。ドアが開いた。スタイルズ夫人が最初にはいり、一瞬、間をおいて、彼女がはいってきた。スーザン――スーザン・スミス――スーキー・トードリー――愚かな娘。わたしの人生を引き継いで、わたしに自由をくれる娘。

期待よりも落胆のほうが激しかった。見るまでは、きっとわたしに似ていると思っていた。きれいだと思っていた。だが、彼女は小さく、痩せて、薄汚れて、砂埃《すなぼこり》色の髪をしていた。顎は針のように尖っていた。瞳は褐色でわたしよりも黒っぽかった。その眼は何も隠さず、ひどくずるそうだった。わたしを上から下までなでるように見た。ドレスを、手袋を、部屋履きも、靴下の縫い取り飾りまで。が、急にまばたきし——たぶん、訓練を思い出したのだろう——慌てて、膝を折ってお辞儀をした。この娘、間違いなく、上品なお辞儀が気に入ったのだ。娘はわたしを見て喜んでいた。わたしが白痴だと思っているのだ。そのことは覚悟していたはずなのに、わたしは激しくうろたえた。唾《つば》を飲んだ。「よく来てくれたわ、スーザン。ここが気に入ってくれると嬉しいわ」そして、心の中でつけ加えた。このブライア城にわたしを破滅させるつもりで来たくせに。わたしは一歩踏み出して手を取った。赤くなるとか、震えるとか、眼を伏せるとかしたらどう？　けれども娘はわたしの眼をまっすぐに見返し、指は——爪は咬んでぎざぎざだった——冷たく、硬く、わたしの手の中でぴくりとも動かなかった。

そんなわたしたちをスタイルズ夫人は見守っていた。その顔つきは雄弁に語っていた。「あんたがロンドンから呼んだ娘だよ。さぞお似合いだろうよ」

「さがっていいわ、スタイルズさん」出ていこうとする家政婦の背に向かって、さらに言った。「もちろんスミスさんには、いつもどおり親切にしてくれるでしょう」そして、スーザンに向き直った。「ご存じかもしれないけれど、わたしも孤児《みなしご》なの。あなたと同じよ。わたしは子供の頃にこのブライア城に来たの。小さかったのに保護者が誰もいなくて。この城に来てから、スタイルズさんのおかげで母親の愛情というものを、どんなに感じることができたか、とても言いつくせないわ……」

わたしは微笑みながら言った。しかし、家政婦に意地悪するのはあまりに毎日のことになりすぎていて、もはや興味はなかった。わたしはスーザンとふたりになりたかった。スタイルズ夫人が顔を引きつらせ、真っ赤になって部屋を出ていくと、スーザンを引き寄せ、火のそばに連れていった。彼女は歩いた。坐った。彼女は温かく、敏捷だった。わたしはその腕に触れた。アグネスの腕と同じくらい細いのに、硬くしまっていた。口からはビールの匂いがした。そして喋った。その声はわたしが夢想していたものとは似ても似つかない、活気に溢れ、ぴりっと鋭い声だった——本人は声をやわらげようとしていたが。ロンドンからの列車の旅を話していた——ロンドンという単語を口にするたびに、スーザンは違和感を覚えるようだった。その単語を口にすることも、目的地や憧れの地として考えることも、ほとんどなかったのだろう。これほどつまらない、取るに足らない娘がロンドンで暮らしている間、このわたしがブライア城にずっと閉じこめられていたということが不思議でもあり、わたしを苛《さいな》みもした。だが、慰めでもあった——こんな娘がロンドンで暮らせるなら、わたしのような才能があれば、もっとうまく暮らすことができるのではないか？

　仕事の説明をしながら、わたしは自分にそう言い聞かせていた。彼女がわたしのドレスや部屋履きを見ていることに、また気づいたが、その眼に軽蔑と憐愍《れんびん》の色があることに気づいて、顔が火照《ほて》る思いがした。「あなたの前のご主人は、もちろん、すてきな貴婦人だったんでしょう？　わたしをご覧になったらきっとお笑いになるわね！」

　わたしの声は平静ではなかった。だが、苦々しいものが混じっていたとしても、彼女はそれに気づかなかった。「そんなことないです、お嬢様。とても親切な奥様でした。それに、奥様はいつも、豪華な服なんてボタンほどの価値もない、いちばん大事なのは、人間の中身だって言ってましたよ」

スーザンは本当にその気になっているようで——自分の役柄にすっかり成り切っているようで——全然、ずるそうでなく、無邪気に見えて——一瞬、わたしは坐ったまま、無言で彼女を見つめた。それからまた、その手を取った。「あなたはいい人ね、スーザン」そう言うと、彼女は微笑して、謙遜《けんそん》するような表情になった。指がわたしの手の中で動いた。

「アリス様にも、いつもそう言われました」

「まあ、そうなの」

「はい、お嬢様」

そこで、スーザンは何かを思い出したようだった。わたしから離れると、ポケットに手を入れて、手紙を取り出した。たたんで蠟で封をしたその手紙は、気取った女文字で書かれていた。もちろん、リチャードからの手紙だ。わたしは一瞬、手をさまよわせ、それを受け取った——立ち上がって、離れ、スーザンの眼を避けて手紙を広げた。

名無しより！——だが、誰かわかるだろう。ぼくたちを金持ちにする娘をお届けする——例のうぶなかわいい掏摸《すり》だ。ぼくが昔、この娘の指わざを買ったことがあるので、信用してくれたわけだ。ぼくがこれを書いているのを見ているが、大丈夫！　彼女はまったく字が読めない。いまごろ、きみを見つめているんだろうね。幸運な娘だ。その光栄に浴するまで、ぼくはあと二週間も汚らわしい仕事をしなければいけない。——この手紙は燃やしてくれ。

わたしは自分が彼と同じくらい冷静だと思っていた。全然、全然、そうではなかった。スーザンの視線を感じて——ちょうど彼が書いたとおりに！——わたしは恐ろしくなった。そうして手紙を持って立ちつくしていたが、不意に、長くぼんやりしすぎたことに気づいた。もしも、この手紙を見られたら——！　便箋を、一度、二度、三度、たたんだ——それ以上は折れなかった。スーザンが自分の名前を読み書きするのがやっとだと知らなかったのだ。そう言われた時、わたしはひどく安心して笑いだした。だが、まだ信じられなかった。「読めないの？」わたしは訊いた。「一語も、一文字も？」——そして、本を一冊渡した。スーザンはそれを受け取りたがらなかった。やっと手に取ると、表紙を開いて、ページをめくり、じっと見つめていた——が、妙に不自然で、不安そうで、どことなく間違っていて、それはごまかしようがなかった。ついに、彼女は真っ赤になった。

それでわたしは本を彼女の手から取った。「悪かったわ」だが、悪かったなどと思っていなかった。ただ驚いていた。読むことができない！　それは、すばらしい欠落に思えた——殉教者や聖人が、痛みを感じることができないように。

八時の鐘が、伯父の部屋に行く時間を告げた。戸口でわたしは足を止めた。リチャードについて、何か歯の浮くようなことを言わなければならなかった。わたしがそうすると、案の定、スーザンの顔には急に狡猾《こうかつ》そうな表情が浮かんだが、やがて消えた。そしてリチャードがどんなに親切かと並べ立てた。スーザンは――今度もまた――本当にそう信じているような口振りで言っていた。信じているのかもしれない。彼女の住む世界では、親切さは別の尺度ではかるものかもしれない。スカートのポケットの中――スーザンの手で運ばれた、彼の手紙を折り曲げた角や縁が、肌を刺した。


わたしのいない間、スーザンが部屋で何をしているのかはわからないが、絹のドレスを触ったり、靴や手袋や腰帯《サッシュ》を、勝手に試したりしているのだろう。片眼鏡をはめて、わたしの宝石を調べているのだろうか？　それが自分のものになった日のことを考えて、あれこれ計画をたてているのだろうか？　このブローチは取っておこう、これは石を取って売ってしまおう、父の形見の金の指輪は恋人にやろう……「うわの空だな、モード」伯父が言った。「ほかにやりたい仕事があるのか」

「いいえ」

「おまえにちょっとした仕事を与えたことで、わしを怨んでおるのかね。ずっと昔、おまえを気狂い病院に置き去りにしておいてほしかったと思っておるのかもしれんな。おお、悪かった。わしは、あそこからおまえを引き取ることで、善行を施したと思っておったのだが。しかし、おまえは本の中よりも、気狂いどもに囲まれて暮らすほうがよかったらしいな。ん？」

「いいえ」

伯父は口をつぐんだ。また、書き物に戻るのだろうと思ったが違った。

「スタイルズ夫人を呼んで、おまえを連れていかせるのは簡単なことだ。本当にそうしてほしくないのか——ウィリアム・インカーに馬車を出させるか？」そう言いながら、伯父は身を乗り出してわたしをじろじろ見た。弱々しい眼は眼鏡の奥で鋭くなった。もう一度、間をおいて、微笑するような顔になった。「病院に戻っても、連中はおまえをどう扱うかな」まったく違う声音で言った。「あのこともこのことも知っとる、いまのおまえを」

伯父はゆっくりそう言うと、最初の質問を口の中で繰り返した——舌の裏にはさまったビスケットくずのように。わたしは無言で眼を伏せ、伯父の浮かれ気分がおさまるのを待った。やがて、伯父は首をひねり、机の上の原稿に視線を戻した。

「さてさて、『鞭打つ帽子職人』だ。二巻を読んでくれ、句読法に忠実にな。それから——ページは順番どおりになっていない。順序を記録していこう」


スーザンがわたしを部屋に迎えに来たのは、ちょうどその朗読の最中だった。戸口に立って、本の壁や、色を塗った窓を眺めている。伯父が作った、ブライア城における無知の境界線の指の印のあたりで、かつてのわたしのようにたたずんでいた。そして——昔のわたしのように——何も知らない彼女はその印が見えずに、またごうとした。押し止めなければならなかった——伯父よりも、むしろわたしが！——伯父が飛び上がって、わめき散らす間、わたしは静かに彼女に歩み寄って、そっと手を置いた。わたしの指を感じて、彼女は身を縮めた。

「怖がらないでいいのよ、スーザン」わたしは床の真鍮《しんちゅう》の指を示した。

もちろんわたしは、この時には忘れていたのだ。ここの何を、どんなものを見られても、スーザンには紙の上にインクの染みがたくさんあるとしか見えないことを。それを思い出して、不思議な気持ちに満たされつつ――憎しみにも似た羨望がふつふつとたぎってきた。彼女の腕をつねりそうになり、慌てて手をひっこめた。

部屋に戻りながら訊ねた。伯父をどう思うかと。スーザンは、伯父が辞書の編纂をしていると信じていた。

昼食の席についた。わたしは食欲がなかったので、皿をスーザンに回した。彼女が陶器の端に親指を当ててすべらせたり、膝に広げたナプキンの手触りにうっとりしている様を、椅子に寄りかかって眺めていた。スーザンはまるで競買人か、不動産屋のようだった。食器を手に取るごとに、その地金の価値を見定めようとするかに見える。彼女は卵を三つ食べた。スプーンで素早く、口の中にすべりこませていく――崩れた黄身に頓着《とんちゃく》せず、飲みこむ時に、どろりとした卵を咽喉が押しつぶすことも想像せずに。彼女は指でくちびるを拭き、手の甲についた卵を舌の先で舐《な》め取って、また飲みこんだ。

あなたはブライア城に、わたしをのみこみに来たのね。

だが、もちろんそうして欲しかったのだ。計画のためには、そうしてもらう必要があったのだから。すでに、これまでの人生を脱ぎ捨てかけた気さえしていた。わたしの中から過去をどんどん出してしまいたかった。燃える灯心が煙を出して、ほやのガラスを黒ずませるように――蜘蛛が糸を出して、震える蛾をからめとるように、わたしの吐き出した人生がスーザンの身体をきつく、固く、締め上げる様を想像した。彼女は気づいていない。気づいた時にはもう遅いのだ――それが身体をしっかりと包み、わたしの身代わりに変えてしまったあとなのだから。スーザンは飽きて、そわそわして、退屈そうだった。わたしは庭の散歩に連れ出した。スーザンは面倒臭そうについてきた。わたしたちは坐って縫い物をした。スーザンはあくびをして眼をこすり、ぼんやりしていた。爪を咬んでいた――わたしが見ていることに気づくと、やめた。一分ほどすると、髪を一本抜いて、その先を咬みだした。

「ロンドンのことを考えているのね」

スーザンは顔をあげた。「ロンドンですか？」

わたしは頷いた。「ロンドンの貴婦人は、一日のいまごろはどんなことをするの？」

「貴婦人ですか？」

「貴婦人よ。わたしのような」

スーザンは視線をさまよわせた。そして、しばらくして言った。「訪問ですか？」

「訪問？」

「ほかの貴婦人の」

「ああ」

スーザンは知らないのだ。作り話だ。作り話に決まっている！　それでも、スーザンの言葉けれど、わたしのような。わたしのような貴婦人よ。わたしのような貴婦人はどこにもいない。一瞬、ロンドンでの自分の姿が、恐ろしくもはっきりと頭に浮かんだ。孤独で、訪ねてくる者は誰もいない――

いまだってわたしは孤独で、訪ねてくれる人は誰もいない。それに、ロンドンにはリチャードがいる。リチャードが導き、助けてくれるだろう。一緒の家に暮らしてくれるはずだった。部屋がいくつもあって、ドアに鍵のかかる――

「寒いんですか、お嬢様?」スーザンの声がした。わたしは身震いしたらしい。立ってショールを取りに行く彼女を眼で追った。スーザンは絨毯の上を斜めにつっきっていく――足の下の直線や菱形や正方形の模様にはおかまいなしに。

わたしはスーザンを眼で追い続けた。だが、何気ない動作をあまり長く見つめることはできなかった。七時になると、伯父と夕食をとるわたしの身仕度をした。十時に、わたしをベッドに入れた。それがすむと、スーザンは部屋に戻り、立ったままため息をついていた。わたしは枕から頭をあげ、彼女が伸びをし、腰をかがめるのを見た。蠟燭《ろうそく》がスーザンの姿をはっきりと照らし出していた。わたしは暗がりに伏せるように隠れていた。彼女は忍び足で戸口のあたりを行ったり来たりしていた――落ちたレースをかがんで拾い、マントを取り上げて、縁の泥を落としている。アグネスのようにひざまずいて祈ったりしなかった。ベッドの上に坐った姿は、わたしから見えなかったが、足をあげたのはわかった。片方の靴の爪先が、もう片方の靴の踵を踏んで倒した。靴を脱ぐと、立って、ボタンをはずし、床に服を落として、よろけそうになりながら、スカートから足を抜いた。そして、歩き去った。わたしは頭をあげて、姿を追った。彼女は寝巻を着て、戻ってきた――震えながら。わたしもまた、同調するように震えた。スーザンはあくびをした。わたしもあくびをした。スーザンは伸びをした――伸びを楽しんでいた――眠りの時が近づくことが嬉しいのだ！　そして視界から消えた――明かりを消し、ベッドに潜りこみ――温かくなって、眠るだろう……

彼女は眠っている。無邪気に。かつてはわたしもそうだった。しばらく待ってから、わたしは母の肖像画を取り出し、くちびるに寄せた。

あの子よ。わたしは囁いた。あの子よ。これからはあれがあなたの娘よ！

なんとたやすいことに思えただろう！　なのに、母の肖像画をしまって鍵をかけ、横になったわたしは落ち着かなかった。伯父の時計が震えて、鐘を鳴らした。庭で何かの動物が叫ぶ声がした。わたしは眼を閉じて考えた――もう何年も、これほど鮮明に思い返したことのないものを――わたしの最初の家である気狂い病院を――恐ろしい眼つきの狂女たちを――看護婦たちを。急に、看護婦たちの部屋をはっきりと思い出した。椰子《やし》の繊維の敷物、石灰塗りの壁に貼られた聖書の一節――〈我が糧《かて》は主の御意志と御恵みが与えたもう〉まだまだ思い出す――屋根裏の階段をのぼったこと、屋根の上を散歩したこと、立てた爪の下で屋根の鉛板は意外にやわらかかったこと、地面に落ちるまでのあの恐ろしい時間――

そんなことを考えながら、いつのまにか眠ったに違いなかった。幾重にもかさなる夜の底に、わたしは沈んでしまいたかった。途中で眼が覚めた——だが、はっきりと目覚めて身体にからみつく夜の闇の糸から完全に逃れたわけではなかった。眼を開けて、混乱し——惑乱し——恐怖に突き落とされた。ベッドがなぜか不気味に蠢いて——大きくなり、小さくなり、ついには、ばらばらに砕け散るように思えた。自分が何歳なのかもわからなかった。身体が震えだした。わたしは叫んだ。アグネスを呼んだ。もうアグネスがいないことを完全に忘れていた。リチャード・リヴァーズのことも、計画も。呼び続けると、アグネスが来たように思えた。だが、アグネスはわたしのランプを取り上げに来たのだ。わたしを罰するために来たのだ。「明かりを持っていかないで！」そう言ったのに、彼女は明かりを取り上げ、わたしを闇の中に閉じこめて出ていった。ドアが息をしている。カーテンの向こうで物の怪が歩き回る音がする。明かりが戻ってきた時には、とてつもなく時間がたった気がした。やがてアグネスが、ランプを持ち上げてわたしの顔を見たとたん、わたしは凄まじい声で絶叫した。

「見ないで！」わたしは叫んだ。が、すぐに言った。「行かないで！」アグネスがいてくれさえすれば、何か恐ろしいことが、とんでもない悲劇が——うまく言葉にはできないが——起きることを避けられる気がした。そうすれば——わたしは——アグネスも——助かる。アグネスの身体に顔を押しつけ、手を握った。だが、アグネスの指は、いつものそばかすが消えて真っ白だった。わたしは見つめたが、誰なのかがわからなかった。

　アグネスは不思議な喋り方で言った。「あたしです、スウです、お嬢様。スウですよ。わかりますか？　夢、見てたんです」

「夢？」

彼女はわたしの頬に触れ、髪をなでた――アグネスの手とはまったく違う、まるで――まるで、味わったことのない感覚。彼女はまた言った。「スウですよ。アグネスは猩紅熱で、さとに帰されたんです。さあ、もう横にならないと。風邪ひいたらたいへんだから」

わたしはまた黒い混乱の雲の中に漂っていった。突然、夢の紗幕《しゃまく》がはらりと落ち、一瞬にして悟った。彼女が誰なのか、そして、わたしの――過去も、現在も、はかりしれない未来も。彼女は他人だった。だが、計画の一部だった。

「行かないで、スウ！」

彼女が躊躇《ちゅうちょ》するのがわかった。身を離そうとする気配を感じて、スーザンをつかんだ手にいっそう力をこめた。だが、彼女が動いたのは、ベッドのわたしの隣にあがるためだった。シーツの間にはいってくると、わたしの身体に腕を回し、わたしの髪に口をつけて、横になった。スーザンの身体は冷たかった。わたしは震えたが、じっとしていた。「よしよし」その時、そう囁かれた。息がかかるのを感じながら、頭蓋骨の奥深くで、優しく響く声を聞いた。「よしよし。さあ寝て――よしよし。いい子だね」

いい子、とスーザンは言った。ブライア城でわたしをいい子だと信じてくれる人がひとりでもいたのは何年前のことだろう。でも、スーザンは信じていた。もちろん信じてもらわなければ。わたしたちの計画のために。わたしは善良で、親切で、頭が弱いことになっている。黄金は良いものだと人は言う。わたしはスーザンにとって黄金と同じなのだ。彼女はわたしを破滅させるために来た。まだ手を下そうとしていないだけで、その役割は、わたしを守り、つつがなく世話をすることなのだ。金貨の詰まった宝箱のように。いつか好きに使う日を夢見て——すべて承知していたはずだった。けれど、感情はわたしを裏切った。スーザンの腕の中で夢も見ずにぐっすり眠り、目を覚ますと、いつも温かなぬくもりに包まれていた。わたしが動くのを感じると、スーザンは寝返りを打って離れた。眼をこするスーザンのほどけた髪がわたしの髪とからんでいる。その寝顔からは少し鋭さが消えていた。すっきりとした眉、埃のついた睫毛《まつげ》。眼が開くと、嘲笑も悪意もない澄んだ視線でわたしを見つめ……そして微笑すると、あくびをして起き上がった。毛布がめくれて、また元に戻ると、甘酸っぱい温かい風がふわりと吹いた。わたしは横たわったまま、夜のことを思い出していた。何かが——羞恥《しゅうち》か恐慌が——胸の中を飛び回った。わたしはスーザンが寝ていた場所にてのひらを当て、冷えていくのを感じていた。

スーザンの態度は変わっていた。前の日よりも自信に満ちて、親切になった。マーガレットが運んできたお湯を鉢にあけて、スーザンは言った。「もういいですか、お嬢様？　冷める前にさっさと使いましょう」布をお湯につけて絞り、寝巻を脱いで立つわたしに何もことわらず、顔と腋の下をそれで拭いた。わたしは子供のように扱われた。坐らせられ、髪を梳《す》かれた。彼女は舌打ちした。「ああ、もつれてる！　こういうのは、下のほうから順々に梳いてかないと……」

アグネスはびくびくしながら、素早くわたしの顔を洗い、着替えさせ、櫛《くし》が髪にひっかかるたびに顔をしかめていた。一度、わたしは部屋履きで叩いたことがあった――かなり強く叩いたので、鼻血が出たものだ。いま、わたしはスーザンのために坐っている――スウ、と彼女は前の晩に言っていた――スウがわたしの髪のもつれを解く間、わたしは辛抱強く坐って、鏡に映る自分の顔を見ていた……

いい子。

やがて、わたしは言った。「ありがとう、スウ」

その時から、昼も夜もその言葉を何度も言った。アグネスには言ったことがない。「ありがとう、スウ」。「ええ、スウ」とは、坐れとか、立てとか、腕をあげろとか、足をあげろとか、言われるたびに答えた。「いいえ、スウ」と答えたのは、ドレスがちくちくしないかと訊かれた時だった。

いいえ、寒くはないわ――だが、散歩をしている間、スーザンはわたしの面倒を見たがった。風が冷たくないように、咽喉のまわりにマントの衿をかきあわせてくれた。いいえ、ブーツに霜はしみていないわ――わたしがそう言っても、靴下の足首と革靴の間に指を差し入れて確かめていた。何があっても風邪をひかせないように。疲れさせないように。「もう散歩は十分じゃないですか、お嬢様」病気にさせないように。「朝ごはんに全然、手をつけてないですよ。もうちょっと食べませんか」痩せさせないように。鵞鳥《がちょう》を太らせ、殺すまでにたっぷり肉をつけさせるように。

もちろん、スーザンは知らないのだ。太らなければならないのは、彼女のほうだということを――そして、いずれ学ぶのだ、規則と合図と鐘に従って、眠り、起き、着替え、散歩するという生活を。この娘はわたしを喜ばせていると思っている。わたしに同情しているつもりでいる！　この城の習慣を身につけていきながら、わたしの身体を縛り上げている布や帯が、すぐに彼女に巻きつくことを知らずにいる。彼女は装丁されるのだ、モロッコ革や子牛革のように……わたしは自分も本の仲間だと思うようになっていた。いま、わたしは自分がまさに、スーザンにとっての本と同じだと感じていた。彼女は文字を読むことのできない眼でわたしを見る。形は見えても、意味を読むことのできない眼で。彼女はわたしの白い肌を見ることができる――「本当に色白ですね！」――が、その下を勢いよく汚れた血が流れていることまでは、読み取れないのだ。

そんなことをするべきではなかった。そうせずにはいられなかった。わたしもまた彼女の考えに――辛い境遇にあって、悪夢に悩まされる、頭の弱い娘という役柄に縛られていた。スーザンが添い寝してくれると、まったく悪夢を見なかった。次の日も、その次の日も、一緒に寝るようにと頼んだ――やがて、彼女は毎晩、来るようになった。最初のうちはいやがっているように見えた。が、スーザンが気にしていたのは天蓋とカーテンだった。毎回、蠟燭を持って立ち、布地の襞《ひだ》を覗いて確かめていた。「この上のほうに蛾《が》やら蜘蛛やらがあがってて、飛び降りてやろうと待ち構えてる気がしませんか？」そしてベッドの柱をつかんで揺すぶった。埃の雨にまじり、虫が一匹、落ちてきた。

それでも慣れると気楽に寝るようになった。リラックスしながら、手足を広げずに寝られるので、誰かと一緒に寝ることに慣れているに違いないと思った。それが誰なのか、気になった。

「お姉さんか妹はいるの？」彼女が来て一週間ほどがたった頃に、そう訊いてみた。川岸を散歩している時だった。

「いません」

「兄弟は？」

「知ってるかぎりじゃいません」

「それじゃ、あなたは――わたしのように――ひとりきりで育ったの？」

「そうですね、お嬢様が言うようなひとりっきりじゃなくて……まわりに、いとこがいっぱいいたんです」

「いとこ。それは、あなたの伯母様の子供さん？」

「あたしの伯母さん？」スーザンはきょとんとした。

「ええ、伯母様。リヴァーズ様の乳母の」

「ああ！」スーザンはまたたいた。「はい、お嬢様。あたしはただ……」

顔をそむけ、曖昧《あいまい》な表情になった。家を思い出しているのだろう。わたしも想像しようとしたが、まったく頭に浮かばなかった。いとこたちの姿を想像してみた。粗野な少年少女は、スーザンのように鋭い顔、鋭い舌、鋭い指を持っている――だが、指は太い。舌は――時々、わたしの髪をピンで留める間や、レースがずり落ちて顔をしかめる時などに、ちらりと見せる舌は——尖っている。わたしが見守っていると、スーザンはため息をついた。

「いいのよ」わたしは言った——不幸な侍女に声をかける優しい女主人らしく。「ほら、船が通るわ。あれと一緒に願いを送りましょう。一緒に。ロンドンへ」ロンドンへ、と、頭の中で暗く繰り返した。リチャードがそこにいる。わたしもそこに行く。あとひと月後に。「船が途中で止まっても、テムズが運んでくれるわ」

スーザンは凝視した。船ではなく、わたしを。

「テムズ？」

「川よ」わたしは答えた。「そこの川よ」

「こんなちょろちょろがテムズ？　何言ってんですか、お嬢様」あやふやに笑った。「そんなはずないですよ。テムズはすっごく広いんだから」——両手を大きく広げた——「これは細いもの。こんなに」

一瞬、わたしは黙ったが、川は下流では広くなるものだと思っていた、と言った。スーザンは首を振った。

「こんなちょろちょろがですか？」と、繰り返した。「うちの蛇口から出る水のほうが、ずっと勢いがいいですよ——ほら、お嬢様！　あそこを見て」船が通り過ぎていった。船尾には六インチの文字で、ロザリズ、と書かれていた。だが、彼女が指差しているのはその文字ではなく、水をはねているエンジンから広がる油の波紋だった。「あれ、見えますか」興奮した口調で言った。「テムズはあんな色をしてるんです。一年中、いつも。あの色を見てください。何千も、いろんな色が見えるでしょう……」

スーザンは微笑んだ。笑うときれいに見えた。やがて、油の波紋は薄くなり、水面が茶色に戻ると、微笑は顔から消え去った。彼女はまた泥棒のように見えた。

これだけは言っておきたい。わたしはスーザンを憎もうと決心していた。そうでなければ、どうして自分のやろうとしていることを実行できるだろう――彼女を騙し、傷つけられるだろう？　だが、わたしたちはこんなにも隔絶された場所で、長く一緒にいた。親密になっていた。そして、彼女の親密さの表われは、アグネスとは違った――バーバラとも――ほかのどんな貴婦人の侍女とも。彼女はとても率直で、あけっぴろげで、自由だった。好きな時にあくびをし、伸びをする。痒《かゆ》いところをかいて、傷を作る。わたしが縫い物をしている間、坐って手の甲のかさぶたをつついている。そして、「ピンを貸してくれますか、お嬢様」と言う。わたしが裁縫箱から針を貸すと、十分間も手の皮をそれでつついている。そして、その針をわたしに返す。けれども、返す時は、わたしのやわらかい指に刺さらないように気をつけていた。「刺さないように気をつけて」――さりげなく親切な言い方に、スーザンがリチャードの計画のためだけにわたしの身を案じていることを忘れてしまいそうだった。彼女も忘れているのだろう。

ある日、散歩をしている時に、スーザンがわたしの腕に手をかけた。彼女には何でもないことだ。だが、わたしには平手打ちされたほどの衝撃だった。あとで、部屋で坐ってから、わたしは足が冷たいと言った。すると、わたしの前にひざまずいて、靴紐をほどき、足を手で包んでこすり始めた――ついにはかがみこんで、わたしの爪先に遠慮なしに息を吹きかけた。やがてスーザンは、わたしを自分の好みどおりに着飾らせるようになった。ドレスも、髪型も、部屋も少しずつ変えた。花まで持ってきた。居間のテーブルにいつものっている花瓶の枯れ枝を捨て、かわりに、伯父の庭の生け垣でプリムローズの花を見つけてきたのだ。「そりゃ、こんな田舎じゃ、ロンドンのように花は見つからないけど」花を活けながら言った。「こんなもんでもきれいでしょう?」

　スーザンはマーガレットに言って、ウェイからわたしのためにもっと石炭を持ってこさせるようにした。こんなに簡単なことだったなんて!――誰もわたしのために、そうしてくれようと思いつきもしなかったのだ。わたしさえも。それで、わたしは七年間も凍えるような冬を過ごしてきた。その熱気は窓をくもらせた。スーザンはガラスに指で円やハートや螺旋《らせん》を描くのが好きだった。

　ある時、伯父の部屋から連れ戻されると、昼食のテーブルの上にトランプが広げられていた。たぶんわたしの母のカードだろう。ここは母の部屋だったから、遺品で埋まっている。ここに母がいて――実際にいたことがあって――ここを歩き、ここで坐り、さまざまな色のカードをテーブルクロスの上に広げていたと想像して、一瞬、わたしは狼狽した。嫁ぐ前、まだ正気の母は――きっと物憂く頬杖をつき――ため息をついたりして――そして、待って、待ち続けて……

　わたしはカードを一枚、取り上げた。それは手袋の上で滑った。しかし、スウの手の中では、カードの束は自由に変化《へんげ》した。スウはカードを集め、揃え、切って、並べ、思いのままに素早く動かした。金と赤が指の間で鮮やかに映え、たくさんの宝石に見えた。わたしがカード遊びを知らないことに、スウは仰天したが、すぐにわたしを坐らせ、一から教えてくれた。ゲームは偶然と単なる勘に頼るものだったが、彼女は貪欲なほど真剣に——小首を傾げ、カードで作った扇を見て、眼をすがめて、熱中していた。わたしが疲れたあとも、スウはひとりでゲームをした——時には、カードを二枚つきあわせて立たせ、何度も繰り返して、塔のような——カードのピラミッドとでもいうような建物を作り——てっぺんのために、いつもキングとクイーンを一枚ずつ残していた。

「できた」完成すると、スウは言った。「見てください、お嬢様。いいですか?」そして、ピラミッドの土台からカードを一枚抜いた。建物は崩れ落ち、スウは笑った。

スウは笑うのだった。笑い声はブライア城では監獄や教会のように場違いに響いた。時折、彼女は歌った。一度、ダンスの話になった。スウは立ち上がって、スカートをたくしあげ、ステップを見せた。そして、わたしの手を引っ張って立たせると、何度も何度も回転させた。そして、身体が押しつけられたところから、どんどん速くなる鼓動が伝わってきて——いつしか、それはわたしのものになった。

しまいにスウは、銀の指ぬきで、わたしの尖った歯を削った。

「見してください」スウはわたしが頬をさするのを見ていた。「光のほうに来て」

わたしは窓辺に立って、頭をそらした。スウの手は温かく、息は――ビールの香りのする息もまた温かかった。彼女は指を伸ばして、わたしの歯茎を触った。

「ほんとに尖ってますね」手をひっこめながらスウは言った。「まるで――」

「蛇の牙みたいに?」

「そうじゃなくて。針みたい」彼女はあたりを見回した。「蛇にも歯があるんですか、お嬢様?」

「あるんじゃないかしら、だって、咬みつくんでしょう」

「そうですね」スウはうわの空で言った。「なんとなく蛇は歯がない気がしてた……」

スウはわたしの寝室に行った。開いたドアからベッドと、その下に押しこまれたおまるが見えた。スウは、起き抜けにうっかりおまるの便器を踏み割ると足が不自由になる、と何度もわたしに注意していた。同じくらいしつこく、素足で髪を踏んではいけないとか(髪はみみずのように、とスウは言った――身体の中に潜りこんで、そこから膿むと言うのだ)、汚れたひまし油で睫毛の艶を出してはいけないとか、軽々しく――かくれんぼや、いたずらで――煙突にのぼってはいけないなどと、繰り返した。いま、鏡台の上を見ながら、スウは何も言わなかった。わたしはしばらく待って、呼びかけた。

「蛇に咬まれて亡くなった人を知っている、スウ?」

「蛇で死んだ人ですか?」再び現われた彼女は、まだ眉を寄せていた。「ロンドンで? 動物園でってことですか?」

「そうね、動物園でも」

「さあ、知りませんけど」

「変ね。なんとなく、あなたならきっと知っていると思ったのに」

わたしは微笑んだ。が、スウは笑わなかった。そして、手を突き出してみせた。指ぬきがはまっている。その時やっと、スウがしようとしていることに気づいたのだが、わたしがきっと変な顔をしたのだろう。「痛くないですよ」スウはわたしが表情を変えたのを見て、そう言った。

「本当に？」

「絶対に。痛かったら、叫んでください。そしたら、すぐにやめます」

痛くなかった。わたしは叫ばなかった。けれど、それは奇妙な感覚が混じり合った刺激だった。金属のこすれる振動、顎を支えている手の感触、吐息のやわらかさ。スウがこすっている歯を見ている間、わたしのほうは、スウの顔のほかに見るものがなかった。スウの眼を見た。片方に焦茶色というよりも黒に近い泣きぼくろがある。スウの頬の輪郭は――なめらかで、耳は――形がよく、輪や飾りを下げるための穴が開いていた。〝どうやって開けたの？〟前にわたしは訊ねたことがある。スウのそばに寄り、くるりと丸い耳たぶの小さなえくぼに指先をあてながら。〝ああ、これ、針ですよ。氷と……〟指ぬきは動き続けた。スウがにっこりした。

「うちの伯母ちゃんがこうするんです」こすりながら言った。「赤んぼの歯を。きっとあたしもされたと思いますよ――そろそろかな。よし！」指ぬきの動きをゆっくりにして、やがて手を止め、歯に触れて確かめた。そして、またこすりだした。「もちろん、赤んぼにやると危ないけど。指ぬきがすぽっと抜けたりすると——ね。それっきりおさらばってことが、何回かあったし」

おさらば、というのが指ぬきのことか、赤ん坊のことなのかはわからなかった。スウの指とわたしのくちびるは濡れてきた。わたしは唾を飲み、また、飲みこんだ。舌が動いて、彼女の手をなでた。急に、スウの手がひどく大きく、異様に思えた。銀の指ぬきが汚れている気がした——息が指ぬきを濡らし、汚れを溶かしている味がする。あと少し、歯をけずられていたら、わたしはパニックに陥っただろう。だが指ぬきの動きはゆっくりになり、すぐに止まった。スウはまた親指で歯を確かめると、顎を支えていた手をはずした。

支えられていた手から、わたしはやや危なっかしく姿勢を戻した。あまりに長い間しっかりと手を当てられていたので、スウが離れると冷たい空気が顔に襲いかかってきた。わたしは唾を飲み、丸くなった歯に舌を這わせ、くちびるをぬぐった。スウの手を見た。手の甲の、口が当たっていたところに、赤や白の痕《あと》があった。指にも痕がついて、指ぬきがはまったままだった。指ぬきの銀は輝いていた——黒ずんでなどいなかった。わたしが味わったのは——味わった気がしていたのは——スウだった。スウの指にすぎなかった。

貴婦人が侍女の指を味わっていいものだろうか? 伯父の本の中ではいいことになっている——そう考えたとたん、顔が熱くなった。

そうして羞かしいほど頬に血がのぼってくるのを感じて、立ちつくしている時だった——女中がリチャードからの手紙を持って戸口に現われたのは。そんな手紙が届くことを、わたしは忘れていた。計画を、駆け落ちを、結婚を、気狂い病院の門を、彼のことを、考えるのを忘れていた。そしていま、考えなければいけないのだ。手紙を受け取り、震えながら封印を破った。

きみもぼくと同じくらい焦《じ》れているか？　そうだろうな。眼の前にあの子はいるか？　きみの顔が見えるところに？　嬉しそうな顔を見せてやれ。にこにこでも、にたにたでも。待つのは終わりだ。ロンドンでのぼくの仕事は済んだ。城に戻る！

10

その手紙は催眠術師が鳴らす指の音だった。わたしははっとまたたき、忘我から覚めて呆然と見回した――スウを、スウの手を、わたしの口のあとを。ベッドの上の枕についた、ふたつの頭のくぼみを。テーブルの花瓶の花を。炉格子の上で燃え盛る火を。部屋は暖かすぎた。暖かすぎるのに凍えそうで、わたしはまだ震えていた。スウもそれに気づいた。わたしの眼を見て、手の中の手紙を顎でさした。「いい知らせですか、お嬢様?」その手紙は、スウにも何かの術をかけたかのようだった。声が軽くなった――不自然なほどに――顔つきが鋭くなった。指ぬきを置き、じっと見つめてきた。わたしは眼を合わせられなかった。

リチャードが来る。その事実をスウも感じているのだろうか? その気配はなかった。スウはあいかわらず気軽に歩き回り、昼食もぺろりと平らげた。母のトランプを広げ、飽きもせずひとり遊びをしていた。わたしは鏡の前に立ち、そこに映るスウを見ていた――手を伸ばしてカードを一枚つまみ、並べ、表に返し、ほかのカードにのせ、キングを取り上げ、エースを抜き出し……わたしは鏡を見つめ、自分の顔の特徴を探してみた。頬の曲線か――くちびるがぽってりと厚すぎ、膨《ふく》れすぎ、赤すぎるところだろうか。

やがてスウはカードをひとつにまとめて差し出し、切るように言った。わたしの未来を占う、と。その口調に他意が感じられなかったので、引き寄せられるようにそばに坐り、不器用にカードを切った。スウがそれを取り上げて並べだした。「こっちが過去です。こっちは現在」眼が大きくなり、スウは急に幼く見えた。ほんのいっとき、わたしたちは頭を寄せ合い、普通の娘たちが居間や学校や流し場でお喋りをするように囁《ささや》き合った。「馬にまたがった心の美しい若い男。これは旅です。ダイヤのクイーン、これは富です――」

わたしのダイヤのブローチ。ふと、それが頭に浮かんだ。そして、昔わたしがしたように――と言っても、そうたびたびではないが――我がもの顔で宝石《いし》に息を吹きかけて値踏みするスウの姿も……

そうだった。わたしたちは普通の居間でお喋りをする普通の娘たちではなかった。スウはわたしの財産を自分のものにするつもりでいるのだから。また、スウが眼をすがめた。囁き声がもとに戻り、鋭くなった。わたしがそばを離れると、カードを集めて表に返し、眉を寄せて調べていた。スウはカードを一枚落としたことに気づいていなかった――ハートの二を。その上に、わたしは踵《かかと》をのせていた。赤いハートの片方が自分の心臓のような気がして、絨毯の上で踏みにじった。

わたしが立ち上がったあと、スウはそのカードを見つけて、皺《しわ》を伸ばしていた。そしてまた、ひとり遊びを始めた。飽きもせずに。

わたしはもう一度スウの手を見た。肌は白くなり、爪のまわりのささくれも治ってきていた。

小さな手。手袋をさせれば、いっそう小さく見えるだろう。そして、わたしの手のようになるだろう。

実行しなければならなかった。いや、すでに実行していなければならなかった。リチャードが来る。それだけで、いまだ感じたことのない義務感に震えた。時間が、日々が――暗黒の時間が、悪魔のようにつかみどころのない時間が――捕らえる間もなく、手からすりぬけていく。その夜はなかなか寝つかれなかった。翌朝、わたしは着替えを持ってきたスウの袖のフリルをつまんだ。

「ほかのドレスはないの？　いつも、この地味な茶色のばかり着ているけれど」

スウは持っていないと答えた。わたしは、自分の箪笥からベルベットのドレスを出して、着るように言った。スウはしぶしぶ服を脱ぎ出し、スカートから足を抜いて背を向けると、慎ましく眼をそらした。ドレスはきつかった。わたしがホックを留めた。腰まわりの布の襞《ひだ》をなおし、宝石箱からブローチを――あのダイヤモンドのブローチを出してきて――スウの心臓の真上に注意深く留めた。

そして、鏡の前に連れていった。

はいってきたマーガレットが、スウをわたしと見違えた。

わたしはスウに慣れてきた。その生き生きとした活気に、温かさに、個性に。もはや、わたしたちの道具――スーキー・トードリー《下品》ではなく――生い立ちを、好き嫌いを持ったひとりの娘だった。その顔や身体つきがどれほどわたしに似てきたのかということに急に気づいて、初めて自分たちがしようとしていることを理解した。わたしはベッドの柱に顔を押しあて、スウを見た。スウは満足にひたって、右に左に身体をよじり、スカートの皺を伸ばし、ドレスを引っ張ってなおしている。「伯母ちゃんに見せられたらいいのに!」顔を上気させたスウの言葉に、ロンドンの暗い泥棒の巣でスウを待つ女を想像した。その女は伯母か、母親か、祖母か——どんなにやきもきしているだろう。遠く家を離れて危険な仕事に飛びこんだ愛しい小さな掏摸《すり》を心配して、過ぎた日を指折り数えて。待っているのだろう、スウの持ち物をあれこれ触って——腰帯《サッシュ》や、ネックレスや、派手なチャームのついたブレスレットを——何度も何度も、手の中で転がして……

　女はまだ、永遠にそうすることになると知らないのだ。スウもまた、女の硬い頬にした最後のキスが、生涯で最後のキスだとは知らないのだ。

　突然、憐愍《れんびん》のようなものがこみあげてきた。激しい痛み。初めてのこの気持ち。慄《おのの》かずにいられない。わたしの未来がなんという犠牲を払うことだろう。わたしは恐ろしい。未来そのものが。このどうにもならない感情が。

　スウはわたしの気持ちに気づいていない。リチャードにも気づかせるわけにはいかない。彼はその午後に来た——アグネスがいた頃と変わらない様子で。わたしの手を取り、眼を見ると、かがんで手の甲にキスをし、「ミス・リリー」と、親しげに挨拶をした。黒っぽく装っていたが、自信と度胸のようなものが後光や香水のように、まといついていた。くちびるの熱さが手袋の上からでも感じられる。彼が向き直ると、スウは膝を折ってお辞儀をした。その胴のぴったりしたドレスはお辞儀に向いていなかった。切れこみが深く、スカートの房飾りがからみあって揺れた。スウは赤くなった。それを認めて彼は微笑した。ドレスとスウの指の白さにも気づいたようだった。

「貴婦人と見違えたよ」わたしに向かって言い、リチャードはスウのそばに寄った。すると彼はますます背が高く色黒に見え、まるで熊のようで、スウはいっそう細く見えた。彼はスウの手を取った。その指にからむように蠢《うごめ》く彼の指もまた大きく、太く——親指はスウの手首ほどもあるように見えた。「新しいご主人に気に入られたのならいいんだがね、スウ」

彼女は床に視線を落とした。「あたしもです、旦那様」

わたしは一歩踏み出した。「とてもいい子です」わたしは言った。「とてもいい子です、本当に」

だが、わたしの言葉は早すぎて、かすれていた。リチャードはわたしの視線に気づいて、親指をひっこめた。「もちろん」彼はさらりと言った。「どんな娘でもいい子になるに決まっている。あなたが手本なら」

「そんなにお誉めにならないで」

「あなたを前にしては、どんな男も誉めずにはいられない」

リチャードはわたしを見つめている。彼はわたしを選び、通じるものを見いだし、ブライア城の奥から、無傷でさらおうとしている。わたしはもう、わたしでも伯父の姪でもなくなるのだ――リチャードの眼を、この胸に暗く恐ろしいざわめきを立たせずに見返すことさえできれば。それなのに、わたしは激しく動揺し、吐き気さえ感じている。わたしは微笑した。けれども、微笑はひきつっていた。

スウは小首を傾げた。わたしが恋しい人に微笑みかけているると考えているのだろうか？　そう思うと、微笑はいっそうひきつり、咽喉《のど》が痛くなった。わたしはスウの眼を、リチャードの眼を見られなかった。彼は出ていきかけて、スウを呼び寄せ、戸口でひそひそ話していた。彼は金貨を出した――黄色い光が見えた――スウのてのひらに置き、指を折るように握らせた。鮮やかな桃色のてのひらの上で、リチャードの爪は茶色く見えた。スウはもう一度、ぎこちなくお辞儀をした。

わたしの微笑はついに、死体に刻みこまれた苦悶の表情のようになった。スウのうしろ姿を直視できず、寝室にはいってドアを閉め、ベッドにうつぶせになり、声をおし殺し、身を震わせて笑いだした――恐ろしい笑い声は身体の中を汚水のように静かに流れた――わたしは身体を震わせ、震わせ、震わせ、静かになった。

「新しい侍女はいかがですか、お嬢さん？」夕食の席で、リチャードは眼の前の料理を見つめながら言った。彼は慎重に魚の身を骨からはずしていた――骨は怖いほど白く、細く、透けるようで、魚の身はバターソースがからんでぼってりしていた。料理はいつも、冬は冷たく、夏はぬるくなって、食卓に運ばれてきた。

わたしは言った。「とても――素直です、リヴァーズ様」

「満足ですか？」

「ええ、まあ」

「ぼくが推薦した子に不満はないと？」

「ええ」

「よかった。安心しました」

彼はいつもスリルを求めてか、お喋りが過ぎた。伯父が眼を光らせた。「何のことだ？」とうとう伯父は言った。

わたしはくちびるを拭いた。「わたしの新しい侍女のスミスさんです。フィーのかわりに来た。伯父様も何度も会っているはずです」

「むしろ、聞いとる。書斎のドアを靴の裏で蹴飛ばすのを。あれがどうした」

「スミスさんはリヴァーズ様のご推薦で来ました。スミスさんがロンドンで職を探していたのを知って、ご親切にわたしのことを思い出してくださったんです」

伯父は舌を動かした。「ほう」伯父はゆっくりと言った。そして、わたしからリチャードに、リチャードからわたしにと視線を動かし、こころもち顎をあげた。ちろちろと暗い流れを感じたかのように。「スミスだと？」

「スミスさんです」わたしは単調に繰り返した。「フィーのかわりの」ナイフとフォークをきれいにした。「あのカトリック教徒のフィーです」

「カトリックか！　ああ！」伯父は勢いよく自分の皿に戻った。「ところで、リヴァーズ」ナイフを使いながら言った。

「はい？」

「わしは断言する――断言するぞ！――ローマ・カトリック教会ほど好色にまみれた悪徳の巣は、この世にないとな……」

それから食事がすむまで、伯父はもうわたしを見ようとしなかった。そして食後、わたしに一時間、古い本を朗読させた。『修道士を告発する尼僧たち』

リチャードは朗読を聞きながら、微動だにせず坐っていた。だが、終わってわたしが立ち上がると、彼も席を立った。「どうぞ」わたしたちは並んで戸口までの短い距離を歩いた。伯父は頭をあげずに、インクの染みだらけの両手を見おろしていた。その手には、柄に真珠を埋めた小さなナイフを持っている。三日月のように鋭いその古いナイフで、伯父は林檎《りんご》の皮を剝《む》いていた――ブライア城の果樹園でとれる、小さな干涸《ひから》びた苦い林檎。

リチャードは伯父が見ていないことを確かめてから、親しげにわたしを見た。ただし、口調はあいかわらず丁重だった。「こうして戻ってきたわけですから、絵のレッスンをまた続けましょうか。続けてくださると嬉しいのですが」彼は待った。わたしは答えなかった。「明日、いつもどおりの時間にうかがいましょう」彼はもう一度待った。ドアに手をかけて、内側に引いて――が、わたしが抜け出せるほど広くはなく、それ以上、大きく開けようともしなかった。

リチャードは困惑した顔になった。「遠慮しないでください」そう言った言葉の意味は違っていた。弱気になるなよ。「いいですね」

わたしは頷いた。

「よかった。いつもの時間に行きます。ぼくの留守中に描いた絵を見せてください。もう少し勉強すれば――間違いなく、あなたの伯父さんに成果を披露して驚かすことができる。そう、あと二週間。二週間か、せいぜい、三週間で。どうです？」

彼の大胆さとずぶとさに、またも顔に血がのぼった。血とともに押し寄せてくる――心臓が沈むような、震えるような――模糊《もこ》とした、正体のわからない――パニックに似た戦慄。彼はわたしの答えを待っている。震える鼓動はどんどん速くなる。わたしたちは慎重に計画を練ってきたのに。すでに恐ろしいことをひとつすませて、次に進もうとしているのに。いま、自分がしなければならないことはすべてわかっているのに。彼を愛するふりをし、征服されたふりをし、それをスウに告白しなければならないのに。簡単なことだ！　待ち望んだことだ！　どれほど城の塀を睨み、それが割れて解放される日を願ったことか！　なのに、いざ駆け落ちの日が近くなったいま、わたしは躊躇《ちゅうちょ》している。ナイフに皮をはぎとられていく林檎を。わたしはまた見つめた。伯父の手を。真珠を。そしてその理由は口にできないのだ。わたしは

「そうですね、三週間か――もう少し」ようやくわたしは言った。「もう少し長くかかると思いますけど」

リチャードの顔に苛立ちと怒りのさざ波がたった。だが、声は穏やかだった。「あなたは謙

虚すぎる。もっと才能がある。三週間もあれば十分だ。保証します」

リチャードはやっとドアを開け、頭をさげてわたしを送り出した。振り返らなくても、階段をのぼるわたしを見守っているとわかっていた――伯父の友人の紳士たちのように、さもわたしの身を案じる顔で。

間をおかずに、彼はわたしに対して大胆になった。それでも最初のうちは、前と変わらない日常が過ぎた。午前中、リチャードは書斎で版画をまとめ、そのあと、部屋に来て絵の指導をした――わたしのそばにいるために。わたしが紙に絵の具を塗る間、見守りながら囁くために。もったいぶって、紳士らしさをひけらかすために。

毎日が同じ繰り返しに戻った――ただしいまはアグネスのいた場所に、スウがいる。

スウはアグネスとは違った。もっとわきまえていた――自分の価値と目的を。リヴァーズ氏が女主人に近づきすぎず、あまり馴々しく声をかけないように、眼を光らせ、耳をそばだてる役だということも、それでいて、彼が女主人に実際に近寄った時には、顔をそむけ、耳をふさがなければならないことも。実際、スウはいつも顔をそむけていた。が、眼の端で何度もこちらをうかがっていた――炉棚の鏡や窓に映るわたしたちの影を！　伯父の囚人として長い年月を過ごしたこの独房が――いまではまったく違う部屋に思える。まわり一面、反射する鏡面におおわれ、一枚一枚にスウの眼が光っているようだ。

その眼はわたしの眼と合うと、ぼんやりと無邪気そうに見えた。だが、リチャードと眼が合った時には、彼らの間に思惑や了解が飛びかうのがわかった。そんなスウを、わたしは正視できなかった。

なぜなら、スウが知っているいると思いこんでいるのは、価値のない偽計画だったから。計画を知っていると満足しているスウを——秘密をかかえて嬉しそうな彼女を、とても見ていられなかった。スウは彼女こそが、わたしたちの計画の要《かなめ》だと、大切な踏み台なのだとは知らない。このわたしが計画の要だと思っている。何も疑わずにわたしを内心で嗤《わら》っている。リチャードはスウを嗤っていた。こっそりとスウを振り返っては、微笑したり、眉間に皺を寄せたりし、わたしに向き直ると、わざとらしく、笑顔になったり、しかめ面になったりした。

かつて、リチャードがアグネスをいじめるたびに、わたしの中に嗜虐《しぎゃく》心がふつふつとわいたものだが、いまは居たたまれなくなるばかりだった。スウを意識すると自然に振る舞えなくなる。情熱のおぞましい芝居はリチャードのように大げさになった——わたしは身を硬くし、おどおどし、ためらうふりをした。一時間も大げさに——恥じらい、媚びる真似をし——やっと彼が出ていく時になると、身体が震えた。自分の手足も、頬にのぼる血も、呼吸も、思いどおりにならなかった——スウはわたしが恋をしている証と見ているだろう。

だが、リチャードは弱さの証と見抜いていた。ゆっくりと日々は過ぎた。一週目が終わり、二週目にはいった。彼の困惑と期待がひしひしと迫ってくる。やがてそれは集まり、発酵し、膨れ上がった。わたしの絵を見て、首を振るようになった。

「残念だ」一度ならず言った。「基礎が足りない。いまより前のほうがしっかりしていたはずだ。一ヵ月前のほうが、たしかにあなたはしっかりしていた。ほんの少し留守にしていた間に、レッスンを忘れたとは言わないでください。あれだけがんばったんだ！　画家がひとつの作品を完成させるのに、これだけは避けなければならないというものがひとつある。迷いです。迷いから弱さが生まれる。そういう弱さを通じて、大きな作品がいくつも台無しになってきた。わかりますね、ぼくの言う意味が？」

わたしは答えなかった。彼が行ったあとも動けなかった。スウが寄ってきた。

「気にしないでいいですよ、お嬢様」スウは優しく言ってくれた。「リヴァーズ様は何だか厳しいことを言ってたけど。でも、あの洋梨の絵は本物そっくりです」

「そう思う、スウ？」

スウは頷いた。わたしはスウの顔を覗きこんだ——焦茶色の泣きぼくろのある眼を。わたしは紙の上に広がるいびつな色の塊を見た。

「ひどい絵だわ」

スウはわたしの手に手をのせた。「でも、上達してんでしょう？」

上達してはいたが、期待された速さではなかった。やがてリチャードは、庭に出ることを提案した。

「そろそろ風景画の練習にはいりましょう」

「いいえ、それは」わたしには気に入りの散歩道があった。そこをスウと歩くのが好きだった。

リチャードも一緒に歩くと、道が汚れるような気がした。「いいえ、それは」わたしは繰り返した。

彼は眉を寄せたが、すぐに笑顔になった。「絵の教師としてはひきさがれませんね」

雨が降ればいいと思った。ブライア城の上に広がる空は冬じゅう灰色だったというのに――七年間ずっと灰色だった気がする！――彼に味方したのか、明るくなった。ウェイが玄関扉を開くと、スカートの下から出ているわたしの足首を微風がさっとなでた。「ありがとう、ウェイ」リチャードは肘を曲げて、わたしに腕を差し出した。彼は低い黒帽子と黒っぽい羊毛の上着に、ラベンダー色の手袋をしていた。ウェイはその手袋を見て、満足そうな軽蔑の眼でわたしを見た。

おまえさんが貴婦人だとでも思っているのか？　氷室《ひむろ》に連れていかれたあの日、わたしを蹴りながら、ウェイはそう言った。見届けてやるさ。

リチャードと一緒のこの日はいつもと違う、氷室を通らない道を選んだ――より長く、おもしろみのない、伯父の地所をぐるっと回って高台にあがり、城の裏手を、厩《うまや》を、森を、教会を望むことのできる道を。見飽きるほどに見た景色だったから、わたしはずっと地面を見ていた。リチャードはわたしと腕を組んだ。スウはついてきた――最初はすぐうしろだったが、彼が足を速めるとスウとの間は離れていった。わたしたちは無言だったが、彼は次第にわたしを強く引き寄せた。スカートがおかしな具合に持ち上がった。

身を離そうとしたが、彼は許さなかった。とうとうわたしは言った。「そんなに身体をくっつけることはないでしょう」

リチャードは微笑した。「スウに信用させないとな」

「そんなに力を入れなくてもいいでしょう。何かわたしに知らせたいことでもあるの？」

彼はちらりと肩越しに振り返った。「スウが変に思うだろう、きみとふたりきりになるチャンスを、ぼくがみすみす逃したりすれば。誰だってそう思うさ」

「スウはあなたがわたしを愛していないと知っているわ。お芝居の必要はないわよ」

「若い男というものは、ご婦人に寄り添うチャンスがあれば、ふいにしないものさ」彼は天を仰いだ。「この空を見ろよ、モード。なんて病的な青さだ。青すぎて――」彼は手をあげた。「――この手袋の色とまったく合わない。きみには見慣れた空だろうが、てんでファッションセンスがない。ロンドンの空は、すくなくとももう少し良識がある。仕立屋の壁とそっくりで、いつ見ても黄土色だからね」また笑って、わたしを引き寄せた。「いや、もちろんきみもすぐに見ることになるだろうが」

わたしは仕立屋に立つ自分の姿を想像しようとした。『鞭打つ帽子職人』の一場面を思い描いた。そして、彼のように素早くスウを盗み見た。スウは満足げな眼で、彼の脚に当たって変に膨らんだわたしのスカートをじっと見ている。もう一度、身体を引き離そうとしたが、彼は放そうとしなかった。「放して」彼は黙殺した。「わたしが縛られるのが嫌いだと知っていて、わざと苦しめて愉しんでいるというわけね」

彼はわたしの眼を見た。「欲しいものをまだ手に入れていない男として、振る舞っているだけさ。結婚の日を早めようとする男らしく。結婚したあと、ぼくの情熱はあっという間に冷めるから安心してくれ」

わたしは答えなかった。しばらく歩き続けたあと、彼はわたしを放し、煙草のまわりに手で壁を作って、火をつけた。わたしはまたスウを見た。のぼり坂の風は強くなり、ボンネットの下から栗色の髪が二、三本ほつれて、顔のまわりでそよいでいる。わたしたちの荷物やバスケットで手がふさがっていて、髪をなおせないでいた。うしろでマントが帆のようにはためいていた。

「スウはちゃんとやってるか？」リチャードは煙草を吸った。

わたしはまた前を向いた。「ええ、とても」

「アグネスよりは丈夫だからね。かわいそうな、アグネス！　あの娘は元気にやってるかな」

もう一度、わたしの腕を捕らえ、声をたてて笑った。わたしが答えないでいると、笑いは消えていった。「おい、モード」冷めた声で言った。「やけに気難しいじゃないか。どうしたんだ？」

「別に何も」

彼はわたしの横顔をじろじろ見た。「なら、なぜ待たせる？　全部、手筈は整えた。準備はできている。ロンドンに家も用意した。ロンドンの家は金がかかるんだぜ、モード……」

わたしは無言で歩き続けた。リチャードの視線を感じる。彼はまたわたしを引き寄せた。

「まさか心変わりしたわけじゃないだろうな。どうなんだ？」

「していないわ」

「本当か？」

「本当よ」

「じゃあ、なぜ遅らせる？」わたしは答えなかった。「モード、もう一度訊く。最後に会った時から何かがあったはずだ。何があった？」

「何も」

「何も？」

「何も。計画以外は」

「それなら、いまきみがしなければならないことはわかっているな」

「もちろんよ」

「じゃあ、そうしろ。恋人らしく振る舞うんだ。微笑んで、顔を赤くして、分別をなくした娘らしく」

「そうしているはずだけど」

「ああ、している——だけど、顔をしかめたり、びくついたりで台無しだ。いまの自分を見てみろよ。ぼくの胸に寄りかかるんだ。手をつないだくらいで死ぬとでも言うのか——いや、すまない」彼の言葉にわたしは身を硬張らせていた。「悪かった、モード」

「腕を放して」

わたしたちは無言のまま隣り合って歩き続けた。スウはとぼとぼとついてきた——ため息のような息づかいが聞こえる。リチャードは短くなった煙草を投げ捨てると、草の葉をむしって、長靴をこすりだした。「まったく、ここの土は赤くて汚い！　チャールズ坊やには仕事をやっていいひまつぶしをさせてやれるが……」にやりとしたが、硬いものの上に足をおろして転びそうになった。罵《ののし》って姿勢をなおすと、わたしを見た。「きみはぼくより器用に歩くな。散歩は好きかい？　ロンドンでもこうやって歩けるよ、公園や荒野《ヒース》を。知ってるかい？　二度と歩かない生活を選ぶこともできる――四輪馬車でも、二輪馬車でも、御者を雇って好きに――」

「自分のしたいことくらい、わかっているわよ」

「へえ。本当に？」彼は草の茎をくわえて、考えるような顔になった。「どうかな。きみは何かに怯えている。何が怖いんだ？　孤独か？　それが怖いのか？　孤独になる心配はないさ、モード、きみに金があるうちは」

「わたしが孤独を恐れると思うの？」わたしたちは庭の塀の近くまで来ていた。塀は高く、灰色で、粉のように乾いていた。「そんなもの。怖いものなんてわたしにはないわ、何も、何も」

彼は草を投げ捨てると、わたしの腕をつかんだ。「なら、なぜここでぐずぐずしている、いつまでも焦《じ》らして」

わたしは答えなかった。わたしたちは足取りをゆるめた。スウが背後で荒い息をつきながら、急いで歩いてくるのが聞こえた。次に口を開いた時、彼の口調は変わっていた。

「さっき、ぼくがわざと苦しめるとか言っていたな。本当は、きみは自分で自分を苦しめて喜んでいるんじゃないか、こうやって引き延ばすことで」

わたしは無関心な顔で肩をすくめた。だが無関心ではなかった。「伯父が似たようなことを言っていたわ。わたしが伯父のようになる前にね。待つことはちっとも辛くないのよ。わたしは慣れているから」

「ぼくは慣れていない」彼は言い返した。「そして、ぼくの作品に関して、他人から指示は受けたくない。きみだろうと、誰だろうと。待つことで、もう多すぎるほどのものを失ってきた。いまのぼくはもっと賢く、自分に都合よくことを動かすことができる。これがぼくの学んだことだ、きみが忍耐を学んでいる間に。わかったか、モード」

わたしは顔をそむけ、半分、眼を閉じた。「あなたのことなんてわかりたくない」なげやりに言った。「もう喋らないで」

「喋るさ、きみがぼくの話を聞くまで」

「何の話？」

「こんな話さ」彼はわたしの顔に口を寄せてきた。口髭も、くちびるも、息も、煙がしみついている――まるで悪魔のように。「ぼくたちの契約を忘れるな。どうやって契約した？　最初にぼくが紳士らしくなくきみを訪ねた――きみと違ってね、ぼくには失うものはないんだ、きみはぼくを夜中に寝室にひとりきりで招き入れた……」彼は顔を引いた。「きみにも評判というものがあるだろう、こんな場所でも。きみは貴婦人だ――わかっていたはずだぜ、ぼくを部屋に入れた時に」

その声音には、これまで聞いたことのない鋭い響きが加わっていた。けれども、歩く向きが変わっていたので、顔を見上げても逆光で表情はほとんど見えなかった。

わたしは慎重に言った。「あなたは貴婦人と呼ぶけれど、わたしは貴婦人じゃない」

「きみの伯父さんはそう考えている。きみが堕落したとは考えたくないんじゃないか？」

「伯父こそ、わたしを堕落させたわ！」

「伯父さんはほかの男に役割をとってかわられたことを喜ぶかな――ぼくは伯父さんがどう思うかという可能性を並べているだけだよ」

わたしは身を離した。「あなたは伯父をまったく誤解している。伯父はわたしを、朗読や筆写をする自動機械くらいにしか思っていない」

「なら、なおさらだ。機械の調子が狂えば、伯父さんはおもしろくないだろう。きみを捨てて、新しい機械を作るかもしれない」

眉間に脈打つ血が痛い。わたしは手で眼をおおった。「馬鹿なことを言わないで、リチャード。捨てるって、どうやって？？」

「そりゃ、もとのところに送り返すのさ……」

脈が一瞬止まり、また速まる気がした。眼の上から手をはずしたが、あいかわらず逆光で、彼の表情は見えなかった。わたしは聞こえないほどの小声で言った。「わたしはあなたの役に立たないわよ、気狂い病院の中では」

「きみはいままでも役に立っていないぜ、こうして遅らせて！　ぼくがこの計画に飽きないように気をつけるんだな。そうなったらもう親切にするつもりはない」

「これが親切？」

リチャードはかぶりを振った。わたしたちはようやく日陰の中にはいった。彼の顔は、正直におもしろがって、驚いているようだった。「最低の極悪非道の行為さ。ぼくがそう言わなかったことがあるか？」

わたしたちは恋人同士のように身体を寄せて立ち止まった。彼の口調はまた軽くなっていたが眼は険しかった——とても険しかった。その時初めてなぜか彼が怖いと思った。

リチャードは振り返って、スウに声をかけた。「すぐだよ、スーキー！　もうすぐだ」そして、わたしに囁いた。「スウとふたりきりで話す機会を作ってくれないか」

「念を押すわけね。わたしにしたように」

「念はもう押してあるさ」彼は自信たっぷりに言った。「すくなくともスウはきみより、しっかりぼくに従っている——おい」わたしが震えたか、表情を変えたらしい。「スウが心変わりした気配があるのか、モード？　弱気になっているとか、ぼくらを出し抜こうとしているとか？　きみはそれで迷っているのか？」わたしは首を振った。「なら、なおさらスウと話して、本心を確かめておかないとな。今日か明日、スウをぼくのところによこしてくれ。方法はまかせる。せいぜい悪知恵を働かせてくれよ」

彼は脂《やに》の染みがついた指をくちびるにあてた。やがて、スウが追いつき、わたしの隣で足を休めた。荷物の重みで顔を真っ赤にしていた。あいかわらずマントがはためいて、おくれ毛が顔のまわりを飛び回っていた。スウを引き寄せ、手を伸ばして、髪をなおしてやりたかった。

実際、手を伸ばしかけた気がした。が、リチャードの存在と、彼の何かを考えているような鋭い眼に、わたしは腕を組んで背を向けた。

翌朝、スウに暖炉から石炭を拾わせ、彼に煙草の火を届けるように言った。寝室の窓辺に額を押しあて、ふたりが囁き合うのを見ていた。スウはわたしのほうを一度も見なかった。彼女が去る時になると、リチャードは顔をあげ、わたしの眼を捕らえた――以前、暗がりでそうしたように。契約を忘れるな、とまた言っているように思えた。彼は煙草を落とし、きつく踏み消した。そして、靴にこびりついた赤土を払い落とした。

その日からは、まるでブレーキをかけた機械や、繋《つな》がれた獣や、大嵐の前の張り詰めた緊張のように、計画にのしかかる重圧はどんどん強くなっていった。毎朝、目を覚ますたびに決意を新たにした。今日こそ実行しよう！　ブレーキをはずして、獣の鎖を解いて、分厚い雲に穴を開けよう！　求婚を受け入れよう――！

だが、できなかった。スウを見るたびに押し寄せてくるのだ――あの翳《かげ》が、あの闇が――パニックか、それともただの恐怖なのだろうか――足元が揺れ、ぽっかりと口を開けた洞窟に陥る気持ちが――まるで、すえた臭いのする狂気の口の中に落ちていくような――

狂気。母の病。いまになってついに、わたしの中に芽を出したのか！　そう考えていっそう恐ろしくなった。一、二日、薬の量を増やした。薬で落ち着きはしたが、わたしは変わった。

伯父は目ざとく気づいた。

「動作が鈍い」ある朝、伯父は言った。わたしは本を取り落としていた。「わしが毎日、おまえを書斎に呼ぶのは、本を痛めるためだと思っとるのか」

「いいえ」

「何だと？　聞こえんぞ」

「いいえ、伯父様」

伯父はくちびるをぺろりと舐《な》めて突き出し、鋭い眼でわたしを見た。次に口を開いた時、その声音はいつもと違っていた。

「おまえは何歳だ？」わたしは驚き、またたいた。十六か？　伯父はわたしの様子を見て言った。「わしに媚びる真似はするな！　いくつになった。十六か？　十七か？——何を驚いとる。わしが時の流れに気づかないと思っとったのか、学者だからと。ん？」

「十七です、伯父様」

「十七か。厄介な歳だな、わしらの本を信じるとすれば」

「ええ」

「そうだ、モード。だが、覚えておけ、おまえの仕事は信じることではなく、研究することだ。もうひとつ。わしにとって、おまえはさほど大人ではない——そして、わしもさほど老いぼれてはいない——スタイルズ夫人におまえを押さえつけさせて鞭《むち》をふるうことも、何とも思わん。どうだ？　わしの言ったことを忘れるな。わかったか」

「はい、伯父様」

けれども、多すぎて覚えられない気がした。顔も関節も、表情や姿勢を保とうとするだけで苦しかった。自分の行動も——感情さえも——何が本当で、何が嘘かわからなかった。常にリチャードに見つめられていた。わたしは眼を合わさなかった。彼は苛立ち、なぶり、脅すような眼になった。わたしはわからないふりをした。わたしは弱い人間なのだ。彼や伯父が信じているとおり、虐げられることに喜びを感じているのだ。もはやリチャードに絵のレッスンを受けることも、一緒に食卓につくことも、夜、彼の前で伯父の本を朗読することも、本物の責め苦となっていた。スウと過ごす時間さえも。日常は壊された。彼と同じくスウが待っている空気が、ひしひしと感じられた。スウがわたしを眼で追い、観察し、心を操ろうとしている。さらにひどいことに、スウはリチャードの後押しをするようなことを言い出した——彼がどんなに賢く、親切で、楽しい人かということを。

「あなたはそう思うの、スウ?」わたしは彼女の顔を正面から見て訊いた。スウはやましそうに眼をそらすが、いつもこう答えた。「はい、お嬢様。絶対。誰だってそう思うに決まってます」

スウはわたしをきれいに——いつもきれいに、着飾らせ——髪を梳《す》いて結い上げ、ドレスの皺を伸ばし、糸くずを取った。わたしのためというより、自身が落ち着くためにそうしているようだった。「ほら」終わると、スウは言った。「よくなった」——スウの気分がよくなったということだ。「顔もすっかり明るくなって。しかめ面だったもの！　だめですよ、皺を寄せちや――」

――リヴァーズ氏のために。スウが口にしなかった言葉が聞こえた気がして、わたしの血はまた逆流した。わたしはスウの腕に手を伸ばすと、つねった。

「あっ！」

どちらが叫んだのかわからない。わたしは愕然とし、よろよろとあとずさった。だが、指でスウの肌をつまんだ瞬間の、あの安堵に似た感覚。それから一時間ほども、わたしはがたがたと震え続けた。

「ああ、神様！」わたしは顔をおおった。「自分の心が怖い！　わたしは狂っている？　邪悪な女だと思う？」

「邪悪？」スウは両手を絞るようにからませていた。考えていることが見える気がした。おつむの弱いあんたが？

スウはわたしとベッドにはいり、腕と腕が触れ合うほど近くで横になった。スウが眠ると、腕は離れていった。わたしは横になったまま頭に思い描いた。この城を。ベッドのカーテンの向こうに広がる室内を――その壁を、床を、隅々を。触れて確かめるまで眠れそうになかった。わたしは起き上がると、寒さをこらえてひとつひとつのものに触れていった――炉棚、鏡台、絨毯、衣装戸棚。最後にスウのそばに来た。スウにも触れたかった。そこに本当にいるかどうか、確かめたかった。でも、触れられなかった。しかし、離れることもできなかった。わたしは両手をあげ、スウの身体の一インチ上に、ほんの一インチ上にかざし――腰、胸、握った手、枕に広がる髪、顔をなでるように動かしていった。スウは眠っていた。

三晩ほど、わたしはそうし続けた。そして、それは起きた。

リチャードは、わたしたちを川に連れ出すようになっていた。彼は、離れた場所に裏返して置いてある小船を背もたれにスウを坐らせ、自分はいつもわたしに寄り添い、絵を見ているふりをしていた。同じ部分ばかり塗っていたので、筆の下で紙はけば立ち、ぼろぼろになってきた。それでも頑固に塗り重ねているわたしの上に、彼は時々かがみこみ、何気ないふりをしつつ、厳しく囁いた。

「いいかげんにしろ、モード、どうしてそう涼しい顔で落ち着いて坐ってられるんだ。おい。あの鐘が聞こえるか」川べりではブライア城の鐘はいっそう冴え渡った。「また一時間が過ぎた、本当なら自由に過ごしていた一時間だ。なのに、きみのせいで――」

「どいてくれる?」わたしは言った。「あなた、光を遮っているの」

「ぼくの光を遮っているのはきみだ、モード。ぼくの影をどかすのがどれだけ簡単か見ていろ。たった一歩ですむことだ。ほら。見ろよ。見ないのか。その絵のほうがそんなに大事か。そんな下手くそな――ああ! マッチがあれば燃やしてやれるんだがな!」

わたしはスウを見やった。「声が大きいわよ、リチャード」

日を追うごとに暖かくなってきた陽気だが、この日は蒸し暑くて風もなく、リチャードはついに熱気に負けた。地べたに上着を広げて、その上に横になると、彼は帽子をおろして日除けにした。それからしばらくは、静かな午後のひとときが流れ、心地よいとさえ感じていた。聞こえるのは、灯心草の中で鳴く蛙の声、水の音、鳥の歌、時々行き交う船の音。紙の上でますます軽く、ゆっくり筆を動かすうちに、わたしはうとうとしかけた。

突然、リチャードが笑いだし、わたしは思わず手を跳ね上げた。振り返ると、彼はくちびるに指を当てた。「そっちを見ろよ」小声で言い、スウのほうを示した。

スウはまだ、引っ繰り返した小舟の前に坐っていたが、のけぞるように、腐った木の上に頭をのせ、手足を広げて投げ出していた。咬んでいた髪の房が黒っぽく湿って、口の端に貼りついている。眼は閉じられて、規則正しい息が聞こえてくる。スウはすっかり眠っていた。傾いた太陽が正面から顔を照らし、顎の先や、睫毛《まつげ》や、そばかすを浮き上がらせていた。ふたつの手袋と上着の袖口の間には、赤らんだ肌が条《すじ》のように細く覗いていた。

わたしはもう一度リチャードに向き直り――彼の眼を見て――絵に視線を戻した。そして、静かに言った。「日焼けするわ。起こしてあげて」

「ああ」彼は鼻を鳴らした。「スウの住んでいたところは、あまり陽が照らなかったからな」気づかうような言葉とは裏腹に大笑いすると、小声でつけ加えた。「これから行くところもだ。かわいそうな子だよ――ずっと眠っているようなものだ。ぼくが抱きこんで、ここに連れてきた時から、あの子は自分がずっと眠っていると気づいてないんだ」

愉快がるわけではなく、そのことにあらためて気づいたという様子だった。それから伸びをし、あくびをすると立ち上がってくしゃみをした。陽気のせいで、鼻の調子がおかしいらしい。

鼻にこぶしを当て、盛大にすすりあげた。「失礼」そう言って、ハンカチーフを取り出した。

スウは眉を寄せたが、目を覚まさないまま頭を動かした。はずみでくちびるが軽く開いた。頬で揺れる髪の房が、きれいにくるりと巻いている。わたしは、ぼろぼろに塗り重ねた絵に筆先をつけていたが、いまは紙から一インチほど離したところに筆を浮かせて、じっと見守っていた――眠るスウを。わたしは見つめていた。リチャードがまた鼻をすすり、この陽気と気候を小声で罵った。彼はまた静かになった。わたしを観察していたのだ。わたしが持っている筆から絵の具が垂れたらしい――あとになって、青いドレスに黒い絵の具がついているのを見つけた。とにかく、わたしはそれが落ちたことに気づかなかった。気づかなかったことで露見したのだ――それとも、わたしの表情だったのか。スウがまた顔をしかめた。わたしは見つめていた。長すぎるほどに。振り返ると、リチャードがわたしを凝視していた。

「なんてこった、モード」

彼はそれしか言わなかった。その顔を見て、やっとわたしは悟ったのだ。自分のスウへの慕情を。

しばらく、わたしたちは動くことができなかった。やがて、彼はわたしに歩み寄って手首をつかんだ。絵筆が落ちた。

「早く」彼は言った。「来い。スウが起きる前に」

引っ張られて、わたしは転びそうになりながら、灯心草のくさむらに沿って歩いていった。下流に向かい、川と塀の曲がり角を回った。そこで足を止め、彼はわたしの両肩をつかみ、手

に力をこめた。「きみが良心の呵責《かしやく》

「なんてこった、モード」彼はもう一度言った。「きみが良心の呵責に悩まされているのか、に悩まされているのか、臆病風に吹かれたかと思っていたら、まさかこんな――！」

顔をそむけると、彼が笑う気配を感じた。「やめて」わたしは身震いした。「笑わないで」

「笑う？　ぼくがそれ以上のことをしないのをありがたく思うんだな。わかってるだろう――ほかの人間が知ったら、どんなことをするか！　こういう陰険なお遊びは紳士連中の好みらしいが、幸いぼくはならず者でも紳士でもない。まったく趣味が違う。きみが誰を愛して、地獄に落ちようが、まったくかまわない――動くな、モード！」わたしは彼の手から逃れようと、身体をひねっていた。リチャードは手に力をこめたあと、わたしの身体を少し離して、腰をつかんだ。「きみは誰でも好きな奴を愛して、地獄に落ちればいい」もう一度言った。「だけど、ぼくを金から遠ざけて――いつまでもここでぐずぐずして、ぼくたちの計画も希望も、きみ自身の明るい未来も先送りにすることは――許さない。きみがぐずぐずしているくだらない理由がわかってよかったよ。よし、あいつを起こすぞ――そうやって暴れると、こっちも疲れるんだよ！――スウを起こして、こうしているぼくらを見つけさせる。もう少し、寄ってくれ。そう、そうだ。こうしてきみを抱いていれば、やっと恋人同士になれたとスウは思うだろう。それで終わりだ。いいか、しっかり立ってろよ」

リチャードは身体をそらし、叫び声をあげた。その声は厚い空気に当たってうねり、やがて消えていった。

「これでスウが来る」彼は言った。

わたしは両腕を動かした。「痛い」

「じゃあ、恋人らしく立て。そうしたら優しくするさ」またにやりとした。「ぼくをスウだと思ったらいい——おい！」わたしは彼を叩こうとした。「痣《あざ》をつけてほしいか？」

彼はわたしをさらに強く抱いた。両手で身体を捕まえたまま、わたしの腕を自分の腕で締めつけた。リチャードは背が高く、力が強かった。その手はわたしの腰を持っていた——青年が恋人の腰を抱くように。しばらく、わたしはその力にあらがった。リングの中のレスラーのように、わたしたちは足を踏ん張り、汗をかいていた。しかし、遠目には恋の波に揺れているように見えただろう。

何もかもが馬鹿馬鹿しく思えた。急に疲れを感じた。あいかわらず陽は熱く照っていた。蛙は鳴き、水は灯心草の中で音をたてている。だが、空は穴を開けられたか、引き裂かれたように思えた。この空がわたしのまわりに垂れ下がり、押し包み、息もできないほど貼りついてくるのを感じていた。

「ごめんなさい」わたしは弱々しく言った。

「謝ることはないさ、まだ」

「ただ——」

「強くなれ。きみは強かったはずだ」

「ただ——」

ただ、何だろう——どう言えばいいのだろう。ただ、夢に怯えて起きた時に、スウはわたしの頭を胸に抱いてくれた、と？　一度、わたしの足に息をかけて温めてくれたことがある、と？　わたしの尖った歯を銀の指ぬきで削ってくれた、と？　わたしのためにスープを——コンソメスープを——卵のかわりに持ってきて、わたしが飲む様子をにこにこしながら見ていた、と？　茶色い泣きぼくろがある、と？　わたしをいい子だと思ってくれている、と？……

リチャードはわたしの顔を観察していた。「よく聞けよ、モード」そう言って、わたしをしっかりと引き寄せた。わたしは彼の腕の中で揺れていた。「聞け！　スウ以外の娘なら、きみが誰を愛そうがかまわない。アグネスでもな！　いいか？　あいつはぼくたちが自由になるために騙《だま》して自由を奪う道具だ。医者どもに拘束されるのを、ぼくらは黙って見てるんだ。計画は覚えているだろう」

　わたしは頷いた。「でも——」

「なんだ」

「やっぱり怖いわ、かわいそう……」

「かわいそうだって？　たかが掏摸の小娘一匹が？　おい、モード」彼の声は侮蔑《ぶべつ》に満ちていた。「あの娘はきみを陥れるためにここに来たことを忘れたのか。スウがそれを忘れていると思うか。あいつにとって、きみがそれ以上の存在だとでも思ってるのか。伯父さんの本の読みすぎだな。ああいう本の中では、娘たちが簡単に恋に落ちる。そんなのは物語の中だけだ。現実もそうなら、本なんかに書かれる必要はない」

リチャードはわたしを上から下まで眺めた。「あいつが知ったら、きみの顔を正面から見て笑うだろうな」彼の声はずるそうになった。「ぼくがそんなことを言ったら、ぼくの顔を見て笑うだろう……」

「言ったら承知しないわよ！」顔をあげた。全身が硬張った。想像しただけで総毛立った。「言ったりしたら、わたし、ブライア城を永久に出ないわ――伯父にあなたがわたしを利用したと言ってやる――わたしはどんな罰を受けても平気よ」

「言わないさ」リチャードはゆっくりと答えた。「きみがこれ以上遅らせずに、やるべきことをきちんとやれば。きみがぼくを愛して、求婚を受け入れて、駆け落ちする用意ができたとスウに信用させてくれれば。約束どおりにね」

わたしは顔をそむけた。また、沈黙が落ちた。そして、わたしは小声で言った――ほかにどう答えられるだろう――「やるわ」彼は頷き、ほっとため息をついた。そのまま、わたしをきつく抱いていたが、やがて耳に口を寄せてきた。

「来たぞ！」彼は囁いた。「塀のそっちから曲がってくる。ぼくらの邪魔をしないように覗くつもりだな。それじゃ、ぼくがきみを手に入れたと、スウに教えてやろう……」

彼はわたしの髪にキスをした。眼の前に立ちはだかる身体と、体温と、腕力と、ねっとりした陽気の生暖かさと、混乱とで、わたしはぼんやりとされるがままに立っていた。彼は片手をわたしの腰から離した。わたしの片腕を取り、ドレスの袖にキスをした。手首にくちびるが当たるのを感じて、わたしは身震いした。「おいおい。ちょっとおとなしくしろ。髭は我慢してくれよ。ぼくをスウだと思っていろ」言葉が肌に湿っぽく触れた。彼は手袋をずらすと、口を開けて舌先でてのひらを舐めた。わたしはわなないた。気がくじけて、怖くて、おぞましくて。わたしが彼のものになったとスウが満足して見ていると思うと、情けなくて。

すべてリチャードがわたしに真実を見せたせいだ。わたしはスウのそばに連れ戻され、三人揃って城に戻ると、スウにマントと靴を脱がされた。スウの頬はやはり赤く焼けていた。スウは鏡の前で眉を寄せ、片手で顔を軽くさすった……それだけの動作だったのに、わたしは心臓が落ちる気がした――この胸がえぐれるような、壊れるような感覚。恐慌と暗黒に充ち満ちる、恐怖か狂気に似た気持ち。スウが振り返って、伸びをし、部屋の中をぶらぶらと歩く――スウのどんなに何気ない仕種《しぐさ》も、食い入るように、飽くことなく見続けた。これは肉欲なのか？よりによってこのわたしが知らないとは！　しかし、わたしは肉欲というものを、ごく普通の日常的なものだと思っていたのだ。ちょうど味覚が口に、視覚が眼に備わるように、身体の一部に備わっているものだと考えていたのだ。けれどもこの感覚は、身の内に住みつき、病のように憑《と》りつき、肌のようにわたしを包みこんでいる。

スウはきっと気づいている。彼に明らかにされて、秘密はわたしの顔に出ているだろう――この頬は深紅に染まっているだろう――伯父の絵の、真っ赤に塗られたくちびるや、あそこの割れ目や、鞭打たれた素肌のように。わたしは怖い。スウの隣で寝ることが。眠ることが。スウの夢を見ることが。夢を見て、寝返りを打って、スウの身体に触れたら……

だが、スウはわたしの変化に気づいても、リチャードのせいだと思っていた。わたしの身体が震え、鼓動が速くなっても、リチャードのためだと解釈していた。スウは待っていた。待ち続けていた。翌日、スウを連れて母の墓に行った。これまできれいに手入れし続けてきた墓石の前に坐り、じっと見つめた。こんなもの、金槌で壊してしまいたかった。できるなら——何度、願っただろう——母に生き返ってほしかった。もう一度、この手で殺してやりたかった。わたしはスウに言った。「なぜ母が亡くなったか知っている？　わたしのお産で亡くなったのよ！」——声から勝ち誇った響きを隠すのがひと苦労だった。

スウは気づかなかった。見つめられて、わたしは泣きだした。そして何か慰めの言葉を——どんな言葉でも——かけてくれると期待したわたしに、スウはこう言った。「リヴァーズ様は」

その瞬間、軽蔑が胸に広がり、わたしは顔をそむけた。スウが近寄ってきて、わたしを礼拝堂の扉の前に連れていった——わたしの気持ちを結婚に向けさせるつもりなのだろう。扉は鍵がかかって、中にはいれなかった。スウはわたしが喋りだすのを待っていた。わたしは無理やり声を出した。「リヴァーズ様に結婚を申しこまれたの」

スウは、それはよかったと言った。わたしはまた泣きだした——今度はそら涙だった。本当の涙は洗い流された——咽喉を詰まらせ、両手をしぼり、「ああ！　どうしたらいいの！」と叫ぶと、スウはわたしに触れ、正面から眼を見て言った。「リヴァーズ様はお嬢様を愛してます」

「そう思うの？」

スウは絶対だと言った。まばたきひとつせずに。「自分の心に正直にならなくちゃ」

「わからない」わたしは言った。「どうすればいいのか！」

「だけど、愛してるのに、彼を失うなんて！」

間近で見つめるスウの視線に耐えられず、わたしは眼をそらした。スウは、高まる鼓動や、うわずる声や、夢の話をしていた。わたしは彼のキスがてのひらで火傷《やけど》のように疼《うず》くのを感じていた。突然、スウは気づいた。わたしが彼を愛していないことに。恐れ、忌み嫌うようになっていることに。

スウは蒼白になった。「どうするんですか？」声にならない声で訊いた。

「どうしたらいい？」わたしは言った。「わたしはどうすればいいの？」

スウは答えなかった。ただ、わたしから顔をそむけ、閂《かんぬき》がかかった礼拝堂の扉をしばらく見つめていた。わたしは、スウの白い頬を、顎を、耳たぶに針で開けた穴を見つめていた。振り向いた彼女の表情は変わっていた。

「結婚するんです」スウは言った。「リヴァーズ様はお嬢様を愛してます。結婚して、彼の言うとおりにするんです」

スウがブライア城に来たのは、わたしを騙し、害し、破滅させるためだった。よく見るのよ。わたしは自分に言い聞かせた。この子がどんなに卑しいか。どんなに汚くて、つまらない娘か！　ただの泥棒、ただの詐欺娘——！　悲しみと怒りとともに、欲望も飲みこんでしまうつもりだった。邪魔されて、足留めされて――過去に囚われ、未来を奪われてもいいの――こんな娘のために？　わたしは答えた。いいえ。駆け落ちの日が、飛ぶような速さで近づいてくる。いいえ。日はだんだん暖かくなり、夜は寝苦しくなってくる。いいえ、いいえ――

「きみは残酷だ」リチャードは言った。「愛していると言いながら、恋人のように愛してくれてはいない。もしかすると――」そして、意地悪くスウをちらりと見る。「――きみの心には、ほかの誰かが住んでいるのかな……」

　彼がスウを見る眼つきに、もうわたしの秘密を喋ったのだろうかと思うことがあった。たまにスウはとてもおかしな眼つきでわたしを見て――触れる手がひどく硬張り、ぴりぴりして、不器用になるので――きっと知っているに違いないと思ったりした。わたしの部屋でリチャードとスウを、何度となくふたりきりにさせられていたから、その時に、彼が話していてもおかしくなかった。

　どう思う、スーキー？　お嬢様はきみを愛してるんだぜ！

あたしを愛してるだって？　貴婦人が侍女を愛するようにってこと？

ある種の貴婦人が侍女を愛するようにってことかな。お嬢様はきみをそばに引き寄せるために、あれこれ手管を使わなかったか？――わたしはそんなことをしただろうか？　お嬢様は悪夢を見たとか言わなかったか？――わたしは手管《てくだ》を使ったのだろうか？　キスをさせられたか？　気をつけろよ、スーキー、お嬢様にキスを返されないように……

　リチャードにそう聞かされて、スウは笑ったのだろうか。身震いしたのだろうか。ベッドで隣に横たわるスウが、前より用心深く手も足もぴったり身体につけている気がする。いつもちらちらとこちらをうかがっている気がする。そう考えるほどに、ますますスウが欲しくなり、欲望は高まり、膨れ上がった。生き地獄だった——何もかもに命が宿り、すべての色が狂ったように鮮やかに、ひどく刺激的な世界。幽霊の影にわたしは怯えた。埃だらけの絨毯やカーテンの色褪《あ》せた模様から浮かび上がり、天井や壁の白っぽい湿気の染みから這い出してくる物の怪《け》に。

伯父の本さえも違ったふうに感じられた。そのことが何よりも最悪だった。本の中の言葉はすでに死んでいたと思っていたのに——それは壁から現われる幽霊のように起き上がり、意味を持ち、膨れ上がった。わたしはしどろもどろになり、つっかえて、どこを読んでいるかわからなくなった。伯父は癇癪《かんしゃく》を起こし——机の真鍮《しんちゅう》の文鎮をつかんで投げつけてきた。それでしばらくわたしは落ち着くことができた。だが、ある夜、朗読させられた本は……リチャードは手で口元を隠し、明らかに愉快がっている顔で、わたしを見ていた。その本には、男を必要としている女を、女が歓ばせるあらゆる方法が描かれていた。

「〝娘はそこにくちびるを押しあて、中に舌を——〟」

「これが気に入ったのか、リヴァーズ?」伯父は訊いた。

「ええ、まあ」

「ふん、たいていの男はそうだ。わしの趣味ではないが。しかし、きみが興味を持ってくれたことは嬉しい。このテーマもわしの目録に完全におさめてある。続けろ、モード。続けろ」

わたしは続けた。自制心を奮い立たせながら――リチャードに陰湿な意地悪い視線で見つめられていたというのに――その陳腐な言葉に自分が昂《たかぶ》るのがわかった。顔が赤くなり、いたたまれなくなった。心の秘密の本がこれ以上ないほどみじめな刻印を押され――伯父の蔵書に加えられた気がした。毎夜、客間を出て上階に戻るたび、ゆっくりと、部屋履きの爪先で階段をひとつひとつ叩くようにのぼった。足音さえ落ち着いていればいい。暗がりに立ち、スウが着替えの手伝いに来てからは、彼女の指に冷静に耐えた――仕立屋の素早く無関心な指に触れられる蠟のマネキンのように。

だが、蠟の身体でさえそれに触れる手の体温に、やがては負ける。そして、スウの手の熱さに負ける夜が来た。

わたしはとても口にできない夢を見るようになった。目を覚ますたびに、欲望と恐怖で自分がわからなくなる。時々、スウは寝返りを打った。そうしながら「寝てください」と言う。わたしは眠ることもあった。眠らないこともあった。起き上がって部屋を歩き回ることもあった――薬を飲むことも。この夜は薬を飲んだ。そして、スウのそばに戻った。だが、この時はいつもの麻痺ではなく、さらなる混乱の中に沈んでいった。リチャードと伯父に読んだばかりの本を思い出した。その言葉の断片が頭の中に甦る――くちびるを押しあて、舌を――わたしの手を握り――おしりとくちびると舌と――なかば無理やり――わたしの胸をつかんだ――大きく広げた、わたしの下のくちびるを――彼女の小さなあそこのくちびる――

抑えられなかった。言葉が眼に見える気さえした。白いページから文字が黒々とたちのぼり、集まり、渦を巻き、集まっていく。思わず顔をおおった。どのくらいそうしていたのかわからない。やがて、わたしが何か音をたてるか、身動きするかしたのだろう。顔から手を取りのけると、スウが目を覚ましてわたしを見つめていた。ベッドがどんなに暗くても、見つめられていることはわかった。

「寝てください」スウは寝呆けた声で言った。

寝巻の中で自分の脚がひどく剝き出しに思えた。特に両脚の交わる場所が。言葉はまだ渦巻いていた。スウの身体の温もりが、寝具を通して少しずつ、少しずつ伝わってくる。

わたしは声を出した。「怖いの……」

すると、スウの息づかいが変化した。声は眠気が取れ、優しくなった。スウはあくびをして、「どうしたんですか？」と言うと、眼をこすり、顔から髪をかきあげた。ああ、スウでさえなければ！　アグネスだったら！　本に出てくる娘なら――い、い、い、い、い、い――！

娘たちが簡単に恋に落ちる。そんなのは物語の中だけだ。

下腹、くちびる、舌――

「わたしはいい子だと思う？」訊いてみた。

「いい子？」

スウはそう信じていた。それはかつて安全の印だったが、いまでは罠に思えた。「教えて――教えてほしいの――」

「何をですか?」

教えて。あなたを救う方法を。わたしを救う方法を。まったくの暗闇の部屋。下腹、くちびる──

娘たちが簡単に恋に落ちる。

「教えてほしいの」ついに言った。「結婚の夜に花嫁のすることを……」

やっと緊張がとけた。そうだ、伯父の本でもこんなふうに始まっていた。ふたりの娘。ひとりはわけ知りで、ひとりは何も知らない……「彼はお嬢様にキスしたがります。それから抱きしめたがります」簡単だ。わたしが台詞を言い──少し水を向ければ──スウも自分の台詞を言う。言葉はページの中に戻り、沈んでいった。簡単なことだ、簡単な……

急にスウがわたしにかぶさり、くちびるを重ねてきた。

わたしは、紳士たちの動かない乾いたくちびるが、手袋や頬に触れる感触は知っていた。リチャードの湿っぽくいやらしいキスがてのひらに押しあてられる感触も。スウのくちびるは冷たくなめらかで濡れていた。わたしのくちびるに少しずれて合わさり、やがてそれは温かく、さらに濡れてきた。髪がわたしの顔に垂れかかる。何も見えなかった。ただ感じた。味わった。寝起きのかすかに酸っぱい味。その味が口に広がる。思わず口を開けた──息をし、唾《つば》を飲んで、顔を離そうとした。だがそれは、スウを招き入れただけだった。スウのくちびるが開き、舌が突き出され、わたしの舌に触れてきた。

その瞬間、全身が震え、痙攣《けいれん》した。さらけだされた傷口や神経にじかに触れられたかのように。わたしが身体をひきつらせるのを感じて、スウは顔を離した――ゆっくりと、ゆっくりと、名残惜しそうに――互いの濡れたくちびるは、溶け合っていたのが裂かれていくように離れた。スウはわたしの上にのったままでいた。ひどく速い鼓動を感じた。わたしのだと思ったが、スウのだった。スウの息も荒かった。スウはかすかに震えだした。

そしてわたしはスウの興奮を、驚嘆を、その声に聞いた。

「感じますか？」スウの声は完全な暗闇の中で奇妙に響いた。「感じますか？」身体を動かした。砂の感じた。ガラスの玉から落ちてこぼれて降る砂に似ていると思った。身体を動かした。砂のように乾いてはいなかった。濡れていた。水のように、インクのように。

わたしも震えだした。

「怖がらないで」スウはからんだような声を出した。わたしがまた動くと、スウもいっそう身体を寄せてきた。わたしはしがみついた。スウはますます激しく震えた。わたしと触れ合って震えている！ スウが口を開いた。「リヴァーズ様のことを考えてください」――わたしは思い浮かべた。わたしたちを見ているリチャードを。スウが繰り返した。「怖がらないで」――だが、怯えているのはスウのほうではないか。その声はまだからんだような響きがあった。スウはまたキスしてきた。そして、手をあげた。指先がわたしの顔を軽くなでた。

「ほらね」スウは言った。「何でもないでしょう。彼のことをもっと考えて。彼は――お嬢様に触りたがります」

「触る？」

「触るだけです」震える手がさがっていく。「触るだけです。こんなふうに。こんなふうに」

スウがわたしの寝巻をめくり、脚の間に手を伸ばしてくると、ふたりとも動かなくなった。やがて、また動きだした手は、もう震えていなかった。指は濡れて、滑り、くちびるのようにわたしを甦らせ、闇から引き出し、この身体をすべて奪い取ろうとした。わたしはスウをただ欲しがっているのだと思っていた。けれど、この欲望はあまりにも大きく、激しく、二度と抑えることができない気がして恐ろしい。どんどん膨れて、膨れて、このままでは発狂する、わたしは死んでしまう。なのにスウの手はまだゆっくりと動いていた。囁く声がした。「やわらかい！　温かい！　すごく――」手の動きはずっと遅くなった。スウは押し始めた。わたしが息をのむと、スウはためらい、そして、もっと強く押した。さらに力強いひと押しで、ついにわたしの身体は開き、そして中にスウを感じた。声をあげた気がする。スウはもうためらわなかった。いっそう身体を寄せ、脚の間をわたしの腿に当て、そしてまた押してきた。華奢《きゃしゃ》な身体！――スウは骨張った腰を、硬い手を当ててのしかかり、押して、押して、腰を、手を、速まる鼓動のリズムに、テンポに合わせて動かし続け、そして奥の――深奥の、命の珠《たま》を、震えるわたしの心臓をつかんだ。その刹那《せつな》、わたしの命はスウの手が触れている場所だけにあった。やがて、「ああ、そこ！」スウの声がした。「そこ！　そこ！」――スウの手の中でわたしの命はひび割れ、砕け、破裂した。啜《すす》り泣きが聞こえた。涙が顔に降りかかった。スウはくちびるでそれをぬぐった。あたしの真珠。スウの声はかすれていた。あたしの真珠。

どのくらいそうして横になっていただろう。スウはわたしの髪に顔を埋め、隣に沈みこんだ。ゆっくりと指が離れていった。わたしの腿は、スウがのしかかってこすりつけたところが濡れていた。マットレスの羽毛は身体の下でつぶれ、ベッドの中は熱気と興奮がこもり、暑かった。スウは毛布をはいだ。まだ夜は深く、部屋は闇に閉ざされている。あいかわらず息は速く、鼓動は大きく――厚い静寂の中で、それはますます速く、大きくなるように思えた。ベッドも、部屋も――城も！――わたしたちの声の、囁きの、叫びの余韻《よいん》に満ちているようだった。

何も見えなかった。が、やがて、スウがわたしの手を探し当て、ぎゅっと握り、口元に持っていくと、指にキスをして、わたしのてのひらに頬をのせて枕にした。スウの顔の骨の形と重みが手に伝わる。まばたきを感じた。スウは喋らなかった。そして眼を閉じた。スウの顔は重たくなった。一度だけ、スウは震えた。体温が香りのように身体からたちのぼっていく。わたしは手を伸ばして、もう一度、毛布を引き上げ、スウの身体に優しくかけた。

何もかもが変わってしまった。心の中でつぶやいた。これまでのわたしは死んでいた。いま、スウがわたしの命に、魂の中心に触れ、この身体を甦らせ、解放した。何もかもが変わってしまった。いまも身体の中にスウを感じる。腿の上で動くスウを。眠りから覚めて、眼が合う瞬間を想像した。「その時に言おう。言うのよ。〝わたしはあなたを騙すつもりだった。でも、できない。これはリチャードの計画だったけど、わたしたちのものにすればいいわ〟」――きっと、わたしたちのものにできるだろう。でなければ、まったく諦めてもいい。わたしはただブライア城から逃げることさえできればいい。スウが助けてくれる——スウは泥棒だ。なんでも知っている。ふたりでこっそりロンドンに逃げて、なんとか生計の道を見つけて……

スウがわたしの手に顔をのせてぐっすりと眠る間、わたしは計画を練り続けた。鼓動がまた高まってくる。わたしは色と光に満たされる気がした。ふたり一緒の人生への期待で身体がはち切れそうだった。そして、わたしもまた眠った。寝ている間に、わたしはスウから離れたのか——スウがわたしから離れたのか——やがて陽がのぼると、スウは起き出したらしい。眼を開けた時、スウの姿はなく、ベッドは冷たかった。スウの部屋から水を使う音が聞こえた。わたしは枕から頭をあげた。すると、寝巻の胸元がはだけた。スウが暗闇の中でリボンをほどいたのだ。わたしは脚を動かした。濡れていた。まだ濡れていた。彼女の手がなでて、押したところが。

あたしの真珠。そう言ってくれた。

やがて、スウが来て、わたしと眼を合わせた。心臓が胸の奥で飛び跳ねた。

スウは眼をそらした。

最初は気恥ずかしいのだろうと思った。意識しすぎて、どうしていいかわからないのだろうと。スウは黙って部屋の中を歩き、わたしのペティコートとドレスを取り出した。わたしは立ち上がり、スウが洗面と着替えを手伝うのを待った。もう喋ってくれる、とわたしは思った。だが、スウは無言だった。スウのくちびるがつけたわたしの胸の紅の印や、濡れた脚の間を見て身震いしたようだった。その時初めて、わたしは怖くなってきた。スウはわたしを鏡の前に呼んだ。わたしはスウの顔を見た。鏡に映った顔は変に歪んで、別人のようだった。わたしの髪をピンで留める間、スウは震えている手ばかりを見ていた。わたしは思った。羞かしがっているんだわ。

それで、わたしは口を開いた。

「わたし、ぐっすり眠っていたのね」とても小さな声で言った。「そう思わない?」

スウの目蓋が震えた。「そうですね」彼女は答えた。「夢も見ないで」

「夢は、ひとつだけ見たわ。でも、それは――甘い夢だった。わたし、その夢にはあなたも出てきたと思うの、スウ……」

スウは赤くなった。その顔に血がのぼるのを見て、感覚が甦った――押し当てられたくちびる、裂かれるように離れたぎこちなく不完全なキス、押してくる手。わたしはスウを騙すつもりだった。わたしはスウを騙すことはできない。いまはもう。「わたしはあなたが考えているような娘じゃない」そう言うつもりだった。「わたしをいい子だと思っているでしょう。違う。いい子なんかじゃない。でも、あなたと一緒ならいい子になる。努力する。これは彼の計画だった。だけど、わたしたちふたりが――」

「お嬢様の夢に?」やっとスウは声を出し、わたしから身体を離した。「そんなはずないです。あたしじゃありません。きっとリヴァーズ様です。ほら! そこにいる。もう煙草を吸い終わりそうです――」一度だけ、声が震えた。だが、スウは続けた。「ぐずぐずしてたら、行っちゃいますよ」

わたしは呆然としていた。平手打ちされた気がした。立ち上がり、木偶《でく》のように窓に寄ると、リチャードが歩きながら煙草を吸い、顔にかかる髪をかきあげるのを眺めた。彼が芝生を去り、伯父の部屋に行ってしまったあとも、ずっと窓辺に立っていた。外が暗ければはっきり映っただろうが、それでも見えた。落ち窪んだ頬。ぽってりと膨らんだ赤すぎるくちびる――スウのくちびるにこすられ、いつもよりずっと膨れて赤く見える。伯父の言葉が甦《よみがえ》る――「わしはおまえのくちびるに毒をすりこんだのだ、モード」――そして、バーバラの仰天した顔。スタイルズ夫人はラベンダー石鹸をわたしの舌にこすりつけ、そのあと自分の手を何度も、何度もエプロンで拭いていた。

何もかもが変わってしまった。何もかもが元どおりだった。スウはわたしに肉体を戻してくれた。けれどもその肉体は、閉じて、封印され、傷つき、硬張っただけだ。スウがわたしの寝室に行くのが見えた。坐って顔をおおっている。わたしは待った。スウはこちらを見ようとしない――二度とわたしを嘘のない眼で見ることはないだろう。わたしはスウを助けるつもりだったのに。けれども、仮にわたしがそうしたら――リチャードの計画から手を引いたらどうなるのか、ようやくはっきりと見えた。彼はブライア城を去る――スウを連れて。スウがここに残る謂《いわ》れはない。スウは去り、わたしは残される――伯父と、本と、スタイルズ夫人と、わたしがいじめる気弱な新しい侍女と……わたしは自分の人生を思った――人生を埋める日々を、時間を、分秒を。そして、眼の前に延々と続く、これから生きなければならない日々を、時間を、分秒を。それがどんなものになるのか想像した――リチャードも、財産も、ロンドンも、自由もない人生を。スウのいない人生を。

わかってもらえるだろうか。愛ゆえだったと――軽蔑でも、悪意でもなく、ただ愛ゆえに――わたしはついにスウを欺《あざむ》くことにしたのだ、と。

訳者紹介 1968年生まれ。東京外国語大学卒業。英米文学翻訳家。訳書に、ソーヤー「老人たちの生活と推理」、マゴーン「騙し絵の檻」、フェラーズ「猿来たりなば」、チャールズ「死のさだめ」、ウォーターズ「半身」など。

荊《いばら》の城 上

2004年4月23日 初版
2025年1月10日 12版

著 者 サラ・ウォーターズ

訳 者 中《なか》村《むら》有《ゆ》希《き》

発行所 (株) 東京創元社
代表者 渋谷健太郎

162-0814 東京都新宿区新小川町1-5
電 話 03・3268・8231-営業部
03・3268・8201-代 表
URL https://www.tsogen.co.jp
組 版 フォレスト
印刷・製本 大日本印刷

ISBN978-4-488-25403-2 C0197

2002年ガラスの鍵賞受賞作

MÝRIN◆Arnaldur Indriðason

湿 地

アーナルデュル・インドリダソン
柳沢由実子 訳 創元推理文庫

◆

雨交じりの風が吹く十月のレイキャヴィク。湿地にある建物の地階で、老人の死体が発見された。侵入された形跡はなく、被害者に招き入れられた何者かが突発的に殺害し、逃走したものと思われた。金品が盗まれた形跡はない。ずさんで不器用、典型的なアイスランドの殺人。だが、現場に残された三つの単語からなるメッセージが、事件の様相を変えた。しだいに明らかになる被害者の隠された過去。そして肺腑をえぐる真相。

全世界でシリーズ累計1000万部突破！　ガラスの鍵賞２年連続受賞の前人未踏の快挙を成し遂げ、CWAゴールドダガーを受賞。国内でも「ミステリが読みたい！」海外部門で第１位ほか、各種ミステリベストに軒並みランクインした、北欧ミステリの巨人の話題作、待望の文庫化。

大鴉の啼く冬
アン・クリーヴス
玉木亨・訳
RAVEN BLACK
Ann Cleeves

驚愕の展開！　裏切りの衝撃！

DIE BETROGENE◆Charlotte Link

裏切り 上下

シャルロッテ・リンク
浅井晶子 訳　創元推理文庫

◆

スコットランド・ヤードの女性刑事ケイト・リンヴィルが
休暇を取り、生家のあるヨークシャーに戻ってきたのは、
父親でヨークシャー警察元警部・リチャードが
何者かに自宅で惨殺されたためだった。
説的な名警部だった彼は、刑務所送りにした人間も
数　ず、彼らの復讐の手にかかったのだろう
とい　が地元警察の読みだった。
すさまし
ケイトに　を受け、殺された父。
謎の女性の　きた、父について話があるという
本国で９月刊行
第１位となった、　でペーパーバック年間売り上げ
テリの傑作！